左傳戰國策研究

郭丹　著

第二輯

總序

　　百年老校福建師範大學之文學院，承傳前輩碩學薪火，發掘中國語言文學菁華，創獲並積澱諸多學術精品，曾於今年初選編「百年學術論叢」第一輯十種，與臺北萬卷樓圖書股份有限公司協作在臺灣刊行。以學會友，以道契心，允屬兩岸學術文化交流之創舉。今再合力推出第二輯十種，嗣續盛事，殊可喜也！

　　本輯所收專書，涵古今語言文學研究各五種。茲分述如次。

　　古代語言文學研究，如陳祥耀先生，早年問學無錫國學專修學校，後執教我校六十餘年，今以九十有四耄耋之齡，手訂《古詩文評述二種》，首「唐宋八大家文說」，次「中國古典詩歌叢話」，兼宏觀微觀視角以探古詩文名家名作之美意雅韻，鉤深致遠，嘉惠後學。陳良運先生由贛入閩，嘔心瀝血，創立志、情、象、境、神五核心範疇，撰為《中國詩學體系論》，可謂匠思獨運，推陳出新。郭丹先生《左傳戰國策研究》，則文史交融，述論結合，於先秦史傳散文研究頗呈創意。林志強先生《古本《尚書》文字研究》，針對經典文本中古文字問題，率多比勘辨析，有釋疑解惑之功。李小榮先生《漢譯佛典文體及其影響研究》，注重考辨體式，探究源流，開拓了佛典文獻與文體學相結合的研究新路。

　　現當代語言文學研究，如莊浩然先生《中國現代話劇史》，既對戲劇思潮、戲劇運動、舞臺藝術與理論批評作出全面梳理，也對諸多名家名著的藝術成就、風格特徵及歷史地位加以重點討論，凸顯話劇史研究的知識框架和跨文化思維視野。潘新和先生《中國語文學史

論》，較全面梳理了先秦至當代的國文教育歷史，努力探尋語文教學中所蘊含的思想文化之源頭活水。辜也平先生《中國現代傳記文學史論》的歷史考察與學理論述，無疑促進了學界對現代傳記文學的研討與反思。席揚先生英年早逝，令人惋歎，遺著《中國當代文學的問題類型與闡釋空間》，集三十年學術研究之精要，探討當代文學思潮和學科史的前沿問題。葛桂錄先生《中英文學交流史（十四至二十世紀中葉）》，以跨文化對話的視角，廣泛展示中英文學六百年間互識、互證、互補的歷史圖景，宜為中英文學關係研究領域之厚實力作。

　　上述十種論著在臺北重刊，又一次展現我校文學院學者研精覃思、鎔今鑄古的學術創獲，並深刻驗證兩岸學人對中華學術文化同具誠敬之心和傳承之責。為此，我謹向作者、編輯和萬卷樓圖書公司恭致謝忱！尤盼四方君子對這些學術成果予以客觀檢視和批評指正。《易》曰：「觀乎人文，以化成天下。」我堅信，關乎中華文化的兩岸交流互動方興而未艾，促進中華文化復興繁榮的前景將愈來愈輝煌璨爛！

　　　　　　　　　　　　　　　　　　　　汪文頂
　　　　　　　　　　　　　　　　　　謹撰於福州倉山
　　　　　　　　　　　　　　　　　　二〇一五年季冬

目次

劉序

　　幼年時，先嚴教我讀《左傳》，按日詳解，務令背誦。大概用了一年多的時間，才將全書背完。因此，我對《左傳》特別喜愛。現在，事隔七十年，平常散步時，仍會默誦低吟其中某些篇章，從鏗鏘的音節中，回味著兒時受讀的情趣。後來，在江西師大中文系指導先秦至南北朝文學研究生時，主講的就是《莊子》、《左傳》和《史記》。郭丹學弟就是這時和我共同研習的。我在講授《左傳》時，要求他們上溯《尚書》，旁求《國語》，下研《國策》以至《史記》。

　　近年來，《四庫全書》及其存目叢書，以及《續修四庫全書》，都已先後出版。有關《左傳》的著作，俱列經部，絕大多數是從經學角度加以論述，從文章學去探討的，只有清代王源的《左傳評》和馮李驊的《左繡》。那種點評過於煩瑣，論析也不夠深刻、準確；藝術特色的分析，更有不少模糊影響之談。原因是「以文章點論而去取之」（《四庫全書總目》、《或庵評春秋三傳》提要）。「竟以時文之法商榷經傳」（同上書《左繡》提要）。所謂「文章」，就是「時文」，也就是八股文。原來王、馮兩書是為應試的儒生習作八股文服務的。這自然不能符合現代人的要求。因此，我早有心寫一部《左傳》的文學研究。可惜由於種種原因，始終未能如願。

　　現在，這個心願終於由郭丹學弟完成了，真使我欣喜不已。從這部專著的目錄，就可以看出作者的宏觀概括和微觀分析的特色。

　　全書共分十章。第一章是概論，綜《左傳》與《國策》而言。第二到第五章，是專論《左傳》的。第六到第九章，是專論《國策》

的。第十章是結論。全書結構謹飭，次序井然。

　　據我看，此書特色有如下兩個方面。

　　一、追溯源流，視野開闊，論析精微。此書不但從史官文化的背景和傳統來論述史傳文學的產生原因，並能從《尚書》、《春秋》的特點，揭示《左傳》產生的學術繼承性。而《國策》則從戰國的形勢論述《國策》的時代特徵，並從重士貴士思想、重利輕義的價值觀等方面深入分析《國策》的思想特徵。同時考察《國策》史料的真偽，列舉列代學者對《國策》的評價，說明史料真偽並不影響此書的文學性。──以上是源。流的方面，《左傳》部分探討了它與古代小說的關係，指出它為中國古典小說的產生、發展，提供了「史」的營養和依據，而史傳文學正是中國古代小說的源頭之一。作者特別指出，從《左傳》、《國策》這些史著，可以看出中國古代史學傳統的形成，首先是對史官素質的要求，形成了一個優良傳統；其次是秉筆直書、書法不隱的主體意識的形成；其三是懲惡勸善原則的確立。這些史學原則，對後世產生了深遠影響。另外，從《左傳》、《國策》中，還可以發現多種文體的萌芽與雛形，並已奠定史書論贊的形式，而《國策》還孕育著「論」、「說」、「序」、「策」等文體。最後，論述了《左傳》、《國策》對《史記》影響。

　　二、從內容到形式，深入分析兩書的文學特徵。如《左傳》的民本思想、崇禮思想、崇霸思想在文學上的表現；以善惡為主線對書中對立形象的藝術分析；《左傳》戰爭思想、戰爭描寫的文學特徵；《左傳》的文學成就：從小說化的屬辭比事、眾美兼善的表現手法、虛實相生的誇飾描寫，總結《左傳》的敘事寫人藝術；從《左傳》的虛構情節和夢境描寫，論述藝術真實和歷史真實的辨證統一。在外交辭令方面，概括出《左傳》語言藝術的三種特徵，包括它所開啟的鋪張揚厲的辭風。對《國策》的人物形象，重點舉例分析戰國時期「高才秀士」的形象特徵，並認為許多篇章已初具獨立成篇的人物傳記的特

徵，顯示出寫人藝術的新發展。在說辭方面，鋪張揚厲的風格非常鮮明，尤其是他將蘇秦、張儀的說辭加以比較，從而論析其鋪張揚厲風格中的差異，這就比以往的論析深入了一層。此外，還對范睢、莊辛的說辭，樂毅的報燕王書，進行細緻的分析，以見《國策》的語言藝術。還從大量的寓言故事中，總結出幾個特徵：取材於現實，充滿生活氣息；形象與寓意和諧統一；情節生動，描寫細膩，等等。

　　以上兩大特色，遠非王源、馮李驊之書所能望其項背。

　　郭丹學弟之所以能取得這種巨大成就，就因為他厚積薄發。他早已出版過《春秋左傳直解》（江西人民出版社，八十萬字，1993年），以及《左傳》、《國策》的系列論文。在這個紮實的基礎上，對這兩部書的文學性和文化價值，才能分析的鞭辟入裡。而對史學和文化背景的把握，才使得他的視野特別廣闊，從而使本書的立論有了更堅實的基礎和更鮮明的特色。

　　我已年屆八十，雖仍惟孜孜，不敢稍懈，可是畢竟老了，著述大業，只能樂觀他人的成果，尤其對於自己的學友，看到他們的新成果，總是喜不自勝。而於郭丹學弟，我尤其不勝銘感。我的《清詩流派史》，能在臺灣和大陸先後出版，完全是他的大力相助。他是南人（福建龍岩人），卻兼具南北方人的美德：既亢爽厚重，又機敏穎銳。特別可貴的是，他不像我只知讀書，而是富有經濟才，善於處理繁雜的庶務。讀他這本新著，可以想見其寢饋《左傳》、《國策》之深。

　　是為序。

劉世南

寫於江西師大東區螺居

二〇〇三年四月十二日

前言

　　中國古代的春秋戰國時期，是社會發生激劇變化的時期，也是中國文化史上最燦爛的時期之一。這個時期，出現了全新的思想觀念，也出現了一大批嶄新的著作，這就是諸子散文和歷史散文，它們構成了中華民族文化中最精華的部分。在先秦時期眾多的歷史散文之中，《左傳》與《國策》（即《戰國策》）堪稱它們傑出的代表。這兩部巨著，詳細地記錄了中國古代春秋時期和戰國時期的歷史面貌和時代風貌，成為了解和研究春秋戰國歷史最為珍貴的史料。

　　在《春秋》三傳之中，《公羊傳》和《穀梁傳》是以義理解說《春秋》的，而《左傳》則是以史料闡述《春秋》的。《左傳》作者博採舊文簡冊，以及流傳在口頭上的歷史傳說，詳細反映春秋時期的政治、經濟、軍事、外交、文化、風俗的歷史面貌和各方面代表人物的活動，從王權獨尊到王綱解紐、禮崩樂壞，從鄭莊公的「射王中肩」到群雄爭霸，《左傳》作者為我們描繪出一幅春秋時代的色彩斑斕的歷史畫卷。同樣的，《戰國策》則將戰國時期縱橫捭闔的時代風貌和瑰麗恣肆的人文精神展現在我們面前。儘管歷代都有學者否認《國策》一書史料的可靠性和真實性，並以儒家的傳統眼光批評它是「畔經離道之書」，然而，書中展示的縱橫策士們的思想、個性、人格風貌，以及他們的才華智慧，讓我們看到了一個全新的意氣風發的時代精神。

　　這兩部著作又是傑出的文學巨著。且不說朱自清先生將《左傳》稱為「文學的權威」，《戰國策》也同樣是文學傑作。《左傳》的文章

敘事完整，文筆嚴密，創造了許多精彩的篇章和富有魅力的文學語言。《左傳》善於描寫人物，善於將人物的動作和內心活動刻畫得生動細緻，以表現不同的人物性格；《左傳》善於用委屈盡致、謹嚴而分明的筆調來敘述戰爭，把複雜的戰爭描繪得波瀾起伏、跌宕多姿；《左傳》應對辭令之美，也是一大特色，《左傳》的辭令，曲折縝密、委婉多切，許多記述辭令的篇章，成為膾炙人口的佳構。《戰國策》的人物描寫，又有了新的發展。許多篇章已是簡短的人物傳記。而且，作者擺脫了史料真實的束縛，唯以表現倜儻恣肆的戰國「高才秀士」的風采為務，因此更加大膽地以虛構的手法塑造人物。在作者筆下，那些縱橫策士一個個無不風姿卓異、栩栩如生。策士們的說辭，變其本而加恢奇，比起春秋時期的行人辭令，更加鋪張揚厲、氣勢奔放。而且，《戰國策》的作者還為我們創造了大量的生動的寓言故事，成為士人文化智慧的結晶。

　　這兩部著作開創的史學傳統、著文體例和風格特徵，影響著整個後世歷史學的發展。後代學者認為，《左傳》可以說是「集古史之大成，留給後人以無盡的寶藏。」司馬遷創作《史記》，大量採用了《左傳》、《國策》的內容。《史記》紀傳體的創立，與《左傳》也有很深刻的關係。它們是歷史著作，又是文學著作，從它們身上體現出來的文學特徵，同樣影響著後世的文學，尤其是敘事文學的發展。所以，《左傳》、《國策》對於整個中國文化的發展，有著極深遠的影響。在這兩部著作中體現出來的文化內涵，已經成為中華民族的特徵和民族精神的一部分。

　　本書的撰寫，雖有意識的欲從大文化背景和傳統的繼承與流變上來顯示《左傳》、《國策》的奧義，但主要還是從文學的角度切入，力圖對這兩部巨著的文學內涵和文學魅力作比較詳盡的剖析和展示。在論述時，又特意選擇部分精彩的章節，加以有機的微觀闡發，引文入論，讀者亦可由此作一番潛詠欣賞，直接體味原作的精華和藝術魅力。奢望如此，能否實現，只有請讀者裁斷了。

第一章
中國史官文化傳統與歷史著作

第一節　中國的史官文化傳統

　　中國是個有悠久歷史的文明古國，中華民族最重視歷史又最善於記載歷史，史官文化是中國傳統文化中最古老且又最重要的文化傳統之一。

　　「史」字的本意，據《說文解字》云：「史，記事者也，從又持中。中，正也。」意思即「史」是右手持中的人。「中」的意思，按照章炳麟的解釋：「中，本冊之類」（《章氏叢書》〈文始〉）。「中」乃指簡冊。所以「史」就是指掌管典冊的人，亦即掌史之官。據唐代劉知幾《史通》〈史官建置〉篇云：

> 尋自古太史之職，雖以著述為宗，而兼掌曆象、日月、陰陽、管數。

意思是最早的史官之職，除了掌史之外，還兼司天、司鬼神、司災祥、司卜筮等等，所以最早的史官之職，又與巫祝相近。可謂天人之間，諸事務皆管。司職未免繁雜，然而史官一職，自從其產生之日起，就與古代傳統文化的諸多方面有著千絲萬縷的聯繫。隨著社會的發展，文化分工亦日益精細，史官職限縮小，只專 門以記載國史為事，其含意，也就與現在所說的史官的概念基本上一致。

　　在中國歷史的遠古時期，就已經有了史官的設置。東漢許慎說：

「黃帝之史倉頡」（《說文解字敘》）。劉知幾說：「史官之作，肇自黃帝，備於周室。」（《史通》〈史官建置〉）傳說黃帝之史名曰沮誦、倉頡。其二人，「始作書契，以代結繩」（見《晉書》〈衛恒傳〉）。黃帝、沮誦、倉頡，都是傳說中的人物，沮誦、倉頡則可能是最早的史官。《左傳》昭公十五年記周景王曰：「及辛有之二子董之晉，於是乎有董史。」辛有是周平王時代的人，後人認為董史就是後來晉國的著名史官董狐的先祖。[1]從辛有到董狐，其間經過幾百年的時間，可見晉國史官設置歷史之悠久。我們從《尚書》、《國語》、《左傳》等史籍中可以知道，周代就設有太史、外史、左史、右史等官。劉知幾甚至還認為：「古者人君，外朝則有國史，內朝則有女史。」（《史通》〈史官建置〉）內朝女史，專記床第之私、房中之事，所以像晉獻惑亂、驪姬夜泣之事，也能著之竹帛，垂傳後世。由此可見史官分工之細。

既然同代史官的設置已有如此全備，古者「君舉必書」也就完全成為可能之事。管仲說：「夫諸侯之會，其德刑禮義，無國不記。……作而不記，非盛德也。」（《左傳》僖公七年）司馬遷《史記》〈廉藺列傳〉中記載秦趙澠池之會，趙王鼓瑟與秦王擊缻之後，馬上有各自的御史（即記載國家大事的史官）加以記錄。由此可見，古代史官已成為天子或國君身旁須臾不可或缺的重臣，無論君國大事、外交盟會、宮廷生活，都是史官所必記之內容。史官的視覺，可以說全方位的在審視著社會歷史發展的整個過程。

古代史官善於捕捉歷史發展中的每一個細節，而歷史學家卻更注重於對歷史經驗的總結，探索歷史發展的規律。這也是史官文化發展的必然現象。歷史是在不斷發展變化的，哪怕是在科學和生產力極其低下的時代也是如此。《左傳》記下晉國史官史墨的話說：「社稷無常奉，君臣無常位，自古以然。」（昭公三十二年）正因為這種「高岸

1　據《左傳》昭公十五年杜預注：辛有，周人也，其二子適晉為太史。……董狐其後。

為谷，深谷為陵」的巨變在歷史發展的長河中是常見的，所以人們更重視總結與探索歷史發展變化的規律，了解和把握歷史與現實、歷史和未來的聯繫。所謂「述往事，思來者」（司馬遷〈報任安書〉），即是如此。

隨著階級社會的發展，由總結歷史，進而為後代提供充分的歷史借鑒，為現實社會政治服務，也就必然成為歷代史學家的傳統目的。《尚書》〈召誥〉中說：「我不可不監於有夏，亦不可不監於有殷。」《左傳》記載曹劌諫魯莊公曰：「君舉必書。書而不法，後嗣何觀？」都表現出一種「以史為鑒」的深沉的歷史意識。越到後代，這種歷史意識就越加鮮明而且強烈。西漢初年，劉邦向陸賈提出：「試為我著秦所以失天下，吾所以得之者何，及古成敗之國。」陸賈「凡著十二篇，每奏一篇，高帝未嘗不稱善，左右呼萬歲，號其書曰《新語》。」這已經是一種鮮明的為現實政治服務即為漢代統治者提供借鑒的歷史意識。這種意識，在漢代已經形成為一種歷史文化的時代氛圍和時代風氣，司馬遷在總結《春秋》的寫作時說：

> 夫《春秋》，上明三王之道，下辨人事之紀，別嫌疑，明是非，定猶豫，善善惡惡，賢賢賤不肖，存亡國，繼絕世，補敝起廢，王道之大者也。（〈太史公自序〉）

說的雖是《春秋》，其實乃是對古代史學和史著傳統的一個非常深刻的總結。實際上，司馬遷的偉大著作《史記》，也正是在西漢前期文化復興的時代背景中，在探索歷史規律、總結歷史經驗的史官文化氛圍下的產物。及至宋代的司馬光，提出「監前世之興衰，考當今之得失，嘉善矜惡，取是捨非」（〈進資治通鑒表〉）的觀點，以恢宏的歷史視野和鮮明的時代精神去審視歷史，企圖以「通鑒」而「資治」，說明這種歷史意識已經成為不可移易的傳統意識。也正因為如此，所

以中國自古以來就保存了世界上最豐富的史料與歷史著作，也湧現出世界上人數最多的歷史作家。

中國史官文化作為最悠久的文化傳統，與古代的意識形態領域有極密切的聯繫。遠古之時，由於巫史文化的影響，在遠古的傳說中，也具有史官文化的因子。在著名的神話故事中，無論是鯀禹治水的故事，還是女媧補天的傳說，或者是黃帝戰蚩尤的鬥爭，不論其具體細節的真實性如何，都多少反映了社會生活的內容，具有遠古歷史的成分，是洪荒時代人們記錄歷史的一種方式。中國神話的歷史化，使得中國古代神話過早地中斷而不能像西方神話那樣自成一個完整的系統，這似乎是中國神話文學的不幸，但卻是因為史官文化傳統深刻影響於神話文學的必然結果。

我國第一部詩歌總集《詩經》，〈風〉、〈雅〉、〈頌〉中的許多詩歌，都可以看作史官文化影響下產生的文學作品。〈大雅〉中的〈生民〉、〈公劉〉、〈緜〉、〈皇矣〉、〈大明〉等五篇詩，歌詠周人祖先后稷、公劉、古公亶父、王季和文王的事蹟，本身就是詩歌形式的周民族史。〈大雅〉中的其他篇章，如〈崧高〉、〈韓奕〉，歌詠申伯、韓侯建邦立國之事；〈小雅〉的〈出車〉、〈車攻〉，〈周頌〉中的〈臣工〉、〈噫嘻〉、〈良耜〉，或描述征戰，或歌詠農事，又何嘗不可以作史詩觀？就是〈國風〉中的一些作品，包括婚戀詩歌，同樣是研究周代社會不可多得的珍貴史料。至於後代的一些詩歌，借詩詠史，以史入詩，其例更是不勝枚舉。前代一些傑出的史學家，以歷史記載去箋證詩文，反過來又用詩文作為探研史事的線索與依據，取得了巨大的成績。[2]作為一種學術研究方法，其成功的內在機制，就在於中國史官文化形成的深刻的歷史意識與歷史內容總是潛在地融匯於古代詩文之中。

2　這方面的成果如陳寅恪先生的《秦婦吟校箋》、《元白詩箋證稿》，以及孫作雲先生的《詩經與周代社會研究》等著作。

中國古代有所謂「六經皆史」的說法。章學誠認為，古代「無經史之別，《六藝》皆掌之史官，不特《尚書》與《春秋》也」（《章氏遺書》卷五〈論修史籍考要略〉）。「六經」，當然指的是儒家的經典著作。其中如《易》、《書》、《禮》、《春秋》等，大都是由巫史的典籍中整理加工而成的。「六經皆史」揭示了儒家文化與史官文化的關係。儒家文化是中國古代文化的主流。范文瀾先生在《中國通史簡編》中就乾脆將儒家文化稱之為史官文化。其實，何止是儒家，先秦諸子之中，不獨「道家者流，蓋出於史官」，就是法家的《韓非子》，甚至龐雜如《呂氏春秋》，哪一家不言史？哪一部不散發著濃郁的史官文化的文化氣息？這裡，就更不必說那千百年積累起來的中國古代豐富的史傳文學作品和受此深刻影響的中國古代小說與戲劇了。所以，有人認為，中國的整個文化系統，可以說在根本上是從史官文化中衍生出來的，史官文化為一切文化的淵藪。此話不無道理。

中國古代歷史著作一個突出的優良傳統，就是文史結合，使歷史著作具備生動性、可讀性的特色，使之富於文學色彩。在史官文化發展的先秦時期，即中國史學的發軔期，這個傳統與特色已基本形成。我們看《尚書》和《春秋》，其記言記事雖然簡單，但是，《尚書》典雅的文風，生動的比喻，已有相當濃厚的文學意味；《春秋》敘事語言的簡練謹嚴，亦常為後世的散文家所樂道。到了《左傳》、《國語》和《戰國策》，其中的敘事寫人，鋪張描繪，處處都體現出文學家的手法。這些著作，既是史學的傑作，也是文學的佳構。因此，我們在介紹《左傳》時，就不能不將視野擴大到史學與文學這兩個並存的領域之中。

第二節　從言事分紀到言事相兼

中國史學的發軔期，根據現存的文獻，當產生於西周、春秋時

期。所謂「《三墳》、《五典》、《八索》、《九丘》」，僅是傳說，是否史籍，真偽難辨。只是到了西周、春秋時代，才有完整的史書，如周王朝有《周書》、《周志》，鄭國有《鄭志》、《鄭書》，楚國有《楚書》、《杌檮》，晉國有《乘》。墨子說：「吾見百國《春秋》。」（《隋書》〈李德林傳〉及《史通》〈六家〉篇引）說明《春秋》是當時各國史書的通稱。只是這些史書絕大部分都已亡佚，其體制與內容，當然也就無從知道了。流傳至今的，只有《尚書》、《春秋》等少數幾部史書。

《禮記》〈玉藻〉篇云：

> 天子……玄端而居。動則左史書之，言則右史書之。

《漢書》〈藝文志〉說得更詳細：

> 古之王者世有史官。君舉必書，所以慎言行，昭法式也。左史記言，右史記事，事為《春秋》，言為《尚書》，帝王靡不同之。

不管是左史記言、右史記事，還是右史記言，左史記事，總之，中國史學發軔之初始著作，是以言、事分紀的形式出現的。這一點，中國史學史的起源之作與古希臘的情況完全不同。古希臘的第一位真正的歷史學家，是西方人稱之為「歷史之父」的希羅多德（約西元前484年至約西元前425年），生活的時代正值中國的春秋末期，他的《歷史》（又稱《希臘波斯戰爭史》）一書，被稱為古希臘第一部史學著作，此書前半部分敘述埃及、希臘、波斯等國的歷史，後半部分是對希波戰爭具體過程的描述，尤其重視情節的生動描寫，還摻進了許多神話故事。而荷馬的《史詩》，寫的雖是古希臘歷史，其實嚴格地說是文學作品。因此，在古希臘的史學歷史上，絕沒有言事分書的習慣。

一　《尚書》

　　記言之書謂之《尚書》，它是我國現存最古的史書。其實它並非一部史家刻意而為的歷史專著，只是雜輯而成的一部書。最早的記言之書也應該不止《尚書》一部，可惜或亡佚不存，或融化入其他的史籍如《國語》、《左傳》之中了。今存《尚書》五十三篇，其中古文《尚書》二十五篇是偽書，今文二十八篇較為可信[3]，包括〈虞書〉二篇、〈夏書〉二篇、〈商書〉五篇、〈周書〉十九篇。古代有人認為這些虞、夏、商、周的著作，經過孔子編次而成。如《史記》〈孔子世家〉中說：

> 孔子之時，周室微而禮、樂廢，詩、書缺。追跡三代之禮，序書傳，上紀唐、虞之際，下至秦穆，編次其事。

　　其實現在看來，〈商書〉、〈周書〉比較可靠，〈虞書〉、〈夏書〉可能是春秋戰國之際的人根據古代傳聞寫成的。

　　《尚書》彙集的典、謨、訓、誥、誓、命等文章，基本上都是統治者的講話記錄或文告。如《商書》中的〈盤庚〉，是殷王盤庚為了動員遷都對臣民所作的演說辭。文中反覆向臣民傳達遷都的原因和目的，譴責那些不守舊制、貪圖安逸、謠言惑眾的官員，希望臣民能與自己同心同德，敬天保民，以繼先王之業。文中雖有簡單的記事，但主要在記言。作者採用反覆說理，鋪陳申述的手法來表達盤庚訓辭的內容。又用取譬設喻，如「若顛木之有由蘗」，「若網在綱，有條而不

3　《尚書》今文和古文，在篇數計算上歷來習慣不同，此言今文二十八篇，是將篇名同而有上中下者計為一篇，故為二十八篇。

黍」,「若農服田力穡」,「若火之燎於原,不可向邇」,「予告汝於難,若射之有志」等等,來增強說服力。

再如《周書》中的〈無逸〉,是周公告誡成王的訓辭。全篇的每段冠之以「周公曰」作為領起,所以是一篇純粹記言的誥命之作。文章援引了大量的歷史事實,從正反兩個方面來論證「無逸」惠民保國的重要性。文章採用了「以史為鑒」的論證方法,察往知來,放眼歷史,借鑒歷史經驗以告誡當世之人,表現出深沉的歷史意識和宏遠的歷史視野。在這篇語錄體的訓辭中,作者的記言有條不紊,深思熟慮,若刪除每段前的「周公曰」,便是一篇絕妙的政論文。

《尚書》中也有一些記載歷史事件和人物行跡的段落,如〈牧誓〉:

> 時甲子昧爽,王朝至於商郊牧野,乃誓。王左杖黃鉞,右秉白旄以麾。

寫出牧野決戰前周武王的英姿。再如〈金縢〉:

> 王與大夫盡弁以啟金縢之書,乃得周公所自以為功代武王之說,二公及王乃問諸史與百執事,對曰:「信。噫!公命我勿敢言。」

這裡記敘了周公旦的一片忠心。但總的來說,《尚書》確是以記言為主的史書。文章的語言古奧、簡樸。又因為它所記的大多是官方的文書文告和君臣之間的談話,所以又顯得典雅、莊重而且謹慎。同是記言為主的書,拿《國語》與《尚書》相較,便可看出二者之間的差別。《國語》的記言,多是士大夫的讜言高論,所以顯得生動活潑。如《國語》〈晉語四〉:

姜與子犯謀，醉而載之以行。醒，以戈逐子犯，曰：「若無所
濟，吾食舅氏之肉，其知饜乎！」舅犯走，且對曰：「若無所
濟，余未知死所，誰能與豺狼爭食？若克有成，公子無亦晉之
柔嘉，是以甘食。偃之肉腥臊，將焉用之？」遂行。

這樣的對話，多麼風趣幽默。它甚至使《左傳》中同一事的記載
也為之失色。

二　《春秋》

記事的史書為《春秋》，相傳為孔子所修訂。這是中國第一部編
年簡史。也是最早的私家所著的歷史著作。《春秋》的記事，從魯隱
公元年起開始記事，就是隱、桓、莊、閔、僖、文、宣、成、襄、
昭、定、哀十二公，按照這十二公的次序來記載歷史大事，從魯隱公
元年（周平王四十九年，西元前722年）到魯哀公十四年（周敬王三
十九年，西元前481年），共記二百四十二年間的歷史事件。《春秋》
的內容以魯國為主，兼及周王室和其他諸侯國。

作為一部以記事為主的編年體著作，《春秋》的首要特點是有了
明確的時間順序。作者「以事繫日，以日繫月，以月繫時，以時繫
年」（杜預〈春秋經傳集解序〉），按時序將歷史事件排列起來，有所
取捨，有詳有略。這一點，比之《尚書》是一大進步。《尚書》沒有
時序，為後人從發展演變的角度認識歷史帶來許多不便。《春秋》編
年的記史方法，不但是史學方法論上的創新，也是歷史觀的發展與進
步。如前所述，《尚書》〈無逸〉篇中周公引述歷史事實論述「無逸」
的重要時，就是按照歷史順序在敘述周民族的歷史，表現出雖然模糊
但已呈萌芽的歷史演變觀。《春秋》的編年記事，為讀者提供了一個
宏觀地審視歷史流變的根據，客觀上也反映出作者歷史演變的史學觀

念。這是史學觀的一大進步，對後世產生了深遠的影響。

　　《春秋》的第二個特點就是記事「謹嚴」。（韓愈《進學解》說：「《春秋》謹嚴。」）所謂「謹嚴」，指的是遣詞用字一絲不苟。這個風格，源自於《春秋》的「書法」。舉例來說，《春秋》隱公元年記載：「鄭伯克段于鄢。」《左傳》中有一段解釋《經》文的話：

　　　　書曰：「鄭伯克段于鄢。」段不弟，故不言弟；如二君，故曰克；稱鄭伯，譏失教也；謂之鄭志。不言出奔，難之也。

意為共叔段與兄爭國，不像個做弟弟的，所以《經》文不稱之為「弟段」。鄭莊公與叔段之戰，宛如兩國之君交戰，鄭莊公打敗了對方，所以說「克」。《經》文稱「鄭伯」而不稱「鄭莊公」，意在譏諷鄭莊公有失教弟之責，有意養成其惡。叔段敗後逃亡共地，《經》文不寫「出奔」，是因為鄭莊公也有罪，史家又難以下筆，為尊者諱，所以不說「出奔」。可見《春秋》的用語是非常謹嚴的。這，也就是所謂的「春秋筆法」、「微言大義」。

　　《春秋》「約其文辭而指博」（《史記》〈孔子世家〉），要以一字之褒貶來達到「懲惡勸善」的目的，因此特別重視遣辭造句。這與孔子著《春秋》的目的是相統一的。《孟子》〈滕文公下〉說：

　　　　世衰道微，邪說暴行有作，臣弒其君者有之，子弒其父者有之。孔子懼，作《春秋》。《春秋》，天子之事也，是故孔子曰：「知我者其惟《春秋》乎，罪我者其惟《春秋》乎！」

　　通過歷史事件尤其是人事的記載，達到「勸」與「懲」的目的，自古以來就有這個傳統。《春秋》中的「書法」，在孔子以前的史官中已成為一種約定俗成的慣例，只是到了孔子依魯史記修《春秋》，把

這種手法加以系統化和模式化，形成了所謂的「春秋筆法」，「懲惡勸善」也成為中國古代史學以至傳統文化精神中的一個重要原則。

《春秋》謹嚴的特點，其弊在於記事過於簡略。《春秋》所記之事，少者一事僅一字，最多者也不過四十餘字。如此簡略的記載，只類似於今天的標題新聞。作為一部史書，它無法使人們了解歷史運動的全過程，更無法使人從中認識歷史發展的內在規律。例如「鄭伯克段于鄢」一事，乃是春秋初年發生於鄭國的一件大事，但《春秋》隱公元年僅以上述六字記之。這樣簡略的記載，讀者不但對於鄭莊公兄弟鬩牆、母子構怨的經過無法了解，更無從知道春秋初年的小霸鄭莊公在暴興於諸侯之前為鞏固君位、肅清內部障礙而消滅共叔段勢力所起的歷史作用。從這一點上說，王安石譏之為「斷爛朝報」，還是有一定道理的[4]。

《尚書》和《春秋》，一為記言，一為記事。言事分書的原因是什麼呢？歸納起來，恐怕有以下幾個方面。一是古代史官分工之細。如第一節所述，周代之時有太史、外史、左史、右史、女史，還有守藏室之史，也叫柱下史[5]。史官不同，職責各異。根據《周禮》：大史掌建邦之典；小史掌邦國之志；內史掌書王命；外史書外令；女史掌書內令，等等。分工既細，各有司職，各依所記，自成典冊。其二，是與當時的書寫工具有關。在書寫工具還相當簡陋的情況下，要完成像《左傳》那樣大部頭的鴻篇巨製還有困難，更無法像《史記》、《漢書》那樣，「凡所包舉，務存恢博，文辭之記，繁富為多」（《史通》〈載言〉）。其三，最重要的，是與史學發展的本身規律有關。上層建築總是建立在一定的經濟基礎之上的。在中國史學的發軔期，由於生產力水準的低下，科技發展的落後，人們的思維方式還處於比較簡單

4　《宋史》〈王安石傳〉：「黜《春秋》之書，不使列於學官，至戲目為斷爛朝報。」

5　《史記》〈老子列傳〉：「老子者，……周守藏室之史也。」

的狀態，只能從單一的線性因果關係的方向去審視歷史。儘管人們已意識到社會歷史的變化，然而，像司馬遷「究天人之際，通古今之變，成一家之言」那樣縱覽古今、包舉宇宙的宏闊壯偉的歷史觀還未形成，因此，它侷限了史家審視歷史的廣度和深度，結果只能是「各照隅隙，鮮觀衢路」（劉勰《文心雕龍》〈序志〉），出現了記言與記事分離的現象。

　　歷史是人的社會實踐留下的軌跡。一系列歷史事件和歷史人物的活動構成了歷史過程。所以，人是歷史實踐的主體，也是歷史認識的主體。人創造著歷史，創造著人自身；同時也認識著歷史，認識著自身。要全面地反映歷史，就應該展現人在歷史發展中的活動與作用。即如《尚書》與《春秋》，單一的記言或記事，二者共同的缺陷就是忽視了歷史發展的主體──人。《尚書》多是訓誥，其目的在於訓誡，極少記載歷史人物的活動。（其實不止《尚書》，與之相類的《逸周書》，也是一部以記言為主的史書。一些成書較早的諸子著作，也是重在記言的語錄體散文。）《春秋》簿錄式的排比歷史事件，同樣看不到人物的行動，而且《春秋》的記事過於簡略，實在難以顯示歷史的詳細面目。就以作者著書的「懲惡勸善」這個目的來說，沒有具體的歷史人物的活動，褒貶既無充分的事實根據，勸懲也就軟弱無力。早在漢初，桓譚就說過：「經而無傳，使聖人閉門思之，十年不能知也。」（《新論》〈正經篇〉）表示了對《春秋》記事過於簡略的不滿。劉知幾《史通》〈載言〉篇說：

　　　　古者言為《尚書》，事為《春秋》，左右二史，分尸其職。蓋桓、文作霸，糾合同盟，春秋之時，事之大者也，而《尚書》闕紀。秦師敗績，繆公誠誓，《尚書》之中，言之大者也，而《春秋》靡錄。此則言、事有別，斷可知矣。

可見分尸其職，《尚書》與《春秋》各有闕失，這就是記言與記事分書所帶來的必然缺陷。

然而歷史是在不斷發展的。用劉知幾的話說，即所謂「時移則事異，事異則備變」。作為一門科學的歷史學，同樣也在發展和變革。「前史之所未安，後史之所宜革。」隨著歷史的發展與史學的進步，融合記言與記事二種體例的特長，而又可以克服二者之不足的「言事相兼」的歷史著作必然出現。這就是成書於戰國初期的偉大歷史著作《左傳》。

《史通》〈載言〉篇云：

> 逮左氏為書，不遵古法，言之與事，同在傳中。然而言事相兼，煩省合理，故使讀者尋繹不倦，覽諷忘疲。

劉知幾對《左傳》這種「不遵古法」、「言事相兼」的著史方式給予了充分的肯定。《左傳》作者摒棄了單一的記言或記事的成法，博考舊史，廣採佚聞，集記言記事於一身，展現了春秋時期二百四十多年的歷史，以「言事相兼」的嶄新面貌呈現於世人面前。

在記事方面，《左傳》記載了春秋時期大量的歷史事實。作者將這些歷史事件具體化，不但增加了事件的情節，甚至豐富了許多細節描寫。在《春秋》中寥寥幾個字的事件，在《左傳》作者的筆下，常演繹成一段驚心動魄的歷史故事。如前所舉之例，《春秋》中「鄭伯克段于鄢」這一簡單的記載，在《左傳》中卻是一篇內容充實、首尾完整的鄭國宗室內部鬥爭故事。拿《左傳》和《春秋》對照，這樣的例子比比皆是。在記言方面，《左傳》保留了大量的各國史書所留傳下來的文告、訓辭，有的變成了歷史人物的語言。作者還增加了許多繪聲繪色、神形畢肖的人物語言描寫。《左傳》是一部記載「君國大事」的歷史著作，「國之大事，在祀與戎」。但是，其中卻記載了眾多

的家庭軼事、民間傳聞，甚至床笫之事、枕邊之語，還有數量不少的神怪靈異之事。正因為這樣，《左傳》的敘事最富於特色。劉知幾說「左氏之書，敘事之最」（《史通》〈模擬〉）。劉熙載在《藝概》中也說：「左氏敘事，紛者整之，孤者輔之，板者活之，直者婉之，枯者腴之，剪裁運化之方，斯為大備。」

　　《左傳》「言事相兼」的另一重大特點，就是特別善於寫人，善於生動地描繪歷史人物。像春秋五霸的形象，一個個都寫得栩栩如生。再如子產這樣一位傑出的政治家，孔子雖然對他表示欽佩，但在《春秋》中幾乎不見一字。而《左傳》作者對他的思想、道德、學識、行事、辭令乃至才情風貌，都有細緻生動的描述。這樣，作者不但通過子產這一歷史人物具現了春秋中期鄭國與諸侯國的歷史，子產這一人物形象也栩栩如生，成為歷史舞臺上一個非常有影響的人物。《左傳》作者總是儘量避免簡單平面地記載歷史事件而採用故事化的手法，從言論和行動的立體把握中去描寫歷史人物，這樣，不但可以細緻地反映歷史，同時也寫出了歷史的深度，而且作品具有生動性和可讀性，具有很強的文學色彩。

　　西方一些歷史學家反對採用自然科學或社會學、經濟學那種「科學式」的或「法則歸納式」的表述方法，而提倡對歷史人物和歷史事件進行「個別描述」的方式，並且強調運用修辭學的藝術和敘事性體裁，寫出具有藝術感染力的歷史著作，他們甚至認為，歷史學應該是一門藝術而不是科學。其實中國史學強調文史結合，以文學手法寫歷史，與西方學者的主張正不謀而合。我國的歷史著作如《左傳》、《戰國策》、《史記》，何嘗不是具有巨大藝術感染力的歷史著作。即以《左傳》一書而論，它創造了多樣的精密的篇章結構，創造了富於魅力的精練流暢的語言，它善於渲染故事情節，善於對人物作細緻入微的描繪，還能揭示出人物的複雜的內心世界，對於紛繁複雜的歷史事件包括戰爭，都能寫得曲盡其詳、引人入勝，它無疑是史學與文學相

結合的典範。

中國史學的發展從言事分記到言事相兼，不但是史家在著史方法論上的一次質的飛躍，也是史家在審視歷史與把握和認識歷史上的一次重大的進步。唐代劉知幾做《史通》的時候，裡面有一篇叫〈二體〉，是論述「編年體」和「紀傳體」這兩種體例的特點的。劉知幾說：「既而丘明傳《春秋》，子長著《史記》，載筆之體，於斯備矣。後來繼作，相與因循，假有改張，變其名目，區域有限，孰能踰此！」這段話前面還有一段話，是說《尚書》體例還不完備，劉知幾說：「自唐、虞以下，迄於周，是為《古文尚書》。然世猶淳質，文從簡略，求諸備體，固已闕如。」而《春秋》按時間順序敘述歷史，這是其優點，但它只反映王朝興廢，是它的短處，而到了《左傳》、《史記》，卻使記史的體例完備了，後來的史家，雖然有所變化，但大體沒有超越此二者。從體例上來講，當然是這樣——《左傳》是編年體，《史記》是紀傳體，後來歷史著作的體例，最主要就是這兩者。這段話著重說的是「編年體」與「紀傳體」二體的開創之功。其實從認識論與方法論的意義上說，《左傳》的「言事相兼」也具有開創之功。隨著《左傳》這一歷史巨著的出現，中國史學的發展進入了一個新的時期。

第二章
《左傳》其書

第一節　《左傳》之名稱、作者及其他

　　在全面介紹《左傳》的具體內容之前，有必要先將《左傳》的名稱、作者、成書年代等問題作些介紹。這問題，都是爭論多年而難以統一的，所以只能簡要的談談。

一　《左傳》書名

　　《左傳》，西漢人稱之為《左氏春秋》，或《春秋古文》。《史記》〈十二諸侯年表序〉：

> 是以孔子明王道，干七十餘君莫能用，故西觀周室，論史記舊聞，興於魯而次《春秋》，上記隱，下至哀之獲麟，約其辭文，去其煩重，以制義法，王道備，人事浹。七十子之徒口受其傳指，為有所刺譏褒諱挹損之文辭不可以書見也。魯君子左丘明，懼弟子人人異端，各安其意，失其真，故因孔子史記具論其語，成《左氏春秋》。

　　這恐怕是有關《左傳》的最早的正式記載。《漢書》〈河間獻王傳〉載河間獻王劉德「立《毛氏詩》、《左氏春秋》博士」，也稱為《左氏春秋》。又因為《左傳》為秦火前遺書，所以又有「《春秋》古文」之稱。《史記》〈吳太伯世家〉太史公曰：「余讀《春秋》古文，

乃知中國之虞與荊蠻句吳兄弟也。」劉歆〈移讓太常博士書〉稱：「及《春秋》左氏丘明所修，皆古文舊書，多者二十餘通，臧於秘府，伏而未發。」「《春秋》古文」即指《左傳》。到了東漢，班固撰寫《漢書》，稱「及（劉）歆校秘書，見古文《春秋左氏傳》，歆大好之」（《漢書》〈楚元王交傳〉〈附劉歆傳〉），又稱：「時丞相尹咸以能治《左氏》，與歆共校經傳。」又稱：「初，《左氏傳》多古字古言，學者傳訓故而已，及歆治《左氏》，引傳文以解經，轉相發明，由是章句義理備焉。」（同前引）班固稱之為《春秋左氏傳》，時人又稱為《左氏》、《左氏傳》。在《漢書》中有《左氏春秋》和《春秋左氏傳》混用的情況。它如何變成《春秋左氏傳》這一名稱呢？沈玉成先生認為：「經過一段時期，人們逐漸覺得《春秋左氏傳》這一名稱要比《左氏春秋》準確，於是就為學人所習慣使用，簡稱《左傳》。」[1]這樣的推測是有一定道理的。

二　《左傳》的作者

《左傳》的作者，司馬遷在〈十二諸侯年表序〉中說是左丘明（見前引）。班固基本上沿襲了司馬遷的觀點。《漢書》〈藝文志〉說：

> 周室既微，載籍殘缺，仲尼思存前聖之業，……以魯周公之國，禮文備物，史官有法，故與左丘明觀其史記，據行事，仍人道，因興以立功，就敗以成罰，假日月以定曆數，藉朝聘以正禮樂。有所褒諱貶損，不可書見，口授弟子，弟子退而異言。丘明恐弟子各安其意，以失其真，故論本事而作傳，明夫子不以空言說經也。

---

[1]　參見沈玉成、劉寧：《春秋左傳學史稿》（南京市：江蘇古籍出版社，1992年）。

　　班固此說並非盲目的附和史遷。大家知道，《漢書》〈藝文志〉基本上來自於劉向、劉歆父子的《七略》，可知向、歆父子也是持此看法的。此外，兩漢至魏晉的一些大儒碩彥如賈逵、鄭玄、何休、桓譚、王充、許慎、范甯、杜預等人，皆無異辭。直到唐代以後才開始有人懷疑左丘明作《左傳》。此後，持懷疑論者代不乏人。清代劉逢祿、康有為等人甚至認為是劉歆割裂《國語》偽造。但是，正如許多先秦典籍一樣，由於時代變遷，聚散無常，加上古代轉寫流傳印刷條件之限制，常有後人增損竄入，總會發現與原書牴牾矛盾之處。所以持懷疑論者雖然提出了一些證據，終覺文獻不足徵，難以使人信服。

三　《左傳》的成書年代

　　《左傳》的成書年代，大約在戰國中前期。關於《左傳》一書的成書年代，歷來有不同的看法。有的學者認為應在春秋末期[2]，有的認為應在戰國中期[3]。兩說皆自古沿續至今。實際上先秦史書與諸子著作一樣，有一個口頭傳誦的授受過程。一門之內，往往學傳數代之後才開始寫定。把一部近二十萬字、包容各諸侯國史實和史料的巨著劃定於一個短時期內甚至某若干年內編撰而成，是不符合古代的實際情況的。有的學者認為，最初傳授《左傳》的人應該是個史官，他不僅有條件看到大量史料，而且保留了史官傳統的解說《春秋》的方式。而且《左傳》的口頭傳誦，也經歷了一個較長的時期。在傳授過程中，隨時加入一些解說《春秋》的書法、凡例。今天見到的那些屬

2　在當代學者中，胡念貽贊同此說，基本上同意古文家的傳統意見而加以修正完善。見胡念貽：〈《左傳》的真偽和寫作時代考辨〉，《文史》（北京市：中華書局，1981年），第11輯，頁1-33。

3　在當代學者中，贊同此說的有楊伯峻、徐中舒、趙光賢、朱東潤等，見楊伯峻〈春秋左傳注前言〉、徐中舒〈《左傳》的作者及其成書年代〉、趙光賢〈《左傳》編撰考〉、朱東潤〈《左傳》選序〉。

於戰國時代的史事和其中一些文字上的戰國文風，也是在傳授過程中加入的[4]。這種看法，不妨可作為我們了解《左傳》成書的時間和過程的參考。

四　《左傳》與《春秋》的關係

《左傳》與《春秋》的關係，集中到一點，即《左傳》是否為《春秋》經作「傳」。司馬遷、班固都認為《左傳》是解經之作。東漢劉歆、陳元、韓歆、賈逵、鄭眾等古文經學家也都認定《左傳》為解經之作。但是西漢末今文學家出於政治功利和爭立博士官的需要，否認《左傳》為《春秋》作傳（詳見第七章第一節）。此後，傳經與否的爭論，便長期訟而未決。雖然桓譚、杜預、孔穎達以及近代的章太炎、劉師培等人堅持傳《經》之說。但是自兩漢直至現當代，認定《左傳》是一部獨立的史書，與《春秋》不存在互相依附關係的學者仍然大有人在。對於這種學術上的分歧，本來不足為怪，也不必作出強制性的統一。這裡應該提到的是，今人楊伯峻先生研究《左傳》與《春秋》的關係時提出的意見，頗值得我們重視。

楊伯峻先生指出：《左傳》解釋《春秋》有幾種不同的方式：一是引《春秋》原文作說明，如《春秋》隱公「元年春王正月」句，《左傳》說「元年春，周王正月，不書即位，攝也」。二是用事實補充甚至說明《春秋》，如魯隱公被殺，《春秋》只寫「公薨」二字。《左傳》卻詳細記載了隱公被殺的經過。三是訂正《春秋》的錯訛。如襄公二十七年《春秋》載：「十二月乙亥朔，日有食之」，《左傳》訂為「十一月乙亥朔，日有食之」。四是《左傳》有時把幾條相關的經文，合併成一傳。五是《春秋》不載的，《左傳》也加以補充記

4　參見沈玉成、劉寧：《春秋左傳學史稿》（南京市：江蘇古籍出版社，1992年）。

載，等等（〈春秋左傳注前言〉）。楊伯峻是主張《左傳》解經說的，以上幾點可以說明他立論的根據。由此也可以幫助我們了解《左傳》與《春秋》之間實際存在的差異與內在的關係。可以說，《左傳》與《春秋》的確是存在著密切的關係的。正因為如此，有的學者取折中之說，認為《左傳》是一部以《春秋》為綱、並仿照它的體例編成的編年史[5]。

其實，《左傳》解經與否只是經學史上今文經學家與古文經學家之間的分歧，如果偏離了《春秋》與《左傳》作為歷史著作本身獨立存在的價值而糾纏不休，意義並不大。《春秋經》作為編年史，只是略具雛形的開端，還未能建立起編年史的健全的體制；而《左傳》，在歷史編纂學上卻有了長足的發展。正如梁啟超所指出的，《左傳》的特色：

> 第一，不以一國為中心點，而將當時數個主要的文化國，平均敘述。第二，其敘述不侷限於政治，當涉及全社會之各方面。對於一事典章與大事，固多詳敘；而所謂瑣語之類，亦採集不遺。故能寫出社會之活態，予吾儕以頗明瞭之印象。第三，其敘事有系統，有別裁，確成為一種組織的著述，對於重大問題，時復溯源竟委，前後照應，能使讀者相悅以解。（梁啟超《中國歷史研究法》）

這說明《左傳》已經有意識地從某種歷史聯繫的角度來統籌規劃、取捨剪裁以編撰成書。所以，錢穆先生說：「《左傳》是一部史學上更進一步的編年史，孔子《春秋》只是開拓者，《左傳》才是編年史的正式完成。」（錢穆《中國史學名著》〈春秋三傳〉）

5　持此說者，如徐中舒先生，見徐中舒著：〈《左傳》的作者及其成書年代〉。

第二節　《春秋》三傳

一　《春秋》三傳

　　《春秋》三傳，指的是《左氏傳》、《公羊傳》與《穀梁傳》。《漢書》〈藝文志〉所著錄《春秋》傳有五：（一）《左氏傳》三十卷，（二）《公羊傳》十一卷，（三）《穀梁傳》十一卷，（四）《鄒氏傳》十一卷，（五）《夾氏傳》十一卷。《藝文志》序言曰：「及末世口說流行，故有《公羊》、《穀梁》、《鄒》、《夾》之傳。四家之中，《公羊》、《穀梁》立於學官，鄒氏無師，夾氏未有書。」「無師」，則無傳授之人；「未有書」，則僅口耳相傳，未著竹帛，所以唯存「《春秋》三傳」而已。

　　三傳之次第，唐代陸德明〈經典釋文序錄〉為《左傳》、《公羊傳》、《穀梁傳》，大概也是依《漢》志之序。後人講三傳，多以此為序。「三傳」之中《公》、《穀》為今文經學，《左傳》為古文經學。舊謂《公》、《穀》傳義不傳事，《左傳》傳事不傳義。前者以義理解說《春秋》，後者以史料闡述《春秋》，這就是《公》、《穀》與《左傳》的最大區別。

二　《公羊傳》

　　《公羊傳》的作者，《漢書》〈藝文志〉注為「公羊子，齊人」。顏師古注「名高」，故舊傳公羊高著。但是徐彥《公羊傳疏》引東漢人戴宏〈春秋說序〉云：「子夏傳與公羊高，高傳與其子平，平傳與其子地，地傳與其子敢，敢傳與其子壽。至漢景帝時，壽乃與齊人胡毋子都著於竹帛。」如是，則《公羊傳》著為文字，成為定本，或始於公羊壽及胡毋生。不過也有反對此說的。一是如崔適《春秋復始》

中說：「子夏少孔子四十四歲。孔子生於襄公二十一年，則子夏生於定公二年。下迄景帝之初，三百四十餘年。自子夏至公羊壽，甫及五傳，則公羊氏世世相去六十餘年，又必父享耄年，子皆夙慧，乃能及之，其可信乎？」在世代時間上有悖情理。二是《公羊傳》本身於隱公十一年、莊公十年、定公元年三引「子沈子曰」，於莊公三十年引「子司馬子曰」，於閔公元年引「子女子曰」，於哀公四年引「子北宮子曰」、又於莊公三年、二十三年、僖公五年、二十年、二十四年、二十八年引「魯子曰」，於文公四年引「高子曰」，且於桓公六年、宣公五年兩引「子公羊子曰」，可證《公羊傳》未必出於子夏的傳授。托名子夏，大概是為了攀附孔門以抬高自身的地位。其傳授亦非全出於公羊氏，沈子、司馬子等均為傳授之經師。不過，《公羊傳》寫定成書於公羊壽與其弟子胡毋子都，則大致可信。

　　《左傳》解釋《春秋》，以敘事為主，通過歷史事實的記述，讓人們理解《春秋》的內涵。《公羊傳》則不同，通篇設為問答體，著重開發《春秋》經文中的微言大義，而不注重敘述史實。(《左傳》中偶有釋經文之微言大義的，如前章第二節所述，但不以此為主。)《公羊》作者主要從文字上尋繹經文書法之異同，以發掘其義例，探求《春秋》之大義。如：

> 元年者何？君之始年也。春者何？歲之始也。王者孰謂？謂文王也。曷為先言王而後言正月？王正月也。何言乎王正月？大一統也。(隱公元年)
>
> 君存稱世子，君薨稱子某，既葬稱子，逾年稱公。(莊公三十二年冬)
>
> 將尊師眾，稱某率師；將尊師少，稱將；將卑師眾，稱師；將卑師少，稱人。(隱公五年秋)
>
> 稱國以殺者，君殺大夫之辭也。(僖公七年夏)

　　諸如此類，不勝枚舉。《公羊傳》作者認為孔子作《春秋》，筆則筆、削則削，以一字為褒貶，寄大義於微言，尤其是對人物的稱呼，亦含有褒善懲惡之意，所以《公羊》著力發掘《春秋》書法之義例，以揭示《春秋》之精蘊。不過應該說明的是，《公羊傳》所闡釋的大義，往往非《春秋》原有之義，後來又經過董仲舒的闡發與何休的「解詁」，偏離經文本意則更遠了。

　　《公羊傳》中也有一些對經文的訓釋，使經義一目了然。如隱公元年經「祭伯來」，《左傳》僅記「祭伯來，非王命也」，不知祭伯為何人，來魯國何事。《公羊》則曰：「祭伯者何？天子之大夫也。何以不稱使？奔也。奔則曷為不言奔？王者無外，言奔則有外之辭也。」在釋義例的同時，對祭伯其人其事亦解釋清楚了。至於經文僖公十六年正月記「隕石於宋五，是月，六鶂退飛過宋都」，《公羊傳》曰：「曷為先言隕而後言石？隕石記聞。聞其磌然，視之則石，察之則五。……曷為先言六而後言鶂？六鶂退飛，記見也。視之則六，察之則鶂，徐而察之則退飛。」此段按觀察事物的先後次序，分三層言事，既探究聖人之用心，又體現出嚴密的邏輯性和表達的謹嚴。歷來為學者推尊為解經之典範。

　　《公羊傳》敘史實的成分不多，但偶爾也有略勝《左傳》一籌的。如宣公十五年「宋人及楚人平」一段：

> 莊王圍宋，軍有七日之糧爾；盡此不勝，將去而歸爾。於是使司馬子反乘堙而窺宋城，宋華元亦乘堙而出見之。司馬子反曰：「子之國何如？」華元曰：「憊矣。」曰：「何如？」曰：「易子而食之，析骸而炊之。」司馬子反曰：「嘻！甚矣憊！雖然，吾聞之也，圍者柑馬而秣之，使肥者應客。是何子之情也？」華元曰：「吾聞之，君子見人之厄則矜之，小人見人之厄則幸之。吾見子之君子也，是以告情於子也。」

司馬子反曰：「諾，勉之矣！吾軍亦有七日之糧爾，盡此不
勝，將去而歸爾。」揖而去之。反於莊王，莊王曰：「何
如？」司馬子反曰：「憊矣！」曰：「何如？」曰：「易子而食
之，析骸而炊之。」莊王曰：「嘻！甚矣憊！雖然，吾今取此
然後而歸爾。」司馬子反曰：「不可。臣已告之矣，軍有七日
之糧爾。」莊王怒曰：「吾使子往視之，子曷為告之？」司馬
子反曰：「以區區之宋，猶有不欺人之臣，可以楚而無乎？是
以告之也。」莊王曰：「諾，舍而止！雖然，吾猶取此然後歸
爾。」司馬子反曰：「然則君請處於此，臣請歸爾。」莊王
曰：「子去我而歸，吾孰與處於此？吾亦從子而歸爾。」引師
而去之。

　　這裡詳細記錄了華元與楚子反、子反與楚莊王之間的對話，與
《左傳》相比，同是一件事，《公羊》顯然更富於戲劇性。再如莊公
十二年傳「宋萬弒其君接及其大夫仇牧」，《公羊》也比《左傳》詳細
生動。不過這樣的例子畢竟極少。

三　《穀梁傳》

　　《穀梁傳》的體例，與《公羊》相近，也用問答式的解釋體。
《公羊》、《穀梁》二傳，最早都有一個口耳相傳的階段，問答體即標
誌其師徒授受的記錄。

　　《穀梁傳》的作者，《漢書》〈藝文志〉只說：「《穀梁傳》十一
卷，穀梁子，魯人。」「子」即「先生」，故未知其名。顏師古《漢
書》注為「名喜」；錢大昭《漢書辨疑》據閩本《漢書》，以為「喜」
當作「嘉」；桓譚《新論》、應劭《風俗通義》、蔡邕《正交論》、陸德
明〈經典釋文序錄〉引糜信注，皆作「穀梁赤」；王充《論衡》〈案書

篇〉又作「穀梁實」，阮孝緒《七錄》及《元和姓纂》引尸子語又作
「穀梁俶」；楊士勳《穀梁傳疏》又引作「穀梁淑」。其名如此繁多，
學者認為此乃代表不同時代，非專屬於一人。

　　《穀梁傳》的傳授，舊說由穀梁赤傳荀子，荀子傳兩漢初年的魯
申公，申公傳博士瑕丘江公，江公傳榮廣及皓星公，榮廣傳周慶、丁
姓及蔡千秋。千秋又事皓星公，以傳尹更始。更始撰《穀梁章句》，
以傳翟方進、房鳳及子成。漢宣帝好《穀梁》，立之於學官。後世學
者多認為《穀梁傳》後於《公羊傳》，大概寫定於漢昭帝、宣帝之時。

　　胡安國曾說：「事莫備於《左氏》，例莫明於《公羊》，義莫精於
《穀梁》。」由此可知三傳之區別。就闡發《春秋》之大義來說，《穀
梁》確有超出《公羊》的地方，如隱公元年「春王正月」的傳文，
《穀梁傳》曰：

　　　雖無事，必舉正月，謹始也。公何以不言即位？成公志也。焉
　　成之？言君之不取為公也。君之不取為公，何也？將以讓桓
　　也。讓桓正乎？曰：不正。《春秋》成人之美，不成人之惡，
　　隱不正而成之，何也？將以惡桓也。其惡桓何也？隱將讓而桓
　　殺之，則桓惡矣。桓殺而隱讓，則隱善矣。善則其不正焉何
　　也？《春秋》貴義而不貴惠，通道而不信邪。孝子揚父之美，
　　不揚父之惡。先君之欲與桓，非正也，邪也。雖然，既勝其邪
　　心以與隱矣，已探先君之邪志而遂以與桓，則是成父之惡也。
　　兄弟，無倫也。為子受之父，為諸侯受之君，已廢天倫，而忘
　　君父，以行小惠，曰：小道也。若隱者，可謂輕千乘之國，蹈
　　道則未也。

《公羊傳》則曰：

> 桓幼而貴，隱長而卑，其為尊卑也微，國人莫知。隱長又賢，諸大夫扳隱而立之，隱於是焉而辭立，則未知桓之將必得立也；且如桓立，則恐諸大夫之不能相幼君也。故凡隱之立，為桓立也。隱長又賢，何以不宜立？立嫡以長不以賢，立子以貴不以長。桓何以貴？母貴也。母貴則子何以貴？子以母貴，母以子貴。

　　《穀梁》開宗明義即堅持「隱不正而成之，將以惡桓」的立場，推衍出「隱無正，桓無王」這一正隱治桓之說，以證明《春秋》為亂臣賊子所作這一意義。《公羊》之說，則重在闡述周代立嗣之禮制，對《春秋》之大義，卻不如《穀梁》之精深。

　　《穀梁傳》的傳經，還具有實事求是的精神。如僖公二十二年泓之戰，對宋襄公那種「蠢豬式的仁義」，《公羊》贊曰：「故君子大其不鼓不成列，臨大事而不忘大禮，有君而無臣，以為雖文王之戰亦不過此也。」「大其」就是非常稱讚和推崇宋襄公「不鼓不成列」的做法。而《穀梁》則指出：「人之所以為人者，言也。人而不能言，何以為人？言之所以為言者，信也。言而不信，何以為言？信之所以為信者，道也。信而不道，何以為信？」這是批評宋襄公迂腐。打仗還講什麼「信」啊？信是正道，可是老子說：「以正治國，以奇用兵。」打仗就要講「詐」。所以宋襄公此時講「信」，是不符合戰爭規律的。《穀梁》還評論說：「道之貴者時，其行，勢也」。意為施行正道，貴在適合時宜。用兵，也應根據時勢的發展變化而採取相應的行動。宋襄公「不鼓不成列」，「何以為人」？實在是太迂腐了。《穀梁》此論，顯然優於《公羊》。

　　又如宣公十五年經文：「冬，蝝生。」《公羊》說是「上變古易

常，應是而有天災。」意為魯國行「初稅畝」，上天於是給予懲罰。《穀梁》則說：「非災也。其曰蠓，非稅畝之災也。」與《公羊》針鋒相對。《穀梁》無疑是正確的。

同樣，《穀梁》少敘史實，然偶爾也有優於《左傳》的細節。如晉國驪姬譖殺太子申生一事，《穀梁》雖略於《國語》，但詳於《左傳》。寫驪姬詭稱夢見獻公夫人齊姜（申生生母），設計陷害申生，驪姬啼號蠱惑獻公，都可謂聲口畢肖，相當生動。再如成公二年「鞌之戰」前，寫郤克出使齊國：

> 季孫行父禿，晉郤克眇，衛孫良夫跛，曹公子手僂，同時而聘於齊。齊使禿者御禿者，使眇者御眇者，使跛者御跛者，使僂者御僂者。蕭同侄子處臺上而笑之。聞於客，客不說而去，相與立胥閭而語，移日不解。齊人有知之者，曰：「齊之患，必自此始矣！」

而《左傳》寫郤克出使齊國就遠沒有《穀梁》生動，僅在「宣公十七年」說：「晉侯使郤克征會於齊。齊頃公帷婦人使觀之。郤子登，婦人笑於房。」獻子（郤克）怒，出而誓曰：「所不此報，無能涉河！」

《公羊傳》和《穀梁傳》既為解經之作，當然與《左傳》作為史書的性質不同，但是三傳又有一定的聯繫，這是在讀《左傳》時必須加以注意的。

第三節　《左傳》與《國語》的關係

司馬遷在〈報任安書〉中有「左丘失明，厥有國語」之說，又《史記》〈五帝本紀〉中說：「余觀《春秋》、《國語》。」〈十二諸侯年

表序〉中說：「於是譜十二諸侯，自共和訖孔子，表見《春秋》、《國語》。」於是後人有認為《左傳》與《國語》同為左丘明所作，且都為解釋《春秋》的。《漢書》〈藝文志〉「春秋類」著錄「《國語》二十一篇，左丘明著」，大概即本之於司馬遷。《左傳》與《國語》又有「《春秋》內傳、外傳」之說。《漢書》〈律曆志下〉有「《春秋外傳》曰：……」是為以《國語》為《春秋》外傳之始。王充《論衡》也認為《國語》為「左氏之外傳」。至韋昭作《國語》解序，以《左傳》為「內傳」，《國語》為「外傳」，又是本之於班、王二說。後世更有人發揮說，《國語》是左丘明作《春秋傳》的稿本，「時人共傳習之，號曰《國語》（《文獻通考》〈經籍考〉引巽岩李氏說）。所以，《國語》長期被目錄學家列入「經部春秋類」中，以「準經典」的身分流傳後世。

之所以稱《左》、《國》為內外傳，除了上述的原因，還因為二書中之史事有很多相同之處。《國語》記史時間始於西周穆王，終於魯悼公（約西元前967至西元前453年），在時間上與《左傳》大體相同，而且有許多歷史事件既見於《左傳》，又見於《國語》。因此後人疑《左》、《國》本為同一書。到了晚清康有為作《新學偽經考》，更認為《左傳》、《國語》本為一書，後經劉歆割裂《國語》，乃一分為二。

駁《左》、《國》非一人所作，自晉代傅玄開始，至唐、宋以迄清代、近代，皆有說者。如隋代劉炫、唐代柳宗元、宋葉夢得、陳振孫，清代崔述等，皆有論述。這裡且以崔述之論為代表。崔述《洙泗考信錄》論「《國語》非左氏作」云：

　　《左傳》之文，年月井井，事多實錄；而《國語》荒唐誣妄，自相矛盾者甚多。《左傳》紀事簡潔，措辭亦多體要；而《國語》文獻枝蔓，冗弱無骨，斷不出於一人之手明甚。且《國語》，周魯多平衍，晉楚多尖穎，吳越多恣放，即《國語》亦

非一人之所為也。蓋《左傳》一書，採之各國之史，〈師春〉一篇，其明驗也。《國語》則後人取古人之事而擬之為文者，是以事少而辭多；《左傳》一言可畢者，《國語》累章而未足也，故名之曰《國語》。語也者，別於紀事而為言者也。黑白迴殊，雲泥遠隔，而世以為一人所作，亦已異矣。

崔述從事辭之風格、材料之來源及體裁之差異來論述《左》、《國》作者非同一人，識見實為精邃。

崔述比較《左》、《國》二書之差異，不但可以說明二書非一人所作，也可以說明二書本非同一書之分化。對於後一個問題，近代有許多學者已有詳細論述。如楊向奎先生論〈《左傳》之性質及其與《國語》之關係〉一文從《左》、《國》體裁的差異，記事的分歧，以及在先秦典籍中名稱的不同，證明二者不是同一書的分化。嗣後，孫次舟先生發表〈《左傳》、《國語》原非一書證〉之文，從劉向、歆父子校書的實際情況以及《左》、《國》內容的比較，否定《左傳》為劉歆割裂《國語》而成。劉節先生的〈《左傳》、《國語》、《史記》之比較研究〉一文，則認為《左傳》、《國語》乃共同依據一種原始史料，然後按不同的目的加以改編，《國語》注重保存掌故制度，而《左傳》注意政治和戰爭方面的史事，再次反駁割裂說。

爭論雖然存在，但關於《左傳》、《國語》的關係，較多的研究者對此的看法是：《左傳》、《國語》是在戰國時就已存在的二部書，它們都參考過相同的原始史料，但各自獨立成書。《左傳》晚於《國語》，《左傳》可能參考了《國語》中的史料，甚至改編了《國語》中的某些記載，但《左傳》並不是割裂《國語》而成的。

第四節　《左傳》與兩漢經學

　　《左傳》之學從戰國到西漢一直傳承不絕。秦始皇焚詩書、坑儒士，但卻無法禁絕《左傳》的流傳。據《漢書》〈儒林傳〉記載：

> 漢興，北平侯張蒼及梁太傳賈誼、京兆尹張敞、太中大夫劉公子皆修《春秋左氏傳》。誼為《左氏傳》訓故，授趙人貫公，為河間獻王博士，子長卿為蕩陰令，授清河張禹長子。禹與蕭望之同時為御史，數為望之言《左氏》，望之善之，上書數以稱說。後望之為太子太傳，薦禹於宣帝，徵禹待詔，未及問，會疾死。授尹更始，更始傳子咸及翟方進、胡常。常授黎陽賈護季君，哀帝時待詔為郎，授蒼梧陳欽子佚，以《左氏》授王莽，至將軍。而劉歆從尹咸及翟方進受。由是言《左氏》者本之賈護、劉歆。

　　這一段記載可以告訴我們，從漢初至西漢末《左傳》之學的傳承情況。漢初有張蒼、賈誼、張敞、劉公子等人傳習《左傳》。在諸侯王中，就有河間獻王劉德自立貫公為《左氏》學博士。漢宣帝時，張禹、蕭望之為《左氏》名家；尹更始以下，傳者更眾。據《漢書》所載，翟方進授田終術，胡常授賈護，賈護授陳欽，陳欽授賈嚴王莽。成、哀之世，還有王龔、王舜、崔發之徒皆通《左傳》。劉歆，則從尹咸與翟方進受《左氏》學。所以，從漢興至西漢末，《左氏》之學一至承傳不絕。

　　這裡，還應該提到的是司馬遷。這個師從《公羊》大師董仲舒的偉大史學家，卻推崇古文學的《左傳》。如前面所引，司馬遷作《史記》，《春秋》、《左傳》、《國語》是他所引據的最重要的文獻。《史

記》中春秋二百多年的歷史事實，主要採自《左傳》、《國語》；〈十二諸侯年表〉，所據主要也還是《左氏春秋》、《國語》和《春秋曆譜牒》。司馬遷並且在〈十二諸侯年表序〉中首次認定左丘明、《左傳》與孔子有直承的關係，《左傳》為解經之作。「魯君子左丘明懼弟子人人異端，各安其意，失其真，故因孔子史記具論其語，成《左氏春秋》」，這一段話，成為後代主《左傳》傳經說者的最主要的依據。後來今文學博士范升與古文學派爭論，范升曾向光武帝「奏左氏之失凡十四事。時難者乙太史公多引左氏，升又上太史公違戾五經、謬孔子言及《左氏春秋》不可錄三十一事」（詳見下文）。在今文博士眼裡，司馬遷即使不算離經叛道，也已是古文學派陣營中人。這些都可以說明，儘管西漢時期《左傳》未立於學官，只在民間流傳，但所產生的影響與作用卻不可低估。

但是，西漢二百多年，是以《春秋公羊》學為代表的今文經學統治的時代。漢武帝時，始置五經博士。《史記》〈儒林傳〉說：「言《詩》於魯則申培公，於齊則轅固生，於燕則韓太傅。言《尚書》自濟南伏生，言《禮》自魯高堂生。言《易》自菑川田生。言《春秋》於齊魯自胡毋生，於趙自董仲舒。」以後博士逐漸增加，《易經》分四家，《尚書》分三家，《詩經》三家，《儀禮》兩家，《公羊春秋》兩家，繁衍為十四家博士。然而沒有《左氏》學。

漢王朝建立以後，政治統治初定，但是意識形態領域仍然混亂異常。朝廷崇尚的黃老之學，其「無為而治」的思想導致的是吳楚七國之亂。因此，在七國之亂平定之後，全國政治統一穩定之時，漢朝統治者便認識到統一意識形態的重要性。他們急需能對大一統的漢帝國起鞏固作用的學術和理論，於是，以今文學派為代表的「經學」便應運而生。西元前一四〇年，漢武帝即位。即位之後，漢武帝召集全國文學之士，親自出題考試，親自閱卷，選取了《公羊》學大師董仲舒、公孫弘為首列，崇尚儒學，排斥非儒學的諸子百家，實行學術一統。

　　漢武帝崇尚儒學，實質是崇尚《春秋公羊》學。《春秋經》是孔子正名分以誅亂臣賊子的著作，最適合漢家改制的需要。王充《論衡》云：「董仲舒表《春秋》之義，稽合於律，無乖異者。然則《春秋》漢之經，孔子制作，垂遺於後。孔子曰：『文王既沒，文不在茲乎？』文王之文，傳在孔子，孔子為漢制文，傳在漢也。」正如錢穆先生所說，「《春秋》是一種新王法，不啻是孔子早為漢廷安排了」（《兩漢經學今古文平議》〈孔子與《春秋》〉）。所以漢武帝選中《公羊春秋》，正切合於他的政治需要。

　　董仲舒的《春秋公羊》學，正是迎合著漢代統治者的需要而產生的。董仲舒的《公羊》學要義有三：一即「天人感應論」。「天不變，道亦不變」，公羊家大力宣揚「天人合一」的學說，為皇權政治找到了神學和哲學的理論依據。二是「大一統」的主張，「人臣無將，將而誅」，皇權大一統，臣下不得擅權。這就為封建專制制度提供了理論根據。三是「罷黜百家，獨尊儒術」，凡不屬於《六經》，不符合孔子學說的異端，一律廢絕不用。這在意識形態領域完成了大一統的任務。由此，《春秋公羊》學作為官方哲學，統治著兩漢時期整個意識形態領域。

　　但是，今文經學發展到西漢末年，日益流為章句之學，「分文析字，煩言碎辭」，尋章摘句，無限演繹，支離蔓衍，日益走向煩瑣。再者，董仲舒用陰陽五行附會經義，大大增加了迷信的成分，又加上西漢讖緯之學的興盛，使經學走向神學化。於是，保持樸學傳統、注重訓詁和史事、較少迷信成分的古文經學驟然興起。這也是歷史發展的必然。

　　從西漢到東漢，今古文經學有四次大論爭。第一次是劉歆（古）和太常博士們（今）爭立《毛詩》、《古文尚書》、《逸禮》、《左氏春秋》。第二次是韓歆、陳元（古）和范升（今）爭立《費氏易》及《左氏春秋》。第三次是賈逵（古）和李育（今）之爭。第四次是鄭

玄（古）和何休（今）爭論《公羊傳》及《左氏傳》的優劣。由此可見，幾乎每一次爭論都是圍繞著《左傳》展開。

　　古文經學的開創人是劉歆。劉歆對古文經學的貢獻，又是從爭立《左傳》於學官開始的。據《漢書》本傳記載：

> （成帝）河平中，受詔與父向領校秘書。……歆及向始皆治《易》，宣帝時，詔向受《穀梁春秋》，十餘年，大明習。及歆校秘書，見古文《春秋左氏傳》，歆大好之。時丞相史尹咸以能治《左氏》，與歆共校經傳。歆略從咸及丞相翟方進受，質問大義。初，《左氏傳》多古字古言，學者傳訓詁而已，及歆治《左氏》，引傳文以解經，轉相發明，由是章句義理備焉。歆亦湛靖有謀，父子俱好古，博見強志，過絕於人。歆以為左丘明好惡與聖人同，親見夫子，而公羊、穀梁在七十子後，傳聞之與親見之，其詳略不同。歆數以難問。向不能非間也，然猶自持其《穀梁》義。

　　這裡的要害有二條：一是劉歆「引傳文以解經，轉相發明，由是章句義理備焉。」在劉歆之前，《春秋》與《左傳》各自別本單行，劉歆「引傳文以解經」，就是將《左傳》與《春秋》掛起鉤來，成為「解經」之作，《左傳》亦廁身「經學」之列，由「傳訓詁」的訓詁之學變成義理之學。二是左丘明「親見夫子」，「好惡與聖人同」。相比之下，《公》、《穀》只是「傳聞」而得罷了。《左傳》不但來自於孔子嫡傳，而且在《公》、《穀》之前。這樣，《左傳》與《春秋》的關係是無與倫比的，立於學官更是理所當然。所以，「及歆親近，欲建立《左氏春秋》及《毛詩》、《逸禮》、《古文尚書》皆列於學官」。但是，這個建議遭到今文學家的激烈反對。「哀帝令歆與《五經》博士講論其義，諸博士或不肯置對」。《漢書》〈劉歆傳〉上說「諸儒皆怨

恨」，可以想見今文學家的態度與鬥爭的激烈。由是劉歆寫了著名的〈移書讓太常博士〉。據歆書，今文家攻擊劉歆的要害是「左氏不傳春秋」；大司空師丹「奏歆改亂舊章，非毀先帝所立」；左將軍公孫祿斥其是「顛倒五經，變亂家法」等等。今文學家的激烈攻擊，以至劉歆「懼誅，求出補吏，為河內太守」，以暫時的退卻而告一段落。直到漢平帝時，王莽總攬朝政，大權在握，欲奪西漢政權，政治上籠絡各派勢力，經學上也要容忍古文經學的興起，加上王莽自己學過左氏學，劉歆少時曾與莽「俱為黃門郎」，得老朋友政治勢力之助，《左傳》遂立於學官。「平帝時，又立《左氏春秋》、《毛詩》、《逸禮》、古文《尚書》，所以網羅遺失，兼而存之，是在其中矣」（《漢書》〈儒林傳贊〉）。古文經學總算擠進了官學的殿堂。

東漢光武帝即位，取消古文博士，提倡今文學，《左傳》又成為私學。不過士林中盛行古文，且成績超過官學，爭論再次興起，已是不可避免。

東漢光武帝建武年間，「尚書令韓歆上疏，欲為《費氏易》、《左氏春秋》立博士（《漢書》〈范升傳〉），建武四年（西元28年）正月，光武帝親自於雲臺召見公卿、大夫、博士，組織了一次辯論會，由今文學家范升與古文學家韓歆、許淑等展開辯論。接著范升又與古文學家陳元論爭。范升還「奏《左氏》之失凡十四事」，以為不可立之理由。如此反覆論爭，「凡十餘上」，才使得「帝卒立《左氏》學」，並以李封為博士。雖如此，爭論並沒有結束，「諸儒以《左氏》之立，論議讙嘩，自公卿以下，數廷爭之」（〈陳元傳〉）。今文學家看來是絕不肯輕易甘休了。

這一次鬥爭，雙方的論爭針鋒相對，據《後漢書》記載，范升的理由是：

　　左氏不祖孔子，而出於丘明，師徒相傳，又無其人，且非先帝

所存，無因得立。陛下湣學微缺，勞心經藝，情存博聞，故異
端竟進。近有司請置《京氏易》博士，群下執事，莫能據正。
《京氏》既立，《費氏》怨望，《左氏春秋》復以比類，亦希置
立。《京》、《費》已行，復次《高氏》；《春秋》之家，又有
《騶》、《夾》。如今《左氏》、《費氏》得置博士，《高氏》、
《騶》、《夾》，五經奇異。並復求立，各有所執，乖戾紛爭。
從之則失道，不行則失人，將恐陛下必有厭倦之聽。……今
《費》、《左》二學，無有本師，而多反異，先帝前世，有疑於
此，故《京氏》雖立，輒復見廢。……今陛下草創天下，紀綱
未定，雖設學官，無有弟子，《詩》、《書》不講，禮樂不修，
奏立《左》、《費》，非政急務。……

陳元則曰：

陛下撥亂反正，文武並用，深湣經藝謬雜，真偽錯亂，每臨朝
日，輒延群臣講論聖道。知丘明至賢，親受於孔子，而《公
羊》、《穀梁》傳聞於後世，故詔立《左氏》，博詢可否，示不
專己，盡之群下也。今論者沉溺所習，玩守舊聞，固執虛言傳
授之辭，以非親見實事之道。《左氏》孤學少興，遂為異家之
所復冒。……案升等所言，前後相違，皆斷截小文，媟黷微
亂，以年數小差，掇為巨謬，遺脫纖微，指為大尤，抉瑕擿
釁，掩其私美，所謂「小辯破言，小言破道」者也。升等又
曰：「先帝不以《左氏》為經，故不置博士，後主所宜因
襲。」臣愚以為，若先帝所行而後主必行者，則盤庚不當遷於
殷，周公不當營洛邑，陛下不當都山東也。……

范升為了維護今文經學的正統地位，把《費》、《左》皆斥為「異

端競進」，怕由此引起混亂，不利於意識形態的統一；又認為二者非先帝所存，不得據以再立；再說天下草創，增立博士，非當務之急。更關鍵的，則是《左傳》不祖於孔子，非傳經之作。陳元則反駁說，皇上撥亂反正，天下甫定，即詔立《左氏》，實在英明；范升抓住一些細微末節，指小疵為大尤以攻擊《左氏》，不足以為據。（所謂「年數小差」，指的是《春秋》與《左傳》記年數不同，《左傳》多出十三年，這恐怕就是范升攻擊《左傳》不傳《春秋》的證據之一。）左丘明親受於孔子，《左傳》當然為傳經之作。至於說「先帝不以《左氏》為經」，更不可引以為據。若依先帝舊制，則光武帝也不可以為帝了。這裡，雙方論爭的焦點，仍在於《左傳》是否傳《春秋》，左丘明是否得之於孔子真傳。既然在漢武帝時代，獨尊儒術已經成了最高統治者所欽定的意識形態的唯一準則，它也就成為一種統治工具和政治準則，這是經師們所無法也不敢否定和推翻的。那麼，兩派經師唯一的辦法就都只能往孔聖人和儒家正統方面攀結來抬高自己，以求得到朝廷的確認。所以，問題的癥結又回到當年劉歆爭立《左氏》時的焦點上，又回到《左傳》本身，這也就不奇怪了。

　　光武帝立李封為博士，後李封病死，「《左傳》復廢」。雖然如此，經過這一次的論爭，「相信古文學的人漸漸增多，連操有權威的帝王也漸漸傾向古文」（周予同《經今古文學》），出現了許多著名的古文學大師，如鄭興鄭眾父子、賈徽賈逵父子、陳欽陳元父子、韓歆、孔奮、許淑、李封等人，其中不少人是《左氏》學大家。

　　東漢章帝時期，今古文經學仍然是圍繞著《左傳》進行了一次較量。以「扶微學，廣異義」自標榜的漢章帝劉炟，本身就傾向於經古文學。所以建初元年（西元76年），詔賈逵入講《左氏傳》於北宮白虎觀、南宮雲臺。賈逵、字景伯，扶風平陵人，是賈誼後裔，其父賈徽，「從劉歆受《左氏春秋》，兼習《國語》、《周官》，又受《古文尚書》於涂惲，學《毛詩》於謝曼卿，作《左氏條例》二十一篇」（《後

漢書》本傳），可以說是以古文經學起家的。賈逵「悉傳父業，弱冠能誦《左氏傳》及《五經》本文，以《大夏侯尚書》教授，雖為古學，兼通五家《穀梁》之說」，「尤明《左氏傳》、《國語》，為之《解詁》五十一篇」（同上本傳）。賈逵曾為章帝講論《左氏傳》之大義長於《公》、《穀》二傳，又具條奏向章帝細論《左氏》之深於君臣之正義、父子之紀綱，甚至論述《左氏》之合於圖讖，獨能明示劉氏為堯後，當得天下。這篇條奏深得章帝賞識，賈逵因此受到章帝的嘉獎。

建初四年（西元79年），章帝效法西漢宣帝石渠故事，大會群儒於白虎觀，詳論五經，考其異同，連月乃罷。今文家李育對《左氏》進行了激烈的攻擊。據《後漢書》〈儒林傳〉載：李育「少習《公羊春秋》」，「嘗讀《左氏傳》，雖樂文采，然謂不得聖人深意，以為前世陳元、范升之徒更相非折，而多引圖讖，不據理體，於是作《難左氏義》四十一事」。在白虎觀的辯難中，李育「以《公羊》義難賈逵，往返皆有理證，最為通儒」。白虎觀的辯論，已顯示出古文學的力量，加速了今文學的衰頹。因此，漢章帝特地詔令諸儒各選高材生，受《左氏》、《穀梁春秋》、《古文尚書》、《毛詩》，等於官方頒令讓其公開傳授，「由是四經遂行於世。」

賈逵為爭立《左氏》學，一方面儘量迎合統治者的政治需要，以《左傳》中最為統治者喜歡的內容條陳具奏，甚至不惜以讖緯迷信附會《左傳》，取得了章帝的首肯。另一方面，是他已注意到融合今文學派的內容。賈逵年輕時「兼通五家《穀梁》之說」，無疑的受到今文學派的影響。據《後漢書》本傳記載：「逵數為帝言《古文尚書》與經傳《爾雅》詁訓相應，詔令撰歐陽、大小夏侯《尚書》古文異同，並作《周官解故》。」「復令撰齊、魯、韓《詩》與《毛氏》異同」。歐陽、大小夏侯《尚書》與齊、魯、韓三家詩都屬今文經學，這樣，賈逵撰其異同，客觀上就把《尚書》與《詩經》今古文學融合（或說溝通）起來了。賈逵還認為《左傳》「同《公羊》者什有七

八，或文簡小異，無害大體」，既然如此，《左傳》《公羊傳》也就可以融合了。所以，在東漢賈逵的手裡，已出現了今古文兩派融通的現象了。

《左氏傳》雖未再立學官，但是古文學在東漢許慎、馬融的手裡已達到完全成熟的境地，古文學其勢大張，不斷有人力奏朝廷應增立《左氏》，如少與鄭玄俱事馬融的盧植就曾上書奏曰：「古文科斗，近於為實，而厭抑流俗，降在小學。中興以來，通儒達士班固、賈逵、鄭興父子，並敦悅之。今《毛詩》、《左氏》、《周禮》各有傳記，其與《春秋》共相表裡，宜置博士，為立學官，以助後來，以廣聖意。」但是今文經學並沒有完全崩潰，這就是還有東漢末年何休的《春秋公羊解詁》和他對《左氏傳》的攻擊。

據《後漢書》〈儒林傳〉：何休「善曆算，與其師博士羊弼，追述李育意以難二傳，作《公羊墨守》、《左氏膏肓》、《穀梁癈疾》」。何休攻擊古文學，既名為《左氏膏肓》，可想見對《左氏》學的深惡痛絕、痛心疾首。可惜其書已大部分散亡不存，無法窺見其詳細內容。不過從《儒林傳》所記來看，何休所用武器並不見得有什麼新意，只是撿起了李育「不得聖人深意」、「多引圖讖，不據理體」二根棍棒罷了。雖然如此，何休在鬥爭策略上還是懂得以子之矛、攻子之盾的。他花了十七年工夫，「覃思不窺門」而作成的《春秋公羊解詁》，即仿效古文經學的注解法來為《公羊傳》解詁。其解詁簡明扼要，已完全不是今文家博士那種煩瑣的章句，所以影響確不可低估。由此也可以看出古文經學「通訓詁」「舉大義」的治經方法，已無形中滲透到今文學中。

何休對《左氏》、《穀梁》的攻擊，遭到服虔、鄭玄的回擊。服虔曾作《春秋左氏傳解》，「又以《左傳》駁何休之所駁漢事六十條」（《後漢書》〈儒林傳〉）。《隋書》〈經籍志〉著錄服虔有《春秋左氏膏肓釋痾》與《春秋漢議駁》二書，恐怕就是針對何休而作的，只是其

書不傳，未能窺其全貌。

　　對何休進行回擊的另一位大師就是鄭玄（康成）。據《後漢書》
本傳載：

> 時任城何休好《公羊》學，遂著《公羊墨守》、《左氏膏肓》、
> 《穀梁癈疾》；玄乃發《墨守》，針《膏肓》，起《癈疾》。休見
> 而歎曰：「康成入吾室，操吾矛，以伐我乎！」初，中興之
> 後，范升、陳元、李育、賈逵之徒爭論古今學，後馬融答北地
> 太守劉瓌及玄答何休，義據通深，由是古學遂明。

據此，可以說古文學派取得了徹底的勝利。自此，「古學遂明」，而且
「《左氏》大興」（陸德明《經典釋文敘錄》）。但如果說這個勝利僅因
鄭玄「發《墨守》、針《膏肓》、起《癈疾》」便擊敗了何休的攻擊，
則看法未免簡單。

　　鄭玄是東漢末期的儒學大師，年輕時「師事京兆第五元先，始通
《京氏易》、《公羊春秋》、《三統曆》、《九章算術》。又從東郡張恭祖
受《周官》、《禮記》、《左氏春秋》、《韓詩》、《古文尚書》。以山東無
足問者，乃西入關，因涿郡盧植，事扶風馬融」（《後漢書》本傳），
可見他年輕時即學貫「今」、「古」，融合貫通了今、古文兩大學派。
鄭玄遍注群經，史稱「凡玄所注《周易》、《尚書》、《毛詩》、《儀
禮》、《禮記》、《論語》、《孝經》、《尚書大傳》、《中候》、《乾象曆》，
又著《天文七政論》、《魯禮禘祫義》、《六藝論》、《毛詩譜》、《駁許慎
五經異議》、《答臨孝存周禮難》，凡百餘萬言」（《後漢書》本傳）。鄭
玄注經不但宏富，更重要的是他立足於古文學，而兼採今文經說，而
且打破了漢初以來經學家們歷來嚴守的師法、家法的嚴格界限，兼容
並蓄各派經說。《後漢書》〈鄭玄傳論〉說：「自秦焚《六經》，聖文埃
滅，漢興，諸儒頗修藝文；及東京，學者亦各名家。而守文之徒，滯

固所稟，異端紛紜，互相詭激，遂令經有數家，家有數說，章句多者或乃百餘萬言，學徒勞而少功，後生疑而莫正。」正是鄭玄「括囊大典，網羅眾家，刪裁繁誣，刊改漏失」，終於使今古文學派走向了綜合，產生了「鄭學」，這才是今文學被推倒，古文學得以大興的根本原因。鄭玄未為《春秋》、《左傳》作注，但是鄭箋《毛詩》，而雜採三家《詩》說，由是《毛詩》行而三家廢」；鄭注《尚書》而兼容古今，此後鄭注《尚書》行而歐陽、大小夏侯《尚書》廢；鄭注三《禮》博採諸家，所以鄭注《禮》行而大、小戴《禮》廢。這已可以說明綜合之後古文學派產生的巨大影響了。

兩漢時期的今、古文經學之爭，既有學術之爭，又有利祿之爭，更是政治之爭，這已為許多論者所論及。隨著漢代統治政權的建立、穩定、中衰，以及統治階級內部結構的變動，古文經學代替今文經學，又是歷史發展的必然。兩漢期間發生的最主要的四次今、古文之爭，都是圍繞著《左傳》進行，從表面上看，是為著一爭正統地位的鬥爭，實際上也包含著深刻的政治原因。同時又與《左傳》本身的內容與價值有關。經學家認為《左傳》傳事不傳義，《公》、《穀》傳義不傳事，正是這種區別使得《左傳》能戰勝二傳而得到興盛。

再從《左傳》本身的內容來看，有兩個方面特別值得注意。一是《左傳》不但釋經，而且以其豐富的史料解釋了《春秋》所記載的春秋二百多年的歷史事實，而且寓政治主張於歷史敘述當中，迎合統治階級的需要，增強了自身的生命力。前已論及，司馬遷就大量引用《左傳》中的史事。劉向編《說苑》、《新序》，也大量的採用了《左傳》中的歷史故事，其目的即在於用作統治階級治政的參考，這已經顯示了《左傳》在政治上的作用。古文經學家要爭立《左傳》於學官，使其變成官學，其政治目的，還在於要以史為鑒，借春秋二百多年的歷史經驗作為統治者的「資治通鑒」。所以，漢代經師常徵引《春秋》、《左傳》中的內容來為現實政治作說解。如東漢初，古文家

鄭興歸隗囂，隗囂與諸將議自立為王，鄭興乃以《春秋傳》中「口不道忠信之言為囂，耳不聽五聲之和為聾」勸之，使隗囂打消了自立為王的念頭。這兩句話，就是《左傳》僖公二十四年富辰諫周襄王之語。其後隗囂又欲廣設官職，鄭興又以「孔子曰：『唯器與名，不可以假人。』」相勸。這一句話也見於《左傳》成公二年。嗣後，鄭興為光武帝太中大夫，曾引《左傳》昭公十七年「日過分而未至」一段話上疏論三月日食。如此等等，限於篇幅，不再徵引。本來，經師們以《春秋》經文來論證和解釋政事時事，並作為統治者行事的準則，是常有的事。如今《左傳》也可以用來資政並以為勸諫的準則，足見它在政治上的作用。這裡，就更不用說《左傳》中那些宣揚反對天道迷信、重人事的進步思想對於當時讖緯迷信的批判以及「殺君三十六，亡國五十二」的歷史教訓對統治階級的借鑒意義了。

　　另一個方面，面對西漢時期的宗室諸王坐大以致謀亂、東漢時期的外戚宦官專權、內外交困，兩漢統治者無不希望經學在維護封建禮教君權至上方面發揮重大的作用，而寄寓著深刻的君臣父子之義的《左傳》，正可擔當這樣的重任。《左傳》強化了禮的思想，強調對禮教的尊崇，浸透了禮的精神。當年賈逵在條奏上就極敏銳地向章帝進言：《左氏》「皆君臣之正義，父子之紀綱」，「《左氏》義深於君父，《公羊》多任於權變，其相殊絕，固以甚遠」；「今《左氏》崇君父，卑臣子，強幹弱枝，觀善戒惡，至明至切，至直至順」。所以《左傳》本身的價值，對於強化中央集權的作用是非常巨大的。東漢章帝自己「特好《古文尚書》、《左氏傳》」（《賈逵傳》），恐怕原因也就在於此。鄭玄遍注群經，尤重禮學，突出禮教。東漢末社會混亂，禮法崩潰，君不君，臣不臣，犯上作亂者比比皆是，鄭玄認為「為政在人，政由禮也」（《禮記》〈中庸〉鄭玄注），「重禮所以為國本」（《儀禮》〈士冠禮〉鄭玄注），所以他致力於經學，目的即在於通過注經和著述，「序尊卑之制，崇敬讓之節」（鄭玄《六藝論》），正「名分」，

維護禮法制度，維護封建統治。他把三《禮》全部注釋了，又認為
「《左氏》善於禮」，因此始終重視強化禮教的《左傳》。鄭玄雖沒有
為《左傳》作注，但據《世說新語》〈文學〉記載，鄭玄欲注《春秋
傳》，因知服虔之注多與己意同，遂「以所注與君（服虔），」說明鄭
玄是注過《春秋傳》的。而服虔注《左氏》，多以三《禮》解說之，
這恐怕與鄭玄的崇重禮教有密切的關係。所以，《左傳》自身的內容
與價值，決定了《左傳》必然成為古文經學的砥柱，兩漢今古文經學
的幾次鬥爭，始終圍繞著《左傳》進行，也就不難理解了。

　　兩漢經學經歷過上述幾次的激烈鬥爭，古文經學終於取代了今文
經學。東漢章帝以後，《左氏》雖未再立於學官，然經過賈、馬、
服、鄭幾位大師的弘揚與推擴，已佔據了重要的地位，到曹魏之時，
《左傳》大行於世。西晉初年，杜預作《春秋左傳集解》，《春秋》三
傳之中，《左傳》的地位更是不可動搖的了。

第三章
《左傳》的時代特徵與思想傾向

第一節　「射王中肩」與群雄爭霸

　　一部《左傳》，就是風雲激盪的春秋時代生動的歷史記錄。《左傳》記事，也按魯國十二公次第編年，自魯隱公元年始，在魯哀公十四年之後，又延續到哀公二十七年（西元前488年）止。其後還附記魯悼公四年（西元前464年）三家滅智伯之事。二書所記歷史年代，同樣是春秋時期二百多年的歷史，與《春秋》相比，《左傳》一書，鮮明地展現了春秋這一大變革時代的時代精神。

　　春秋時期，上承夏、商、西周的大一統王朝，下啟列國並立、群雄爭霸的局面，它既宣告了一個舊的社會制度的逝去，又預示著一個新的社會制度的誕生。鐵農具的製造和使用，社會生產力空前發展。「鐵鏵犁耕出了一個新的時代，為古老的中華民族注入了勃勃生機。」這一時期，大批的農奴擺脫了原有的井田制、奴隸制度下的束縛，獲得了人身自由而成為自耕農。經濟基礎的激劇變化帶來了上層建築的劇烈動盪。隨著各諸侯國經濟實力的增強，原為天下共主的周王朝的天子地位遭到了挑戰，喪失了對諸侯列國的控制能力，甚至開始被等同於一般的列國諸侯而失去了它的尊嚴。首先發難者，就是《左傳》中描述的春秋初期的梟雄鄭莊公。據《左傳》隱公三年記載：周平王欲削弱鄭莊公的勢力，想讓虢公與鄭莊公一起為左右卿士同掌王事。敢於向周天子的權威挑戰的鄭莊公，不但厲聲質問至尊天子，竟然還脅迫周平王用王子狐與鄭太子忽交質，以此箝制周室。這可是破天荒的第一次對周天子權威的衝擊，這個「君臣交質」，一下

子就撕下了周王臉上至尊天子的面紗，把君臣關係降格為平列的諸侯國的關係。不但如此，到了桓公五年（西元前707年），鄭莊公還與周桓公在繻葛打了一戰，「射王中肩」，一箭射掉了周天子的威風。儘管鄭莊公後來仍不放棄「尊王」的虛假幌子，但是，周王天子的威嚴卻已是「流水落花春去也」。隨後，鄭文公執周王使臣伯服、游孫伯（僖公二十四年），楚莊王之觀兵問鼎（宣公三年），晉平公與周王爭閻田（昭公九年），皆不把周天子放在眼裡。以至於僖公二十八年溫地之會，剛剛當上霸主的晉文公竟然不可一世地召王赴會。儘管孔子在《春秋》經文裡閃爍其辭地記載說：「天王狩於河陽。」其實，大樹飄零，西風殘照，誰也無法為周王朝挽狂瀾於既倒了。

　　對於這種王綱解紐、禮崩樂壞、號令不行的局面，孔子曾慨歎說：

> 天下有道，則禮樂征伐自天子出；天下無道，則禮樂征伐自諸
> 侯出。自諸侯出，蓋十世希不失矣；自大夫出，五世希不失
> 矣；陪臣執國命，三世希不失矣。（《論語》〈季氏〉）

　　從「禮樂征伐自天子出」到「自諸侯出」、「自大夫出」，再到「陪臣執國命」，是舊政權結構改變的三個階段。如果以《左傳》的記載來劃分，從隱、桓二公到莊、閔時期，是王權衰落、諸侯雄起，禮樂征伐自諸侯出的時代；從僖公到襄公時期，新的政治制度逐漸確定，世卿執政的情況在各國非常普遍，是所謂「禮樂征伐自大夫出」的時期；到了昭公以降，進入春秋的末期，大夫與大夫之間，大夫與家臣之間的鬥爭此起彼伏，一批有才幹有心計的家臣，上升為大夫，有的竟支配了各諸侯國的政事。如在魯國，季孫氏的家臣陽虎一度曾獨攬了魯國的政權。在齊國，陳桓氏有陳豹；在衛國，孔悝氏則有渾良夫；魯國仲孫氏，則有公斂處父等等。權力的下移已成為不可逆轉的一股潮流。天下有道，只是一個穩固的舊制度的一成不變，而禮樂

征伐制度的變更，君臣禮數的僭越，卻宣告了一個生氣盎然的新時代的來臨。

　　伴隨著王權衰落而來的，是各諸侯國之間為爭奪霸主地位而展開的激烈鬥爭。在春秋的前期與中期，一直到魯襄公二十七年（西元前546年）弭兵大會召開之前，爭霸鬥爭成了列國之間政治鬥爭最重要的內容。自春秋初期鄭莊公小霸叱吒諸侯之間以後，爭霸戰爭狼煙四起、烽火連天。齊桓公九合諸侯，一匡天下。嗣後，晉文公策命為侯伯，秦霸西戎，楚霸諸蠻，就是曇花一現的宋襄公，也趕時髦做了幾天的霸主夢。在這一場曠日持久的爭霸鬥爭中，爭奪最為激烈、時間最為長久、在《左傳》中記載最為詳細的是晉、楚兩國的鬥爭。晉國之地在現在的山西南部，楚國在河南的南部及湖北的北部。中原在齊桓公去世之後，霸業消歇，晉國要取而代之，首先要阻止長期覬覦中原的楚國的擴張。晉國自晉文公即位之後，整頓內部，增強國力，擴充軍隊，奠定了「取威定霸」的基礎。僖公二十八年（西元前632年）城濮一戰，晉文公打敗了楚國，終於戴上了霸主的貴冠。楚國自城濮一敗之後，爭霸之心並沒有泯滅，慘痛的失敗反而激勵它吸取教訓，發憤圖強，到楚莊王時，楚國乘著晉靈公無道、政在大夫之際，在邲地一戰而敗晉國，終於也圓了問鼎中原的美夢。《左傳》的爭霸戰爭描寫，最為出色。諸侯爭奪，霸權迭興，紛紜複雜，波譎雲詭，宛如一幅波瀾壯闊的戰爭風雲錄。

　　春秋時期，又是一個思想大解放的時代。百家爭鳴的出現宣告了一個衝破傳統思維定式的思想解放運動的興起。由於生產力的發展，人們征服和控制自然的能力得到增強，人的創造精神和獨立意識也獲得進一步的發展。當時一些進步思想家從現實的生活經驗之中，已經意識到宗教迷信思想的虛幻，要求人們擺脫宗教迷信，否定「天命」觀念對人的價值的抹殺，反對以「天命」觀念來解釋自然現象和社會秩序。例如《春秋》僖公十六年記載：

十有六年春王正月戊申朔，隕石於宋五。是月，六鷁退飛過宋都。

對此，宋襄公認為這是怪異之象，怕有天災，《左傳》卻解釋說：

隕石於宋五，隕星也。六鷁退飛過宋都，風也。

這個解釋就比宋襄公科學。《左傳》作者認為，隕石於宋五，是隕星自天上墜落；六鷁退飛，是因為風大，吹得牠們倒退。二者都是自然現象，毫不足怪。《左傳》又記載周內史叔興的話說：「是陰陽之事，非吉凶所生也。吉凶由人。」陰陽之事，即指自然現象。自然現象與吉凶無關。「吉凶由人」，國家的治亂興衰，在於人事。所以，在這樣一個思想觀念大變革的背景之中，反對天道、重視人道，要求提高人的地位和價值，成為一股如春潮般湧動的社會思潮。請看《左傳》的記載：

季梁曰：「夫民，神之主也，是以聖王先成民而後致力於神。」（桓公六年）

史嚚曰：「吾聞之，國將興，聽於民，將亡，聽於神。神聰明正直而壹者也，依人而行。」（莊公三十二年）

宮之奇對曰：「臣聞之，鬼神非人實親，惟德是依。故《周書》曰：『皇天無親，唯德是輔。』……若晉取虞，而明德以薦馨香，神其吐之乎？」（僖公五年）

宋司馬子魚（反對殺鄫子以祭次睢之社）曰：「祭祀以為人也。民，神之主也。用人，其誰享之？」（僖公十九年）

魯閔子馬曰：「禍福無門，唯人所召。」（襄公二十三年）

　　在這裡，對天和神的無條件的畏懼崇拜已基本上被否定，原先神聖無比的天和神已不再擺出一幅猙獰可怖的面孔。「神」雖然還保留著，但已被擺到了次要的地位。代之而起的是對「民」的重視，對人的作用的肯定。有時候，天神不但不可信，反而可以由人賦予其價值判斷。《左傳》昭公十八年，鄭國發生火災，裨灶請用「瓘斝玉瓚」等寶物祭神，子產認為：「天道遠，人道邇，非所及也。何以知之？灶焉知天道？是亦多言矣，豈不或信？」子產由是拒絕祭神，鄭國也沒有再發生火災。上述這些思想，反映出當時人們對「天」、「人」關係的新認識，表現出對傳統思想的大膽否定。

　　新舊制度的演變，也帶來了倫理道德觀念的變動。傳統的思想觀念和倫理關係遭到極大的衝擊。就是前面提到的那位鄭莊公，他以陰險的手段縱容共叔段的擴張，隨後又設圈套消滅他。為了打敗共叔段，他絲毫不懼怕遭來失卻為兄之道、不教而誅的指責，反而在囚禁了圖謀幫助共叔段篡位的親生母親武姜之後，倒擔心揹上不孝之惡名，又設計與武姜和好（隱公元年）。他在「射王中肩」之後，又假惺惺地派祭足連夜慰勞周王。從鄭莊公身上可以看出，傳統的倫理關係、君臣之道已遭到否定。鄭莊公顯然已不屑於遵守當時已受到激烈衝擊但又還有一定影響的道德觀念，可他又不願意也不可能公開否定他們，有時甚至還利用這塊招牌作為掩飾，這在思想觀念上的確是烙上了鮮明的春秋時代的特徵。

　　如前所述，《左傳》成書於戰國中前期。這個時期，是既保留著春秋時代的社會特徵，又反映著社會矛盾更加激化、社會生活更為複雜、鬥爭更為激烈的時代。一系列政治問題、社會問題、人生問題擺到人們面前要求解答。哲學家、史學家、文學家各用理智的批判的態度來闡述和解答這些問題，總結歷史發展的經驗與教訓，探索社會發展方向，思考人生的真諦，了解人與人之間的複雜關係。開始於春秋時期的百家爭鳴，在戰國初期已呈現出更加活躍的勢頭，私人講學，

處士橫議，私家著述，諸子百家以各自的理論辯說，干人主，說諸侯，以實現其安邦定國的理想。這又是一個百家馳說、諸子爭鳴更加熱鬧的時代。在這時代的大合唱中，《左傳》作者是以史鳴。《漢書》〈藝文志〉中雖沒有將史家列入諸子百家之中，可是，從史官文化誕生以來，只有到了春秋戰國之交，史家才由《左傳》作者奏出了自己的最強音。在天命觀念被動搖以後，在人的地位提高、人的價值與作用被日益認識的思潮影響下，《左傳》作者特別重視人事的總結和探索，「表徵盛衰，殷鑒興廢」，對興衰之道的探究，在春秋戰國之際，不僅對於大國，尤其對於小國、弱國，更有現實意義。《左傳》一書反映的民本思想、愛國思想、戰爭思想、天人觀念、倫理觀念，是對春秋時代劇急變革的社會歷史的總結；作者對宗法制度的逐漸解體的描繪，對統治階級內部矛盾尖銳對立的揭露，對統治階級荒淫無恥的生活、暴君的兇殘和戰爭的慘烈所加於人民的痛苦，予以無情的抨擊，又給後世統治者提供了深刻的鑒戒。作者也通過人事的總結，來重新認識人的價值和人的本質力量。而書中對眾多的各個不同階級、階層的歷史人物的刻畫，表現了作者對人自身在歷史運動中的價值、地位、作用和意義的一種新的覺醒，直接反映著作者對歷史的認識、體驗、把握、領悟和直覺，形成具有鮮明時代特徵的歷史意識。

第二節　民本思想、崇禮與崇霸

　　《左傳》一書所反映的思想傾向比較複雜，這裡談談其中最重要的民本思想、崇禮思想和崇霸思想。這三種思想，具有春秋這一特定時期的鮮明的時代特徵。

一　民本思想

　　民本思想，即「以民為本」的思想。早在商周時期，保民的思想即為人們所重視。《尚書》中的核心思想，是「敬天」、「明德」、「慎罰」、「保民」。《商書》〈盤庚〉中說：「恪謹天命。」又說：「汝克黜乃心，施實德於民。」又說：「古我前後，罔不惟民之承。」又說：「式敷民德，永肩一心。」等等，強調的是敬天保民。《周書》〈無逸〉中周公告誡成王的中心思想，乃言治民要「先知稼穡之堅難」；要「爰知小人之依，能保惠於庶民，不敢侮鰥寡」；要「徽柔懿恭，懷保小民，惠鮮鰥寡」。在周公的訓辭中，「保惠於庶民」的保民思想，顯得更加突出。再如《國語》〈周語上〉中〈召公諫厲王弭謗〉一章，召公用「防民之口，甚於防川。川壅而潰，傷人必多，民亦如之」的形象比喻，體現了更加鮮明的重民、導民的思想認識。所以，民本思想早在殷商與西周時代已見端倪。隨著時代的發展，思想解放的興起，《左傳》中的民本思想更加鮮明突出。

　　《左傳》中的民本思想，源自於春秋時期的進步哲學思想。上一節我們已經提到，當全盛於殷商、西周時代的天道觀念已經動搖，人們對「天」、「人」關係作出新的解釋，從重視天道轉而重視人事的時候，民本思想也隨之發展壯大。《左傳》桓公六年季梁的一段話，集中表現了天與民、神與民的關係：

　　　　少師歸，請追楚師。隨侯將許之，季梁止之，曰：
　　　　「天方授楚，楚之羸，其誘我也。君何急焉？臣聞小之能敵大
　　　　也，小道大淫。所謂道，忠於民而信於神也。上思利民，忠
　　　　也；祝史正辭，信也。今民餒而君逞欲，祝史矯舉以祭，臣不
　　　　知其可也。

「夫民，神之主也，是以聖王先成民而後致力於神。故奉牲以告曰：『博碩肥腯』，謂民力之普存也，謂其畜之碩大蕃滋也，謂其不疾瘯蠡也，謂其備腯咸有也；奉盛以告曰：『絜粢豐盛』，謂其三時不害而民和年豐也。奉酒醴以告曰：『嘉栗旨酒』，謂其上下皆有嘉德而無違心也。所謂馨香，無讒慝也。故務其三時，修其五教，以致其禋祀，於是乎民和而神降之福，故動則有成。今民各有心，而鬼神乏主，君雖獨豐，其何福之有？君姑修政，而親兄弟之國，庶免於難。」

　　季梁乃隨國之賢者，他說這一番話的背景是：楚武王侵隨，故意以羸師誘隨人。隨侯不知是計，欲發兵追擊楚軍，季梁乃極力勸阻。季梁在這段話中的意思是，小國欲抵禦大國，要做到「道」、「忠」、「信」。所謂「道」，是忠於民而信於神；所謂「忠」，是上思利民；所謂「信」，是祝史真實地報告民的情況。這三個條件的中心都是一個「民」字。季梁提出「民，神之主，是以聖王先成民而後致力於神」的口號，重在於把人（即民）從天道神道的桎梏中解放出來，這是對商、周以來天、神與民、人之間主宰與被主宰、支配與被支配的關係來了個大顛倒。在春秋初期，「神」當然還不可能被完全否定，但已退為次位，民已居神之上。這是一個不同尋常的突破。季梁提出「敬神保民」，其實質是借「敬神」來推擴他的「保民」理論。敬神告神，都離不開民力、民和、民心；只有民力普存、民和年豐、民無違心，才能信於神，得到神的福佑。可見敬神只是個幌子，保民才是實質。季梁諫止隨侯避免與楚國交鋒，不是從雙方軍事力量的對比上來闡述其利害關係，而是用「成民保國」、「成民取勝」的理論從哲學觀念的高度說服隨侯。這與魯莊公十年「曹劌論戰」思想是一致的。《左傳》作者隨後記道：「隨侯懼而修政，楚不敢伐。」「修政」即在

於加強保民養民，其結果是楚人再也不敢打隨國的主意，說明「民本思想」的巨大威力。季梁的思想，在春秋時期頗具代表性。

　　《左傳》中「民」的概念，廣泛用於各種範疇的統治對象，包括當時的奴隸和平民以及統治階級下層在內的廣大群眾。[1]從《左傳》的記載中可以看到，當時的統治者已明確認識到民心向背的重要性。鄭國的共叔段不斷擴張自己的勢力，大夫公子呂請鄭莊公早日除之，「無生民心」。（隱公元年）晉公子重耳（即晉文公）流亡過五鹿「乞食於野人，野人與之塊」，重耳「怒，欲鞭之」。大夫子犯卻說，此乃「天賜也」。（僖公二十三年）這種對「野人」（即鄉人）態度的轉變，不僅在於「野人與之塊」暗示著可以得土地的吉兆，也同對「民」的重視的時代思潮有關。民心的向背是統治者治國和鞏固君位的重要條件，失民心者必失位亡身，這樣的例子在《左傳》中比比皆是。在梁國：

　　　　梁伯好土功，亟城而弗處。民罷而弗堪，則曰：「某寇將
　　　　至。」乃溝公宮，曰：「秦將襲我。」民懼而潰，秦遂取梁。
　　　　（僖公十九年）

梁伯疲民以逞，民不堪命，終於魚爛而亡。所以「三傳」皆云：「梁亡，自亡也。」（僖公十九年）楚靈王「汰侈」，城陳、蔡、不羹，大興土木之役，加上連年征戰，人民疲憊，最後弄得「眾怒不可犯也」，自縊身亡。（昭公十三年）

　　正因為「民」對於君國統治和維持君位已產生舉足輕重的作用，所以賢君視民之利，高於君之利、國之利。《左傳》文公十三年記載：

1　關於「民」的範疇，鄭君華〈論左傳的民本思想〉一文論述頗詳，可參看，載《中
　　國哲學》第十輯。

　　　邾文公卜遷於繹。史曰：「利於民而不利於君。」邾子曰：「苟
　　利於民，孤之利也。天生民而樹之君，以利之也。民既利矣，
　　孤必與焉。」左右曰：「命可長也，君何弗為？」邾子曰：「命
　　在養民。死之短長，時也。民苟利矣，遷也。吉莫如之！」遂
　　遷於繹。

　　邾文公是個開明的國君，已明確「苟利於民，則君之利亦隨之」
的道理。天命在於養民，民有利，君之壽命亦在次要，這確是難能可
貴的。民如此重要，所以春秋時期一些開明統治者對使「民不堪
命」、「民弗堪也」的沉重剝削採取了一些寬緩政策，通過「撫民」、
「利民」、「息民」等措施而獲取民心。魯國的季孫氏從季文子到季武
子、季平子，三世執魯政，就是因為採取了一些利民措施而「得其
民」。相反的，魯昭公因失盡民心，被驅逐出境。晉太史墨對昭公被
逐評論說：「魯君世從其失，季氏世修其勤，民忘君矣，雖死於外，
其誰矜之？社稷無常奉，君臣無常位，自古以然。故《詩》曰：『高
岸為谷，深谷為陵。』三后之姓，於今為庶，主所知也。」（昭公三
十二年）昭公被逐，公室衰弱，季氏執政，政權下移，其根本原因，
在於民心的歸屬。所以，《左傳》作者借樂祁之口說：

　　　無民而能逞其志者，未之有也。國君是以鎮撫其民。《詩》
　　曰：「人之云亡，心之憂矣。」魯君失民，焉得逞其志？（昭
　　公二十五年）

　　樂祁的話，當然代表了作者自身的思想傾向。這一類的例子在
《左傳》中還有許多，如齊景公「棄其民」，「民三其力，二入於公，
而衣食其一」；齊國刑罰苛重，「國之諸市，屨賤踴貴。」而陳氏「以
家量貸，而以公量收之」。民「愛之如父母，而歸之如流水」，「齊其

為陳氏矣。」（昭公三年）政權的爭奪轉化為民心的獲取。晉文公、晉悼公、衛文公，皆因得「民」而得政；反之，晉靈公、衛懿公、宋殤公等，或因「君使民慢」，或因「役使其民」而「民不堪命」因而失位亡身。作者的意圖是十分清楚的。

民心向背，得民與否，也是戰爭勝敗的決定因素，關係到霸業的興衰。莊公十年，齊、魯長勺之戰時，曹劌與魯莊公論戰，所堅持的就是施惠於民、得民心支持而戰的思想。（參見第五章第一節）晉文公「入而教其民」，「入務利民」，又「示民以信」，「教民以禮」，使「民聽不惑」，經過多年的利民教民的國力積累，「一戰而霸」。楚莊王治民有方，「民不疲勞，君無怨讟」。「商農工賈，不敗其業」，因此邲地一戰取勝。吳王闔廬「親其民，視民如子，辛苦同之」，「是以民不罷勞，死知不曠」，吳國稱霸一時。這此，都顯示了「民」在爭霸鬥爭中的重要作用。

民本思想是春秋時期思想大解放思潮中的一個重要組成部分，反映了由殷周奴隸制向封建制過度時期人的價值觀念的更新。在《左傳》中可以看到，自春秋中期以後，有關「保民」、「愛民」、「得民」、「恤民」、「成民」、「撫民」、「利民」的論述越來越多，說明民本思想越來越為統治者和進步思想家所重視。到了戰國時期，孟子響亮地提出「民為貴，社稷次之，君為輕」的口號（《孟子》〈盡心下〉），趙威后打出「苟無歲，何以有民？苟無民，何以有君」的旗幟，（《戰國策》〈齊四〉〈齊王使使者問趙威后〉）則將民本思想又推向了一個新的高峰。

二　崇禮思想

《左傳》另一重要的思想傾向是對禮制的崇重。

春秋之際，禮崩樂壞，諸侯僭越，臣下犯上，禮制的一統天下被

打破，各種「非禮」的思想盛行一時。但是，春秋又是一個重視禮的時代。這似乎是一個甚為矛盾的現象。其實，春秋時期的禮崩樂壞，更多的是發生在諸侯統治者身上，我們讀《春秋》和《左傳》，發現僭越禮制的諸侯統治者層出不窮。這種僭越，其實質是對周天子威權和尊嚴的挑戰。也證明周王室的衰弱。另一方面。面對禮崩樂壞的現實，一部分思想家尤其是儒家致力於復興與強化禮制。這之中，也包括《左傳》的作者。《左傳》中論「禮」的頻率相當高。楊伯峻先生說：「春秋時代重視『禮』，『禮』包括禮儀、禮制、禮器等，卻很少講『仁』。我把《左傳》『禮』字統計一下，一共講了四百六十二次；另外還有『禮食』一次，『禮書』、『禮經』各一次，『禮秩』一次，『禮義』三次。但講『仁』不過三十三次，少於講『禮』的至四百二十九次之多。並且把禮提到最高地位。」（楊伯峻《論語譯注》，頁16）《左傳》一書中，作者為禮的復興大聲疾呼，特別強調對禮制的強化，表現出鮮明的複禮崇禮傾向。

　　禮的最早的表現形式是祭祀——對天地自然的祭祀和對鬼神祖先的祭祀。凡禮，「莫重於祭」（《禮記》〈祭統〉）。誠如杜國庠先生所說：「春秋所記，即位、出境、朝聘、會盟、田獵、城築、嫁娶，乃至出奔、生卒等等事項，幾乎沒有和祭祀無關的。」（《杜國庠文集》，頁274）《左傳》認為：「國之大事，在祀與戎。」（成公十三年）所以對祭祀以及祭祀中的繁文縟節記載得特別詳細。例如：

> 天子七月而葬，同軌畢至；諸侯五月，同盟至；大夫三月，同位至；士踰月，外姻至。（隱公元年）
> 凡公行，告於宗廟；反行，飲至、舍爵、策勳焉，禮也。（桓公二年）治兵於廟，禮也。（莊公八年）

等等。在周人的觀念中，喪葬祭祀等儀節就是禮的體現。諸侯每有大

事，均需到祖廟告祭，聽取神靈的啟示，祈求祖先的福祐佑。所以
《左傳》對天子、諸侯間的婚娶喪葬、祭天敬祖等禮儀記載不厭其
詳。杜預《春秋釋例》云：《左傳》「以《周禮》為本，諸稱凡以發例
者，皆周公之舊制者也。」《周禮》〈春官〉〈大宗伯〉將禮劃分為吉
禮、凶禮、軍禮、賓禮、嘉禮五類，後代禮學家都沿襲此種分法。宋
代張大亨作《春秋五禮例宗》，乾脆取《春秋》經傳中有關事例，分
屬吉、凶、軍、賓、嘉五禮，以明《春秋左傳》中的禮制體例。祭祀
是頭等大事。主祭者，也是政權的擁有者。衛獻公為求返回衛國，寧
可讓寧氏執政，卻不願放棄祭祀之權，所謂「政由寧氏，祭則寡人」
（襄公二十六年），原因即在於此。

　　禮是用來制約人的行動的，它調節著人的主觀欲求和客觀現實之
間的矛盾，使二者之間達到一種能夠維持人類社會存在的平衡狀態。
也就是說，禮一開始就是為適應社會穩態結構的需求而產生的。周代
是個階級社會，禮的本質首先在於維護等級制度。面對春秋時期層出
不窮的諸侯僭越、下臣非禮的現象，左氏特別重視對等級名分的維
護。如宣公十二年晉隨武子（士會）曰：

> 其君之舉也，內姓選於親，外姓選於舊。舉不失德，賞不失
> 勞。老有加惠，旅有施捨。君子小人，物有服章。貴有常尊，
> 賤有等威，禮不逆矣。

　　強調的便是貴賤等級的區分。襄公三十一年，北宮文子即認為，
禮儀之本，在於區分「君臣、上下、父子、兄弟、內外、大小」。對
名分等級的僭越莫過於楚莊王了。《左傳》宣公三年記載楚莊王「伐
陸渾之戎，遂至於雒，觀兵於周疆」，王孫滿為周定王慰勞楚莊王，
莊王「問鼎之大小、輕重焉」，流露出覬覦王位的野心。王孫滿很嚴
肅的告訴他：要稱霸天下，「在德不在鼎」。並且詳細的申說德的重

要。這一番話，使得楚莊王收斂其「問鼎」的無禮野心（宣公三年）。名分等級的僭越，又常體現在禮數的僭越上。《左傳》中「禮也」、「非禮也」的記載相當多。上自國之大事、外交往來，下至宗廟中的布飾定制、生活起居，都有關於禮制標準規範和詳細記載。

　　《左傳》對於禮的論述有一個重要的發展，就是給予理論上的論證，使禮從一種約定俗成的形式規範提升到理論的高度。首先，在《左傳》中禮的功用被提高到治國的根本大綱的高度，如其所論：

> 禮，經國家、定社稷、序民人，利後嗣者也。（隱公十一年）
> 禮所以守其國，行其政令，無失其民者也。（昭公五年）
> 禮，王之大經也。（昭公十五年）
> 夫禮，天之經也，地之義也，民之行也。天地之經，而民實則之。（昭公二十五年）

　　經國家、定社稷、守其國，無不依禮而行，禮，已經成為治國方略中最重要的一環。這一點，與孔子所說的「為國以禮」的思想是一致的（見《論語》〈先進〉）。只是受到當時新思潮的影響，禮之中已融進了民本思想的內容。而且，禮還可以拯救國之危亡。齊景公哀歎陳氏坐大，將取姜氏而代齊時，晏子對曰：「唯禮可以已之。」晏子認為，陳氏坐大的關鍵，在於超越了禮的規定而濫施於民，因此獲取了民的支持，由是構成了對齊國公室的威脅。因此必須以禮加以限制。故晏子論曰：

> 在禮，家施不及國，民不遷，農不移，工賈不變，士不濫，官不滔，大夫不收公利。（昭公二十六年）

士農工商以至卿大夫皆依禮而行，各不超越名分，各守其職，則陳氏

亦無由坐大矣。

　　另一方面，對於禮的內在規定性，《左傳》也作了具體的簡述。如前所舉，晏子在論述禮可以阻止陳氏代齊之後，又闡述了禮的具體內涵：

> 禮之可以為國也久矣，與天地並。君令臣共，父慈子孝，兄愛弟敬，夫和妻柔，姑慈婦聽，禮也。君令而不違，臣共而不貳；父慈而教，子孝而箴；兄愛而友，弟敬而順；夫和而義，妻柔而正；姑慈而從，婦聽而婉：禮之善物也。（昭公二十六年）

君臣、父子、兄弟、夫妻，明確了以等級名分為內容的禮的本質；共（恭）、慈、孝、友，又規定了禮的行為規範與道德準則。關於禮的內容，魯國的臧哀伯也有一段具體的論述。桓公二年，宋華父督弒宋殤公，並將郜之大鼎賂魯桓公，桓公納郜鼎於太廟，作者謂之「非禮也」，並記載臧哀伯的諫辭曰：

> 君人者，將昭德塞違，以臨照百官，猶懼或失之，故昭令德以示子孫。是以清廟茅屋，大路越席，大羹不致，粢食不鑿，昭其儉也。袞、冕、黻、珽，帶、裳、幅、舃，衡、紞、紘、綎，昭其度也。藻、率、鞞、鞛，鞶、厲、游、纓，昭其數也。火、龍、黼、黻，昭其文也。五色比象，昭其物也。錫、鸞、和、鈴，昭其聲也。三辰旂旗，昭其明也。夫德，儉而有度，登降有數，文物以紀之，聲明以發之，以臨照百官，百官於是乎戒懼而不敢易紀律。今滅德立違，而置其賂器於大廟，以明示百官，百官象之，其又何誅焉？國家之敗，由官邪也。官之失德，寵賂章也。郜鼎在廟，章孰甚焉？（桓公二年）

禮的內容，具體到宮室、服飾、車馬、音聲，皆有定數。制度章明，百官不可逾越。這就是在等級制度基礎之上禮制的具體內容。而桓公竟將郜鼎放在太廟，違禮滅德，必然帶來國家的衰敗。晏子與臧哀伯的論述有一個特點，即將禮的內容具體化，轉化為切實而又便於操作的制度內容。

《左傳》對禮與儀的不同加以區分。昭公二十五年記載：

> 子大叔見趙簡子，簡子問揖讓周旋之禮焉。對曰：「是儀也，非禮也。」簡子曰：「敢問何謂禮？」對曰：「吉也聞諸先大夫子產曰：『夫禮，天之經也，地之義也，民之行也。』天地之經，而民實則之。則天之明，因地之性，生其六氣，用其五行。氣為五味，發為五色，章為五聲。淫則昏亂，民失其性。是故為禮以奉之。為六畜、五牲、三犧，以奉五味，為九文、六采、五章以奉五色，為九歌、八風、七音、六律以奉五聲，為君臣上下以則地義，為夫婦外內以經二物，為父子、兄弟、姑姊、甥舅、昏媾、姻亞以象天明，為政事、庸力、行務以從四時，為刑罰威獄，使民畏忌，以類其震曜殺戮；為溫慈惠和，以效天之生殖長育。民有好惡、喜怒、哀樂，生於六氣，是故審則宜類，以制六志。哀有哭泣，樂有歌舞，喜有施捨，怒有戰鬥；喜生於好，怒生於惡。是故審行信令，禍福賞罰，以制死生。生，好物也，死，惡物也。好物，樂也。惡物，哀也。哀樂不失，乃能協於天地之性，是以長久。」簡子曰：「甚哉，禮之大也！」對曰：「禮，上下之紀、天地之經緯也，民之所以生也，是以先王尚之、故人之能自曲直以赴禮者，謂之成人。大，不亦宜乎！」

這一段話，說明「禮」與「儀」的區分，在於「禮」已不應只是一套

人所遵循的外在儀節形式，而應有其內在的本質規定性。禮是維繫上下的綱紀，協調天地人的準則，因此它是制定一切統治秩序的依據，包含經國濟世的內容。禮又是從以食色聲味和喜怒哀樂等人性的基礎上產生的，所以人們遵守禮，也是必然的。天地萬物，包括五味五色，君臣父子，政事刑罰，以至民之喜怒哀樂，皆包含禮的內容。所以禮應該成為明確的社會規範和統治秩序，而不是揖讓周旋應酬這一類瑣屑的儀節。所以，昭公五年，魯昭公如晉，揖讓周旋皆無失禮，但女叔齊仍然批評其「魯侯焉知禮」，謂之「是儀也，不可謂禮。禮，所以守其國，行其政令，無失其民者也。今政令在家，不能取也」（昭公五年）。禮之本質在於維繫國家權力，魯國此時政在三家，昭公已失去了權力，雖然「屑屑焉習儀以亟」，亦不可謂知禮矣。

　　既然在理論上把「禮」提高到「經國家、定社稷，序民人，利後嗣者」的高度，所以《左傳》對於禮給予再度的強化。隱公七年陳國大夫五父到鄭國參加盟會，「歃如忘」，即歃血盟誓時心不在焉，是為無禮，泄伯說：「五父必不免」。到了桓公六年，五父果然為蔡人所殺。成公十三年，成肅公在社廟接受祭肉時不恭，亦為無禮。劉康公預言「成子惰，棄其命矣」（成公十三年）。同樣的，僖公十一年，周王派召武公、內史過賜命於晉惠公，惠公「受玉惰」，內史過告周王曰：

　　　晉侯其無後乎？王賜之命，而惰於受瑞，先自棄也已，其何繼
　　　之有？禮，國之幹也；敬，禮之輿也。不敬，則禮不行；禮不
　　　行，則上下昏，何以長世？

　　後來晉文公返國，殺了晉惠公兒子晉懷公，果然應驗了內史過之預言。凡此種種，都說明《左傳》有意識的把禮上升到維護宗法制度、維護國家存亡、社稷安定和個人死生的高度上來加以強化。同

時，又企圖將禮變成為一種人們自覺的內心追求，所謂「敬，禮之輿也」，所謂「勤禮莫如致敬，盡力莫如敦篤」（成公十三年），就是這個意思。《左傳》作者記載許多違禮之人和事的預言，而後無不一一應驗，這絕不是一種偶然的巧合，恰恰反映了作者強化這種已經遭到激烈衝擊和破壞的禮制與禮文化的態度。

禮作為「國之幹」和「身之幹」，還體現在外交往來、朝聘盟會和戰爭之中。「凡諸侯即位，小國朝之，大國聘焉，以繼好、結信、謀事、補闕，禮之大者也」（襄公元年）。朝聘會盟都應依禮而行，此不待言。諸侯國內政淫亂「無禮」，他國可以討伐，「無禮，無以立」。襄公九年，晉國糾集魯、齊、宋等國伐鄭，並要脅鄭人求和以立盟約。晉知罃說：「我實不德，而要人以盟，豈禮也哉？非禮，何以主盟？」（襄公九年）無禮不可以主盟，要有禮，則應先有德，所以知罃要求諸侯「姑盟而退，修德息師而來，終必獲鄭，何必今日」（同上引）。知罃強調的是修德以成禮，申叔時則強調守信以成禮。楚國的子反不守信，欲背晉約，申叔時曰：「子反必不免。信以守禮，禮以庇身，信、禮之亡，欲免，得乎？」（成公十五年）第二年晉、楚鄢陵之戰，子反果因戰敗自殺。修德成禮也好，信以守禮也好，突出的都是一個「禮」字。

戰爭中也要講禮，這在《左傳》中亦有多處的記載。宣公二年大棘之戰，宋人狂狡倒戟而救出落井之鄭人，自身反而被擒。作者借君子之口曰：「失禮違命，宜其為禽也。戎，昭果毅以聽之之謂禮。殺敵為果，致果為毅。易之，戮也。」兵戎之禮，在於發揚果毅精神。狂狡姑息敵人，違禮，活該被捉。在《左傳》眾多的戰爭描寫中，我們常可以看到即使在激戰方酣之時，敵我雙方亦不忘禮制。成公二年齊晉鞌之戰，晉韓厥緊追齊頃公不放，頃公卻因韓之君子風度而不射他，說是「謂之君子而射之，非禮也」。這似乎與「殺敵為果」甚矛盾。可見在殺敵與守禮有矛盾時，守禮已比殺敵更為重要。再看韓厥

追上齊頃公時的情景：

> 韓厥執繫馬前，再拜稽首，奉觴加璧以進，曰：「寡君使群臣
> 為魯、衛請，曰：『無令輿師陷入君地』。下臣不幸，屬當戎
> 行，無所逃隱，且懼奔辟而忝兩君。臣屬戎士，敢告不敏，攝
> 官承乏！」丑父使公下，如華泉取飲；鄭周父禦佐車，宛茷為
> 右，載齊侯以免。（成公二年）

多麼雍容儒雅！敵我雙方都要優遊有禮一番，結果韓厥倖免於死，齊
頃公也因此脫逃，韓厥只逮住了一個假冒齊頃公的逢丑父而已。再如
成公十六年晉楚鄢陵之戰，晉新軍主師郤至多次與楚共王相遇，雙方
亦都禮讓三分：

> 郤至三遇楚子之卒，見楚子必下，免冑而趨風。楚子使工尹襄
> 問之以弓，曰：「方事之殷也，有韎韋之跗注，君子也。識見
> 不穀而趨，無乃傷乎？」郤至見客，免冑承命，曰：「君之外
> 臣至從寡君之戎事，以君之靈，間蒙甲冑，不敢釋命。敢告不
> 寧，君命之辱。為事之故，敢肅使者。」三肅使者而退。

在雙方廝殺搏鬥、你死我活的戰爭中，竟然有如此的彬彬有禮、謙恭
敬讓，似乎雙方不是敵人，而是恭敬有加的貴賓。這裡卻全然不講
「殺敵為果，致果為毅」，而是以禮來約束自己的行動，遵守禮所規
定的秩序。類似這樣的描寫，除了說明在春秋時期禮制並沒有完全衰
亡外，不能不說與《左傳》作者有意識的對禮制思想的強化有關。

　　今人蔡尚思先生認為：「《左傳》以禮為衡量一切的標準。」（《中
國禮教思想史要目》）此話可能過於絕對，但從《左傳》中表現出來
的崇禮隆禮傾向來看，亦不無道理。

三　崇霸思想

　　時代進入春秋，王室陵夷，群雄虎爭，王權衰落，霸權迭興。面對這樣一個風雲變換的時代，《左傳》一書表現出鮮明的崇霸思想傾向。

　　《左傳》對於霸權與霸主的崇尚，首先體現在全書中對爭霸戰爭的大量描寫和對戰勝者的態度上。《左傳》全書記載了大大小小五百多次的戰爭。這些戰爭，大部分為爭霸戰爭，或是與爭霸有關的戰爭。以最著名的六大戰役——城濮之戰、殽之戰、邲之戰、鞌之戰、鄢陵之戰、柏舉之戰來說，均與爭霸鬥爭緊密相關。這些戰爭的敘述，材料豐富，結構嚴密，描寫生動，是作者用心最著、寫得最為出色的部分。在這些戰爭描寫中，作者對戰爭思想的闡述，對戰爭勝負的預測，對戰爭氣氛的渲染，都可以使人明顯地感受到作者對以武力攻伐征服的霸道與霸權的肯定。

　　在描寫戰爭時，作者總是站在戰勝者或霸主的立場上，表現出鮮明的傾向性。在城濮之戰和邲之戰中，作者明顯地站在霸主晉文公和楚莊王的立場，調動了多種敘事手法，對兩位霸主進行頌揚，並從人物言論、鬼神與天象的暗示等方面預言二人的勝利。如對晉文公的稱讚：

　　　　晉侯始入而教其民，二年，欲用之。子犯曰：「民未知義，未安其居」。於是乎出定襄王，入務利民，民懷生矣。將用之，子犯曰：「民未知信，未宣其用。」於是伐原以示之信。民易資者，不求豐焉，明徵其辭。公曰：「可矣乎？」子犯曰：「民未知禮，未生其共」。於是乎大蒐以示之禮，作執秩以正其官。民聽不惑，而後用之。出谷戍，釋宋圍，一戰而霸，文

之教也。（僖公二十七年）

宣公十二年，則借楚國的敵對之國晉大將欒書之口稱讚楚莊王：

> 楚自克庸以來，其君無日不討國人而訓之於民生之不易、禍至
> 之無日、戒懼之不可以怠；在軍，無日不討軍實而申儆之於勝
> 之不可保、紂之百克而卒無後，訓之以若敖、蚡冒篳路藍縷以
> 啟山林，箴之曰：「民生在勤，勤則不匱。」

這樣的描寫，給人的印象是，晉文公取威定霸，楚莊王一戰而霸，勢
在必然。

　　其次，作者對春秋時期的霸主，全然持十分欣賞和讚美的態度。
清人馮李驊認為《左傳》中寫得出色的晉文公、晉悼公、秦穆公、楚
莊王數人（馮李驊《左繡》〈讀左卮言〉），都是叱吒風雲的霸主。前
面所舉兩段對晉文公、楚莊王的評價，已可以說明作者的態度。即如
對「九合諸侯，一匡天下」的齊桓公，作者是以賢君之楷模來描繪他
的。儘管作為歷史人物形象，齊桓在《左傳》中不如晉文、楚莊、秦
穆諸人詳細生動，但是作者仍不忘竭力的加以讚揚。齊桓公兼併他
國，是因他國「無禮」；其「存亡國」，「以讓飾爭」，則是所謂的「惠
施」。齊桓公死後，諸侯仍「無忘齊桓之德」，「盟於齊，修桓公之好」
（僖公十九年）。以至昭公十三年，叔向仍稱讚齊桓公是「從善如
流，下善齊肅，不藏賄，不從欲，施捨不倦，求善不饜」。對於秦穆
公，作者則多次讚揚他善於自責，不以一眚廢人，「秦穆之為君也，
舉人之周也，與人之壹也」（文公三年）。這些對霸主的頌揚，無疑與
作者的崇霸思想有密切關係。

　　第三，《左傳》中的崇霸思想，還表現在戰爭觀念與對武力的態
度上。孟子認為：「春秋無義戰。」（《孟子》〈盡心下〉）對春秋時期

的武力征伐採取了一概排斥的態度。然而《左傳》作者卻認為天下紛爭，戰爭無法避免，只有用武力才能阻止戰爭、消弭戰爭。宣公十二年邲之戰以後，楚莊王論「武」的一段話，很有代表性：

> 楚子曰：「夫文：止戈為武。武王克商，作〈頌〉曰：『載戢干戈，載櫜弓矢。我求懿德，肆於時夏。允王保之。』又作〈武〉，其卒章曰：『耆定爾功』。其三曰：『鋪時繹思，我徂惟求定。』其六曰：『綏萬邦，屢豐年』。夫武：禁暴，戢兵，保大，定功，安民，和眾，豐財者也，故使子孫無忘其章。……」

這是楚莊王回答潘黨築武軍京觀以炫耀武功時說的一番話。楚莊王從字形上來解釋「武」字，文，即字，甲骨文「武」字像人持戈而行，楚莊王的意思是，只有用武力來阻止武力，用戰爭來阻止戰爭。武功，是用來禁止強暴，消弭戰爭，保持強大，鞏固功業，安定百姓，調和大眾，豐富財物的，千萬不要忘記這一點。「止戈為武」，原非「武」字造字的本意，楚莊王只是藉以闡述他的以戰爭抵禦戰爭的思想罷了。戰爭雖不是目的，但武之「七德」中，禁暴、戢兵，即指消弭戰爭。所以戰爭只有靠武力來消弭，然後才能保大、定功、安民、和眾、豐財，鞏固霸業。

兵威的作用可以維護霸業、安定國家、保護小國的生存，也見於子罕的言論（詳見第五章第一節）。按照子罕的觀點，戰爭是威懾不法行為、伸張正義、安靖國家的工具，無兵威，天下終將出亂子，所以兵不可棄。春秋時期，諸侯大國為維護其霸主的地位，是不會放棄以武力相征伐的手段的，《左傳》作者記載了楚莊王、子罕等人的言論，反映了作者尚武尚戰的傾向。

談到《左傳》的崇霸思想時還應提及，儘管王室陵夷，大樹飄零，但作者始終沒有忘記「尊王」這一面旗幟。從《左傳》中的第一

位梟雄鄭莊公開始，雖然他已不將周王放在眼裡，卻仍然高舉著「尊王」的大旗，「以王命討不庭」，橫行天下。嗣後，齊桓公也高舉著「尊王攘夷」的大纛。當其時，周王室雖日漸衰弱且位同諸侯，然而畢竟保留著天子、共主的尊號，借天子之威可以震懾諸侯，也可以團結諸侯。「尊王」的實質是「挾天子以令諸侯」。從鄭莊公到齊桓、晉文，無不深諳此道。楚莊王儘管狂妄地問鼎之輕重，卻也不敢過於造次。就連南方的吳、越二國，也總要做出一些尊王的姿態來。打著「尊王」的旗號，更有利於稱霸，這與《左傳》作者的崇霸思想並無矛盾。

　　總之，《左傳》的思想傾向是比較複雜的。它具有鮮明的民本思想，代表著當時的進步思想潮流。它崇揚禮制，把禮作為衡量事物的標準，又與儒家的傳統思想吻合。孟子說：「仲尼之徒，無道桓、文之事者。」對霸道採取了排斥的態度，而左氏崇揚霸業，稱頌齊桓、晉文之事，可見非仲尼之徒。所以對《左傳》的思想傾向，不要機械的劃歸於哪一派，還是採取具體分析的態度才是正確的。

第四章
春秋人物畫卷

第一節　雄主與賢臣

　　《左傳》全書出現的人物，上至天子諸侯、王公卿相，下至行人商賈、皂隸僕役，共有三千多個。不少人物以其鮮明的個性、獨特的面貌，活現在讀者的面前。本節與下一節，以「雄主和昏君」、「賢臣和佞臣」來區分人物，嚴格地說並不十分準確。筆者只是為了醒目而已。不過，從《左傳》作者「懲惡勸善」的目的和這些人物在後代所產生的文化──審美效應來說，大抵還是不錯的。

　　所謂賢君和賢臣，是指在春秋歷史舞臺上叱吒風雲並建立了一定功業的歷史人物。清人馮李驊說：「《左傳》大抵前半出色寫一管仲，後半出色寫一子產，中間出色寫晉文公、悼公、秦穆、楚莊數人而已。」（《左繡》〈讀左卮言〉）這只是就寫得最出色的主要人物而言。馮李驊的總結，包括兩個層次：一是那些在歷史上建立了功業的國君尤其是霸主們；二是輔佐國君取得成就的賢臣。

一　雄主和明君

　　在第一個層次中，最突出的有春秋五霸和鄭莊公、晉悼公、吳王闔盧等人[1]。前面已經提到過，《左傳》開篇第一個人物鄭莊公，就是

1　「春秋五霸」凡三說：一、《孟子》〈告子下〉趙岐注以齊桓公、晉文公、秦穆公、宋襄公、楚莊王為五霸。二、《荀子》〈王霸篇〉謂齊桓、晉文、楚莊、吳闔盧、越勾踐為五霸。三、《白虎通義》〈號篇〉以齊桓、晉文、秦穆、楚莊、吳闔盧為五霸。本書從一說。

一位梟雄。且看隱公元年的記載：

初，鄭武公娶於申，曰武姜，生莊公及共叔段。莊公寤生，驚姜氏，故名曰「寤生」，遂惡之。愛共叔段，欲立之。亟請於武公，公弗許。

及莊公即位，為之請制。公曰：「制，巖邑也，虢叔死焉，佗邑唯命」。請京，使居之，謂之京城大叔。祭仲曰：「都城過百雉，國之害也。先王之制，大都不過參國之一，中五之一，小九之一。今京不度，非制也。君將不堪。」公曰：「姜氏欲之，焉辟害？」對曰：「姜氏何厭之有？不如早為之所，無使滋蔓，蔓難圖也；蔓草猶不可除，況君之寵弟乎？」公曰：「多行不義，必自斃，子姑待之。」

既而大叔命西鄙北鄙貳於己。公子呂曰：「國不堪貳，君將若之何？欲與大叔，臣請事之；若弗與，則請除之。無生民心。」公曰：「無庸，將自及。」

大叔又收貳以為己邑，至於廩延。子封曰：「可矣。厚將得眾。」公曰：「不義不暱，厚將崩」。

大叔完聚，繕甲兵，具卒乘，將襲鄭。夫人將啟之。公聞其期，曰：「可矣！」命子封帥車二百乘以伐京。京叛大叔段。段入於鄢。公伐諸鄢。五月辛丑，大叔出奔共。

遂置姜氏於城潁，而誓之曰：「不及黃泉，無相見也」。既而悔之。潁考叔為潁谷封人，聞之，有獻於公。公賜之食。食舍肉。公問之。對曰：「小人有母，皆嘗小人之食矣，未嘗君之羹。請以遺之。」公曰：「爾有母遺，繄我獨無！」潁考叔曰：「敢問何謂也？」公語之故，且告之悔。對曰：「君何患焉？若闕地及泉，隧而相見，其誰不然？」公從之。公入而賦：「大隧之中，其樂也融融。」姜出而賦：「大隧之外，其樂

也泄泄。」遂為母子如初。

　　在春秋初期的歷史舞臺上，鄭莊公確是一個有才幹的政治家，又是一個雄鷙陰險、虛偽毒辣的統治者。馮李驊說是「春秋初年，鄭莊梟雄，為諸侯之冠」，僅從鄭莊公對待其弟共叔段及其母親姜氏的態度，便可見一斑。鄭莊公知道兄弟之間的一場權力之爭是不可避免的，消滅共叔段勢在必然，但他卻要擺出一副「仁慈」的面孔。不給叔段制地，看似愛護叔段，實際上是懼其居險難制，防範於未然。共叔段依恃母寵，野心勃勃，聚斂兼併，擴張領土，終於利令智昏，發展到企圖襲鄭奪位的地步。鄭莊公早洞察其奸，非但不早加芟除，反而欲擒故縱，麻痺對方，誘使其陷入泥淖，連手下的臣子都為之迷惑，可見其陰謀詭譎，手段老辣。消滅了共叔段，他對母親姜氏恨之入骨，發誓永不相見，過後又演出了一場和好的鬧劇，足見他的奸詐與虛偽。就是這樣一個雄鷙老辣的人物，當他安定國內之後，便開始了對外的擴張攻伐。周平王欲讓虢公與鄭莊公同為左右卿士共掌王事，鄭莊公心懷不滿，竟脅迫周平王用王子狐與鄭太子忽交質以箝制周室。周平王成了與他成了平起平坐的諸侯了。隨後，他侵衛、伐宋，入許，打著王命的旗號東征西討，儼然一副霸主的模樣，鄭莊公與周王的矛盾，也終於越演越烈，最後以兵戎相見：

　　王奪鄭伯政，鄭伯不朝。秋，王以諸侯伐鄭，鄭伯御之。王為中軍，虢公林父將右軍，蔡人衛人屬焉；周公黑肩將左軍，陳人屬焉。鄭子元請為左拒，以當蔡人衛人，為右拒以當陳人，曰：「陳亂，民莫有鬥心。若先犯之，必奔。王卒顧之，必亂。蔡衛不枝，固將先奔，既而萃於王卒，可以集事。」從之。曼伯為右拒，祭仲足為左拒，原繁、高渠彌以中軍奉公，為魚麗之陣，先偏後伍，伍承彌縫，戰於繻葛。命二拒曰：

「儳動而鼓！」蔡、衛、陳皆奔，王卒亂，鄭師合以攻之，王卒大敗。祝聃射王中肩，王亦能軍。祝聃請從之，公曰：「君子不欲多上人，況敢淩天子乎？苟自救也，社稷無隕，多矣。」夜，鄭伯使祭足勞王，且問左右。（桓公五年）

「君臣交質」，鄭莊公已經完全不把周王當天子看待，「射王中肩」，則簡直是犯上作亂了。但是鄭莊公全然不顧忌這些，的確是一個敢於衝決舊傳統觀念的新興勢力的代表。當然這個新興勢力的代表仍然還留著舊傳統的尾巴，那就是還要保持著「尊王」的虛假幌子，以「不欲多上人」與「苟自救也」來為自己掩飾，甚至假惺惺的連夜派人慰勞周王。這其中雖然有時代的原因，即在春秋初年的諸侯還不可能徹底拋棄周王朝而獨立，也可以看出鄭莊公手段的老辣。所以，鄭莊公在春秋初年，實在是一個對傳統的舊制度的首發難者。從政治才幹上來說，鄭莊公並不亞於後來的齊桓、晉文。有人認為他是一個曹操式的英雄，不無道理。

　　春秋五霸之中，以晉文公的描寫最為出色。晉文公重耳是晉獻公的庶子，本非太子。晉國發生驪姬之亂，群公子逃亡，重耳也在列國流亡了十九年，作者在僖公二十三、二十四年寫了晉文公重耳流亡十九年的遭遇和回國奪取君位的經過：

晉公子重耳之及於難也，晉人伐諸蒲城。蒲城人欲戰，重耳不可，曰：「保君父之命而享其生祿，於是乎得人；有人而校，罪莫大焉。吾其奔也。」遂奔狄。從者狐偃、趙衰、顛頡、魏武子、司空季子。
狄人伐廧咎如，獲其二女叔隗、季隗，納諸公子。公子取季隗，生伯儵、叔劉；以叔隗妻趙衰，生盾。將適齊，謂季隗曰：「待我二十五年，不來而後嫁」。對曰：「我二十五年矣，

又如是而嫁，則就木焉。請待子。」處狄十二年而行。

過衛，衛文公不禮焉。出於五鹿，乞食於野人，野人與之塊。公子怒，欲鞭之。子犯曰：「天賜也。」稽首受而載之。

及齊，齊桓公妻之，有馬二十乘，公子安之，從者以為不可。將行，謀於桑下。蠶妾在其上，以告姜氏，姜氏殺之，而謂公子曰：「子有四方之志，其聞之者，吾殺之矣。」公子曰：「無之。」姜曰：「行也！懷與安，實敗名。」公子不可。姜與子犯謀，醉而遣之。醒，以戈逐子犯。

及曹，曹共公聞其駢脅，欲觀其裸。浴，薄而觀之。僖負羈之妻曰：「吾觀晉公子之從者，皆足以相國。若以相，夫子必反其國，反其國，必得志於諸侯。得志於諸侯，而誅無禮，曹其首也。子盍蚤自貳焉？」乃饋盤飧，寘璧焉。公子受飧反璧。

及宋，宋襄公贈之以馬二十乘。

及鄭，鄭文公亦不禮焉。叔詹諫曰：「臣聞天之所啟，人弗及也。晉公子有三焉，天其或者將建諸，君其禮焉。男女同姓，其生不蕃，晉公子，姬出也，而至於今，一也；離外之患，而天不靖晉國，殆將啟之，二也；有三士足以上人而從之，三也。晉鄭同儕，其過子弟，固將禮焉；況天之所啟乎？」弗聽。

及楚，楚子饗之，曰：「公子若反晉國，則何以報不穀？」對曰：「子女玉帛，則君有之；羽毛齒革，則君地生焉。其波及晉國者，君之餘也。其何以報君？」曰：「雖然，何以報我？」對曰：「若以君之靈，得反晉國，晉楚治兵，遇於中原，其辟君三舍。若不獲命，其左執鞭弭，右屬櫜鞬，以與君周旋。」子玉請殺之。楚子曰：「晉公子廣而儉，文而有禮；其從者肅而寬，忠而能力。晉侯無親，外內惡之。吾聞姬姓，唐叔之後其後衰者也。其將由晉公子乎！天將興之，誰能廢之？違天必有人咎。」乃送諸秦。

秦伯納女五人，懷嬴與焉。奉匜沃盥，既而揮之。怒曰：「秦
晉匹也，何以卑我？」公子懼，降服而囚。他日，公享之。子
犯曰：「吾不如衰之文也，請使衰從。」公子賦〈河水〉，公賦
〈六月〉。趙衰曰：「重耳拜賜」。公子降，拜，稽首。公降一
級而辭焉。衰曰：「君稱所以佐天子者命重耳，重耳敢不
拜？」

二十四年，春，王正月，秦伯納之。不書，不告入也。及河，
子犯以璧授公子，曰：「臣負羈絏，從君巡於天下，臣之罪甚
多矣。臣猶知之，而況君乎？請由此亡。」公子曰：「所不與
舅氏同心者，有如白水！」投璧於河。

濟河，圍令狐，入桑泉，取白衰。

二月，甲午，晉師軍於廬柳。秦伯使公子縶如晉師。師退，軍
於郇。辛丑，狐偃及秦、晉之大夫盟於郇。壬寅，公子入於晉
師。丙午，入於曲沃。丁未，朝於武宮。戊申，使殺懷公於高
梁。不書，亦不告也。（僖公二十三年、二十四年）

　　其後，作者還寫了晉文公即位之後接見寺人披、豎頭須等人，善
於團結反對過自己的人；以及旌揚介之推不言祿的事情，以顯示晉文
公政治上的成熟。在這兩年的記載裡，我們發現作者對於晉文公從一
個平凡的貴族公子變成一代雄主的經歷描述得特別詳細。晉公子重耳
不是世子，本來沒有嗣位的希望，他自己也與世無爭，安於現狀。但
是宮廷內的激烈爭嗣鬥爭把他捲進了矛盾的漩渦，迫使他作出自己的
選擇。晉驪姬之亂時，開始他只是被動的避難逃亡，並沒有回國爭位
的念頭，他身上奔流著的依然是缺乏修養的公子哥兒的血。他處狄十
二年，苟且偷安，到了齊國，甚至想終老於齊。後來經歷了曹、宋、
鄭、楚等國的流亡生活，洞察諸侯國之間的複雜關係，世態的炎涼，
人情的冷暖，使他艱辛備嘗，身上的舊習氣也一蕩而盡。在楚國，面

對楚王提出的回報要求時，他以針鋒相對又不卑不亢的回答，拒絕了割地為報的要脅，顯示出他在外交鬥爭上的機智和策略。這與晉惠公為求回國便輕易割地賂秦形成鮮明的對比。驪姬之難後，晉國內部混亂，晉惠公又為秦國戰敗於韓原，這時，成熟了的重耳對君位的野心便發展起來。在秦國，他極力討得秦國的歡心，爭取秦國的支持以奪取君位。降服而囚以謝罪懷嬴，降拜秦穆公之賜，就是他為上述目的而作出的姿態與表演。艱難複雜的環境，把重耳磨煉成一個成熟老練的政治家。但是，他的野心也隨之膨脹了。等到他安定了國內，鞏固了君位，又平定了周王室的內亂，他已不滿足做一國之君，而是要出來做霸主，領導歷史的潮流了。到了僖公二十八年（前632年）城濮之戰，他一戰打敗了楚國，終於登上了霸主的寶座。可見，社會的環境、歷史的趨勢，就是這樣把一個平凡的貴族公子培養鍛煉成一個功業顯赫的霸主，成為歷史上不可低估的一代梟雄。

　　春秋後期的一位雄主，就是吳王闔廬。闔廬（即公子光）是吳子壽夢的嫡孫，諸樊的長子。吳國自從壽夢強大之後，雖也經歷過幾次動亂，但總的來說國內較穩定。吳國在壽夢之時，巫臣入吳，教吳乘車，教吳戰陣，使吳國的軍隊提高了戰鬥力。當楚國的統治階級已經衰老之時，吳國的新生力量正在興起，表現出一股勃發進取的生氣。闔廬本人也是個如鄭莊公那樣的梟雄。《左傳》中說其人「甚文」，不但「甚文」，也是個有勇有謀的雄傑。昭公十七年奪回「餘皇舟」一戰，可以看出他的善謀與機變：

> 吳伐楚。陽匄為令尹，卜戰不吉。司馬子魚曰：「我得上流，何故不吉？且楚故，司馬令龜，我請改卜。」令曰：「魴也以其屬死之，楚師繼之，尚大克之。」吉。戰於長岸，子魚先死，楚師繼之，大敗吳師，獲其乘舟餘皇，使隨人與後至者守之，環而塹之，及泉，盈其隧炭，陳以待命。吳公子先請於其

眾曰：「喪先王之乘舟，豈唯光之罪，眾亦有焉，請籍取之以救死。」眾許之。使長鬣者三人潛伏於舟側，曰：「我呼『餘皇』則對。」師夜從之，三呼皆迭對，楚人從而殺之。楚師亂，吳人大敗之，取餘皇以歸。（昭公十七年）

「餘皇舟」是吳國的戰船，很大的戰船，名叫「餘皇」。吳人善於水戰，它的船也很有特色，而且棹子很大。「餘皇」是裡頭最大的船，像旗艦一樣的大船，在長岸戰役中被楚人奪走了，楚人奪走了這條戰船，大概楚人不會水戰，也不會用「餘皇」這樣的大船，所以把它弄到岸邊，派了許多人去看守，並且環饒著這條船挖深溝，用碳填滿，擺開陣勢，怕吳國人奪回去。吳公子光對部下說，餘皇舟丟了，不但是我的責任，也是大家的責任，所以要拚死奪回來。他派了三個身高力壯的人埋伏在船旁邊，連喊三次「餘皇」這個名字，埋伏的人都回答了，楚人去殺掉這三個人，公子光乘機衝上去，把楚人打敗，奪回餘皇舟。公子光用的是調虎離山計。軍事上，公子光有出色的才幹，我們看他未即位時指揮的雞父之戰：

吳人伐州來，楚薳越帥師及諸侯之師奔命救州來。吳人御諸鍾離。子瑕卒，楚師寔。吳公子光曰：「諸侯從於楚者眾而皆小國也，畏楚而不獲已，是以來。吾聞之曰：『作事威克其愛，唯小必濟。』胡、沈之君幼而狂，陳大夫齧壯而頑，頓與許、蔡疾楚政。楚令尹死，其師熸，帥賤多寵，政令不壹，七國同役而不同心，帥賤而不能整，無大威命，楚可敗也。若分師，先以犯胡、沈與陳，必先奔。三國敗，諸侯之師乃搖心矣。諸侯乘亂，楚必大奔，請先者去備薄威，後者敦陳整旅」。吳子從之。戊辰晦，戰於雞父。吳子以罪人三千，先犯胡、沈與陳，三國爭之。吳為三軍以擊於後，中軍從王，光帥右，掩餘

帥左。吳之罪人或奔或止，三國亂。吳師擊之，三國敗，獲
胡、沈之君及陳大夫。舍胡、沈之囚，使奔許與蔡、頓曰：
「吾君死矣！」師躁而從之，三國奔，楚師大奔。（昭公二十
三年）

公子光對楚國及其盟國關係的分析，作戰計策的制定，都體現出
傑出的軍事才能。闔廬早就有篡位奪權的野心，伍子胥（伍員）也早
就洞察其「將有他志」，因此為他養了俠士鱄設諸。幾年之後，闔廬
便用鱄設諸刺殺了吳王僚，奪取了君位。不過即位之後，他倒能認識
到國內安民治亂的重要，能「親其民，視民如子，辛苦同之」，「勤恤
其民，而與之勞逸」，因此「民不疲勞，死知不曠」，吳國的國力很快
強盛起來。

吳國自壽夢開始，就有稱霸中原的野心。只是由於晉國的拉攏，
一時無法與中原諸侯抗衡。楚國是它的西鄰，到春秋末期，楚國內部
的紛亂不安定，使之國勢日削。闔廬即位之後，善納人謀，時時準備
伐楚，並終於在定公四年攻入郢都：

吳子（闔廬）問於伍員曰：「初而言伐楚，余知其可也，而恐
其使余往也。又惡人之有余之功也，今余將自有之矣。伐楚何
如？」對曰：「楚執政眾而乖，莫適任患。若為三師以肄焉，
一師至，彼必皆出，彼出則歸，彼歸則出，楚必道敝。亟肄以
罷之，多方以誤之，既罷而後以三軍繼之，必大克之。」闔廬
從之，楚於是乎始病。（昭公三十年）
伍員為吳行人，以謀楚。楚之殺郤宛也，伯氏之族出。伯州犁
之孫嚭為吳太宰，以謀楚。楚自昭王即位，無歲不有吳師。蔡
侯因之，以其子乾與其大夫之子為質於吳。冬，蔡侯、吳子、
唐侯代楚。舍舟於淮汭，自豫章與楚夾漢。……

十一月庚午，二師陳於柏舉。闔廬之弟夫槩王，晨請於闔廬
曰：「楚瓦不仁，其臣莫有死志。先伐之，其卒必奔；而後大
師繼之，必克！」弗許。夫槩王曰：「所謂臣義而行不待命
者，其此之謂也。今日我死，楚可入也！」以其屬五千，先擊
子常之卒。子常之卒奔，楚師亂，吳師大敗之。子常奔鄭，史
皇以其乘廣死。

吳從楚師，及清發，將擊之。夫槩王曰：「困獸猶鬥，況人
乎？若知不免而致死，必敗我；若使先濟者知免，後者慕之，
蔑有鬥心矣。半濟而後可擊也！」從之，又敗之。楚人為食，
吳人及之；奔，食而從之，敗諸雍澨。

五戰及郢。己卯，楚子（昭王）取其妹季羋畀我以出。涉睢，
針尹固與王同舟，王使執燧象以奔吳師。庚辰，吳入郢。（定
公四年）

　　闔廬重用從楚國逃亡來吳的伍員，又善於抓住有利時機，因此在
柏舉一戰，打敗楚國，進佔郢都，終於了卻了他的夙願，並且在諸侯
之中稱霸一時。

　　概括起來說，作者描寫的雄主這一系列人物，都具有以下幾個方
面的共同特徵。首先，這些能夠在歷史上建立了一定功業的國君霸
主，大都能對所處的形勢有十分清醒的認識和把握。春秋時代，是一
個王綱解紐、諸侯稱霸、政出多門、大夫擅權的時代，在這樣一個弱
肉強食、爭奪激烈的鬥爭環境中，他們都有一個清醒的政治頭腦，敏
銳的目光及果斷的行動，善於抓住有利時機，在爭奪中謀崛起，在分
裂中圖霸權。如鄭莊公，在春秋初年利用鄭國與周王室的特殊關係
（鄭武公以大軍保護周平王東遷有功，為周王卿士），控制住王室這
張王牌，號令諸侯，橫行中原。此後，齊桓公、秦穆公、晉文公等
人，都是看準中原霸業衰歇的有利時機，暴興於諸侯之中。哪怕是宋

襄公，也做了幾天圖霸的美夢。宋襄公算不上明君，卻也同樣是個時代的產兒。宋國是殷商遺裔，在春秋時期只是一個中等國家，一直積弱不振。其主要原因，是宋國宗法制度穩固，強宗大族擅權，政治上因循守舊、積重難返。宋國本沒有爭霸的條件，只因當時「齊桓既沒，晉文未興」，宋襄公在僖公九年即位之後，連續幾年侵伐小國取得了一些勝利，促成了他的爭霸野心，欲躋身霸主之列。但他是徒有霸心而無霸術。僖公二十一年鹿上之會，他想求楚人幫助他召集當時的小國，結果自己反被楚人所執，為楚人玩弄於股掌之上。他自認為宋國是「亡國之餘」，因此在泓之戰時以「不鼓不成列」來顯示他的「君子仁德」，以此來彌補他的「德有所闕」，結果只能落下個身敗名裂的結局。這就是時代的風雲所創造出來的一個愚蠢可笑的人物。時代能造就英雄，但又要依靠英雄個人素質的高下與對機遇的把握。在眾多的霸主之中，有不少人是經過激烈的奪權鬥爭才登上國君的寶座的，如齊桓公、晉文公、晉悼公等。或許因為經歷了創業之艱難，所以他們一旦登上歷史舞臺，便能在複雜的鬥爭中抓住機遇，準確地把握著形勢發展的潮流，掌握著時代導向的航標，巧妙地利用政治風雲的助力，成為時代的弄潮兒。

其次，順應著時代的潮流，他們都有比較明確的民本思想，知道重民、養民、愛民關係著國家的興衰，因此能內修國政，勵精圖治，安撫百姓，視民如子。作者尤其詳細地記載了齊桓公、晉文公、楚莊王、晉悼公等人物改革弊政，恤民治國的史事。他們一系列撫民利民的措施，使國家安定，國力強盛，因此具備了擴張稱霸的基礎。其中的許多人已經意識到上帝鬼神的虛幻與不可靠，成功的獲取，在於國力的強大，民心的歸附。這些，無疑的代表著當時的先進思想，也是他們事業上取得成功的思想力量。

第三，他們大都能擇善使能，重用賢才。齊桓公之用管仲，秦穆公「舉人之周」、「與人壹」，已成為歷史上選賢使能的佳話。晉文公

霸業顯赫，其成就似乎更多地要歸功於他手下的狐偃、趙衰、先軫等一大批賢臣，他是以知人善任成就功業。春秋時期，「楚材晉用」、「晉材楚用」，正是國君擇才善任的結果。這種現象至戰國遂蔚然成風。

另外，這些人物在性格上也有一些共同的特徵。正如孔子所說：「晉文公譎而不正，齊桓公正而不譎。」（《論語》〈憲問〉）其實，「譎而不正」是霸主們的共同特徵。就以齊桓公為例。閔公元年，齊桓公派仲孫湫省魯難，仲孫湫回國後，齊桓公即問：「魯可取乎？」本來省魯難是要慰問魯國的災難，可是仲孫湫回來，齊桓公並不問魯難如何，卻問「魯國可以攻佔嗎」？可見省魯難是假，覬覦魯國是真。僖公九年葵丘之會，齊桓公霸業達到了頂峰，而齊桓公在盟會上下拜受胙的鬧劇表演，也已是「司馬昭之心，路人皆知」。再如楚莊王，雖然號稱仁德之君，但是宣公十三年他派申舟聘齊，故意不假道於宋而誘使宋國殺死申舟，以取得伐宋的藉口。以上這些，何嘗是「正」？相反的，宋襄公可謂「正」矣：「不鼓不成列」，「不重傷，不擒二毛」，這種「蠢豬式的仁義道德」，不但使他為楚國所敗，甚至連性命也搭上了。所以，「譎而不正」是激烈的爭霸鬥爭的必然產物，是政治鬥爭環境中鑄造出來的性格。這便是歷史人物的時代特徵。

二　賢臣

賢臣這一層次的人物，除馮李驊所說的子產外，還有晏嬰、叔向、趙盾等人物。《左傳》中的賢臣，包括兩種類型。一類是他們雖是輔弼之臣，卻不像後來封建社會皇權極端集權化之後的輔臣，只能做些諫議疏導、補苴罅漏的工作。他們一旦登臺執政，便以一身任一國之安危，決定和主宰著國家的命運。他們雖處於輔臣之位，卻有雄主之才、霸主之略。其代表，可推管仲和子產。管仲輔佐齊桓公建立

了霸業，彪炳千秋。可是在《左傳》中，管仲的事蹟寫得並不詳細，馮李驊說《左傳》前半出色寫一管仲，此話並不準確。然而後半的子產，確實寫得光彩照人。

　　子產是鄭國的名臣。子產當政之時，正是春秋後期社會矛盾不斷加劇的時代。鄭國，經過春秋初期「小霸」的強盛之後，時此走向衰落。在外部，鄭國南有強楚，北有晉霸，親晉則楚怨，附楚則晉討，左右為難；內部，「國小而逼，族大寵多」，同樣面臨著困境。子產執政，亦可謂受任於危難之際。子產上臺後，首先是大膽地進行內政的改革：

> 子產使都鄙有章，上下有服，田有封洫，廬井有伍。大人之忠儉者，從而與之；泰侈者，因而斃之。豐卷將祭，請田焉，弗許，曰：「唯君用鮮。眾給而已。」子張怒，退而征役。子產奔晉，子皮止之，而逐豐卷。豐卷奔晉。子產請其田里，三年而復之；反其田里，及其入焉。
>
> 從政一年，與人誦之曰：「取我衣冠而褚之，取我田疇而伍之。孰殺子產，吾其與之！」及三年，又誦之曰：「我有子弟，子產誨之；我有田疇，子產殖之；子產而死，誰其嗣之！」（襄公三十年）

　　這一段話，是說子產把城市鄉村、上下尊卑和田地都治理得很好，比如說前面舉的豐卷、子張，都是鄭國的大族。子產對於這些大族的處理是妥當而嚴肅的，對卿大夫忠誠和驕奢的分別加以處理。子產執政的頭一年，人們還不理解他，甚至要殺死他，但三年之後，人們都稱頌他了。所以，這是子產執政後採取的一系列措施，使鄭國從動亂走向安定，包括對國外的危機和國內的混亂，逐步走向了安定。子產的政革，總要受到守舊派的反對和國人的誤解，但是他仍然堅持

自己的主張。《左傳》寫子產在懲罰豐卷和公孫黑與公孫楚等大族的問題上，表現出子產的策略，解決了「族大寵多」的痼疾，掃除了改革的障礙。像「作丘賦」、「鑄刑書」這些重大的改革措施，子產都不顧鄭國保守勢力的反對，堅持到底，終於取得了積極的成果，提高了鄭國的國力。子產鑄刑書，將法令條文鑄造在鼎上，公之於眾。這是我國第一次公佈法令條文，其意義不但在歷史上第一次實行了明令法制，而且是對傳統觀念的一種挑戰。

　　子產執政的另一特點是知人善任，又有較清醒的民本思想。《左傳》中記載：

> 子產之從政也，擇能而使之。馮簡子能斷大事。子太叔美秀而文。公孫揮能知四國之為，而辨於其大夫之族姓、班位、貴賤、能否、而又善為辭令。裨諶能謀，謀於野則獲，謀於邑則否。鄭國將有諸侯之事，子產乃問四國之為於子羽，且使多為辭令；與裨諶乘以適野，使謀可否，而告馮簡子，使斷之；事成，乃授子太叔，使行之，以應對賓客。是以鮮有敗事。……鄭人游於鄉校，以論執政。然明謂子產曰：「毀鄉校如何？」子產曰：「何為！夫人朝夕退而游焉，以議執政之善否。其所善者，吾則行之；其所惡者，吾則改之：是吾師也。若之何毀之？我聞忠善以損怨，不聞作威以防怨，豈不遽止，然猶防川！大決所犯，傷人必多，吾不克救也；不如小決使導——不如吾聞而藥之也。」然明日：「蔑也今而後知吾子之信可事也，小人實不才。若果行此，其鄭國實賴之，豈唯二三臣！」（襄公三十一年）

擇善使能，量才而用，又不毀鄉校，充分傾聽下層的意見，這些都是子產治政成功的重要因素。

　　子產的外交才能也是非常出色的。子產在外交上雖採取依附晉國的策略，但又進行了有理有節的反抗強權的鬥爭。襄公二十二年，子產朝晉，曆論晉、鄭兩國之間的關係，鄭國對晉霸的一貫態度以及鄭國曾經服楚的原因，表明了鄭國對於晉霸既願歸服又不屈從媚事的態度。這是子產掌握的鄭、晉邦交的基本準則。襄公二十五年，子產獻捷於晉，晉人責問伐陳之事，帶著極大的挑釁性，子產對此進行了針鋒相對的鬥爭：

> 晉人曰：「何故侵小？」對曰：「先王之命，唯罪所在，各致其辭。且昔天子之地一圻，列國一同，自是以衰。今大國多數圻矣，若無侵小，何以至焉？」晉人曰：「何故戎服？」對曰：「我先君武、莊為平、桓卿士。城濮之役，文公布命，曰：『各復舊職。』命我文公戎服輔王，以授楚捷──不敢廢王命故也。」士莊伯不能詰，復於趙文子。文子曰：「其辭順。犯順，不祥。」乃受之。

子產以大國多侵小，才有今日「數圻」之土地反駁晉人，有理有力，晉人無言以對。襄公三十一年，子產輔佐鄭簡公朝晉平公，平公不接見。對於晉國這種以霸主的強橫欺辱弱國的做法，子產採取強硬措施，「使盡壞其館之垣而納車馬焉」，終於使晉侯表示道歉，且加禮於鄭伯。子產在外交鬥爭中，採取了既親服又鬥爭的策略，表現出極大的靈活性，維護了鄭國的主權和尊嚴。

　　子產執政的指導思想，最重要的有兩條：一是以德治國，一是以民為本。這與《左傳》作者的治國主張是相一致的。但是處於春秋後期急劇變化和激烈鬥爭的社會之中，僅按此兩條原則用老方法行事，必不能奏效。急劇變化的社會必然要求政治措施的改革，這是大勢所趨，勢在必行。這也是《左傳》作者從子產這一歷史人物身上所總結

出來弱小國家求生存的歷史經驗。子產這一人物個人性格的最大特點，是實行改革堅定執著而決不後悔，認定方向不顧一切反對而奮然前行。在他執政期間，鄭國得到相對的安定，不能不說是子產政策的成功。

在《左傳》中，同樣以賢臣著稱的叔向，與子產則有所不同。叔向處於范、趙等權門執政時期的晉國，不可能完全實際掌權。他在晉國很有影響，以才幹卓絕受到重視。他對晉國存在的危機，儘管流露出很深的憂慮，且敏銳地預見到晉國的前途，卻無法挽狂瀾於既倒。與叔向相較，最傑出的賢臣，恐怕只能推子產一人，子產執政二十年，還沒有哪件事情失敗過，顯然他是《左傳》作者筆下最理想化的人物之一。

賢臣的另一類範型，是晏子和趙盾。晏子生活的時代，齊國霸業衰落，國君荒淫昏聵，佞臣專權肆虐，以致齊莊公為崔杼所殺。晏子剛直不阿的特質在崔杼弒君這一事件中表現得特別突出。崔杼殺了齊莊公之後：

> 晏子立於崔氏之門外，其人曰：「死乎」？曰：「獨吾君也乎哉，吾死也？」曰：「行乎？」曰：「吾罪也乎哉，吾亡也？」曰：「歸乎？」曰：「君死，安歸？君民者，豈以陵民？社稷是主。臣君者，豈為其口實，社稷是養。故君為社稷死，則死之；為社稷亡，則亡之。若為己死，而為己亡，非其私昵，誰敢任之？且人有君而弒之，吾焉得死之？而焉得亡之？將庸何歸？」門啟而入，枕尸股而哭。興，三踊而出。人謂崔子：「必殺之！」崔子曰：「民之望也，舍之，得民。」（襄公二十五年）

齊莊公為崔杼所殺，晏子一方面認為崔氏弒君為非，另方面又認為莊公是「陵民之君」，為私欲而死，不值得為他殉葬或逃亡。晏子所謂

「陵民之君」，「為己死而為己亡」，臣下則不必死也不必亡，與《孟子》中的「誅一夫紂」的民主思想頗為一致。所以，晏子在崔、慶二人的凶焰面前，表現出剛正不阿的特性。忠於社稷，愛護人民，是晏子行事的準則。他力諫省刑，勸行寬政，為政清廉，富貴不淫，勤懇儉僕，深得百姓的擁護。在晏子身上，可看到他已具有初步民主觀念的進步思想。

還有一個晉國的趙盾，其特點是忠於國君，匡糾君過。即使像晉靈公那樣的昏君暴君，趙盾仍不改其志，作有步驟有計畫的進諫。趙盾「驟諫」晉靈公，結果反招來殺身之禍，但是他希望國君改邪歸正，勵精圖治的決心卻是不可移易的。所以受晉靈公派遣去刺殺趙盾的鉏麑稱讚他「不忘恭敬，民之主也」，寧可自己觸槐而死也不願傷害他。晉靈公無道被殺，說明趙盾匡救君過計畫的不可行以至徹底失敗。趙盾的忠，當然也與為國愛民相聯繫，不過帶有更明顯的維護等級名分的倫理傾向。如果把晏子和趙盾兩個人物互相補充，或合而為一，便是作者所理想的完美的賢臣形象。

此外，《左傳》中還有一批人物，如大義滅親的石碏，忠勇正直的聲伯，賢明諍諫的子魚，廉潔不貪的子罕，秉公執法的魏絳，外舉不避仇、內舉不避親的祁奚，審時度勢的申叔時，毀家紓難的子文，慷慨捐軀的沈尹戍等等，都是作者筆下所歌頌的賢臣的代表。

第二節　昏君和佞臣

所謂昏君，是指《左傳》中所記載的一大批政治上暴虐無道、生活上荒淫奢侈，因而導致亡國滅族的君王。春秋時期「弒君三十六，亡國五十二」的歷史教訓，自孔子開始，經過《左傳》作者、孟子、屈原等人，一直到司馬遷以至更長的一個歷史時期中，長期為人們所關注。這是一個慘痛的歷史教訓，也是歷代統治者所關心的問題。如

何從這一眾多的滅國絕祀的事件中吸取教訓，是包括《左傳》作者在內的史學家、思想家都在思索和探求的熱點。《左傳》作者對於昏君佞臣的描繪，可以說是對這一問題作出的重要回答。

一　昏君

　　總結《左傳》中所寫的昏君，一個重要特點，就是如宣公二年所說的「不君」。所謂「不君」，首先是殘民害民，無視「民為邦本」。在「民」的地位不斷提高，人的價值被重視的時代，棄民殘民，顯然是逆潮流而動的，也必然要遭到懲罰。如晉靈公：

> 晉靈公不君：厚斂以雕牆；從臺上彈人，而觀其辟丸也。宰夫胹熊蹯不熟，殺之；置諸畚，使婦人載以過朝。趙盾、士季見其手，問其故而患之。將諫，士季曰：「諫而不入，則莫之繼也。會請先；不入，則子繼之。」三進及溜，而後視之。曰：「吾知所過矣，將改之！」……
>
> 猶不改。宣子驟諫。公患之，使鉏麑賊之。……乙丑，趙穿攻靈公於桃園。（宣公二年）

晉靈公「厚斂以雕牆」，實行重稅，用來建造奢華的宮殿，奢侈揮霍；又喜歡從高臺上用彈弓打人，這個彈弓可不是現在小孩玩的，應該是比較厲害的，可以打死人。晉靈公以看人躲避彈丸驚慌失措的樣子取樂，是以人命為兒戲；又非常兇殘，廚子煮熊掌不熟，就把他殺了，還叫宮女用畚箕裝著，就是肢解了，還要拿到朝廷上示眾——是警告其他人，如果辦事不力、不聽話，就是這樣的下場。晉靈公濫殺宰夫，草菅人命，殘暴成性。趙盾和大夫士會看到了，都覺得非常害怕而擔心。他們兩人的勸諫都沒有用，晉靈公口頭上好像接受，其實

根本不改，文過飾非，還想盡辦法除掉敢於直諫的趙盾等人，簡直十惡不赦。再如衛懿公：

> 衛懿公好鶴，鶴有乘軒者。將戰，國人受甲者皆曰：「使鶴！鶴實有祿位，余焉能戰？」公與石祁子玦，與寧莊子矢，使守，曰：「以此贊國，擇利而為之。」與夫人繡衣，曰：「聽於二子！」渠孔御戎，子伯為右；黃夷前驅，孔嬰齊殿。及狄人戰於熒澤，衛師敗績，遂滅衛。（閔公二年）

衛懿公喜歡鶴，鶴是他的寵物，他就讓鶴乘高官的車子，所以狄人來進攻時，國人都說，鶴乘車，那就讓牠們去打仗吧。而且鶴都有官祿官位，所以國人都不願意為衛國打仗。結果這次熒澤之戰，衛師敗績，而且被敵所滅。衛懿公的荒淫無道，並不亞於晉靈公。晉靈公、衛懿公，是歷史上有名的兩個昏君暴君。是兩個典型的例子。這樣的統治者，一個被國內大臣所殺，一個在外族入侵中滅亡，終於被歷史所拋棄。此外，像莒國的國君莒共公暴虐而且喜歡劍，但是每次鑄好劍，必定用人來試劍，都是暴虐無道，棄民殘民的典型。暴虐無道的結果，便是為民所棄。這些國君，不是被殺，就是被逐，這是對其暴虐棄民的懲罰。

　　昏君「不君」的另一個特點是淫亂奢侈。本來，古代的統治階級和君王，三妻四妾並不足怪，更何況在春秋時代，還殘留著上古時期群婚制和血族婚姻的遺制，這從《左傳》中所記的妾媵制度便可知道。但是春秋時代已建立起一整套倫理關係準則，社會和道德的制約是存在的。所以，這裡所說的淫亂，指逾越君臣關係、等級制度與綱理倫常的亂倫關係。這在《左傳》中並不乏其例。如衛宣公，奪媳為妾，引起國人的不滿。陳靈公與孔寧、儀行父君臣三人同淫於夏姬，還要相戲於朝，寡廉鮮恥，無以復加。這些行徑，在當時則為人所不

齒。這裡再細談談齊莊公。

　　齊莊公在即位前尚是個能帶兵打仗，且頗有眼光的人，即位之後，其淫樂無度，已是盡人皆知。齊莊公與大夫崔杼的妻子棠姜私通，崔杼卻是一個心懷貳志的陰謀家，這一來，便給早已有篡弒之心的崔杼以可趁之機。請看《左傳》的記載：

> 夏五月，莒為且於之役故，莒子朝於齊。甲戌，享諸北郭。崔子稱疾，不視事。乙亥，公問崔子，遂從姜氏。姜入於室，與崔子自側戶出。公拊楹而歌。侍人賈舉止眾從者而入，閉門。甲興，公登臺而請，弗許，請盟，弗許；請自刃於廟，弗許。皆曰：「君之臣杼疾病，不能聽命。近於公宮，陪臣干撼有淫者，不知二命。」公踰牆，又射之，中股，反墜，遂弒之。（襄公二十五年）

這段說的是崔杼殺齊莊公的過程。五月十六日，甲戌這一天是十六日。齊莊公在北城招待莒子，崔杼稱病不去。過了兩天，齊莊公去看崔杼，私下又和棠姜幽會。其實崔杼是設計把齊莊公引入崔宅，然後命令手下圍捕齊莊公，準備殺他。所以齊莊公一進去，棠姜和崔杼就從側門走了，齊莊公不知是計，「拊楹而歌」，還不知死到臨頭，崔杼手下人就圍捕過來了。齊莊公登上高臺請求免其一死，崔杼手下人不答應；請求結盟和好，也不答應；請求回太廟去自殺，也不答應。崔杼手下人還說，主人病了，不能聽命，「陪臣干撼有淫者」，等於說「我們是來抓姦夫的」！崔杼和他的手下哪裡將齊莊公當國君看待。這時齊莊公要跳牆逃跑，崔杼手下人一齊射箭，射中了齊莊公的大腿，齊莊公掉在牆內，於是崔杼像殺一隻狗一樣殺了齊莊公。可悲的是齊莊公死到臨頭還執迷不悟。崔杼稱病不朝，便有他的陰謀。齊莊公不知他的圈套，還去慰問他，不啻為自投羅網。當然慰問是藉口，

齊莊的目的是為了與棠姜（薑氏）幽會，不曾想棠姜早已同崔杼合謀了。這就是淫亂者的下場。

這些「不君」之君殘民害民、淫亂奢侈的結果，往往一是暴發內亂，如齊莊公、齊襄公、晉獻公、晉靈公、莒共公等，二是招致外來的侵略，如陳靈公、衛懿公等。因此說，「弒君三十六，亡國五十二」，有多少正是他們自己導演的悲劇。

在「昏君」人物系列之中，還有一位楚靈王，也是作者寫得極為出色的一個人物。對於楚靈王，時人謂之「汰侈」，意即驕盈奢侈。楚靈王做令尹時，已有國君之威儀，不久便殺了郟敖自立為王。所以他是憑篡弒登上楚王寶座的。為了滿足「汰侈」的欲望，他會諸侯於申地，以諸侯伐吳；又要諸侯擁戴自己做霸主。其後，又一再伐吳，作章華宮，滅陳，儼然是一個不可一世的叱吒諸侯的霸主。昭公十二年，楚靈王田於州來，「汰侈」之氣可謂達到頂峰：

> 楚子狩於州來，次於潁尾；使蕩侯、潘子、司馬督、囂尹午、陵尹喜帥師圍徐，以懼吳。楚子次於干溪，以為之援。
>
> 雨雪，王皮冠、秦復陶、翠被、豹舄，執鞭以出。僕析父從。右尹子革夕，王見之。去冠、被，舍鞭，與之語：曰「昔我先王熊繹，與呂伋、王孫牟、燮父、禽父并事康王。四國皆有分，我獨無有。今吾使人於周，求鼎以為分，王其與我乎？」對曰：「與君王哉！昔我先王熊繹，辟在荊山；篳路藍縷，以處草莽；跋涉山林，以事天子；唯是桃弧棘矢，以共御王事。齊，王舅也；晉及魯、衛，王母弟也。楚是以無分，而彼皆有。今周與四國，服事君王，將唯命是從，豈其愛鼎？」王曰：「昔我皇祖伯父昆吾，舊許是宅。今鄭人貪賴其田，而不我與；我若求之，其與我乎？」對曰：「與君王哉！周不愛鼎，鄭敢愛田？」王曰：「昔諸侯遠我而畏晉，今我大城陳、

蔡、不羹，賦皆千乘，子與有勞焉。諸侯其畏我乎？」對曰：「畏君王哉！是四國者，專足畏也，又加之以楚，敢不畏君王哉！」

工尹路請曰：「君王命剝圭以為鏚柲，敢請命。」王入視之。析父謂子革：「吾子，楚國之望也。今與王言如響，國其若之何？」子革曰：「摩厲以須。王出，吾刃將斬矣！」

王出，復語。左史倚相趨過。王曰：「是良史也！子善視之。是能讀〈三墳〉、〈五典〉、〈八索〉、〈九丘〉。」對曰：「臣嘗問焉。昔穆王欲肆其心，周行天下，將皆必有車轍馬跡焉。祭公謀父作〈祈招〉之詩以止王心，王是以獲沒於祗宮。臣問其詩，而不知也；若問遠焉，其焉能知之？」王曰：「子能乎？」對曰：「能。其詩曰：『祈招之愔愔，式昭德音。思我王度，式如玉，式如金。形民之力，無醉飽之心。』」王揖而入。饋不食，寢不寐；數日，不能自克，以及於難。

　　楚靈王到州來打獵，以此向吳國示威，並流露出求取周鼎和奪得鄭田的野心與貪欲，有些近乎狂妄。子革針對楚靈王的貪欲給予深刻的諷刺，使他終於有所醒悟，但是，膨脹了的野心是抑制不住的，最終弄得眾叛親離，在政變中被迫自縊而死。楚靈王成了春秋後期一個有名的昏君和暴君。

　　作者寫楚靈王的昏庸、殘暴、汰侈的特點，把他擴張的野心、暴虐的作為，把他的暴君形象刻畫出來。楚靈王是作者塑造得非常成功的形象，可以說在楚靈王身上，作者寫出了楚靈王多個側面的性格。古代作品，尤其是先秦的作品，它塑造人物的技巧還沒那麼成熟，往往帶有概念化的描寫，在性格的塑造上是單方面的而不是多側面的，這一點到《史記》有很大的進步。司馬遷塑造項羽的形象，塑造張良、韓信、劉邦的形象，都寫出了他們性格多方面的特徵。《左傳》

中楚靈王的形象，初步顯示了多側面的特徵。因此說《左傳》中的楚靈王是塑造得很成功的形象。

二　佞臣

　　《左傳》中，作者記載了一批心懷異志的貳臣和助紂為虐的佞臣。這一類人物，其共同特點是具有強烈的權勢欲，心懷永不滿足的貪欲和齷齪的情欲。為了最粗俗的物質實利，滿足自己最低級的生物本能欲望，不惜採取最殘忍、最無恥的手段達到目的，甚至可以根本無視倫理道德的規範，不顧國家利益，社稷安危。在作者的筆下，成為一批骯髒可憎的人物。

　　前面已提到的齊國的崔杼，以及崔杼的同黨慶封，可謂亂臣賊子的典型。崔杼迎立齊太子光（齊莊公），使他掌握了齊國政權。齊莊公只不過是他手裡的一個傀儡。莊公即位之後，只知道淫樂無度，崔杼更可以為所欲為。莊公即位不久，崔杼即殺了齊國大族高厚，而且兼併其家財。專權嗜殺是崔杼的本性。崔杼之妻棠姜，本為棠公之妻，棠公一死，崔杼便佔為己妾。齊莊公貪色，與棠姜淫亂，崔杼由此怨恨莊公，同時也給崔杼蓄謀已久的弒君企圖提供了實現的可能性。他不但公開的殺了齊莊公，而且接連殺了三個敢於秉筆直書的太史，其兇殘嗜殺，令人髮指。崔杼殺了齊莊公後，又與慶封勾結，要脅國人盟於太宮，齊國大權落入二人手中。

　　與崔杼的恃權專橫、兇殘暴戾相比，齊大夫慶封更多的是老辣與狡猾。他與崔杼勾結專權，但並不滿足，時刻準備消滅對方，獨攬朝政，襄公二十七年，崔氏發生家亂，給慶封以可乘之機。慶封偽言為崔杼平定家亂，卻乘機蕩盡崔氏，竟使崔杼無家可歸，最後上吊自殺。慶封當國之後，專權、聚斂、嗜田、縱酒、於崔杼是有過之而無不及。但其人又愚蠢無知，以至族人慶嗣告訴他大禍將臨，他還「弗

聽，亦無悛志」。最後，膨脹了的權勢欲反而造成了他的滅頂之災。崔、慶二人釀成齊國一場大亂。

齊國崔、齊之亂，從本質意義上說是大夫專權以弱公室的一場鬥爭。但作者的目的在於揭露崔、慶二人恃權專橫、兇暴奸猾的面目。尤其是作者寫崔、慶弒莊公盟於國人時，權勢薰天，不可一世；而一旦大勢一去，眾皆逃奔，連一個為崔杼駕車的人也找不到。前後鮮明的對比，明顯看出作者的傾向性。

佞臣中還有一個楚國的費無極。費無極是一個陰謀家的典型。《左傳》中寫了他去朝吳、出蔡侯朱、喪太子建、殺連尹奢（即伍子胥之父伍奢）、滅郤氏幾件事情，以揭露這個讒人陰謀家的嘴臉。我們姑且舉出其中一段，便可以看出費無極的心計：

> 郤宛直而和，國人說之。鄢將師為右領，與費無極比而惡之。令尹子常賄而信讒，無極譖郤宛焉，謂子常曰：「子惡（即郤宛）欲飲子酒。」又謂子惡：「令尹欲飲酒於子氏。」子惡曰：「我，賤人也，不足以辱令尹。令尹將必來辱，為惠已甚，吾無以酬之，若何？」無極曰：「令尹好甲兵，子出之，吾擇焉。」取五甲五兵，曰：「置諸門。令尹至，必觀之，而從以酬之。」及享日，帷諸門左。無極謂令尹曰：「吾幾禍子。子惡將為子不利，甲在門矣。子必無往！且此役也，吳可以得志。子惡取賂焉而還；又誤群帥，使退其師，曰：『乘亂不祥。』吳乘我喪，我喪其亂，不亦可乎？」令尹使視郤氏，則有甲焉。不往，召鄢將師而告之，將師退，遂令攻郤氏，且焚之。子惡聞之，遂自殺也。國人弗焚，令曰：「不焚郤氏，與之同罪。」或取一編菅焉，或取一秉秆焉，國人投之，遂弗焚也。令尹炮之，盡滅郤氏之族、黨，殺陽令終與其弟完及佗，與晉陳及其子弟。晉陳之族呼於國曰：「鄢氏、費氏自以

為王，專禍楚國，弱寡王室，蒙王與令尹以自利也，令尹盡信
之矣，國將如何？」令尹病之。（昭公二十七年）

　　僅此一例，可見費無極是個以讒言殺人的高手。他採用巧言漫語
的矇騙，心懷叵測的挑撥，無中生有的陷害，終於達到了除掉郤宛的
目的。在讒害朝吳、太子建、伍奢等人時，都是用此手段。由於楚王
的昏聵，令尹子常貪賄信讒，費無極的陰謀一一得逞。不過費無極的
倒行逆施終於引起國人的憤怒，罵他為「楚之讒人也，民莫不知」，
最終被殺。作者對費無極的揭露相當深刻。此外，像魯國的宣伯淫亂
賣國，楚令尹子常的貪婪成性，宋華父督的貪色作亂，鄭伯有的專橫
愚蠢，在《左傳》中無不予以淋漓盡致的刻畫與揭露。

　　《左傳》中還記載了一批踰越宗法制和傳統的君臣關係的篡弒
者。如楚國的商臣，魯國的叔孫豎牛，齊國的商人，宋國的公子鮑
等。春秋時期，從西周沿續下來的以嫡長子繼承制為核心的宗法制，
隨著社會生產力的發展受到了衝擊和挑戰，意識形態裡傳統的宗法思
想和君臣觀念遭到了普遍的衝擊。小宗由於財富、實力上的增強，在
政治權力上的野心也隨之膨脹，企圖起而代替大宗。於是少、長之
間，嫡庶之間的篡弒爭奪，頻繁發生，越演越烈。比如，楚國的商臣
（楚穆王），本已立為太子，因從江芊口中證實楚成王欲改立王子
職，遂起篡弒之心。他以宮甲圍成王，不許成王食熊蹯，逼其自縊而
死。魯國的叔孫豎牛，本為叔孫豹外妻之子，入叔孫氏，卻恃寵而長
叔孫家政，此後又以挑撥離間、誣告陷害、借刀殺人等手段清除異
已、擴張勢力。其父叔孫豹病重，豎牛斷其吃喝，將他活活餓死。再
如齊國的商人（齊懿公）和宋公子鮑，則常以偽善的面目出現，收買
人心，擴張勢力。齊商人為公子時，「驟施於國，多聚士，盡其家」，
以攏絡國人，弒其君舍之後，又假意讓位公子元。宋公子鮑「禮於國
人，竭其粟而貸之」，且「無日不數於六卿之門」，並與宋襄夫人狼狽

為奸，為奪位作好準備。

　　上述這類人在政治舞臺上只是匆匆過客，又常能得到暫時的成功。這些人大多數非少即庶，或為嬖人之子（如衛州吁），或為外妻所生（如豎牛），本無繼嗣的條件，由於國君或宗主的寵愛而膨脹了他們的權勢欲。而且這些人由於本身的地位和身分，聚斂搜括，集積了大量財富，是以收買人心，擴展勢力，齊商人與公子鮑就是如此。後來代齊的陳田氏（田桓子），「雖無大德，而有施於民，豆區釜鍾之藪，其取之公也薄，其施之民也厚」（昭公二十六年），厚施於民以收買人心。隨著經濟實力的強大，膨脹了政治上的野心，以至於敢於分庭抗禮或取而代之。在《左傳》作者的筆下，這些人物本性殘暴，陰險狡詐，心狠手辣。父子之情、兄弟之愛、倫理觀念都不足以束縛他們的手足，這就增加了他們施展陰謀的空間和時機。這些篡弒鬥爭，從歷史運動的進程來看，說明春秋時期尤其是後期新的階級關係的變動，和在意識形態裡傳統的宗法制度和君臣觀念遭到了何等巨大的衝擊。從《左傳》中可以看出春秋中期以後，由於宗法制的破壞與權力的下移，諸侯國中的君臣關係只是維持著一個空架子罷了。弒君廢君，隨便得很。如鄭國的子公（公子宋）為報復未能食上黿羹的羞辱便殺了鄭靈公，可見其君臣關係是何等的脆弱。《左傳》作者基本上是站在公室和維護宗法制度的立場上來刻畫這些人物，寫他們的貪欲和權勢欲，以及達到這些欲望所採用的各種卑鄙手段，對於這些人物的倒行逆施及各種醜態，往往入木三分。

第三節　其他人物系列

一　在特定的歷史時期中的愛國者

　　《左傳》所寫的眾多的歷史人物中，有一批愛國者的形象。其中

不少人，千百年後還被人們引為愛國典範。

　　愛國主義在不同的歷史時期有著不同的內容。春秋時代，周王朝中央集權名存實亡，中原處於諸侯割據的狀態，各諸侯國都在實際上行使自己的政權職能。《左傳》所記載的愛國人物，都生活在這些疆域大小不同的諸侯國之中，他們的愛國主義思想和行為往往表現在愛這些諸侯國上。列寧說過：「愛國主義就是千百年來固定下來的對自己的祖國的一種最深厚的感情。」（《列寧選集》第三卷《皮梯利姆》〈索羅金的寶貴自供〉）就當時的社會現實來說，生活在各諸侯國的人民，都不能不關心本國的政治現實和列國中的處境，因為這也直接關係著自己的切身利益。所以他們的愛國主義又常表現在維護本國的利益上。就以春秋時期的兼併戰爭來說，雖然「春秋無義戰」，但是，當國家遭到侵犯時，他們能挺身捍衛本國的利益，挽救本國的危亡，這不但是值得讚揚的愛國行為，也是一種正義的舉動。再者，這些諸侯國後來都成為大一統中國的一部分，正如偉大的愛國詩人屈原一樣，這些人物愛他們生於斯長於斯的諸侯國，實質上也就是愛我國境內各民族所共同熱愛的祖國。總之，「只要歸根是有利於祖國和人民，他們的行動都值得尊崇」（范文瀾《關於中國歷史上的一些問題》）。根據以上原則，可以認為《左傳》所記載和塑造的愛國者，都是值得稱頌的。

　　這些愛國者，首先在心靈上有滿腔的愛國情愫和強烈的愛國熱情。這種愛國感情常常具有一種自覺性。如魯國的曹劌，不顧鄉人的阻攔進見「肉食者」，並以自己的聰明才智為魯國贏得長勺之戰的勝利，就是憑著一股以魯國利益為己任的自覺愛國熱情。楚國的鍾儀，有一種發自心靈深處的故國之情。成公九年記載：

　　　　晉侯觀於軍府，見鍾儀。問之曰：「南冠而繫者，誰也？」有
　　　　司對曰：「鄭人所獻楚囚也。」使稅之。召而吊之。再拜稽

首。問其族，對曰：「泠人也。」公曰：「能樂乎？」對曰：
「先人之職官也，敢有二事？」使與之琴，操南音。公曰：
「君王何如？」對曰：「非小人之所得知也。」固問之，對
曰：「其為大子也，師、保奉之，以朝於嬰齊而夕於側也。不
知其他。」公語范文子。文子曰：「楚囚，君子也。言稱先
職，不背本也；樂操土風，不忘舊也；稱太子，抑無私也；名
其二卿，尊君也。不背本，仁也；不忘舊，信也；無私，忠
也；尊君，敏也。仁以接事，信以守之，忠以成之，敏以行
之。事雖大，必濟。君盍歸之，使合晉、楚之成。」公從之，
重為之禮，使歸求成。

　　這是著名的「楚囚」的典故。鍾儀就是楚國的鄖公，因為鍾儀的
封邑在鄖，大概在今湖北的安陸縣境內。成公七年楚伐鄭國，鍾儀被
鄭所俘虜。鄭人將鍾儀獻給晉國。兩年後，晉人又將鍾儀歸還楚國。
這裡所記的是鍾儀歸國前和晉景公的一段對話。鍾儀囚繫晉國已二
年，仍戴著南冠；泠人，就是樂官。泠人，同伶人。問他能否奏樂，
回答說這是先人的職官，當然能了；給他琴，奏的是南方樂調。這種
不背本、不忘舊的深摯的故國之情與赤子之心，感染了晉國君臣，晉
人不但放了他，而且給了重禮讓他回楚國去。晉楚兩國因此和解。鍾
儀的愛國精神，一直垂範於後代。

　　另一類愛國者，則是以自己的實際的愛國行動來維護本國利益，
抗拒大國的侵略，拯救祖國的危亡。僖公三十三年（西元前627年）
秦軍偷襲鄭國，鄭商人弦高路遇秦軍。弦高一面矯君命犒勞秦軍，以
示鄭國早已嚴陣以待。秦軍只好放棄偷襲計畫。在突發情況下，弦高
完全憑自覺的愛國行動使鄭國免除了一場兵燹之災。申包胥也是一位
眾人所稱讚的愛國者。定公四年（西元前506年）柏舉之戰，吳人入
郢，楚國幾乎滅亡。此時只有申包胥一人挺身而出，乞師秦廷：

初，伍員（子胥）與申包胥友。其亡也（伍員因受費無極讒害
逃離楚國，事在昭公二十年），謂申包胥曰：「我必覆楚國！」
申包胥曰：「勉之！子能覆之，我必能興之。」及昭王在隨，
申包胥如秦乞師，曰：「吳為封豕、長蛇，以薦食上國，虐始
於楚。寡君失守社稷，越在草莽，使下臣告急，曰：「夷德無
饜，若鄰於君，疆場之患也。逮吳之未定，君其取分焉。若楚
之遂亡，君之土也。若以君靈撫之，世以事君。」秦伯使辭
焉，曰：「寡人聞命矣。子姑就館，將圖而告。」對曰：「寡君
越在草莽，未獲所伏，下臣何敢即安？」立，依於庭牆而哭，
日夜不絕聲，勺飲不入口七日。秦哀公為之賦〈無衣〉。九頓
首而坐。秦師乃出。（定公四年）

　　申包胥與伍員是好友，私交甚篤。伍員父兄被楚平王所殺，誓報
此仇。作為好友，申包胥「勉之」以表示同情。但是，伍員要覆亡楚
國，申包胥則不能答應。可見他把維護祖國利益置於個人私誼之上。
申包胥乞師秦庭，哭不絕聲，七日不納勺飲，這種稍帶誇張的渲染，
與其說是申包胥在乞師，倒不如說是他以自己的愛國真誠感動了秦國
朝野，拯救了楚國的覆亡。事成之後，申包胥功成不受賞，反襯出他
赤誠為國的真心。

　　此外，在戰爭與外交鬥爭中，也湧現一批愛國人物，如僖公四年
楚屈完如齊師，僖公二十六年魯展喜犒齊師，僖公三十年燭之武退秦
師。屈完、展喜、燭之武等人，都是在兵臨城下的危急關頭，隻身使
敵，以其出色的辯才和睿智，通過巧妙的鬥爭策略捍衛了本國的尊嚴
與安全。他們在大國侵略的面前表現出來的敢於抗爭的勇氣，不可侵
辱的正氣，洋溢著強烈的愛國熱情。

　　春秋時代，以維護本國利益為基本出發點的愛國主義思想有其普
遍性。本國的利益與自身的利益是相一致的，正如僖公三十年鄭文公

對燭之武說的：「然鄭亡，子亦有不利焉。」維護本國的安定，消弭戰爭，直接關係到經濟的發展，人民的生活。維護本國的利益必然成為人們的自覺要求，其愛國主義思想也隨之產生。像展喜、曹劌、弦高，都屬中下層人物，卻能以國家安危為己任，「位卑未敢忘憂國」，不能不說是一種崇高的行為，到了戰國時代，諸侯紛爭加劇，七雄突起，弱小之國面臨著被鯨吞與覆亡的危險，這些愛國人物的精神力量，對於弱小國家來說，是一付很好的凝聚劑。《左傳》作者忠實地記載了這些人物事蹟，對於喚起弱小國家人們的愛國熱情，保護國土以求生存，鼓勵小國振奮國威，抗擊大國的侵略，都有巨大的現實意義。

二　形態各異的婦女人物

《左傳》中的婦女人物，絕大多數是貴族婦女。春秋時代的婦女，作為一個階層來說，並不具有獨立的政治力量，她們受到宗法制度、神權、君權、族權、夫權的重重壓迫，既無獨立的政治地位，更無獨立的人格。貴族婦女，只是作為統治階級的附庸存在。但是，當她們以自身特有的地位與身分介入政治生活時，卻因各自的性格、特質的差異，呈現出各自不同的神態與風貌。

首先是一批敢於追求人格獨立、爭取自身地位的婦女人物。如衛莊姜，美麗而無兒子，其姊戴媯生衛桓公，莊姜以為己出。在宗法制度森嚴的時代，這是件不容易的事情。因此衛人賦〈碩人〉之詩稱美她心靈的正直無私與外表的純潔無瑕。齊靈公正妻無子，已立庶長子光為太子，其妾仲子生公子牙，有寵，齊靈公要廢光而立公子牙，仲子卻說：「不可。廢常，不祥；間諸侯，難。光之立也，列於諸侯矣。今無故而廢之，是專黜諸侯，而以難犯不祥也。君必悔之。」晉國趙衰之妻，乃晉文公女兒，本可立為夫人，卻不敢得寵忘舊，固請

以非己出的趙盾為嫡子。在激烈的爭嗣鬥爭中，這些貴族婦女本可以
親生的子息為繼承人，卻不恃寵專位，反以國家利益為重，虛己為
公，以才讓人。她們極力保持正直無私、不爭一己私利的美德，不以
爭嗣奪位作為自身生存的依靠，敢於努力擺脫附庸地位而堅持自立，
受到時人的稱讚。

　　還有一批婦女，具有政治家的素質和眼光。曹國大夫僖負羈之
妻，力勸丈夫禮待流亡中的晉文公，雖為一個婦道人家，卻能對形勢
作深刻犀利的分析，對事態的發展作出高瞻遠矚的預見。衛國的定
姜，對衛大夫孫林父與晉國的關係瞭若指掌，又對晉國在諸侯中的霸
主地位以及對諸侯國的威脅一清二楚，因此她從衛國的利益出發勸諫
衛定公顧全大局，不以感情用事，消除個人好惡，答應晉國之請接納
孫林父回國，以安定衛國。晉國的伯宗妻，從伯宗個人性格與社會環
境、習慣勢力、心態特徵的矛盾分析之中準確預言伯宗之難。楚國的
鄧曼，更是一個有大將風度的婦女。她從屈瑕伐鄖、伐絞兩次勝利中
看出屈瑕的「自用輕敵」，預料屈瑕將敗於伐羅，由此向楚武王提出
預防屈瑕戰敗的措施。楚武王伐隨，鄧曼預料他必死是役，率先考慮
的是「師徒無虧」，王雖死，「國之福」，表現出重社稷、輕君王的思
想。這些婦女，雖不能主宰當時的政治生活，但是一旦參與政治生
活，便能從錯綜複雜的社會矛盾中，掌握客觀事物的發展規律，並作
出正確的判斷。她們既不以賢妻良母而著稱，也不恃柔媚都曼而獲
譽，而是以政治家的風度與氣質出現在世人面前。此外，像秦國的秦
穆夫人、晉國的文嬴，許國的許穆夫人，又具有強烈的愛國主義思
想。他們對祖國懷著不盡的眷戀和熱愛，對祖國的命運給予強烈的關
注，並且用自己特有的行為方式為祖國的利益作鬥爭，甚至不惜以生
命為代價。這些婦女，以本身的特質和行動，顯示出即使屬於奴隸主
貴族附庸的婦女作為一個真正的「人」所具有的價值和作用。

　　在《左傳》所描寫的婦女人物之中，也不乏一批面目可憎的

「惡」的形象。這些婦女人物，大致有以下幾種類型。

　　一是因自身的淫亂而導致家國之亂的婦女。以淫亂始，以內亂終。春秋初年，魯國便出了兩個這樣的國君夫人。先是魯桓公夫人文姜，本是齊國齊襄公之妹，文姜在齊即與其兄齊襄公私通，嫁於魯後，仍繼續保有私情。桓公十八年，魯桓公與文姜赴齊，二人又趁此機會私通，為桓公發現，文姜遭到桓公的責罵，哭訴於齊襄公，齊襄公指使公子彭生拉殺魯桓公於車中。事後，文姜也逃回齊國。其後，魯莊公夫人哀姜，與慶父私通，魯莊公死後，欲立慶父為君。不成，又與慶父合謀，殺了魯閔公。齊靈公的母親聲孟子，與魯國的叔孫僑如私通，後又通齊大夫慶克，姦情洩露，便以篡弒之罪陷害齊國大夫高無咎、鮑牽，結果鮑牽刖足、高無咎被逐。淫亂關係，固然是統治階級荒淫生活的表現，更重要的是它已成為政治鬥爭的一種手段。魯宣公夫人穆姜與宣伯通姦，目的在威逼魯成公除掉季孫、孟孫；宋襄夫人「欲通公子鮑」，其意在殺宋昭公。在這樣的勾結利用中，她們雖帶有某些私利，更多的是被當作政治鬥爭的工具。她們的行為，不但是道德的淪落，也是自我人格的喪失。

　　另一類婦女則表現出強烈的權力欲與覬覦君位的野心，就像晉國的驪姬。《左傳》僖公四年有一段關於晉驪姬之亂的記載：

　　　　初，晉獻公欲以驪姬為夫人，卜之不吉，筮之吉，公曰：「從筮。」卜人曰：「筮短龜長，不如從長。且其繇曰：『專之渝，攘公之羭，一薰一蕕，十年尚猶有臭。』必不可！」弗聽，立之。生奚齊，其娣生卓子。
　　　　及將立奚齊，既與中大夫成謀，姬謂太子曰：「君夢齊姜，必速祭之！」大子祭於曲沃，歸胙於公。公田，姬置諸宮六日。公至，毒而獻之。公祭之地，地墳。與犬，犬斃。與小臣，小臣亦斃。姬泣曰：「賊由大子。」大子奔新城。公殺其傅杜原

款。或謂大子：「子辭，君必辨焉。」大子曰：「君非姬氏，居
不安，食不飽。我辭，姬必有罪。君老矣，吾又不樂。」曰：
「子其行乎？」大子曰：「君實不察其罪，被此名也以出，人
誰納我？」十二月戊申，縊於新城。姬遂譖二公子曰：「皆知
之。」重耳奔蒲，夷吾奔屈。

　　驪姬為晉獻公夫人，為了廢掉太子申生而立自己的兒子奚齊，先
是勾結晉獻公嬖臣梁五、東關嬖五，唆使晉獻公把太子申生和重耳、
夷吾等公子排擠出國都居於封地。隨後又借獻祭肉設計陷害申生，逼
迫申生自殺、群公子出逃，以便其立奚齊的陰謀得逞。然而，由此卻
釀成了長達十幾年的晉國內亂。這就是著名的晉驪姬之亂。作者有意
揭示驪姬那種強烈的權力欲與覬覦君位的野心，暴露和譴責其心地的
凶殘與手段的毒辣。舊論驪姬「狐媚工讒，奸刻辣毒，千古無兩」
（引自韓席籌《左傳分國集注》注），可謂精當地概括了驪姬這一人
物性格特徵。
　　對於春秋時期這種「婦人亂國」的現象，作者的譴責批判的主觀
意圖是十分鮮明的。作者特意在襄公九年記下魯國穆姜臨死前的一段
話說：「《隨》：元、亨、利、貞、無咎。……今我婦人，而與於亂。
固在下位，而有不仁，不可謂元。不靖國家，不可謂亨。作而害身，
不可謂利。棄位而姣，不可謂貞。有四德者，《隨》而無咎。我皆無
之，豈《隨》也哉？我則取惡，能無咎乎？必死於此，弗得出矣。」
這看似是穆姜的懺悔，實則代表著作者的批判態度。其實，統治階級
的亂淫與亂政，是一根藤上結的兩只惡果。作為統治階級的附庸存在
的貴族婦女，始終只是統治者玩弄與奴役的對象。就是那些在政治上
一時得逞的婦女，同樣也不說明自己的獨立的政治地位與人格價值，
她們只是在受到統治者寵幸的特定環境中才具有暫時的威勢，一旦失
去這種庇護與寵幸，不但無法興風作浪，連自身的生命也無法保障。

所謂「婦人亂國」，根源仍在統治者身上。驪姬作亂，手段並不高明，只因為她不但受寵於晉獻公，而且探知獻公已有廢申生立奚齊之意，其發難才敢無所顧忌。以淫蕩在列國出了名的衛靈公夫人南子，得知太子蒯聵要殺她，哭訴於衛靈公，衛靈公「執其手以登臺」，倍加寵護，結果反使蒯聵逃往宋國。這些，都可以證明我們前面的論斷。不過，作者對於這一類婦女的批判，顯然帶有「婦人禍水論」的傾向。這可以從《左傳》中對夏姬的態度中得到證明。夏姬與陳靈公君臣淫亂，使陳國發生內亂而為楚所滅。後來夏姬逃到楚國，與楚臣襄老黑要私通，又與申公巫臣逃晉。作者寫她「殺三夫、一君、一子，而亡一國、兩君」（昭公二十八年），可謂罪不容誅。作者通過叔向之母的口認為：「甚美必有甚惡」，「天鍾美於是，將必以是大有敗也」，因此斷定「夫有尤物，足以移人。」甚至把三代之亡，申生之廢皆歸之於美色為害。叔向之母絕不許叔向娶夏姬之女，夏姬淫惡，連女兒也會成為禍水。後來晉平公強使娶之，生了楊食我，果然亡羊舌氏。這種「婦女禍水論」的傾向，反映了作者的思想侷限，對後世產生極大的不良影響。

三　潛藏著巨大的價值力量的下層人物

司馬遷的《史記》記載了眾多的下層人民的事蹟。如〈刺客列傳〉〈遊俠列傳〉〈滑稽列傳〉以及其他一些篇章，說明司馬遷已經比較明確地意識到下層人民作為一種不可忽視的社會力量而進行有意識的集中描寫。相比較而言，《左傳》對下層人物的記載和描寫顯得比較微弱，但已可以從歷史事件記載的吉光片羽中看到作者對這些人物的體認。因此，從《左傳》到《史記》，可以看出只要是具有一定的進步歷史觀的史學家，都必然地無法忽視下層勞動人民的社會力量和歷史作用。

　　《左傳》所記載的下層人物，獨立成章的極少，有許多是以「野人」、「役人」、「城者」、「輿人」等群體面目出現，作者往往是作為一個歷史事件的插曲或作為事件的枝蔓帶過一筆。儘管如此，他們雖然像劃過夜空的流星那樣只留下一剎那的亮光，卻由於他們超乎上層社會人們的智慧勇氣和顯示出來的人的本質力量給人留下深刻的印象，由此也透露出在春秋這個社會大動盪的時期，勞動人民所發揮的巨大作用的一絲信息。

　　成公五年所記的一個送重車的絳人，是一個連名字都沒有留下的下層人民：

> 梁山崩，晉侯以傳召伯宗。伯宗辟重，曰：「辟傳！」重人曰：「待我，不如捷之速也」。問其所，曰：「絳人也」。問絳事焉。曰：「梁山崩，將召伯宗謀之。」問將若之何。曰：「山有朽壤而崩，可若何？國主山川，故山崩川竭，君為之不舉、降服、乘縵、出次，祝幣，史辭以禮焉。其如此而已，雖伯宗，若之何？」伯宗請見之，不可。遂以告，而從之。

　　梁山崩塌，大概是因為地震或山體滑坡所致，絳人雖不懂地震之類的科學道理，但卻能知道「山有朽壤而崩」，只把它當作自然現象，並非鬼神作祟。絳人認為，面對自然災害，國君應減抑自己奢華的生活，關心國是，體恤民情，才是真正的解難救災的辦法，而不是單靠某個能人獨行其事能奏效。絳人是下層人，也有學者說他可能是隱士，雖有可能，但春秋時期的隱士和後代的隱士是有不同的，不管他是不是隱士，這個無名氏的絳人反正是個不在朝位上的人。絳人對自然災變所持的觀點，與當時進步思想家子產、晏嬰等人是一致的，他利用自然現象的變異對國君進行巧妙的諷諫，可見其睿智，他以博學多聞使伯宗欽佩，後來又不肯受薦任官，更顯出他品格的高尚。

再如晉國的靈輒，本為奴隸出身，餓於首山，曾受趙盾一飯之恩，後為晉靈公甲士，晉靈公謀殺趙盾時，靈輒「倒戟以御公徒，而免之」，救了趙盾一命。同是晉國的斐豹，原是范宣子的家奴，他憑著自己的機智勇敢殺死了欒氏之力士督戎讓范宣子為自己焚毀丹書，解除了奴隸的依附關係。這些下層人民，具有與統治階級完全不同的價值觀念與功利觀念，追求的是作為真正的「人」的價值的獲取，是作為社會主體的人的本質力量、正義感和社會責任感的實現，而不是施恩圖報或爭功求賞的狹隘功利主義與利己主義，因此具有與時人的行為習慣完全不同的精神面貌和行為準則。

《左傳》中還記載了一批「野人」，「役人」、「輿人」，他們是作者筆下的勞動人民的群象。如宣公二年，大棘之役，宋主將華元為鄭所敗，成了俘虜，逃歸之後，巡行築城之功，築城者便作歌以嘲笑華元的無能與無恥：

> 睅其目，皤其腹，棄甲而複。於思於思，棄甲復來。

「睅其目，皤其腹」，寫華元瞪著一雙大眼睛、挺著一個大肚子的醜態。「於思」，指他一臉的大鬍子。作者把華元的外貌和他棄甲而逃的狼狽相結合起來，給予辛辣的諷刺。襄公四年，魯國的臧紇救鄫侵邾，也為小小的邾國所敗，國人作誦以譏刺：

> 臧之狐裘，敗我於狐駘。我君小子，朱儒是使。朱儒朱儒，使我敗於邾。

臧紇長得矮小，所以稱其侏儒。魯為大國，邾為小國，侏儒敗於邾，大國為小國所敗，所以國人恥之。以上兩例，可以看出當時的人民對於敗軍之將喪師辱國的痛恨。

在宋國，宋太宰皇國父曾不顧農時為宋平公建造一座漂亮的樓臺，遭到正直的大夫子罕的反對。子罕請過農時再建。宋平公不同意。對統治者這種害民之舉，築臺的勞動者作歌謠說：

澤門之皙，實興我役。邑中之黔，實慰我心。

「澤門之皙」指皇國父，「邑中之黔」指子罕。歌中對殘民的皇國父的怨恨和對愛民的子罕的感激，判然分明。也是在宋國，宋公子朝與衛靈公夫人南子私通，宋國內幾乎無人不知。衛太子蒯聵過宋野，野人（鄉人）當著蒯聵的面唱起「既定爾婁豬，盍歸吾艾豭」的歌謠嘲諷二人的醜行，蒯聵羞得無地自容，決計要殺南子（定公十四年）。總之，這些下層勞動人民，往往通過輿論的力量來反映群體的存在和愛憎，對統治階級殘民害民、荒淫無恥等暴政劣行進行抨擊，他們常用下層人民特有的方式，在戲謔調侃之中，入木三分地擊中要害，表達了下層人民的願望。此外，《左傳》作者對勞動人民反抗壓迫的鬥爭也作了如實的記載。如石圃因匠氏攻衛莊公（襄公十七年），役人相命殺其長（襄公二十三年），百工之亂（昭公二十二年）等。這些，已經觸及到階級對立的問題。《左傳》所寫的下層人民雖然不多。但是他們作為社會主體而潛藏著的巨大的價值力量，卻不能不引起我們的注意。

第五章
國之大事，在祀與戎

第一節　《左傳》所記戰爭的數量

　　《左傳》並不是一部專門的戰爭史，但是卻全面而且深刻地反映了春秋時期的戰爭實況。春秋時期的人們認為：「國之大事，在祀與戎。」因此要詳細反映春秋時期的歷史面貌，必然離不開對戰爭的記載與描述。《左傳》對當時各種戰爭反映之全面，以及對各次重大戰爭描述之詳盡，是歷史上其他史書所不能企及的。清人吳闓生《左傳微》評曰：「左氏諸大戰，皆精心結撰而為之，聲勢采色，無不曲盡其妙，古今之至文也。」其實不止是大戰，許多小戰役的描寫也是如此。作者所描寫的鬥爭之複雜，場面之壯闊，人物之生動，使得描寫戰爭的許多篇章，均可作戰爭小說或是準戰爭小說來讀。

　　《左傳》全書中共記錄了四百九十二起戰爭，加上《春秋》經上有記而《左傳》無記的三十九起，經傳合記大小戰爭五百三十一起[1]。在二百六十年左右的歷史中發生如此眾多的戰事，可見春秋時期戰爭的頻繁。《左傳》中寫得較詳細的大戰有十四次，茲列表於後，可以使讀者對《左傳》的戰爭有一個大體的了解。

　　《左傳》中十四次大戰一覽表

1　此據朱寶慶《左氏兵法》（西安市：陝西人民出版社，1991年）一書統計。本章第二、三節，亦參考該書。

《左傳》十四次大戰一覽表

序號	時　間	名　稱	交戰國	主　帥	起　因	結　局
1	桓公五年（西元前707）	繻葛之戰	周王朝 鄭國	周：桓王親征 鄭：鄭莊公	周王奪鄭伯政，鄭伯不朝，周王以諸侯伐鄭。	周王敗，鄭祝聘射王中肩。
2	莊公十年（西元前684）	長勺之戰	齊國 魯國	齊：未詳 魯：莊公、曹劌	齊為公子糾之故伐魯。	魯勝，齊敗。
3	僖公十五年（西元前645）	韓原之戰	秦國 晉國	秦：穆公 晉：惠公	晉饑，秦輸之粟；秦饑，晉閉之糴，故秦伯伐晉。	秦勝晉敗，秦獲晉惠公。
4	僖公二十二年（西元前638）	泓之戰	楚國 宋國	楚：未詳 宋：襄公	宋伐鄭，楚伐宋以救鄭。	楚勝，宋敗，宋襄公傷股而亡。
5	僖公二十八年（西元前632）	城濮之戰	晉國 楚國	晉：郤縠將中軍，後改為先軫 楚：令尹子玉	楚圍宋，晉為釋宋圍伐曹、衛，楚救曹、衛，遂與晉戰。	晉勝，楚敗，楚令尹子玉自殺。晉文公稱霸。
6	僖公卅三年（西元前627）	殽之戰	秦國 晉國	秦：孟明、西乞、白乙丙 晉：先軫	秦軍襲鄭，晉師伏擊秦軍。	秦敗晉勝，獲秦三帥。
7	文公十二年（西元前615）	河曲之戰	秦國 晉國	秦：康公 晉：趙盾將中軍	秦為報文公七年令狐之役敗於晉之仇，故伐晉。	晉先勝，尋轉勝為敗。

序號	時　　間	名　稱	交戰國	主　帥	起　因	結　局
8	文公十六年（西元前611）	滅庸之役	秦楚聯軍庸國	楚：莊王庸：未詳	庸人乘楚大饑，帥群蠻以叛，故楚伐庸。	楚滅庸。
9	宣公十二年（西元前597）	邲之戰	晉　國楚　國	晉：荀林父將中軍楚：莊王親戰，沈尹將中軍，子重左軍，子反右軍	鄭親附晉國，故楚圍鄭，晉師救鄭。	楚勝，晉敗。楚莊王成就霸業。
10	成公二年（西元前589）	鞌之戰	齊　國晉　國	齊：頃公晉：郤克將中軍	齊伐魯圍龍，衛侵齊，齊報復，魯、衛乞師於晉。	晉勝齊敗，齊頃公險些被擒。
11	成公十六年（西元前575）	鄢陵之戰	晉　國楚　國	晉：厲公親戰，欒書將中軍楚：共王親戰，子反將中軍	鄭人叛晉，晉、衛伐鄭，鄭人救鄭。	楚敗，子反自殺。
12	襄公十八年（西元前555）	平陰之役	晉率諸侯圍齊	晉：平公，荀偃齊：靈公	齊伐魯之北鄙，晉率魯、宋、衛、鄭等國圍齊。	晉勝、齊敗。
13	定公四年（西元前506）	柏舉之戰	吳　國楚　國	吳：吳王闔廬、夫槩王。楚：令尹子常，左司馬戌	楚申公巫臣、伍員逃吳，為吳伐楚。	楚敗吳勝，吳人攻入郢都。
14	哀公十一年（西元前484）	艾陵之戰	魯　國齊　國	魯：哀公；吳王夫差齊：國書將中軍	春，齊師伐魯，五月，魯會吳伐齊。	齊敗魯勝，魯獲齊國書。

　　表上列了十四次大戰，有繻葛之戰、長勺之戰、韓原之戰、泓之戰、城濮之戰、殽之戰、河曲之戰、滅庸之役、邲之戰、鞌之戰、鄢陵之戰、平陰之役、柏舉之戰、艾陵之戰。講到《左傳》的戰爭，我們說有「五大戰役」、「六大戰役」，所謂「五大戰役」是指：城濮之戰、邲之戰、鞌之戰、鄢陵之戰、柏舉之戰；有時候說「六大戰役」，則再加上「殽之戰」；有時候說「七大戰役」再加上「韓原之戰」。我們講《左傳》戰爭時都會講到這些著名的戰役。需要說明的是，所謂十四次大戰，是根據戰爭的規模和作者記載的詳細程度來定的。有一些戰爭沒列入，是因為作者記載的比較簡單，而歷史上未必就是小戰役。從表上我們可以看到，春秋時期的戰爭是多麼頻繁，幾乎每年就有兩次戰爭。戰爭如此頻繁，它給百姓和社會帶來的痛苦可想而知，因此也就可以理解「國之大事，在祀與戎」這句話的分量。

第二節　《左傳》的戰爭思想

　　《左傳》記載和描寫了如此眾多的戰爭，蘊含著豐富的戰爭思想。今天，我們回頭來總結《左傳》中的戰爭思想時，仍可以感受到其中閃耀著樸素的軍事唯物主義思想和軍事辯證法。

一　戰爭的本質觀

　　戰爭就是政治的延續。春秋時期，政治鬥爭激烈複雜，軍事衝突頻繁發生。所以，戰爭成為國家最大的政治之一。《左傳》成公十三年劉康公所說的：「國之大事，在祀與戎」，便代表了作者對於戰爭在國家政治鬥爭中的重要作用的認識。國家大事除了祭祀之外，最重要的就是戰爭。自春秋初期周王朝廷的至尊地位衰落之後，爭當盟主（即霸主）成為列國之間鬥爭的主要內容。從《左傳》所記的幾百次

戰爭來看，大吞小，強凌弱的戰爭不在少數。但是，絕大部分的戰爭尤其是十幾次大戰，無不為爭霸而起，為爭霸而戰。僖公二十五年，秦穆公在韓原打敗了背信棄義的晉惠公，晉國的陰飴甥認為秦國能使「服者懷德，貳者畏刑，此一役也，秦可以霸」。僖公二十八年城濮之戰，戰爭還未開始，晉國的先軫便清楚地意識到：「報施救患，取威定霸，於是乎在矣！」所以城濮之戰，晉文公「一戰而霸」，成為後代崇霸的人們津津樂道的話題。可見，戰爭作為爭霸政治的主要手段在春秋時期的諸侯之中是非常明確的。在上一節所列的十四次大戰之中，晉、楚之間，齊、晉之間的多次戰爭，都是霸主爭奪的戰爭，戰爭的勝敗，常常是霸權消長與霸主易位的象徵。

　　襄公二十七年，晉、楚等國經過多年的爭霸戰爭，終於握手言和，在宋國向戌的奔走撮合之下召開了弭兵大會。雖然如此，大國對於戰爭的看法並沒有改變，各國對於保持自己的武力以維護自己的地位的認識仍然是十分明確的。宋國的子罕的一番話，很能代表這種思想意識：

　　　　凡諸侯小國，晉、楚所以兵威之，畏而後上下慈和，慈和而後能安靖其國家，以事大國，所以存也。無威則驕，驕則亂生，亂生必滅，所以亡也。天生五材，民併用之，廢一不可，誰能去兵？兵之設久矣，所以威不軌而昭文德也。聖人以興，亂人以廢。廢興、存亡、昏明之術，皆兵之由也，而子求去之，不亦誣乎！以誣道蔽諸侯，罪莫大焉。……（襄公二十七年）

　　晉、楚大國，威逼小國臣服靠的是武力，是戰爭。戰爭使小國上下和睦以事奉大國，因此才得以生存。天生五材，兵不可廢。兵之設，在於威懾越軌者，宣揚文德。聖人靠戰爭興起，亂人靠戰爭除掉。所以歷代的興廢存亡，無不由戰爭來決定。按照歷史唯物主義的

觀點來說，自從有了階級以來，戰爭就是解決階級、民族、國家和政
治集團之間矛盾的一種最高的鬥爭形式。戰爭對於歷史的發展無疑的
起過積極作用。子罕的這番話，反映了《左傳》作者對戰爭的歷史作
用的認識。事實正是如此。弭兵大會，只是使晉、楚之間暫時停止了
戰爭。但是，弭兵是不會長久的。弭兵大會之後，齊、魯之間，吳、
楚之間，仍然硝煙不斷，證明作者戰爭思想的正確。

　　戰爭的另一個重要作用是消滅戰爭，這是對戰爭本質觀的另一種
認識。邲之戰後，楚莊王打敗了晉軍，奠定了霸主的地位。但是他卻
反對築「京觀」以炫耀武功，並且說：

> 夫武，禁暴、戢兵、保大、定功、安民、和眾、豐財者也。故
> 使子孫無忘其章。今我使二國暴骨，暴矣；觀兵以威諸侯，兵
> 不戢矣；暴而不戢，安能保大？猶有晉在，焉得定功？所違民
> 欲猶多，民何安焉？無德而強爭諸侯，何以和眾？利人之幾，
> 而安人之亂，以為已榮，何以豐財？武有七德，我無一焉，何
> 以示子孫？（宣公十二年）

楚莊王的話意思很清楚，戰爭並不是目的；武之七德之中，禁暴、戢
兵，就是指消弭戰爭。只有實現了這個前提，才能達到保大、定功、
安民、和眾、豐財的目的。「築武軍京觀」以炫耀武功，不符合「武
之七德」的精神，所以楚莊王只是祭祀河神、修建先君宗廟以報告戰
績，便班師回朝。楚莊王對「武之七德」的論述，說明到了春秋中
葉，人們對於戰爭的本質和作用的認識已提高到一個新的階段。戰爭
雖然可以奪取霸主的寶座，但是，靠著窮兵黷武並不能鞏固自己霸主
的地位。楚莊王在位時雖然連年征戰，但是在奠定其霸主地位的邲之
戰打出了「止戈為武」的大旗，說明他的確不同於一般的霸主。他既
能在戰場上贏得勝利，又具有深邃的政治眼光。

二　戰爭與國家治亂的關係

《左傳》作者認為，戰爭的勝負決定於國家的政治狀況。正如晉、楚邲之戰前晉國的士會所說：

> 會聞用師，觀釁而動。德、刑、政、事、典、禮不易，不可敵也。不為是征。楚軍討鄭，怒其貳而哀其卑；叛而伐之，服而舍之，德、刑成矣；伐叛，刑也；柔服，德也。二者立矣！昔歲入陳，今茲入鄭，民不疲勞，君無怨讟，政有經矣。荊尸而舉，商農工賈，不敗其業，而卒乘輯睦，事不奸矣。蒍敖為宰，擇楚國之令典；軍行，右轅，左追蓐，前茅慮無；中權，後勁；百官象物而動，軍政不戒而備，能用典矣。其君之舉也，內姓選於親，外姓選於舊；舉不失德，賞不失勞；老有加惠，旅有施捨；君子小人，物有服章，貴有常尊，賤有等威，禮不逆矣。德立、刑行、政成、事時、典從、禮順，若之何敵之？（宣公十二年）

德、刑、政、事、典、禮六事，是對戰爭取勝所必須的國內政治清明的具體要求。包括政治、刑賞、典則、工商、經濟、禮義等多方面的內容。概括為一句話，也就是政通人和者勝，政治賢明的國家是不可敵御的。《左傳》的這種戰爭思想，體現在多次的大戰描寫之中。在第三章談到《左傳》的民本思想時我們已經提到，作者特意在晉楚城濮之戰前概述晉文公如何發憤圖強、治國強兵情況，如何採納子犯、先軫的意見，以禮、義、信教民，使國內安定，上下團結，奠定了戰勝楚國的基礎。楚莊王自從克庸之後，經過十三年的勵精圖治，付出了艱苦而長期的心血，才有邲之戰的勝利。同樣的例了還有

如昭公三十年楚子西對吳王闔廬的評價：「吳光新得國，而親其民，視民如子，辛苦同之，將用之也。」吳國國內團結，君臣同仇敵愾，是以柏舉之戰，吳軍長驅直入，直搗郢都。

相反的，衛懿公使鶴乘軒，玩物喪志，以至國人離心，結果在狄人入侵之時，無人願意參戰，終致亡國滅身。吳王夫差，與乃父大相逕庭，只知享樂腐化：「次有臺榭陂池焉，宿有妃嬙嬪御焉；一日之行，所欲必成，玩好必從，珍異是聚，觀樂是務；視民如仇，而用之日新。」所以楚國的子西預言：吳國「夫先自敗也已，安能敗我」。果然不出子西所料，不過二十餘年，吳為越國所滅。

誠如前所舉士會之論，政治清明的一個重要內容是「有德」。「有德」者勝。在楚莊王論「武有七德」時可以看到這種思想，這也是作者經常強調的戰爭思想之一。晉文公「退避三舍」以實現諾言，是「有德」。楚莊王問鼎之輕重，聽了王孫滿「在德不在鼎」的一番話後，震動極大，於是致力於一系列以德服諸侯的行動：滅陳復陳，伐鄭復鄭，爭取許多諸侯小國的支持。戰後又拒絕築武軍京觀以顯示仁德。「有德」指導著他的一生的行事。有德者勝，還可以從韓原之戰秦晉雙方鮮明的對比中顯示出來。晉惠公背施、幸災、貪愛、怒鄰、食言、違德，一連串背信棄義的行為，使其失盡人心，再加上君臣不和（這也是晉惠公「無德」的結果），韓原之戰一敗塗地。反之，秦穆公多次助晉，施行仁義，在道義上佔了優勢，因此獲得了取勝的決定性因素。我們只要把晉文公、秦穆公、楚莊王、晉惠公諸人一加比較，左氏的思想傾向不是昭然若揭了嗎？

三　民的作用與民心向背成為戰爭勝負的決定力量

在第三章已論及，民本思想是《左傳》重要的思想傾向之一。民本思想在戰爭中的表現，則是民的作用與民心的向背，成為戰爭勝

左傳戰國策研究 第五章 國之大事，在祀與戎 ❖ 115

負、霸業興替的決定力量。作者在大量的戰爭描寫尤其是對戰爭勝負的背景敘述之中力圖揭示這樣的真理：得民而戰者勝。

春秋時期，決定爭霸戰爭勝負的主要因素還在於雙方的實力。實力的後盾與基礎是「民」。所謂「無民，孰戰」，「無眾，必敗」，已成為春秋時期各國有識之士的共識。既然「民」與戰爭的關係如此重大，欲參與戰爭的諸侯國都知道「安民」、「撫民」的重要。這裡且看著名的「曹劌論戰」的一段記載：

> 十年春，齊師伐我。公將戰。曹劌請見。其鄉人曰：「肉食者謀之，又何間焉？」劌曰：「肉食者鄙，未能遠謀。」乃入見，問：「何以戰？」公曰：「衣食所安，弗敢專也，必以分人。」對曰：「小惠未徧，民弗從也。」公曰：「犧牲玉帛，弗敢加也，必以信。」對曰：「小信未孚，神弗福也。」公曰：「小大之獄，雖不能察，必以情。」對曰：「忠之屬也，可以一戰。戰則請從。」公與之乘，戰於長勺。（莊公十年）

魯莊公所認為可以參戰的三個條件，其中第一條「衣食所安，必以分人」，因其恩惠所加，只在貴族，未及於民，所以曹劌反對。第二條對神誠信，只對天地神靈，仍未及民，亦不足以戰。只有第三條，乃是為民辦好事，所以曹劌認為可以一戰。這表現出他對戰爭勝負估計的遠見卓識。曹劌論戰，不與魯莊公討論軍隊的數量、武器裝備、戰鬥的具體部署，而是著眼決定戰爭勝負的政治環境與民心的向背這樣的戰略機制，說明他目光的遠大。長勺之戰，魯國能以弱小的力量戰勝強大的齊國，就在於取得了人民的支持這一先決條件。

要戰勝敵人，就必須依靠廣大人民、取得人民的支持，這在《左傳》中有明確的反映。成公十六年，申叔時曾勸告楚司馬子反說：「民生厚而德正，用利而事節，時順而物成。上下和睦，周旋不逆；

求無不具，各知其極。故《詩》曰：『立我烝民，莫匪爾極。』是以神降之福，時無災害。民生敦厖，和同以聽；莫不盡力，以從上命，致死以補其闕：此戰之所由克也。」民生富厚，民德一歸於正。人民富足，辦事則有節制；順時而動，萬事皆能成功。國家上下和睦，團結一致，將士都能知道自己應遵循的規矩。所以民生富足，百姓就能齊心一致，為國效死力。這就是戰爭能夠取勝的原因。申叔時對戰爭勝負的分析，完全歸結於一個「民」字上。所以，「無民而能逞其志者，未之有也」，國君必須安撫好人民，得民方可得志。昭公十三年，吳國滅州來，楚令尹子期請楚平王伐吳，楚平王弗許，謂「吾未撫民人，未事鬼神，未修守備，未定國家，而用民力，敗不可悔」。考慮的還是民未安定，不可濫用民力征戰，否則，一敗塗地連後悔都來不及。

　　先養民而後用兵，先守備而後攻伐，先安內而後攘外。這種思想在《左傳》眾多的戰例中都有明確的體現。晉文公「始入而教其民」，「入務利民」以及示民以義、信、禮，說明他認識到安民得眾對於取得戰爭勝利的不可估量的作用。正因為如此，城濮之戰中下層人民主動獻「舍於墓」之計，誦「原田每每」之詩，軍民上下，同仇敵愾，反映出作者得眾者勝的思想。反之，申叔時認為「今楚內棄其民，而外絕其好；瀆齊盟而食話言；奸時以動，而疲民以逞。民不知信，進退，罪也。人恤所底，其誰致死」（成公十六年）。鄢陵之戰，楚國失敗，看似因子反醉酒誤事所致，其實根本的原因，則在於申叔時所指出的，楚棄民疲民而戰，必敗。此外，吳王闔廬的「視民如子」與吳王夫差的「視民如仇」，這些反差強烈的例子，足以說明作者戰爭思想中對「民」的態度。

四　帥乘和、同心同德者勝

　　軍陣和睦，將士上下同心同德，是戰爭取得勝利的一個重要因素。作者在敘寫戰爭時，這一思想也是非常鮮明的。所謂「帥乘和，師必有大功」（成公十三年），就是這個意思。桓公十一年，楚國的鬥廉對屈瑕說：「師克在和，不在眾。商、周之不敵，君之所聞也。」強調的是一個「和」字。和者，團結一致也。團結一致，眾志成城，這就是最大的戰鬥力。當年商紂王人多，周武王人少；商紂王有億兆夷人，但離心離德；周武王僅虎賁之士三千，但同心同德，卻可滅商，可見「和」之重要。

　　《左傳》作者在戰爭的敘寫中非常重視揭示「帥乘和」可以取勝的思想。城濮之戰時，作者首先詳寫晉軍將帥的配備：

> 於是乎搜於被廬，作三軍，謀元帥。趙衰曰：「郤縠可。臣亟聞其言矣，說禮、樂而敦《詩》、《書》。……君其試之！」乃使郤縠將中軍，郤溱佐之。使狐偃將上軍，讓於狐毛而佐之。命趙衰為卿，讓於欒枝、先軫；使欒枝將下軍，先軫佐之。荀林父御戎，魏犨為右。（僖公二十七年）

　　單是狐偃、趙衰等人對職位的謙讓，就給人一個「帥乘和」的感覺，再加上趙衰對郤縠的稱讚，更是營造了一個上下和睦團結的氣氛。開戰之後，晉人圍曹、解救宋圍、拘楚宛春而復曹、衛，以及決戰城濮，在每一個戰術問題上，晉國君臣和將帥無不進行了熱烈的討論和研究，制定出可行的作戰方案。不但如此，甚至連輿人即下層役卒也為戰爭出謀獻策。這一切，都在向人們揭示：晉國「帥乘和」。還可以看看齊、晉鞌之戰的例了。鞌之戰時，晉軍主帥郤克「傷於

矢，流血及履，未絕鼓音」，張侯「矢貫余手及肘」，血把左邊的車輪都染紅了，仍然「左並轡，右援枹而鼓」，鄭丘緩亦受傷而堅持戰鬥，將帥三人互相鼓勵，表示了死戰的決心。在這樣昂揚的戰鬥精神鼓舞下，晉軍士氣大作。戰鬥勝利之後，晉國的士燮（范文子）、郤克、欒書等人又都謙遜讓功。凡此種種，無不在提示人們：晉國上下團結，同心對敵，所以取勝。

很難設想，一支離心離德、四分五裂的軍隊能取得戰爭的勝利。定公五年楚國的鬭辛曾說：「不讓，則不和；不和，不可以遠征。」將帥不謙讓，軍隊不團結，更不可以遠征攻伐。柏舉之戰，吳人入郢，然吳軍內部夫槩王等人爭宮，結果反勝為敗。內不和，先自敗。鄢陵之戰前，晉郤至謂楚人有「六間」：

> 楚有六間，不可失也：其二卿相惡；王卒以舊，鄭陳不整，蠻軍而不陳；陳而違晦，在陳而囂。合而加囂，各顧其後，莫有鬥心；舊不必良，以犯天忌。我必克之！（成公十六年）

所謂「六間」，即六個致命弱點。這六個弱點之中，第一個就是將帥不和──二卿相惡，即楚令尹子重與司馬子反不和。最終，也真應驗了郤至的預言，子反以飲酒誤事致使楚國大敗。

無獨有偶，一向注重帥乘和的晉人，也犯了內部不團結的大忌。邲之戰時，晉國的主帥荀林父新用事，「未能行令」，不能堅持正確的作戰方針而抵制錯誤的主張，上、中、下三軍主帥，專行而不獲，各執一辭，因此晉軍內部一開始就形成了主戰與主和兩派不同的意見。再加上中軍佐先縠剛愎不仁，孤軍獨進；將領魏錡、趙旃二人心懷私怨，各有貳心，所以晉軍內部各行其事，離心離德。楚人伍參言之：「晉之從政者（指荀林父）新，未能行令；其佐先縠，剛愎不仁，未肯用命；其三帥者，專行不獲；聽而無上，眾誰適從？此行也，晉師

必敗！」後果然不幸而言中。晉之敗，亦非敗於楚，乃自敗也。

　　軍陣和睦、同心同德、團結一致才能克敵致勝，這一思想在《左傳》中是非常鮮明的。

五　有備無患，才能立於不敗之地

　　這是戰爭中一個重要的戰略思想，也是具體的戰術和策略。春秋時期戰爭頻繁，諸侯國之間互相偷襲之事時有發生。因此，在和平中想到戰爭，居安思危，才能處於主動地位，防備不虞。襄公十一年，晉魏絳對晉悼公說：「《書》曰：『居安思危。』思則有備，有備無患。敢以此規。」即告誡晉悼公要有居安思危、常備不懈的思想。成公九年冬十一月，「楚子重自陳伐莒，圍渠丘。渠丘城惡，眾潰，奔莒。……楚師圍莒，莒城亦惡，庚申，莒潰。楚遂入鄆。莒無備故也。」莒城與渠丘從不設備，連城牆都敗壞不堪，所以楚人輕而易舉的佔領兩城。對此，《左傳》作者評論道：「君子曰：恃陋而不備，罪之大者也；備豫不虞，善之大者也。莒恃其陋，而不修城郭，浹辰之間，而楚克其三都，無備也夫？」

　　平時有備，可防範於未然；戰時有備，則可避免措手不及。宣公十二年邲之戰，晉之魏錡、趙旃二人為洩私憾私自出師挑戰，晉士季等人皆要求提前作好戰備，士季曰：「備之善！若二子怒楚，楚人乘我，喪師無日矣！不如備之。楚之無惡，除備而盟，何損於好；若以惡來，有備不敗。且雖諸侯相見，軍衛不徹，警也。」所以，無論楚人是否懷有惡意，有備不敗。事實果然如士季所言。楚軍突然衝過來時，士季的上軍因有備而不敗。中軍、下軍則潰不成軍。

　　《左傳》中的軍事思想還可以舉出一些。如以德取勝，有理則壯的思想。即如僖公二十八年子犯所說：「師直為壯，曲為老，豈在久乎？」兩軍對陣，理直者鬥志高昂，理曲者士氣低落。有理則正，正

則壯，壯則氣盛，氣盛則能勝敵。在多次的戰役中，作者都不忘揭示
這一真理。再如輕師必敗的思想。僖公三十三年，秦師過周北門，免
冑而下，超乘而上，王孫滿由是預言：「秦師輕而無禮，必敗。輕則
寡謀，無禮則脫。入險而脫，又不能謀，能無敗乎？」軍隊輕佻且無
禮，說明其缺乏良好的訓練，而又傲慢魯莽沒有嚴明的作風和紀律約
束，驕狂輕敵的軍隊是不能打勝仗的。鄢陵之戰，楚師「其行速，過
險而不整。速則失志，不整喪列」，犯的也是同樣的錯誤。這些思
想，在今天的戰爭中有許多還是可以引以為鑒的。

　　軍事思想是戰爭實踐的總結，是戰爭中人類的智慧的結晶。春秋
時期是戰爭頻繁的時代，各諸侯國通過戰爭去爭奪霸權，也通過戰爭
以兼併他國。嚴酷的現實迫使統治者去總結戰爭的經驗教訓。我們從
《左傳》多次所引的《軍志》、《軍政》、《令典》等軍事著作中，可以
看出早在春秋時期甚至更早的年代，就有了專門性的軍事著作。《左
傳》作者對於戰爭的總結，是對前人軍事研究的繼承。再者，春秋時
期的歷史對於《左傳》作者只是一部近代史，審視歷史的距離的恰到
好處為其總結戰爭提供了方便。春秋以前的軍事思想對作者產生了巨
大的影響。近距離地研究戰爭實踐，又使作者的軍事思想得到一次更
高的昇華。所以《左傳》為我們保留了豐富的軍事思想遺產。

　　再者，《左傳》作者表現其戰爭思想，特點是哲理性和實踐性相
統一，思想性與形象性相結合。即把戰爭思想貫注於戰例之中。《左
傳》不是軍事科學著作，它只是一部編年體史學巨著。作者在描寫戰
爭時，總是詳細地寫出當時的政治形勢，戰爭的起因、交戰國雙方君
臣的思想動態、精神面貌，寫出作戰雙方對戰爭決策的詳盡的分析。
作者採取了忠實地記錄歷史事實的寫作態度，又採用了眾多的文學手
法，使得戰爭成為活生生的歷史畫面，而作者的豐富的戰爭思想，便
蘊含在這些栩栩如生的形象描寫之中。所以它的戰爭思想，不是枯燥
的說教，而是實際的形象表現，也就是說，作者是以物化的形態即戰

爭運動的形式，具體戰例的形式體現出來的，所以其戰爭思想具有很強的實踐性。

第三節　奇計與謀略

《左傳》在描寫戰爭時特意記載了眾多的出奇制勝的妙計、奇計和奇智謀略，為歷代論兵者所稱道。明代陳禹謨著成《左氏兵略》之後，對於左氏兵法，多有作者，如明人宋徵璧撰《左氏兵法測要》，清人李元春的《左氏兵法》，徐經的《左氏兵法》等書，多是從奇謀妙計等戰術計策上加以輯錄和總結的。

清人徐經將「左氏兵法」歸納為「覆軍、潛軍、宵軍、夾攻、火攻、要擊、先犯、先奪、設偽、設陳、誤備、虛唱、敝敵、誘敵、死戰、死報、嚴令、軍政」等十八個部分，並論左氏兵訣曰：

> 用兵之法，左氏略備：如平日則討國人而訓之，示之信，示之禮，在軍則討軍實而申儆之；好以整，好以暇；其審敵也，有進退之宜；其合戰也，有旗鼓之節；凡若此類，皆兵法之常也。若夫特之角之，分之合之，攻其偏以攜之，代其交以孤之，嬴師以張之，易行以誘之，伐木以蓋之，蒙臯比而犯之，燧象以奪之，三覆以待之，未陳而薄之，乘其凶懼而攻之，偽勝以慴之，偽敗以驕之，三分四軍以敝之，亟肆以疲之，深壘固軍以老之，無扦採樵以餌之，罪人屬劍以誤之，見舟潛師以惑之，多鼓鈞聲以震之，長鬣奮呼以亂之，此等皆所謂變化從心，出奇制勝者也。至如城濮曳柴而示弱，平陰以曳柴而示強，吳登山以望楚而得其真，齊登山以望晉而得其偽，魏舒毀車為行以克翟，巫臣教吳乘車以入楚，此等或相似而相反，或相反而相濟，尤不可以一律論也。

此中所謂兵法之常，指的是戰略與戰術上的權謀，所謂變化從心。出奇制勝者，多是戰鬥中的奇計，所謂相似相反、相反相濟者，即靈活多變的戰術策略。徐氏所論，使我們大致領略了左氏兵法的瑰奇與多態多姿。

《左傳》中的奇智妙計層出不窮。茲舉數例略加分析，以為攬勝之觀。

一　兵不厭詐

僖公二十五年，秦晉聯軍伐小國鄀。楚人派兵戍守鄀都商密。秦軍將自己的士兵假裝成鄀國的俘虜，捆綁著包圍了商密。晚上，又假裝成和楚將盟誓和好的樣子以迷惑鄀人。鄀人一見，心裡害怕，就投降了秦軍。《孫子兵法》上說：「兵者，詭道也。」秦軍以詭詐惑敵，未戰而勝，可謂出奇制勝。

二　不備不虞，不可以師

隱公五年，鄭人侵伐衛郊，以報前一年的東門之役，衛人以南燕之軍應戰。鄭國派祭足等人率三軍在正前方與燕軍周旋，又派曼伯和子元二人率軍悄悄潛入燕軍的背後，燕軍只顧及陣前的鄭國三軍，卻未料到鄭軍的背後偷襲，結果腹背受敵，為鄭所敗。戰爭之中，各種意外情況都可能發生，如果沒有全域性的周密部署，則可能敗於不虞。所以《左傳》作者深有感觸地說：「不備不虞，不可以師」。

三　先聲奪人

先聲奪人，在於先發制人，乘敵立足未穩之際，速決取勝。文公

七年，秦國以武力護送晉公子雍回晉。晉國懾於穆嬴的壓力予以拒絕，也以武力抵禦秦軍。趙盾說：「先人有奪人之心，軍之善謀也。逐寇如追逃，軍之善政也。」乘秦師立足未穩，夜起攻之，敗秦師於令狐。邲之戰中，晉將魏錡、趙旃夜入楚軍，晉人並未準備迎戰，只派軺車接應二人。楚軍孫叔敖說：「進之！寧我薄人，無人薄我！……《軍志》曰：『先人有奪人之心。』薄之也。」晉人尚未弄清是怎麼回事，楚軍已如潮水般衝了過來。晉師荀林父不知所措，急下令全軍渡河，結果，「中軍、下軍爭舟，舟中之指可掬」。《軍志》所說，指的是先發制人，可以動搖敵方軍心，克敵制勝。《左傳》中多次引用《軍志》中的這句話，可見先聲奪人已成為戰爭中普遍遵循的一條原則。

四　敵疲我打，以逸待勞

莊公十年，齊侵魯，戰於長勺。魯莊公採用曹劌的計策：

> 公將鼓之。劌曰：「未可」。齊人三鼓。劌曰：「可矣！」齊師敗績。公將馳之。劌曰：「未可」。下，視其轍，登軾而望之，曰：「可矣！」遂逐齊師。既克，公問其故。對曰：「夫戰，勇氣也。一鼓作氣，再而衰，三而竭。彼竭我盈，故克之。夫大國，難測也，懼有伏焉。吾視其轍亂，望其旗靡，故逐之。」

有的人曾認為曹劌是「採取了『敵疲我打』的方針，打勝了齊軍，造成了中國戰爭史中弱軍戰勝強軍的有名的戰例」。

五　亟肄以罷之，多方以誤之

曹劌論戰所謂「彼竭我盈」的策略，在於以逸待勞、後發制人。而伍子胥提出的「亟肄以罷之，多方以誤之」，用來對付楚人的辦法，也如出一轍。昭公三十年，吳王闔廬向逃到吳國的伍員請教伐楚的辦法，伍子胥曰：「楚執政眾而乖，莫適任患。若為三師以肄焉，一師至，彼必皆出。彼出則歸，彼歸則出，楚必道敝。亟肄以罷之，多方以誤之。既罷而後以三軍繼之，必大克之。」伍子胥認為，楚國執政的人多，又互相不和，沒有人敢承擔責任；這是楚國內部不團結帶來的致命弱點，即前面說的「六間」之一。肄焉，即以部隊突襲騷擾後又立即撤退。所以用三支軍隊對楚國進行突然襲擊，然後又快速撤退；一支部隊打到哪裡，他們必然出來應戰；他們出來，我們就撤；他們回去，我們就進攻，幾次之後，楚軍就疲憊不堪了，而且容易產生失誤。這就是「亟肄以罷之，多方以誤之」。不斷騷擾他，他出來你又溜了，他回去你又進攻，使得他進也不是，退也不是，長此以往，當然就難以判斷了，不知道對方到底是什麼意圖。這樣，楚人「自昭王即位，無歲不有吳師」，更是疲憊不堪，疲於奔命，終於在定公四年為吳人所敗。

六　設伏誘敵

設計誘敵，乘虛而入，也是左氏奇計之一。桓公十二年，楚國伐絞。絞國地小，國人輕浮，「輕則寡謀」，所以楚人讓士兵偽裝成打柴人去引誘絞人，且不設護衛。絞人果真中計，俘獲了打柴人。第二天又爭先恐後出城。楚軍則乘機攻佔了絞北門，又在山下設伏，大敗絞人。

七　設間用諜

這在春秋的戰爭中十分常見。僖公二十四年，衛人將伐小國邢。衛大夫禮至建議自己和其弟先到邢國，任其官守以作內應。第二年春天，衛人伐邢。禮至兄弟乘巡城時殺了邢國正卿國子，衛人入邢。同一年，晉文公伐原，圍之三日，原不降，間諜出，揚言「原將降矣」以亂軍心，原人終於瓦解而降。

八　聲東擊西

聲東擊西，這也是戰爭中常用之法。定公二年「吳子使舒鳩人誘楚人，曰：『以師臨我，我伐桐，為我使之無忌』。秋，楚囊瓦伐吳，師於豫章。吳人見舟於豫章，而潛師於巢。冬十月，吳軍楚師於豫章，敗之。遂圍巢，克之。」吳人先以舒鳩人誘楚，而主力卻偷偷地在巢地集結。又故意在豫章丟棄幾條載船以迷惑楚人。這樣，聲東擊西，奇正變化，弄得楚人暈頭轉向，吳人一舉獲勝。

九　空城計

莊公二十八年，楚軍突襲鄭國，長驅直入鄭國都城之遠郊。鄭人猝不及防。當楚軍行至城門之外時，鄭人乾脆大開城閘而不關閉，楚人疑有伏兵而不敢入，連夜撤軍。看來諸葛亮的「空城計」，其發明權的專利還得屬於春秋時期的鄭國人！

十　連環計

　　連環計，以晉楚城濮之戰中的晉人運用得最為出色。晉國以「舍於墓」之計攻佔了曹國，為戰爭贏得了主動權。為了擴大御楚的陣營，晉將先軫又制定了「釋宋，執曹怒楚以邀齊秦」的「喜賂怒頑」之計，既給楚國施加壓力，又可聯合齊秦抗楚。楚師子玉為破先軫之計，以「一言以定三國」之計要脅於晉，先軫又針鋒相對的以「私許復曹、衛以攜之，執宛春以怒楚」之計破之。終於攻破了楚、曹、衛之聯盟，激怒了楚軍與之決戰。晉先軫之計一環緊扣一環，環環相接，滴水不漏，楚人幾乎是無懈可擊。晉人取得城濮之戰的勝利，很大程度上是戰爭智謀和作戰計策的勝利。

十一　蒙馬先犯之計

　　以皋比（虎皮）蒙馬先犯敵陣，此計在春秋時期早已被廣泛運用。莊公十年，齊、宋聯軍伐魯，魯公子偃便以皋比蒙馬先犯宋人軍陣，宋軍受此驚嚇，大敗於乘丘，齊師隨即退兵。城濮之戰，晉軍胥臣亦蒙馬以虎皮先犯陳、蔡軍，擊潰楚方右翼軍。蒙馬先犯之計，多用於戰事剛開始之時。春秋時期尚用車戰。馬上蒙以虎皮，乘對方未發起攻擊之時沖入敵陣，對方馬一見虎皮，受了驚嚇，車陣必亂，便可打它個措手不及。

十二　曳柴揚塵之計

　　城濮之戰，晉上軍帥狐毛故意設二旒假裝撤退，下軍帥欒枝則令部下將樹枝綁在戰車後面奔跑，揚起陣陣煙塵以作撤退之態。楚軍主

帥不知是計，以為晉軍大部隊敗逃，便下令左軍追擊。晉人見楚軍中計，馬上指揮中軍部隊攔腰截擊楚軍；晉方上、下軍也突然回師夾擊楚軍，楚方腹背受敵，死傷無數。襄公十八年平陰之役，晉國與齊國作戰，也用過此計。當時晉人兵力較少，於是在戰車左邊坐上個真人，右邊放個假人，讓戰車「曳柴」奔馳，揚起漫天塵土，齊人不知虛實，連夜逃遁。看來晉人最善此計。其實據說先秦兵書《司馬法》中已列有此計。《淮南子》〈兵略訓〉中云：「曳梢肆柴，揚塵起揭，所以營其目者，此善為詐佯者也。」兵不厭詐，曳柴揚塵，目的在詐佯敵人以迷惑對方，使不知虛實。此計已成為古代戰爭尤其是古時代冷兵器戰爭中常用之計。

十三　塞井夷灶之計

成公十六年，晉、楚二國在鄢陵展開戰場，戰鬥一開始，楚軍想在齊、魯諸侯軍未至之前，先破晉軍，因此直壓晉軍列陣。晉軍採用年輕的將領范匄的「塞井夷灶而為行首」的計策，在營內列陣以待楚軍。「塞井夷灶」，即將營壘內的水井填了，炊灶鏟平，擺開陣勢，以決一死戰。嗣後，晉又用中軍主帥欒書的謀略，「固壘而待之」。待敵「退而擊之」，用以逸待勞的戰術，使晉軍變被動為主動。清人李元春認為「塞井夷灶」，即項羽之破釜沉舟（〈左氏兵法序〉），二者確有異曲同工之妙。

十四　燧象之陣

燧象，即把火炬繫在大象尾巴上，點燃之後驅使象群奔向敵軍。定公四年吳楚柏舉之戰，楚將針尹固即用燧象之陣以拒吳軍。《史記》〈田單列傳〉中所記載的火牛陣，蓋即肇始於楚人的燧象之陣。

十五　以死士亂敵之計

　　死士亂陣，意在瓦解對方心理，造成恐懼，乘機出擊。定公十四年，吳越二國戰於檇李。「句踐患吳之整也，使死士再擒焉，不動。使罪人三行，屬劍於頸，而辭曰：『二君有治，臣奸旗鼓，不敏於君之行前，不敢逃刑，敢歸死』。遂自剄也。師屬之目，越子因而伐之，大敗之。」越王勾踐以敢死隊（死士）兩次衝擊吳軍，吳軍紋絲不動。於是讓三行罪人將劍架在脖子上，列於陣前自殺。這一來，吳軍看得目瞪口呆。乘此機會，越軍突然攻擊，吳軍大敗。吳王闔廬傷趾，因此送掉了性命。越軍取勝，亦勝在出奇，此計可謂奇中之奇者矣。

　　《孫子》曰：「凡戰者，以正合，以奇勝，故善出奇者，無窮如天地，不竭如江河。……戰勢不過奇正，奇正之變，不可勝窮也。」《左傳》中的戰術，亦如《孫子》所言，注重奇正結合，妙在奇正變化，善出奇者，像大地運行那樣深藏不露，又像江河奔騰那樣變化無窮，像天空那樣深邃莫測，又像有生於無那樣神妙奇譎。所以，奇，便是《左傳》戰術謀略的主要特徵。而這些奇計，皆見於具體戰例，更使人感覺有神可會通，有形可揣摩，有例可效法。清人李元春在其〈左氏兵法序〉中說：「《左氏》喜談兵敘兵事，往往委曲詳盡，使人如見其形勢計謀，故其為文不得不然。……是又安見《孫子》、《吳子》所言，非即據《左氏》諸所述者以為藍本乎？……《孫》、《吳》所言，空言也；《左氏》所言，驗之於事者也。後人善用兵者，皆知其出於《孫》、《吳》，烏知其實出於《左氏》。」因此稱「《左氏》固兵法之祖也」。實在並非溢美之辭。

第四節　波瀾壯闊的戰爭描寫

　　《左傳》的戰爭描寫，展現了驚心動魄的古代戰鬥場面，塑造了風姿各異的人物群像。具有一種凝重而雄渾的史詩的特徵。

　　首先，作者描寫戰爭，並不是把它當成單純的戰爭史記載，也不是單一地站在某一國的立場上來評論是非曲直，而是以總攬全局的宏偉氣魄與歷史眼光，高瞻遠矚地將戰爭放到整個社會與歷史環境的大背景中審視，作為春秋時期政治鬥爭的一個重要部分來表現。作者寫某一個戰役，總是先詳細地寫出當時的政治形勢，各諸侯國之間的錯綜複雜的關係，交戰國雙方君臣的思想動態、精神面貌。把決定戰爭勝負的政治背景交代得一清二楚，然後再以精煉之筆敘述戰鬥的經過，從而全面地反映出戰爭前後的這一段廣闊複雜的社會歷史面貌。

　　先以晉楚邲之戰為例。邲之戰的導火線，本由鄭國而起。鄭國在當時是晉、楚兩國爭奪的對象。作者在大戰爆發之前，不厭其煩地記載晉、楚兩國多次伐鄭、平鄭、棄鄭等一系列行動，展示了諸侯國之間你爭我奪的複雜的政治關係和鬥爭形勢，最終爆發了邲之戰。齊晉鞌之戰，起因是齊國首先入侵魯國，魯國求救於晉。晉國主帥郤克因出使齊國，受了齊頃公之母蕭同叔子的嘲笑，報仇心切，加速了這場戰爭的爆發。但是，從中原爭霸政治的大背景來看，實質是邲之戰後，晉新敗於楚，晉國的力量削弱，引發了齊國復霸的野心。這樣，齊國不能與鰲頭剛露的楚莊王爭鋒，只好轉而向晉國挑釁，以求火中取栗，企圖從晉國手中求得一杯霸主的殘羹。這才是鞌之戰的真正原因。作者在寫鞌之戰前，並沒有忘記對這一背景的交代。只是史事分年散見，讀者若不細心，未必能夠注意到這一點。再如吳楚柏舉之戰，發生在定公四年。這次戰爭，究其根源，可以追溯到昭公十三年（西元前529年），甚至追溯到成公二年（西元前548年）。楚中公巫臣

入吳，巫臣教吳戰守之術，就已種下柏舉之戰的種子。作者借助編年記史這一有利條件，將吳楚兩國幾十年間鬥爭的來龍去脈，一一敘來。到了定公四年（西元前506年）的柏舉之戰，成為兩國鬥爭形勢發展的一個高潮。所以，讀者讀《左傳》中的戰爭篇章，切不可只盯住戰爭爆發那一兩年的內容，而應該「溯洄從之」，全面了解諸侯國之間鬥爭形勢的發展過程，才能正確地把握住作者戰爭描寫的精髓。作者也正是以此立意、剪裁和組織它的戰爭篇章，讓讀者感受到更為深廣的歷史氛圍。

　　《左傳》敘戰，每對戰前戰事之醞釀，曲盡其詳。尤喜於戰前安排某一人物對戰事的剖析。如韓原之戰中，慶鄭、虢射等人的議論；城濮之戰中，成王規勸子玉的一番話，邲之戰前，士會、欒書的分析；鄢陵之戰前，申叔時對子反的規勸等等。且看鄢陵之戰前，申叔時的一段論析：

> 過申，子反入見申叔時，曰：「師其何如？」對曰：「德、刑、詳、義、禮、信，戰之器也。德以施惠，刑以正邪，詳以事神，義以建利，禮以順時，信以守物。民生厚而德正，用利而事節，時順而物成。上下和睦，周旋不逆；求無不具，各知其極。故《詩》曰：『立我烝民，莫匪爾極』。是以神降之福，時無災害。民生敦厖，和同以聽；莫不盡力，以從上命，致死以補其闕：此戰之所由克也。今楚內棄其民，而外絕其好；瀆齊盟而食話言；奸時以動，而疲民以逞。民不知信，進退，罪也。人恤所底，其誰致死！子其勉之，吾不復見子矣！」姚句耳先歸，子駟問焉，對曰：「其行速，遇險而不整；速則失志，不整喪列；志失列喪，將何以戰！楚懼不可用也！」（成公十六年）

　　與邲之戰前的晉隨武子（士會）的分析一樣，申叔時著重從政治與民心向背方面分析了戰爭取勝的條件，進而指出楚國內政治與道義上的衰敗和疲民以逞的惡果，說明此戰不可打。申叔時這一番話，著眼於戰略宏觀上的剖析，而鄭國大夫姚句耳對楚軍精神面貌的分析，則明白地預言了楚國鄢陵之戰必敗的結局。我們再看城濮之戰前的一番描寫：

　　　宋人使門尹般如晉師告急。公（晉文公）曰：「宋人告急，舍之則絕；告楚，不許。我欲戰矣，齊、秦未可。若之何？」先軫曰：「使宋舍我，而賂齊、秦，藉之告楚。我執曹君，而分曹、衛之田，以賜宋人。楚愛曹、衛，必不許也。喜賂怒頑，能無戰乎？」公說。執曹伯，分曹、衛之田，以畀宋人。
　　　楚子入居於申，使申叔去谷，使子玉去宋，曰：「無從晉師。晉侯在外，十九年矣，而果得晉國。險阻艱難，備嘗之矣。民之情偽，盡知之矣。天假之年，而除其害；天之所置，其可廢乎？《軍志》曰：『允當則歸。』又曰：『知難而退』。又曰：『有德不可敵。』此三志者，晉之謂矣！」子玉使伯棼請戰，曰：「非敢必有功也，願以間執讒慝之口！」王怒，少與之師；唯西廣、東宮與若敖之六卒，實從之。
　　　子玉使宛春告於晉師曰：「請復衛侯，而封曹；臣亦釋宋之圍。」子犯曰：「子玉無禮哉。君取一，臣取二！不可失矣。」先軫曰：「子與之！定人之謂禮。楚一言而定三國，我一言而亡之；我則無禮，何以戰乎？不許楚言，是棄宋也；救而棄之，謂諸侯何！楚有三施，我有三怨，怨讎已多，將何以戰？不如私許復曹、衛以攜之，執宛春以怒楚。既戰而後圖之」。公說。乃拘宛春於衛，且私許復曹、衛，曹、衛告絕於楚。
　　　子玉怒，從晉師，晉師退。軍吏曰：「以君辟臣，辱也。且楚

師老矣！何故退？」子犯曰：「師直為壯，曲為老，豈在久乎？微楚之惠，不及此；退三舍辟之，所以報也。背惠食言，以亢其讎，我曲楚直。其眾素飽，不可謂老。我退而楚還，我將何求！若其不還，君退臣犯，曲在彼矣。」退三舍。楚眾欲止，子玉不可。（僖公二十八年）

林紓說：《左傳》「或敘戰事之規畫，極力敘戰而不言謀，或極力抒謀而不言戰」。（林紓《左傳擷華》〈序〉）此段即「極力抒謀」之佳構。戰爭還未開打，但已可以詳細地了解到作戰雙方，尤其是晉國陣營在這場戰爭中的「廟算」。（《孫子》〈計篇〉）晉國君臣激烈的討論，建立在知己知彼的基礎之上，因此能針對楚人的挑釁，制定出一整套完整的連環計來，由此掌握了戰爭的主動權，取得了最後決戰的勝利。

總之，作者這些戰前曲盡其詳的描寫，刻意安排的篇章，有極其重要的作用。一方面可以高屋建瓴的觀照整個戰爭形勢，又揭示「知己知彼者勝」的戰術思想。那些對形勢、道義、民心各方面剀切的分析，是形勢的分析，也是知己知彼之論，據此制定的作戰方案，多有取勝的把握。另一方面，這些分析無疑的也代表了作者的思想看法，代表了作者對戰爭形勢的分析，也是作者給予讀者的暗示，為作者的戰爭觀與軍事思想服務。

《左傳》作者描寫戰爭的第二個特徵是重在寫人，寫出人在戰爭中的活動。這就使戰爭描寫更具有小說意味。托爾斯泰在談他寫《戰爭與和平》時說：藝術家要寫戰爭，就應「描寫千萬個人的動作」。《左傳》作者正是這樣的藝術家。在這些戰爭篇章中，作者描繪了眾多的栩栩如生的人物，塑造了一系列鮮明的性格，展示了人物性格在情節發展中的作用。這樣，就突破了史書專記歷史事件的侷限，而以寫人為其主要內容，增強了作品的文學性。

　　作者在描繪人物時，始終把握著人物性格與戰爭的關係。戰爭的勝負，在於政治、經濟、人和諸因素，也決定於戰爭中雙方君臣將帥軍事指揮水準的高低，乃至於個人性格等諸因素，於是戰爭成為刻畫人物的一個極好的環境。就粗略的統計，在十四次大戰之中，作者筆下出現的人物大約有二、三百人。每個人物都是單個的「這一個」，每個人物都有自己的行動邏輯。有的人物固然只有簡單的一兩句話，也顯示出鮮明的個性。在這些人物中，如重義戒慎的晉文公，用心深邃的秦穆公，深謀遠慮的先軫、子犯，剛而無禮的子玉，忠心耿耿的慶鄭，輕脫浮率的子反，審時度勢的申叔時，自私偏激而又英勇頑強的郤克，儒雅而有君子風度的韓厥，機智而有心計的逢丑父，昏庸誤國的子常，逞能冒進而膚淺短見的先縠，胸懷雄才大略的闔廬，皆躍然紙上，千載如生。這些人物都不是靜止的，而是按照自己所處的地位行事。作者常作精練之筆，勾畫出他們的性格。例如韓原之戰寫晉惠公：

　　晉侯之入也，秦穆姬屬賈君焉，且曰：「盡納群公子。」晉侯
　　烝於賈君，又不納群公子，是以穆姬怒之。晉侯許賂中大夫，
　　既而皆背之。賂秦伯以河外列城五，東盡虢略，南及華山，內
　　及解梁城；既而不與。晉饑，秦輸之粟；秦饑，晉閉之糴。故
　　秦伯伐晉。……
　　三敗及韓，晉侯謂慶鄭曰：「寇深矣，若之何？」對曰：「君實
　　深之，可若何！」公曰：「不孫。」卜右，慶鄭吉，弗使。步
　　揚御戎，家僕徒為右。乘小駟，鄭入也。慶鄭曰：「古者大
　　事，必乘其產；生其水土而知其人心，安其教訓而服習其道，
　　唯所納之，無不如志。今乘異產以從戎事，及懼而變，將與人
　　易。亂氣狡憤，陰血周作，張脈僨興，外強中乾；進退不可，
　　周旋不能。君必悔之。」弗聽。

……

> 壬戌，戰於韓原。晉戎馬還濘而止。公號慶鄭，鄭曰：「愎諫
> 違卜，固敗是求，又何逃焉？」遂去之。梁由靡御韓簡，虢射
> 為右，輅秦伯，將止之；鄭以救公誤之，遂失秦伯。秦獲晉侯
> 以歸。（僖公十五年）

晉惠公自私、貪婪，言而無信，因此國內棄之；對外，又背信棄
義，與秦結怨，所以，韓原之戰，晉惠公在道義上就已失去了基礎。
而其個人性格中的猜忌、固執、好勝、恩將仇報的一面，在韓之戰中
惡性膨脹起來，導致了戰爭的失敗，自己也成了俘虜。這就是人物性
格與戰爭勝敗的關係。同樣的，城濮之戰，楚國的失敗，與子玉剛而
無禮的性格有關。晉國的先軫、子犯恰恰是利用了子玉這一性格，不
斷的激楚決戰。同是在楚國，令尹子常的狹隘、自私、貪鄙、信讒，
先是造成了國內的混亂，削弱了楚國的國力。軍事上的無知，使楚國
屢失邊邑，財貨上的貪鄙，又失去了與國的支持。子常的這些劣行，
導致楚國內政外交上的失敗，直至柏舉之戰，楚國失敗，不能不由子
常擔負主要的責任（此時楚昭王年幼）。

戰爭的緊張時刻，正是人物性格表現最真實、最充分的時候，
《左傳》作者抓住這個時機來描繪人物，常能窮形盡相，情態俱出，
實乃寫生之高手也。

《左傳》的戰爭描寫的第三個特徵，是既有整體性的大場面的概
述，又常常通過一系列的細節來加以補充。這樣，把對歷史的整體勾
勒與細節的工筆描繪結合起來，突破了記史的侷限而使之興味盎然。

這裡可舉齊晉鞌之戰為例。作者是以這樣一系列的情節來敘戰
的：晉三軍部署就緒，韓厥斬人，郤克分謗。齊高固挑戰且賈余餘
勇。齊侯「滅此而朝食」，不介馬而馳。戰鬥開始之後，晉將郤克等
人傷重仍戰鬥不息，遂逐齊師。齊君射韓厥，綦母張請寓乘，韓厥失

其車左車右，逢丑父與齊頃公易位，頃公取飲而逃，齊頃公三入三出
求逢丑父，等等。而其中最為精彩的，是下面這一段描寫：

> 六月，壬中，師至於靡笄之下。齊侯使請戰，曰：「子以君師
> 辱於敝邑，不腆敝賦，詰朝請見。」對曰：「晉與魯、衛，兄
> 弟也；來告曰：『大國朝夕釋憾於敝邑之地。』寡君不忍，使
> 群臣請於大國，無令輿師淹於君地；能進不能退，君無所辱
> 命！」齊侯曰：「大夫之許，寡人之願也。若其不許，亦將見
> 也。」齊高固入晉師，桀石以投人；禽之，而乘其車，繫桑本
> 焉，以徇齊壘，曰：「欲勇者賈余餘勇！」
> 癸酉，師陳於鞌。邴夏御齊侯，逢丑父為右。晉解張御郤克，
> 鄭丘緩為右。齊侯曰：「余姑翦滅此而朝食！」不介馬而馳
> 之。郤克傷於矢，流血及屨，未絕鼓音，曰：「余病矣！」張
> 侯曰：「自始合，而矢貫余手及肘；余折以御，左輪朱殷。豈
> 敢言病？吾子忍之！」緩曰：「自始合，苟有險，余必下推
> 車。子豈識之？然子病矣！」張侯曰：「師之耳目，在吾旗
> 鼓，進退從之。此車，一人殿之，可以集事，若之何其以病敗
> 君之大事也？擐甲執兵，固即死也；病未及死，吾子勉之！」
> 左并轡，右援枹而鼓，馬逸不能止。師從之，齊師敗績。逐
> 之，三周華不注。（成公二年）

殘酷激烈的戰爭氣氛通過情節的推進，使人如聞戰火硝煙；而
「流血及屨」，「未絕鼓音」，「左并轡，右援枹而鼓」等一系列細節，
又加重渲染了戰鬥的緊張氣氛。「賈余餘勇」，「滅此朝食」和郤克三
人的相互鼓勵的細節，分明映照出人物的性格。這些都是作者的神來
妙筆。

作者寫戰爭的史料，主要來源於各國史書和傳聞，但不難發現，

作者有意搜集戰爭中的大量細節。細節的真實性和豐富性，意味著作者所掌握的歷史材料和歷史知識的廣度和深度。作者常以鏈條式的結構來組織細節，使得作者在自己掌握的題材範圍內有極大的縱橫馳騁的創作自由。它可以根據需要來安排次序，決定棄取，掌握詳略。而且，作者的細節描寫又是巧妙多變的。如前所舉鞌之戰，主要以正面敘述出之；而鄢陵之戰中楚子登巢車以望晉軍，則別出心裁地避開了傳統的敘述方式：

> 楚子登巢車以望晉軍，子重使太宰伯州犁待於王後，王曰：「騁而左右，何也？」曰：「召軍吏也」。「甚囂，且塵上矣！」曰：「將塞井夷灶而為行也。」「皆聚於中軍矣！」曰：「合謀也。」「張幕矣！」曰「虔卜於先君也。」「徹幕矣！」曰：「將發命也。」「皆乘矣，左右執兵而下矣！」曰：「聽誓也。」「戰乎？」曰：「未可知也。」「乘而左右皆下矣！」曰：「戰禱也。」伯州犁以公卒告王。
> 苗賁皇在晉侯之側，亦以王卒告。皆曰：「國士在，且厚，不可當也！」苗賁皇言於晉侯曰：「楚之良，在其中軍王族而已。請分良以擊其左右，而三軍萃於王卒，必大敗之。」公筮之。史曰：「吉。其卦遇『復』，曰：『南國蹙，射其元王，中厥目。』國蹙王傷，不敗何待？」公從之。（成公十六年）

晉軍的合謀、虔卜、發命、塞井夷灶、聽誓、戰禱等一系列戰前準備、皆由楚共王眼中與太宰伯州犁口中敘出；同樣，楚軍的中軍精銳，三軍部署，亦由苗賁皇口中說出。錢鍾書先生認為，這種以「人物局中之對答」來寫戰事，具有「一祇鋪陳場面，一能推進情事」之作用；而且，「不直書甲之運為，而假乙眼中舌端出之，純乎小說筆法矣」（錢鍾書：《管錐編》（北京市：中華書局，1979年），冊1，頁

201）。錢先生之論，可謂的評。

巴爾札克認為，小說創作的規律與歷史著作的規律不同，歷史記載過去發生的事實，而小說應描寫一個更美滿的世界。正是在這個意義上，他把小說稱作「莊嚴的謊話」。《左傳》本是史書，但又有不少非記史所必需的生動的細節描繪，這就把「記載過去發生的事實」和「描寫一個更美滿的世界」結合起來，成為一部具有很強文學性的歷史著作。

《左傳》作者寫戰爭的第四個特徵，是具有簡練緊湊，虛實相生，濃淡有致，疏而不漏，弛張結合的特點，具備生動傳神、波瀾壯闊又驚心動魄的效果。

韓原之戰和城濮之戰，戰鬥的過程都寫得簡略，然而僅從這些簡略的文字中可想像出戰鬥的激烈。如前所引，韓原之戰，先敘晉惠公乘小駟「還濘而止」，「號慶鄭」，可知晉侯已陷入困境。這邊韓簡、梁由靡、虢射遇秦伯，正要俘獲秦伯，卻遇慶鄭呼救，結果誤了戰機，不但沒有抓住秦伯，反讓秦軍把晉惠公俘去。作者只扼要敘寫秦晉交鋒時雙方君臣和主帥的行為，由此展現戰鬥的全過程，城濮之戰中的戰鬥描寫，也很簡略。

> 己巳，晉師陳於莘北。胥臣以下軍之佐當陳、蔡。子玉以若敖之六卒將中軍，曰：「今日必無晉矣！」子西將左，子上將右。胥臣蒙馬以虎皮，先犯陳、蔡，陳、蔡奔；楚右師潰。狐毛設二旆而退之。欒枝使輿曳柴而偽遁，楚師馳之。原軫、郤溱以中軍公族擊之。狐毛、狐偃以上軍夾攻子西，楚左師潰。楚師敗績。子玉收其卒而止，故不敗。晉師三日館，穀，及癸酉而還。（僖公二十八年）

這裡分二層分別寫晉楚雙方二軍的出擊與狙擊。第一層是胥臣先

犯陳、蔡，擊潰楚之右師。第二層寫狐毛與欒枝誘敵深入，原軫、郤
溱橫擊楚軍，楚左師敗。第三層寫子玉不敗，晉軍進佔楚軍營壘。三
層各只用二十個字，便完成了從開始到結束的壯闊的戰鬥過程。此
外，邲之戰，用「中軍、下軍爭舟，舟中之指可掬」，極寫晉軍敗逃
之狼狽；用「晉之餘師不能軍，宵濟，亦終夜有聲」一句話，活畫出
晉軍驚慌、嘈雜潰不成軍的慘狀。這些都是簡潔傳神之筆。

　　鞌之戰中，作者寫郤克傷於矢，流血及屨而未絕鼓音。然後由張
侯和鄭丘緩的對話中側敘戰鬥的緊張激烈。這是寫得詳實的地方，渲
染了戰鬥場面和氣氛。接下來寫張侯「左并轡、右援枹而鼓，馬逸不
能止」，「齊師敗績，逐之，三周華不注」。這是寫得疏略之處，然由
前文的渲染仍可想像出晉軍以排山倒海之勢壓倒齊師之氣勢。邲之戰
寫楚軍出擊是「疾進師，車馳卒乘，乘晉軍」，寫晉軍敗績而渡是
「舟中之指可掬」，都只是一句話，言簡意賅，恰到好處，既驚心動
魄又意趣盎然。作者之運筆，在刀光劍影的緊張氣氛中，又時時透出
輕鬆活潑之氣。如鞌之戰中高固挑戰，桀石以投人，氣氛緊張，而
「欲勇者賈余餘勇」一句，便產生了喜劇效果。時而在波譎雲詭之
中，變幻無窮。如寫韓厥中御從齊侯，因其有君子風度而免於齊侯之
箭；韓俯定車右之尸，逢丑父乘機得以與齊侯易位；韓厥執縶馬前，
齊侯本可手到擒來，卻又因修臣僕之禮讓齊侯取飲而逃。逢丑父即將
被戮，又因代君任患感動郤克而免於一死。這些描寫，忽而緊張，忽
而從容，忽而山窮水盡，忽而柳暗花明，讀者之心，亦隨之弛張起
伏，跟著作者的筆端而進入勝境。

　　《左傳》的戰爭描寫，也喜歡設伏和照應。其中有大情節的設伏
和照應，也有局部情節的設伏的照應。作者從年代的推移記事，大情
節上的前呼後應，把全書勾連為一個整體，所謂「血脈一貫」。如城
濮之戰中晉救宋，伐曹、衛，免僖負羈，為楚君退避三舍，都是呼應
僖公二十三、二十四年重耳出亡過宋、曹、衛、楚的恩怨報應。戰爭

中的設伏，有的設在明處，有的設在暗處。如戰爭前的戰局分析，常
預言戰爭的結局。昭公三十一年趙簡子夢童子贏而歌，占諸史墨，對
曰：「六年及此月也，吳其入郢乎，終亦弗克」。這是對柏舉之戰的預
言。最妙者，是作者潛藏於情節發展中的伏筆，所謂「閑閑下筆」，
如「草蛇灰線」，藏而不露。鞌之戰，齊頃公逃至華泉。華泉之地，
乃為齊頃公取飲而逃設伏。無泉則不得取飲，不取飲則無由遁逃。華
泉之妙，即在於此。柏舉之戰前，寫子常欲立子西為王，子西怒而不
許，必立昭王。昭王是秦哀公外甥，這就為申包胥乞師秦庭的成功增
加了可能性。這一類暗中所設伏線，常在「人不經意處」，猶見左氏
文心之細。在戰爭描寫中作者還注意到主要人物情節的完整性與整體
性。如作為城濮之戰的尾聲，詳敘了晉文公稱霸的威勢，楚子玉最後
自殺，這樣，人物形象自身也有了完整的結局。總之，作者在情節與
人物形象方面的整體性架構，使《左傳》中的戰爭描寫都可獨立成
章，成為一個完整的故事，這對後來中國古典小說尤其是戰爭題材小
說的結構，產生巨大影響。

第六章
文學的權威

第一節　小說化的敘事寫人

　　朱自清先生說:《左傳》「不但是史學的權威,也是文學的權威。」(《經典常談》《春秋》〈三傳第六〉)「文學的權威」,說明其文學價值之高,文學成就之大,足以為後世法。《左傳》的文學成就,主要體現在它的敘事寫人,行人辭令和戰爭描寫等方面。戰爭描寫的藝術成就,前一章第四節已論及,本章著重談敘事寫人和行人辭令及其對古代小說創作的影響等方面的內容。

　　《左傳》的文章,為歷代古文家所稱道。尤其是它的敘事,被捧為敘事文字之軌範。杜預〈春秋序〉稱《左傳》敘事之美,謂:「其文緩,其旨遠,將令學者原始要終,尋其枝葉,究其所窮。」劉知幾《史通》〈雜說上〉則曰:

> 《左氏》之敘事也,述行師則簿領盈視,嚨聒沸騰;論備火,則區分在目,修飾峻整;言勝捷,則收穫都盡;記奔敗,則披靡橫前;申盟誓,則慷慨有餘;稱譎詐,則欺誣可見;談恩惠,則煦如春日;紀嚴切,則凜若秋霜;敘興邦,則滋味無量;陳亡國,則淒涼可憫;或腴辭潤簡牘,或美句入詠歌,跌宕而不群,從橫而自得。若斯才者,殆將工侔造化,思涉鬼神,著述罕聞,古今卓絕。

　　這是對《左傳》的文學成就的第一次完整而全面的總結。後來的

論者就更多了。如章學誠論左氏敘事之法：「離合變化，奇正相生，如孫吳用兵，扁倉用藥，神妙不測，幾於化工，其法莫備於《左傳》。」（〈論課蒙學文法〉）劉熙載則曰：「左氏敘事，紛者整之，孤者輔之，板者活之，直者婉之，俗者雅之，枯者腴之。翦裁運化之方，斯為大備。」（《藝概》〈文概〉）於此可知左氏敘事之精善若此。

真德秀《文章正宗》以《左傳》為冠冕，分辭命、議論、敘事三項，而以敘事為最有體要。古代文章家常愛將《左傳》敘事之法，分得非常細緻。如章學誠分為順敘、逆敘、類敘、次敘、牽連敘、斷續敘、錯綜敘等二十三種（〈論課蒙學文法〉）。清代馮李驊更細，分為正敘法、原敘法、順敘法、逆敘法、對敘法、類敘法、側敘法、帶敘法、串敘法、虛敘法、追敘法、連敘法、插敘法、暗敘法、直敘法、婉敘法、平敘法、言敘法、語敘法、瑣敘法、補敘法、陪敘法、突敘法、預敘法、提敘法、結敘法、拖敘法、錯敘法、搭敘法、夾敘法等三十幾種。近人錢基博先生曾認為「《左傳》文章評點，以《左繡》為最佳」（《古籍舉要》）。然而這些評點式的分法，未免過於瑣屑與繁雜，不過確實可以看出左氏「離合變化，奇正相生」的敘事特點。

其實，敘事和寫人往往是密不可分的。《左傳》作者已經從《春秋》那種極其簡括的標題新聞式的文體中脫胎出來，將敘事和寫人緊密地結合起來，使之成為一部長篇的敘事文學作品。從文學作品的角度來總結《左傳》敘事寫人的藝術成就，大體有如下特徵。

一　小說化的屬辭比事

《禮記》〈經解〉云：「屬辭比事，《春秋》教也。……屬辭比事而不亂，則深於《春秋》者也。」《左傳》作者對於屬辭比事是非常重視的。屬辭，指文辭的結構；比事，指史事的貫串，連言之，則指撰文記事。《春秋》的屬辭比事是將史事簡單地排列出來，《左傳》之

「深於《春秋》者」，是用詳盡、生動的情節與細節來敘事與記載人物活動，通過塑造出有血有肉的人物形象來反映歷史。《左傳》的這一特色，乃是將歷史著作文學化、小說化的開端。

小說化的體現首先是增加了大量的故事情節。作者在記敘事件和人物時總是避免平板化地介紹，而是採用故事化的手法。正如茅盾先生說過的，中國文學人物形象塑造的民族形式的一個特點，「就是使得人物通過一連串的故事，從而表現人的性格」（《茅盾評論文集》）。這一點，《左傳》的敘事寫人可謂開其端。情節是組成事件的內在機制，情節又成為展示人物性格發展的藝術手段。在敘事時，隨著複雜情節的展開，人物性格也得到揭示，形象也越加鮮明。如前面多次提到的「鄭伯克段于鄢」一節，隨著情節的展開，鄭莊公的性格便初見端倪。再如襄公二十五年崔杼弒齊莊公一事，《春秋》上只記「夏五月乙亥，齊崔杼弒其君光」一句，在《左傳》中，隨著情節的展開，整個故事記敘得極為生動：作者先由孟公綽之口指出崔杼「將有大志」，預言崔將作亂；接下來，是崔杼娶棠姜，齊莊公通棠姜，以崔子之冠賜人等一系列情節的展開，藉以深化崔、莊之間的矛盾，揭示崔、莊矛盾衝突爆發的必然性。這其間，又插入齊莊公鞭賈舉一事。看似閒筆，純屬偶然，其意在說明齊莊公暴戾無道，必然多處樹敵，加速走向滅亡過程。於是情節發展進入高潮：崔杼稱病不朝，引誘齊莊公入崔府探視，賈舉勾結崔杼伏兵包圍齊莊公，最後殺了莊公。（引文見第四章第二節）「甲興，公登臺而請，弗許；請盟，弗許；請自刃於廟，弗許」、「公踰牆，又射之中股，反隊，遂弒之」，寫出了齊莊公被殺之前的狼狽狀。「崔杼弒君」這一事件，整個過程史事的安排有序不亂，情節複雜，最後結局尤其寫得扣人心弦。在事件的發展過程中，崔杼並未直接露面，可是我們始終可以感覺到躲在幕後導演這一場有聲有色弒君鬧劇的崔杼其人。隨著情節的深入，齊莊公的荒淫和可悲，也躍然紙上。故事安排曲折起伏，人物形象栩栩如

生，宛然一篇小說。

　　有的情節具備激烈的矛盾衝突背景。作者把人物放在一種極端緊張而又複雜的矛盾鬥爭場合來刻畫，在激烈的衝突中塑造人物。可見作者已注意到人物形象與場景或說環境的關係。昭公二十七年鱄設諸刺殺吳王僚時驚心動魄的一幕就是如此：

> 夏四月，光伏甲於堀室而享王。王使甲坐於道及其門。門、階、戶、席、皆王親也。夾之以鈹。羞者獻體改服於門外。執羞者坐行而入，執鈹者夾承之，及體，以相授也。光偽足疾，入於堀室，鱄設諸置劍於魚中以進，抽劍刺王，鈹交於胸，遂弒王。

　　饗宴本為刺殺吳王僚而設，吳王僚也心知有異，因此戒備森嚴，所以衝突還未展開，矛盾已呈白熱化。饗宴會場面充滿了陰冷的殺機，殘酷的氛圍，然而鱄設諸卻從容自若，在防範森嚴之中刺殺了吳王僚。作者在場景的描繪與氣氛的烘托之中突出了鱄設諸的膽量和勇敢。在另一些章節之中，作者不但融洽地寫出人物與事件環境的關係，還寫出環境對人物性格的影響。如哀公二年寫衛太子蒯聵為趙簡子車右，將與鄭師戰。蒯聵見鄭師眾，「懼而自投於車下」，竟怯懦膽小如此。可是在趙簡子肩受傷的危急時刻，他又一反怯懦之態，以戈救簡子，且代趙簡子指揮軍隊大敗鄭軍，在極其緊張尖銳的矛盾衝突的環境中，人物性格產生了突發性的改變。

　　小說化的另一體現，是眾多的精彩的細節描寫，這就加重了敘事的文學色彩。這點我們在論述戰爭描寫的特徵時已提到。《左傳》中的細節描寫，已注意到不單寫形，而且致力於傳神。這對於寫人來說，往往起到畫龍點睛之功效。如襄公二十六年記載衛獻公流亡國外多年回國時的情景：

衛侯入，大夫逆於竟者，執其手而與之言；道逆者，自車揖
之；逆於門者，頷之而已。

「執其手而與之言」、「自車揖之」、「頷之」，這是三個細微的動
作，是衛獻公對三種不同迎接者的不同態度。作者就是用如此細膩的
細節，活畫出衛獻公氣量狹小，忌刻懷恨，驕橫無信的性格。其他如
桓公二年，用「目逆而送之，曰：『美而豔』」來表現華父督的貪色醜
態；用「染指於鼎，嘗之而出」的細節，寫公子宋未能吃到黿羹的羞
怒；用「投袂而起，屨及於窒皇，劍及於寢門之外，車及於蒲胥之
市」等動作寫楚莊王狂怒之狀，都是以細節寫人的精彩之筆。

細節是人物形象的「血肉」，大量而精彩的細節描寫，使人物形
象「連性情心術，聲音笑貌，千載如生。」（馮李驊《左繡》〈讀左卮
言〉）大量的細節描寫，使史書的敘事更富於生活化的意味，更帶上
感情色彩，也更加小說化。細節的掌握，說明作者已經把視角深入到
那些為一般史家所不屑的或未加注意的事件之中，通過深入的觀察分
析，挖掘深層的歷史內蘊，把握歷史人物的性格特徵與精神本質。這
樣的屬辭比事方式，開創了中國古典小說以故事情節見長的傳統風
格，成為歷史小說的先河。

二　「眾美兼善」的表現手法

《左傳》作者塑造人物的具體手法非常豐富，手法的運用已相當
嫻熟，正可謂「眾美兼善」（劉熙載《藝概》〈文概〉）。此舉其犖犖大
者論之。

首先是獨特的人物心理活動描寫。《左傳》當然還不可能有如現
代小說或外國小說那樣細膩冗長主觀評說式的心理描寫。其獨特之
處，是將人物心理描寫融化於敘事之中，用細微的動作和精妙的語言

刻畫人物在特定的環境中的心理。如襄公二十六年：

> 穿封戌囚鄭皇頡，公子圍（即楚靈王，此時尚未為王）與之爭
> 之，正於伯州犁曰：「請問於囚。」乃立囚。伯州犁曰：「所
> 爭，君子也。其何不知？」上其手，曰：「夫子為王子圍，寡
> 君之貴介弟也。」下其手，曰：「此子為穿封戌，方城外之縣
> 尹也。誰獲子？」

　　公子圍要與穿封戌爭功，就正於伯州犁。伯州犁深知公子圍驕橫
的本性，於是，他用細微的動作——「上下其手」與微妙的稱呼——
「夫子」、「此子」，來暗示鄭皇頡。這段描寫，微妙地傳遞出伯州犁
有意偏袒公子圍的心理資訊。
　　從性格與環境的衝突中去揭示人物特定心態，也是作者所用之常
法。魯莊公八年，齊襄公「游於姑棼，見大豕。從者曰：『公子彭生
也。』公怒曰：『彭生敢見！』射之，豕人立而啼。公懼，墜於車，
傷足，喪屨」。齊襄公與魯桓公夫人齊姜通姦，為魯桓公發覺。齊襄
公遂指使彭生拉殺魯桓公，後為平息魯人之怨又殺了彭生，因此潛意
識中有一種犯罪者的心虛恐懼心理，朦朧之中將大豕當作彭生。齊襄
公雖然凶相畢露地要射殺大豕，卻仍遏制不住內心的恐懼而嚇得從車
上跌落下來。突然出現的事件使人物處於一種始料不及的特殊環境之
中，人物的複雜心理通過特定時空的行動表現出來。
　　其次是對比和映襯手法的運用。對比和映襯，是中國古典敘事文
學中刻畫人物的傳統手法。溯其源，亦可見於《左傳》。作者寫一位
具有反抗性格的婦女施氏婦，便用了對比的手法。施氏婦是魯國聲伯
之妹，嫁於施孝叔。成公十一年，晉國的郤犫聘魯，求婦於聲伯，聲
伯於是奪施氏婦與郤犫。後郤氏亡，「晉人歸之施氏。施孝叔逆諸
河，沉其二子。」於是「婦人怒曰：『己不能庇其伉儷而亡之，又不

能字人之孤而殺之，將何以終？遂誓施氏。』」在這一事件中，從郤犨倚勢貪色而奪人之妻，聲伯息事寧人而無視骨肉之情，施孝叔怯懦膽小又自私殘忍的鮮明對比中，顯示施氏婦不畏強暴敢於反抗的性格特徵。

　　衛獻公這一人物，也是寫得頗為生動的。作者寫衛獻公這個人物的登場，用的就是襯托之法。成公十四年，衛定公卒，立衎（即獻公）為太子。喪禮中，眾人哀悼，唯太子衎不哀不慟。作者接著寫夫人姜氏因此悲歎，眾大夫聳懼，孫文子置重器於戚等細節，從旁人一連串的言行之中，襯托太子衎的為人，透露出人物性格發展趨勢的消息，暗示衛獻公將敗亡衛國的結局。再如襄公八年寫子產的出場，也有異曲同工之妙。在客觀的敘事之中，寫出眾多人物的神態各異的言行。用對比映襯之法，突出中心人物的特異之處，《左傳》中此例甚多，不勝枚舉。

　　再者是頗具個性的語言描寫。傳神的語言，揭示了人物內心世界。隱公元年「鄭伯克段于鄢」章中，鄭莊公發誓與武姜「不及黃泉，無相見也」。可是當他饋食穎考叔時，又哀歎：「爾有母遺，繄我獨無。」反映了鄭莊公此時此刻複雜的心理活動與內心矛盾——既有兒子對母親感情的真實流露，又有欲掩其棄母不孝惡名的企圖和自悔無法挽回的惋惜。穎考叔心領神會，準確地把握住鄭莊公的心理奧秘，不失時機地導演了一出母子大隧相見的鬧劇。

　　口語化的人物語言，形象生動，最善於揭示特定場合下的人物性格，充滿生活氣息。這種口語化的語言，在《左傳》中早已常見，如前所舉華父督見孔父之妻曰「美而豔」，脫口而出，貪婪女色之嘴臉，如在目前。文公元年寫江羋怒罵楚太子商臣之言：「呼！役夫！宜君王之欲殺女而立職也。」用楚地方言俗語罵人，摹狀江羋盛怒之態，聲口畢肖。再看昭公三年：

> 齊侯田於莒，盧蒲嫳見；泣且請曰：「余髮如此種種，余奚能
> 為？」公曰：「諾，吾告二子。」歸而告之。子尾欲復之，子
> 雅不可，曰：「彼其髮短而心甚長，其或寢處我矣。」

盧蒲嫳本是慶封黨羽。慶封敗亡，他也失官。他會見齊侯，哭泣，稱
己髮已短，意指自己衰老不復能為害。哀鳴卻是奸詐語，極合盧的性
格。子雅乘勢發揮，用髮短心長作比，好似如今人講婦人「頭髮長見
識短」一樣，此是反其意而用。「髮短心長」這個比喻一針見血地揭
露了盧蒲嫳的賊心不死。兩人對話都用口語，全用比喻，顯得形象
生動。

三　虛實相生的誇飾描寫

　　前人批評《左傳》「其失也巫」(〈穀梁傳序〉)、「浮誇」(韓愈
〈進學解〉)、「好語神怪，易致失實」(韓菼〈左傳記事本末序〉)。
「巫」、「浮誇」、「神怪」云云，主要指《左傳》中出現的虛構情節與
妖異神怪禎祥以及夢境等荒誕描寫。這些內容，若從嚴肅的歷史科學
來說，未嘗不可以指為疵謬，若從文學創作與人物塑造的角度來說，
巫妄浮誇之詬病，倒未必可過苛指責。要而言之，此非左氏之敗筆，
乃創作之精華。

　　虛飾的情節，如宣公二年鉏麑觸槐而死之前的自歎：「不忘恭
敬，民之主也。賊民之主，不忠，棄君之命，不信。有一於此，不如
死也。」(宣公二年)這一段話，一是藉以從側面旌揚趙盾之忠，一
是表明鉏麑此刻不願戕害忠良而又君命難違的兩難心態。但是鉏麑獨
自一人大半夜被派去刺殺趙盾，見趙盾和衣假寐等待上朝，鉏麑由此
感動而在大槐樹下發了這一番感慨，這不過是人死之前的內心獨白，
誰能聽見？完全如小說、戲劇上的描寫，當然是出於作者的懸想。又

如僖公二十二年春，晉太子圉質於秦，將逃歸時與嬴氏有一段對話：

> 晉大子圉為質於秦，將逃歸，謂嬴氏曰：「與子歸乎？」對
> 曰：「子，晉大子，而辱於秦。子之欲歸，不亦宜乎？寡君之
> 使婢子侍執巾櫛，以固子也。從子而歸，棄君命也。不敢從，
> 亦不敢言。」遂逃歸。

嬴氏乃太子圉之妻。太子圉（即晉懷公）想從秦國逃回與嬴氏商
量，此乃夫妻間的密謀，外人何以知曉！亦無非來自作者的潛擬。正
如錢鍾書先生所說：「史家追敘真人實事，每須遙體人情，懸想事
勢，設身局中，潛心腔內，忖之度之，以揣以摩，庶乎入情合理。蓋
與小學、院本之臆造人物、虛構境地、不盡同而可相通；記言特其一
端。」（《管錐編》第一冊）「懸想事勢」、「以揣以摩」，則不侷限於事
實之中；所謂「入情合理」，亦指符合人物性格邏輯之謂也。

　　誇飾描寫中的一些神異故事情節，常被作者用來突出人物非凡的
命運和出眾的才幹。宣公四年寫楚令尹子文的誕生，即頗具神話色
彩。楚國的鬥伯比「淫於鄖子之女，生子文焉。鄖夫人使棄諸夢中。
虎乳之。鄖子田，見之，懼而歸。夫人以告，遂使收之」，「故命之曰
鬥穀於菟。」（宣公四年）鬥穀於菟即楚令尹子文，他的誕生，頗似
《大雅》〈生民〉中的后稷，靈異非凡。子文是楚國有名的賢臣，曾
毀家紓難，讓令尹之位於子玉，是個不以個人得失為喜慍的人。子文
降生的神異傳說，無疑的加重了這位傑出人物的傳奇色彩。

　　至於《左傳》中的夢境描寫，內容非常豐富，故下一節以專文
論析。

第二節　思涉鬼神　功侔造化

　　《左傳》中的夢境描寫，可以說是中國古代敘事文學中夢幻作品的濫觴。無論是數量之豐富，手法之多變，還是想像之奇特，都無愧於這樣的評價。《左傳》全書所寫的夢，有二十七個之多。作為一部嚴肅的歷史著作，它似乎失之於荒誕，然而作為文學作品，它卻使敘事增添奇幻瑰麗的色彩，因此具有更強的藝術魅力。

　　《左傳》的夢境描寫，可以歸納為如下特徵。

一　夢的預言與應驗

　　《左傳》好預言。《左傳》預言的方式，一般有如下幾種：或是借某些人物之口，預言事件的結局或人物的命運；或是以天象和妖異災變及其占驗作為事件發展的前兆。而通過夢境與夢象揭示情節發展或人物命運的結局，也是左氏常用的手法。《左傳》二十七夢，絕大部分都有預言的性質，讀者可以發現，《左傳》前文記夢，後文則必述其驗。

　　《左傳》中出現的第一個夢境是個白日夢：

　　　秋，狐突適下國，遇大子。大子使登，僕，而告之曰：「夷吾無禮，余得請於帝矣，將以晉畀秦，秦將祀余。」對曰：「臣聞之，『神不歆非類，民不祀非族！』君祀無乃殄乎？且民何罪？失刑、乏祀、君其圖之！」君曰：「諾。吾將復請。七日，新城西偏將有巫者而見我焉。」許之，遂不見。及期而往，告之曰：「帝許我罰有罪矣，敝於韓。」（僖公十年）

　　晉大夫狐突適下國，途中突然見到早已為驪姬害死的太子申生，其實是申生的鬼魂。鬼魂當然是不可能有的。這所謂的鬼魂，實際上是狐突因思念冤死的申生而作的白日夢。即《周禮》上所謂的「寤夢」。只因其離奇，所以秦穆公稱之為「晉之妖夢」。夢中，申生告訴狐突，秦將打敗夷吾（晉惠公）。並通過巫者預告狐突，晉將敗於韓。夢中人對晉惠公的品行，秦晉兩國之關係，五年之後秦晉交戰的結局作出評價和預告。用夢境直接應驗的例子，如齊晉鞌之戰（成公二年）時，晉韓厥夢其父，「謂己曰：『旦辟左右』」、「故中御而從齊侯」，於是，韓厥遵從夢境之忠告，不但倖免於難，還活捉了逢丑父。而鄢陵之戰（成公十六年）中，晉呂錡「夢射月，中之，退入於泥」。占之，謂「射月」必中楚王；「入於泥」，亦屬死象，預示呂錡必死。結局果然絲毫不差。此二例，前者通過夢象暗示事件的結果，後者則通過夢象的占釋，預言人物命運的結局。

　　利用夢境及其占釋來預言歷史事件，最典型的要數昭公三十一年的趙簡子之夢。《左傳》記曰：

> 十二月辛亥朔，日有食之。是夜也，趙簡子夢童子贏而轉以歌。旦占諸史墨，曰：「吾夢如是，今而日食，何也？」對曰：「六年及此月也，吳其入郢乎？終亦弗克。入郢必以庚辰，日月在辰尾。庚午之日，日始有謫。火勝金，故弗克。」

　　古人因日蝕而心中驚動，於夜間作夢，此本不足為奇。趙簡子夢見一小孩光著身子一邊跳舞一邊唱出婉轉悅耳的歌。於是擔心此為惡夢，怕有災禍加身。史墨之占，並不分析夢象，只是用占星進行占夢，以星象的吉凶為夢象吉凶之兆，謂此夢預示六年之後的該月，吳軍將進入楚國的郢都，但是又不能勝楚。果然，事隔六年，柏舉一戰，吳人敗楚入郢。按照精神分析法來看，簡了的夢象似與日蝕驚悸

無涉，而其顯相或是隱意，又均與吳人入郢搭不上邊。史墨「以日月星辰占夢」，正如杜預注曰：「史墨知夢非日食之應，故釋日食之咎，而不釋夢。」趙簡子之夢與吳人入郢無論如何也聯不上。史墨又何以能預測六年之後的時勢且準確無誤？此夢或得之於傳聞，但對歷史事件構成的內在機制來說，只能是作者借趙簡子之夢與史墨之占作為預言的一種手段。即如僖公二十八年晉文公夢與楚子搏，子犯以吉夢占之，既以此堅定晉文公的決心，又透露出晉國將勝的消息，為情節的發展設下伏筆。

古代占夢之風熾盛。「夫人在睡夢之中，謂是真實，亦復占候夢想，思度吉凶」（《莊子》〈成玄英疏〉）。《左傳》二十七個夢，有十個夢有夢占。依據夢象和夢占作為判斷事理，決定行動舉措，是古人的習慣。如昭公七年，楚靈王建成了章華臺，希望與諸侯們一起舉行落成典禮，並要脅魯昭公參加。前此五年，楚入侵魯國而有蜀地之盟，為此魯昭公仍心有餘悸，不敢貿然前行，臨行前夢見先君（襄公）為他出行祭祀路神。子服惠伯解釋說，先君祭路神是為君王開路，有先君保護，怎能不去呢？於是昭公聽從惠伯之言赴楚，事後安全返回。再如昭公七年，衛襄公卒而無嫡子繼嗣，「孔成子夢康叔謂己：『立元，余畀之孫圉與史苟相之。』史朝亦夢康叔謂己：『余將命而子苟與孔烝鉏之曾孫圉相元。』」二人夢協。為掩人耳目，孔成子又占筮一番，於是黜庶長子孟縶而立其弟元為國君。這是根據夢示作出廢立的決定。利用先君之靈和夢的迷信為爭奪王權製造根據，在古代君王廢立中常見。而先祖先君顯靈的重要方式，便是托夢。這雖未免笨拙但卻是行之有效的手段。因為它無法進行任何驗證。不過上述孔成子與史朝二夢相協，不知是否屬於腦間遙感；然而不能不使人懷疑此乃黜縶立元而玩弄的把戲。作者之意，亦在言外，含而不露，任由讀者品味。

作為解釋功能的夢境描寫，左氏大多採用直接預言式，如上舉各

例。但也用暗示象徵式。如成公十七年：「聲伯夢涉洹，或與己瓊瑰食之，泣而為瓊瑰盈其懷。」古人死後須口含珠玉，叫「飯含」。聲伯夢食瓊瑰（玉石所製之珠），夢中的意象與現實中人死時之象相似，是為死象，暗示其將死。所以他「懼不敢占」不久果然應驗。夢象暗示了人物的凶兆。夢象的出現，甚至可以作為事件與情節的補充。如宣公十五年輔氏之役，一老人結草以亢（遮攔其路）秦將杜回，說明魏顆擒獲杜回。夜裡老人托夢魏顆，言以報答魏顆當初不以其女殉葬之恩。這個帶有因果報應色彩的夢，使整個事件更加完整。

　　左氏記夢，或預言人物事件的結局，或暗示情節的發展趨向，或透露作者的理念，或補充情節的構成，巧妙地發揮了夢的解釋功能為其記史服務。這些夢，有的情節未免簡單，但多數有結局，事與夢合，一一應驗，吉凶禍福，無不吻合。夢境的嵌入，使情節起伏跌宕，曲折變化，引人入勝。

二　利用夢境揭示人物性格和深層心理

　　清代學者方以智說：「夢者，人智所現。」（《藥地炮莊》〈大宗師〉）夢是人的心智活動的一種表現。心智清醒時，各種思慮欲念都受主體意志的支配。因為在現實社會中，人總是要受到法律的、倫理的、道德的規範與約束，情感不可能自由地毫無拘束地宣洩，否則就要受到禮法制裁與道德審判。但是，人仍有不受約束的內在天地，那就是人的心靈世界和情感世界。夢，就是突破一切社會秩序而進入無法無天的絕對自由的新天地。人在睡夢中，各種思慮欲念像脫韁之馬，不受控制地活動起來。人在夢中所暴露出來的種種欲念和情感，是白天人們精神心理活動的反映，白晝由於蟄伏著，隱蔽著，未顯現出來，主體的自我往往沒有意識到它們的存在，而夢中則真實地顯現了。正因為如此，夢境常成為人們刻畫人物性格和深層心理活動的重

要手段。

　　城濮之戰中，晉文公之夢，對於刻畫晉文公的性格有著重要作用。晉、楚兩國在城濮決戰之前，雙方已對峙很久，形勢有利於晉，然而晉文公總是遲疑而不敢決一雌雄。臨戰之前晉文公做了一個夢：「夢與楚子搏，楚子伏己而鹽其腦，是以懼。」晉文公本是一個頗有作為的君主，然而由於他的特殊經歷，形成了患得患失和對個人恩怨耿耿於懷的性格特徵。此時夢境的出現，符合人物性格的自身邏輯，夢中的情感正是現實情感欲念的下意識流露，夢象的隱意就是晉文公憂慮於楚國恩怨，優柔寡斷的深層心理體現。這種心理狀態，對於晉國「取威定霸」的決戰，無疑是十分有害的。子犯既了解晉文公平日的性格，又深諳此刻晉文公的心理，因此故意占為吉夢，並曲解為：「我得天（晉文公仰臥向上，故云得天），楚伏其罪，吾且柔之矣。」以堅文公出戰之意。此夢的描述儘管簡略，然而安排得恰到好處，揭示了人物深層心理意識，子犯的占夢，是晉國城濮決戰的催化劑，在作品的情節發展的環節上，又產生了跌宕起伏，峰迴路轉之妙趣。

　　人物深層心理刻畫的夢境描寫，還有兩個非常有意思的例子，這就是成公十年的「衛侯夢大厲」與哀公十七年的「衛侯夢渾良夫之鬼魂」。成公十年記載：

> 晉侯（景公）夢大厲，被髮及地，搏膺而踊，曰：「殺余孫，不義。余得請於帝矣！」壞大門及寢門而入。公懼，入於室，又壞戶。公覺，召桑田巫。巫言如夢。公曰：「何如？」曰：「不食新矣。」公疾病，求醫於秦。秦伯使醫緩為之。未至，公夢疾為二豎子，曰：「彼，良醫也，懼傷我，焉逃之？」其一曰：「居肓之上，膏之下，若我何？」醫至，曰：「疾不可為也，在肓之上，膏之下，攻之不可，達之不及，藥不至焉，不可為也。」公曰：「良醫也。」厚為之禮而歸之。六月丙午，

晉侯欲麥，使甸人獻麥，饋人為之。召桑田巫，示而殺之。將食，張，如廁，陷而卒。小臣有晨夢負公以登天，及日中，負晉侯出諸廁，遂以為殉。

哀公十七年記載：

春，衛侯為虎幄於藉圃，成，求令名者而與之始食焉。大子請使良夫。良夫乘衷甸兩牡，紫衣狐裘。至，袒裘，不釋劍而食。大子使牽以退，數之以三罪而殺之。

衛侯夢於北宮，見人登昆吾之觀，被髮北面而噪曰：「登此昆吾之墟，綿綿生之瓜。余為渾良夫，叫天無辜。」公親筮之，胥彌赦占之，曰：「不害。」與之邑，置之而逃，奔宋。衛侯貞卜，其繇曰：「如魚窺尾，衡流而方羊。裔焉大國，滅之將亡。闔門塞竇，乃自後踰。」

　　這兩個夢，故事完整而且情節生動。第一個夢講晉景公在成公八年冤殺其大夫趙同、趙括，事後自覺有虧，因此夢見二人變成大厲鬼，面目猙獰可怖，由是疾病。患病之後，又夢見二厲鬼化為二豎子逃入膏肓為害。此後，情節的發展無不如桑田巫所言。等麥收，景公認為可以嘗到新麥了，桑田巫預言不確，可是臨食之前腹漲如廁，跌入茅坑而死，最終未能嘗到新麥。應了桑田巫的預言。第二個夢講衛國小臣渾良夫為莊公奪取了君位，莊公曾答應免其三死罪作為報答，此後莊公畏懼太子的脅迫，故意設三罪殺了渾良夫。渾良夫成了冤死鬼。因此衛莊公心裡惴惴不安，竟夢見渾良夫的鬼魂在叫屈。這兩個夢，夢思的中心所在便是濫殺無辜者深層意識中的精神自罪感與虛弱恐懼感。這種潛在的意識強烈地噬嚙著他們的心靈，只是白天尋常不容易表露出來，而當這種覺醒時有過的經歷、心境等在睡夢時經過神

經系統的特殊作用後轉化變形，錯雜組合成一種恍如真實的精神與心靈歷程——夢境，並形成了非常鮮明強烈的視覺形象。晉景公患病之後，夢見厲鬼化為二豎子逃入膏肓為害，無法祛除，可見其恐懼之深。《左傳》作者通過夢境的描寫和夢思的揭示，把人物的心理潛識、內心世界真實地展現出來，又藉以表達了那些被殺屈死者的憤慨和抗議。其妙用，實非直言敘述所能奏效。

與此相類的還有一例，情節更為奇妙。成公十六年，晉荀偃與欒書弒厲公。十八年後，即襄公十八年秋：

> 中行獻子（即荀偃）將伐齊，夢與厲公訟，弗勝。公以戈擊之，首隊於前，跪而載之，奉之以走，見梗陽之巫皋。他日，見諸道，與之言，同。巫曰：「今茲主必死。若有事於東方，則可以逞。」獻子許諾。

晉厲公殺三郤時曾逮捕過荀、欒二人，後雖然釋放了，二人仍餘恨未消，反執厲公而且殺了他。荀偃為晉國重臣，事隔多年，但弒君的陰影總是籠罩著他，夢境就是這種潛意識的反映。「首隊於前」，預示荀偃有死生之災。更離奇的是巫皋之夢，竟與之相協，巫皋預言：「今茲主必死！」第二年，荀偃頭長惡瘡而亡。人物心理潛意識與結局，通過夢象與巫皋的預言（等於占夢者）予以揭示。

夢中心理活動不受自我意識的控制，各種欲念、隱秘，不論美醜善惡，都會顯出本來面目，所謂「夢吐真情」者也。哀公二十六年，宋宗子得之美夢即是。「得夢啟北首而寢於盧門之外，已為烏而集於其上，咮加於南門，尾加於桐門（北門），曰：『余夢美，必立。』」盧門為宋都之南門，桐門則指北門，咮為鳥嘴。《禮記》〈禮運〉曰：「死者北首，生者南鄉。」啟北首，死象；在門外，失國。得咮南尾北，「南鄉」必生。宋景公死後，宋國大尹密不發喪，擁戴得之弟啟

繼位，引起六卿的不滿。一直在覬覦君位的得，時時伺機奪位。夢是欲望的追求與滿足，得之夢，象徵啟將失國，己將得國。得沾沾自喜稱「余夢美」，一語洩露了心中的秘密。從結構上來說，《左傳》作者在敘述事件時，突然宕開一筆，插入夢境描寫，然後再暗合到宋國的爭嗣鬥爭中，行文富於變化，搖曳多姿，足見其運筆之巧。

三　利用夢境為人物添色加彩

夢，是虛幻的，又是絢麗的。許多現實中不可思議、不可想像之事，在夢中卻出人意料的變為現實，給人一種理想與現實距離縮短與願望得到滿足之後的難以抑制的激動。所以夢境常給人以自由。在文學創作中，作家利用夢境描寫，也可以獲得極大的創作自由。作家可以用夢境來預言設伏，透露人物命運，可以用夢境作為戲劇衝突，可以用夢境作為情節發展的轉機，更可以用夢的象徵意義來刻畫性格。《左傳》利用夢境描寫，為人物形象設色，以夢境的象徵意義突出其既定的善惡傾向，同時把作者的理念具象化，視覺化。

《左傳》宣公三年，作者以濃筆重彩描寫了一個鄭燕姞夢蘭得子的故事，留下了「夢蘭」這一著名的典故，宣公三年記載：

> 初，鄭文公有賤妾曰燕姞，夢天使與己蘭，曰：「余為伯儵。余，而祖也。以是為而子。以蘭有國香，人服媚之如是。」既而文公見之，與之蘭而御之。辭曰：「妾不才，幸而有子，將不信，敢徵蘭乎？」公曰：「諾。」生穆公，名之曰「蘭」。

春秋中期，鄭穆公（公子蘭）算得上是鄭國的一位賢君，作者常褒其賢。蘭是純潔的象徵，鄭穆公乃燕姞得神示有喜，夢蘭而生，象徵其性本高潔，能得國人擁護。鄭文公殺了那麼多的兒了，而公了蘭

卻得以嗣位，是所謂有天助也。天使以蘭贈燕姞，正反映了作者這種意念。這個得蘭而生之夢，給鄭穆公塗上一層神奇美麗的靈光，此後，作者又把不凡的蘭草貫穿於鄭穆公的一生，直到他死：「穆公有疾，曰：『蘭死，吾其死乎！吾所以生也。』刈蘭而卒。」一株不凡的蘭草，成了鄭穆公人格的化身，這是一個非常絢麗的夢，其超自然的離奇性與象徵性帶著濃重的神奇色彩，給後人留下了多少瑰奇的想像，啟發後世文人多少夢文學的靈感。

　　《左傳》中的人物誕生之夢，有吉夢，也有惡夢。叔孫豹夢豎牛就是一個恐怖的噩夢。昭公四年記載：魯叔孫豹「夢天壓己，弗勝，顧而見人，黑而上僂，深目而豭喙，號之曰：『牛！助余！』乃勝之。」其後，叔孫豹立為卿，召庚宗婦人，發現所夢之人，即當年與庚宗婦人之私生子豎牛，就是這個豎牛，長而治叔孫家政，興風作浪，大亂叔孫氏，甚至活活餓死其父叔孫豹，自己最後也身首異處。叔孫豹之夢，與《尚書》〈說命上〉及《國語》〈楚語上〉所記的殷高宗夢見傅說的情節頗為相似，只是性質迥別。後者得良臣，前者獲逆子。作者渲染夢境中陰森可怕氣氛與夢中人物的獰獰面目。使讀者對人物形象產生一種惡感，人物臉譜外貌的惡形描繪，透露出人物的性格本質與行為趨向。

　　上述兩則夢境，與上古時期的感生神話顯然不同。感生神話帶有先民對祖先的圖騰崇拜色彩。這兩則夢境故事，在於利用夢境象徵人物的善惡，夢境描寫的感情傾斜、夢境的審美傾向與人物的善惡屬性相吻合。所以，夢境的象徵意義是顯而易見的。作者只是借夢境來更深刻、更具體、更形象地預報或勾勒人物形象特徵，並以超自然、超現實的夢境，把自己心中的意念形象化，並在這種神奇的夢境故事中貫注自己明顯的感情傾向。

四　夢境描寫的真與奇

　　《左傳》中的夢境描寫，首先是夢境真實，故事清晰，夢象鮮明。本來，記夢歷來是古代史官的職責之一。《左傳》除記人事外，「天道、鬼神、災祥、卜筮、夢之備書於策」（汪中《述學》〈內篇〉）。左氏把夢境當作歷史事件的不可分割的組成部分，加以嚴肅的記載，其中雖不免有以神道設教的目的和因果報應的宿命論觀點，更重要的是用夢境來預示情節的發展，刻畫人物形象，象徵美醜善惡，在作者筆下，這些夢中故事宛如生活實景，無一不是真實可信，既沒有縹緲朦朧的模糊感，也沒有零碎竄亂的跳躍性。夢中所表現的思想也是非常清晰的。這些夢的夢象鮮明而且強烈，夢者大都清楚地記住夢中情景，甚至夢中人之面目特徵，也歷歷如在目前，夢境的隱意與所敘事件一一對應，所記之夢，幾乎全部應驗。所記夢占，其作用幾乎都在揭示夢的隱意。有的夢占其驗神奇無比。

　　其次是瑰麗多彩，意境翻新。如此眾多的夢境，故事神妙奇特，絕少雷同，以類而分，有天帝的示夢，有祖先的托夢，有厲鬼的驚夢；有的夢已不只是單一的夢象，而且有簡單的情節，氣氛的渲染，有肖象的勾勒，有心理的刻畫。有的猶如一則美麗的寓言故事。夢境描寫中蘊含著作者感情傾向，夢中的勸懲傾向與作者的善惡觀念一致。

　　其三是手法多樣，變幻莫測。有吉夢，有凶夢，有妖夢；有夜間夢，有白日夢；有單夢，有協夢。夢象中有神靈，有厲鬼，有祖先之靈。有日、月、河流、城門、蟲鳥等等。托夢者有天帝、天使、河神、祖妣、鬼魂等。總之，《左傳》中的夢境，繽紛多彩，翻新出奇，形成其獨具特色的夢文學。

　　夢境的描寫，增強了《左傳》的文學性和藝術魅力。夢是假，是幻，是奇，但其中又隱含著真，體現著真。夢境是虛的，可是虛中有

實。因此，儘管是嚴肅的歷史著作，當它所描寫的夢境成為歷史中事件中的一個有機組成，成為揭示歷史人物的性格、命運，揭櫫歷史事件的發展趨勢的不可或缺的催化劑、顯示劑的時候，它並不損害歷史著作的科學性。再者，夢的假、幻、虛，即是藝術的想像、虛構，作為史傳文學作品，夢境描寫的成功，無疑的提高了《左傳》作為文學巨著的藝術品位。就像我們經常發現的那樣，一部小說出來，那些最動人的地方往往不是寫實的部分，而是想像虛構的章節，其中即包括夢境的描寫。《左傳》的夢境描寫，是真與奇的結合，體現了歷史真實與藝術真實的辨證統一。作者借助夢境的虛、幻、奇來充實情節發展的內在機制，豐富人物性格，完美地凸現歷史人物性格的真實性。虛實相生，真奇相映，盡得其妙。劉知幾評論《左傳》，說它「工侔造化，思涉鬼神，著述罕聞，古今卓絕」（《史通》〈雜說〉）是頗有見地的。

第三節　腴辭潤簡牘　美句入詠歌

劉知幾特別稱讚《左傳》的語言藝術，稱其是「或腴辭潤簡牘，或美句入詠歌，跌宕而不群，縱橫而自得」（《史通》〈雜說上〉）。《左傳》的語言藝術，首先突出表現在外交辭令上。

一　外交辭令的總體特徵

行人辭令即外交辭令，春秋時期，「行人」又稱「行李」、「行理」、「行旅」，就是往來於周王朝和諸侯列國之間的外交使節。《左傳》中的行人辭令，歷來為人們所稱道。作者記載了不少委婉動聽的外交說辭，反映了當時的社會風貌，也寫出了歷史人物的風采。

春秋時期，諸侯國之間鬥爭非常尖銳，行人往來，使臣聘問，又

加以盟會頻繁，所以外交辭令顯得非常重要。大國要「奉辭伐罪」，小國要對付大國的侵侮，辭令則成為攻伐的口實和鬥爭的工具。辭令好不好，不但關係到個人的榮辱，而且關係到國家的興亡。所以，春秋時期，已經形成一種講究辭令的風氣。《左傳》襄公二十五年引孔子的話說：「《志》有之：『言以足志，文以足言』不言，誰知其志！言之無文，行而不遠。晉為伯，鄭入陳，非文辭不為功。慎辭哉！」襄公三十一年又記載叔向的話說：「辭不可以已也如是夫！子產有辭，諸侯賴之，若之何其釋辭也？」說明當時對於行人辭令即外交辭令所起的作用的認識。

　　出色的行人辭令，在外交上可以起巨大的作用。它可以消弭兵燹之滅，使敵國退師，使國家轉危為安。這在《左傳》中有許多例子。最為著名的要數僖公三十年的〈燭之武退秦師〉一篇：

　　　　九月，甲午，晉侯、秦伯圍鄭，以其無禮於晉，且貳於楚也。晉軍函陵，秦軍汜南。

　　　　佚之狐言於鄭伯曰：「國危矣！若使燭之武見秦君，師必退。」公從之。辭曰：「臣之壯也，猶不如人；今老矣，無能為也已！」公曰：「吾不能早用子；今急而求子，是寡人之過也。然鄭亡，子亦有不利焉！」許之。

　　　　夜縋而出，見秦伯曰：「秦、晉圍鄭，鄭既知亡矣！若亡鄭而有益於君，敢以煩執事。越國以鄙遠，君知其難也；焉用亡鄭以倍鄰？鄰之厚，君之薄也。若舍鄭以為東道主，行李之往來，共其乏困，君亦無所害。且君嘗為晉君賜矣；許君焦、瑕，朝濟而夕設版焉，君之所知也！夫晉，何厭之有？既東封鄭，又欲肆其西封，若不闕秦，將焉取之？闕秦以利晉，唯君圖之！」

　　　　秦伯說，與鄭人盟。使杞子、逢孫、揚孫戍之，乃還。

　　在春秋時期的爭霸鬥爭中，晉、楚兩國爭奪最為激烈。這在前面的戰爭介紹中讀者已十分清楚。地處晉、楚兩國中間地帶的鄭、宋、陳、蔡等國，則是他們爭奪的對象。鄭國地處今河南省中部，北臨晉國，南接楚地，西經周王室可達於關西秦地，東邊是陳國。控制鄭、陳二國，既可北上，又可南下，也便於對東西方諸侯的操縱。鄭國的向背，與霸權的歸屬有很大關係。因此，晉、楚爭霸，鄭國首當其衝。鄭國自鄭莊公之後，國勢日削，無力與大國爭雄，只能受制於大國的威攝之下。城濮之戰時，鄭文公親楚，曾準備和楚國聯合攻晉。後來鄭文公雖然參加了踐土之盟，但已結怨於晉國。所以城濮之戰後晉國要懲罰這些離心背叛之國，於是聯合秦國圍鄭。這就是「燭之武退秦師」的背景。

　　在秦晉兩國強兵壓境的危急關頭，燭之武挺身而出，析之以理，懼之以勢，誘之以利，終於說服秦穆公退兵，使鄭國轉危為安，免除了一場兵燹之災。

　　燭之武說秦穆公，先從亡鄭說起，指出亡鄭於秦無益。無益的原因，一是「越國以鄙遠」，難以實現；二是即使亡鄭，得利的不是秦國而是晉國。「焉用亡鄭以倍鄰？」三是「鄰之厚，君之薄也」。晉國強大，秦國必然削弱。這一層意思，必然引起秦穆公對伐鄭的後果的深思，接下來，燭之武再從不亡鄭這一角度發揮。不亡鄭，不但於秦無害，反可以坐享其利。這樣，兩相比較，孰優孰劣，顯而易見。弦外之音，還有譏秦國受晉役使之意。同時，為了瓦解秦晉聯盟，加深兩國的矛盾。燭之武又舊怨重提，指出晉國背信食言，歷來如此。最後歸結到晉之野心，不獨在鄭，還將侵秦。這樣的深入剖析，犀利剴切，終於使秦穆公深思再三，幡然省悟，毅然退兵。類似的例子還有如僖公四年的「屈完如齊師」，僖公二十六年的「展喜犒師」，宣公三年的「王孫滿對楚王問」等。外交辭令的成功，能使敵國退兵，它起到了武力和軍隊所無法替代的作用。

　　春秋時期的列國大夫，大多善於應對之辭，如燭之武、屈完、展喜、趙衰、王孫滿、陰飴孫、呂相、魏絳、子產等人。其中最為出色的，又要推子產。子產執政，在與列國尤其是晉楚霸主來往的時候，表現出極高的才辯。襄公二十二年，晉平公以鄭國久不朝見為藉口，「征朝於鄭」，子產面對晉侯責難，一方面表示鄭國不「忘職」，要服事晉國，另一方面又指責晉國「政令無常」，使鄭國「無日不惕」；如果晉國仍不恤鄭國，鄭國只好與晉為敵。一番義正辭嚴的批駁，使晉霸只好收斂了它的淫威。襄公二十五年，鄭伐陳後，子產獻捷於晉。晉人三問，子產三答。針對晉國「何故侵小」的責難，子產答以大國「若無侵小，何以至焉」？可謂以其人之道，還治其人之身。昭公元年，楚公子圍聘於鄭，子產看出楚人心懷叵測，故拒之於城外。子產面對楚伯州犂的指責，大膽地揭露了楚人的陰謀，子產的辭令，既有義正辭嚴的反駁，也有委婉有力的陳述。請再看襄公三十一年「子產相鄭伯以如晉」一節，可以進一步領略子產巧於運用辭令的特色：

　　　公薨之月，子產相鄭伯以如晉，晉侯以我喪故，未之見也。子產使盡壞其館之垣而納車馬焉。士文伯讓之，曰：「敝邑以政刑之不修，寇盜充斥，無若諸侯之屬辱在寡君者何，是以令吏人完客所館，高其閈閎，厚其牆垣，以無憂客使。今吾子壞之，雖從者能戒，其若異客何？以敝邑之為盟主，繕完葺牆，以待賓客。若皆毀之，其何以共命？寡君使匄請命。」

　　　對曰：「以敝邑褊小，介於大國，誅求無時，是以不敢寧居，悉索敝賦，以來會時事。逢執事之不閒，而未得見，又不獲聞命。未知見時。不敢輸幣。亦不敢暴露。其輸之，則君之府實也；非薦陳之，不敢輸也。其暴露之，則恐燥濕之不時而朽蠹，以重敝邑之罪。僑聞文公之為盟主也，宮室卑庳，無觀臺榭，以崇大諸侯之館，館如公寢，庫廄繕修，司空以時平易道

路，圬人以時塓館宮室。諸侯賓至，甸設庭燎，僕人巡宮，車馬有所，賓從有代，巾車脂轄，隸人牧圉，各瞻其事，百官之屬，各展其物。公不留賓，而亦無廢事，憂樂同之，事則巡之；教其不知，而恤其不足。賓至如歸，無寧災患，不畏寇盜，而亦不患燥濕。今銅鞮之宮數里，而諸侯舍於隸人。門不容車，而不可逾越。盜賊公行，而天屬不戒。賓見無時，命不可知。若又勿壞，是無所藏幣以重罪也。敢請執事，將何所命之？雖君之有魯喪，亦敝邑之憂也。若獲薦幣，修垣而行，君之惠也，敢憚勤勞！」

文伯復命，趙文子曰：「信！我實不德，而以隸人之垣以嬴諸侯，是吾罪也。」使士文伯謝不敏焉。晉侯見鄭伯，有加禮，厚其宴好而歸之。乃築諸侯之館。叔向曰：「辭之不可以已也如是夫！子產有辭，諸侯賴之，若之何其釋辭也？詩曰：『辭之輯矣，民之協矣。辭之繹矣，民之莫矣。』其知之矣。」

　　春秋時期的霸主，可以要求小國為之納貢，這本來是大國對小國的一種壓迫，鄭國為求生存，不得不向晉國納幣，然而晉卻以有魯喪為藉口，拒不見鄭伯。這又是晉國故意擺出的一副霸主的傲慢無禮之態。子產忍無可忍，只好強行拆除晉國賓館圍牆而入。面對晉國的責備，子產據理反駁，批評了大國誅求無時而又蠻橫無理的態度，終於使晉國承認自己的錯誤，改變了態度。

　　子產的反駁，其重要的特點是善於用對比手法置對方無可辯駁之地。同樣是霸主，晉平公與晉文公大不相同。子產指出，晉文公做霸主，自己「宮室卑庳」，而「崇大諸侯之館」，賓客未到，先做好一切準備工作，諸侯使節一來，有「賓至如歸」之感。如今晉平公是「銅鞮之宮數裏」，極盡奢華，而諸侯卻「舍於隸人」之館；盜賊公行，賓客連安全都無保障。相形之下，晉平公何嘗有一點「盟主」的儀

態？小國又如何臣服？子產拿晉國自己在不同時期的做法相對比，晉
平公的無禮便自然暴露無遺。此外，子產在言辭之中，對士文伯的因
魯喪而不接見，「高其閈閎，厚其牆垣」、「無憂客使」的謊言一一予
以揭穿。子產最後的一句話：「若獲薦幣，修垣而行」，表明鄭國毀牆
而入，實在是迫不得已，毀牆是為了向晉國「薦幣」即進貢禮品，獻
了禮品，將重修館牆。這一句話，使得子產的辭令又顯得有禮有節。
叔向的讚歎，稱讚了子產辭令的風采，也顯示了子產辭令的政治力量。

　　孔子說：「周監於二代，郁郁乎文哉！」（《論語》〈八佾〉）迨及
春秋之時，雖已過四五百年，然遺烈未減。大夫行人辭令，即體現了
三代之文化精神。章學誠說：「左氏以傳翼經，則合為一矣。其中辭
命，即訓誥之遺也。」（《文史通義》〈外篇方志立三書議〉）襄公四年，
魏絳對晉悼公論和戎，就有明顯的訓誥遺風。這一年，無終子嘉父請
和諸戎，晉悼公卻主張伐戎。魏絳認為「獲戎失華」之不可為，接著
就以有窮后羿之事為題，歷數后羿、寒浞和少康、辛甲等人的興亡史
實，用正反兩方面的歷史經驗與教訓，勸導晉悼公不可沉溺於田獵，
不可窮兵黷武，不能失去賢人。由是希望晉悼公以明哲的先王為榜
樣，以昏君為鑒戒。最後歸結到和戎的五大好處。「魏絳論和戎」這
一段話，無論從內容到體式結構，都非常像《尚書》〈無逸〉，語言風
格也酷似〈無逸〉，文氣直貫而下，論證典雅古奧，有很強的說服力。

　　更有踵事增華、變本加厲者，這就是如成公十三年的〈呂相絕
秦〉一篇，已開啟了戰國策士鋪張揚厲縱橫辯難之風。請看這一段
妙文：

　　　夏四月戊午，晉侯使呂相絕秦曰：昔逮我獻公及穆公相好，戮
　　力同心，申之以盟誓，重之以昏姻。天禍晉國，文公如齊，惠
　　公如秦。無祿，獻公即世，穆公不忘舊德，俾我惠公用能奉祀
　　於晉，又不能成大勳，而為韓之師；亦悔於厥心，用集我文

公，是穆之成也。文公躬擐甲冑，跋履山川，逾越險阻，征東之諸侯，虞、夏、商、周之胤而朝諸秦，則亦既報舊德矣。鄭人怒君之疆場，我文公帥諸侯及秦圍鄭。秦大夫不詢於我寡君，擅及鄭盟。諸侯疾之，將致命於秦。文公恐懼，綏靜諸侯，秦師克還無害。則是我有大造於西也。

無祿，文公即世，穆為不弔，蔑死我君，寡我襄公，迭我崤地，奸絕我好，伐我保城，殄滅我費、滑，散離我兄弟，撓亂我同盟，傾覆我國家。我襄公未忘君之舊勳，而懼社稷之隕，是以有殽之師，猶願赦罪於穆公。穆公弗聽，而即楚謀我。天誘其衷，成王隕命，穆公是以不克逞志於我。穆、襄即世，康、靈即位。康公，我之自出，又欲闕剪我公室，傾覆我社稷，帥我蝥賊，以來蕩搖我邊疆。我是以有令狐之役。康猶不悛，入我河曲，伐我涑川，俘我王官，翦我羈馬，我是以有河曲之戰。東道之不通，則是康公絕我好也。

及君之嗣也，我君景公引領西望曰：「庶撫我乎！」君亦不惠稱盟，利吾有狄難，入我河縣，焚我箕、郜，夷我農功，虔劉我邊垂。我是以有輔氏之聚。君亦悔禍之延，而欲徵福於先君獻、穆，使伯車來命我景公曰：「吾與女同好棄惡，復修舊德，以追念前勳。」言誓未就，景公即世。我寡君是以有令狐之會。君又不祥，背棄盟誓。白狄及君同州，君之仇讎，而我昏姻也。君來賜命曰：「吾與女伐狄。」寡君不敢顧昏姻，畏君之威而受命於吏。君有二心於狄，曰：「晉將伐女。」狄應且憎，是用告我。楚人惡君之二三其德也，亦來告我曰：「秦背令狐之盟而來求盟於我，昭告昊天上帝、秦三公、楚三王曰：『余雖與晉出入，余唯利是視。』不穀惡其無成德，是用宣之以懲不壹。」諸侯備聞此言，斯是用痛心疾首，暱就寡人。寡人帥以聽命，惟好是求。君若惠顧諸侯，矜哀寡人而賜

之盟，則寡人之願也；其承寧諸侯以退，豈敢徼亂？君若不施
大惠，寡人不佞，其不能以諸侯退矣。敢盡布之執事，俾執事
實圖利之。

　　這是一篇完整的外交檄文。成公十一年，秦、晉兩國決定在令狐
會盟，晉厲公如期到會，而秦桓公卻臨時變了卦，不肯過河，只派大
夫史顆到河東與晉侯會盟。晉只好派郤犨到河西與秦國結盟。所以此
盟自一開始，秦國便無誠信。果然，會盟之後不久，秦馬上策動狄、
楚攻晉。晉國一怒之下，遂派呂相使秦，與秦絕交。

　　呂相首先歷數秦穆公的四大罪狀，說明歷史上秦國對晉國素來就
心懷叵測、背信棄義。接著又列舉秦康公的兩條罪狀。檄文所述，目
的在於告訴人們秦桓公今天之所行，有其歷史淵源，與秦絕交是歷史
的必然，絕非晉國一時的衝動。最後，呂相辭鋒一轉，敘述了秦桓公
近年背盟的兩大罪狀：趁狄難，入晉河縣，焚晉箕郜；挑唆狄人伐
晉，慫恿楚國攻晉，行文至此，說明舊恨新仇，已使晉國忍無可忍，
讓無可讓，只好與秦絕交了。

　　作為外交檄文，要達到理直氣壯、無可辯駁的效果，作者把絕交
的原因放置於歷史的背景之中，從歷史的考察之中歸納出絕交的必然
性與合理性，這就使人覺得晉國的絕交舉措具有歷史的嚴肅性和現實
的必要性。為了達到這個效果，作者不惜誇大其辭，甚至虛構史事，
強辭奪理。如「鄭人怒君之疆埸」，「迭我殽地」「成王隕命，穆公是
以不克逞志於我」，「以來蕩搖我邊疆」等等。為了增強氣勢，作者用
了大量的排比句式，形成了一種氣貫長虹、無可辯駁的邏輯力量。此
外，在辭令與句法的選擇上，參差變化，錯落有致，極可引人入勝，
感染讀者。《春秋左繡》評價此文為：「蓋一紙書賢於十萬師矣！」話
雖過譽，卻道出了此文的力量。

　　上舉幾例，大致可以看出《左傳》行人辭令的特色。在這些行人

辭令妙品之中，有的善於利用矛盾，分析利害，誘之以利，曉之以
害，以說服對方，如〈燭之武退秦師〉；有的善於揣摩對方心理，有
意投合，因勢利導，以達到自己的目的，如僖公十五年的〈陰飴甥對
秦伯〉，宣公三年的〈王孫滿對楚王問〉；有的曲折盡致，委婉有力，
如僖公三十三年〈鄭皇武子之辭杞子〉。而〈呂相絕秦〉則高談雄
辯，馳騁捭闔，誇張鋪陳，酣暢淋漓。這些委婉動聽的外交辭令，成
為後代文人諷誦和學習的典範。

二　外交辭令中的修辭藝術

上舉幾例，大致可以看出《左傳》行人辭令的特色。這些行人辭
令妙品，實得力於修辭藝術之運用。劉知幾說：「尋左氏載諸大夫辭
令，行人應答，其文典而美，其語博而奧。述遠古，則委曲如存；徵
近代，則循環可覆。必料其功用厚薄，指意深淺，諒非經營草創，出
自一時，琢磨潤色、獨成一手。」（《史通》〈申左〉）說明當時人們對
修辭藝術的苦心經營。對於《左傳》辭令的修辭藝術，我們把它歸納
為如下幾個方面。

（一）委婉含蓄

《左傳》行人辭令之修辭藝術最為常見的特徵，是委婉含蓄，溫
潤曲折。《史通》〈言語〉謂之「語微婉而多切，言流靡而不淫」。此
類例子甚多，俯拾即是：

> 鄭穆公使視客館，則束載、厲兵、秣馬矣。使皇武子辭焉，
> 曰：「吾子淹久於敝邑，唯是脯資餼牽竭矣，為吾子之將行
> 也，鄭之有原圃，猶秦之有具囿也，吾子取其麋鹿，以閒敝
> 邑，若何？」（僖公三十三年）

殽之戰前，秦人欲偷襲鄭國，鄭人已發覺，派皇武子辭去杞子、逢孫三人。但是不好直接說你們走吧，卻說我們這裡東西匱乏，你們回自己國家的獵場去打獵，讓我們休息一下吧。話極委婉，然暗示鄭國已窺破秦人的陰謀。杞子三人於是出逃鄭國。再如：

> 韓厥執縶馬前，再拜稽首，奉觴加璧以進，曰：「寡君使群臣為魯、衛請，曰：『無令輿師陷入君地。』下臣不幸，屬當戎行，無所逃隱。且懼奔辟，而忝兩君。臣辱戎士，敢告不敏，攝官承乏。」（成公二年）

這是齊晉鞌之戰中，晉韓厥追上齊頃公就要活捉齊頃公的一段話，「無令輿師」句，實指早日同齊軍決戰；「無所逃隱」，指無法回避擒拿齊君；「忝兩君」、「攝官承乏」等，亦皆委婉之外交辭令。

除上舉二例之外，還有如弦高犒師（僖公三十三年）、展喜犒齊師（僖公二十六年）、齊侯使晏嬰請繼室（昭公三年）、屈完如齊師（僖公四年）、知罃答楚成王問（成公三年）等，皆含蓄蘊藉、曲折達意、委婉多姿。

（二）借言達意

借言達意，本可歸為委婉之一種，但在手法上似乎更為巧妙。如：

> 晉陰飴甥會秦伯，盟於王城。秦伯曰：「晉國和乎？」對曰：「不和。小人恥失其君而悼喪其親，不憚征繕以立圉也。……君子愛其君而知其罪，不憚征繕以待秦命。……」秦伯曰：「國謂君何？」對曰：「小人慼，謂之不免；君子恕，以為必歸。……」（僖公十五年）

韓之戰，晉國兵敗，惠公被俘。陰飴甥作為晉之使者入秦會盟，在回答秦穆公之問時虛構了君子與小人的爭論，含蓄曲折地表達了秦釋晉侯，晉必報德；不釋晉侯，晉必報仇之意。借人之言，以達己意。

（三）文緩旨遠

文緩旨遠，含意深刻，主要還不在於修辭的技巧，而在於說理的深刻雋永，意在言外。如：

> 楚子觀兵於周疆，定王使王孫滿勞楚子。楚子問鼎之大小、輕重焉。對曰：「在德不在鼎。若夏之方有德也，遠方圖物，貢金九牧，鑄鼎象物，百物而為之備，使民知神奸。……桀有昏德，鼎遷於商，載祀六百。商紂暴虐，鼎遷於周。……成王定鼎於郟鄏，卜世三十，卜年七百，天所命也。周德雖衰，天命未改。鼎之輕重，未可問也。」（宣公三年）

楚莊王問鼎，暴露其覬覦王權的野心。「問鼎中原」的典故就出自這裡。「在德不在鼎」一句，是王孫滿辭令的核心，並由此生發開去，援古論今，歷數夏方有德，國泰民安，鼎祚久存。桀紂昏德，鼎遷商周。由此說明有德必得鼎，有鼎則有國的道理。王孫滿的辭令，從容徐迂，寓意深刻。

（四）針鋒相對

行人應對，亦不唯一味的委婉含蓄。針鋒相對，毫不相讓，也是取勝之法。如：

> 楚子使屈完如師。齊侯曰：「以此眾戰，誰能御之？以此攻城，何城不克？」對曰：「君若以德綏諸侯，誰敢不服？君若

以力，楚國方城以為城，漢水以為池，雖眾，無所用之。」
（僖公四年）

齊侯之言，乃以武力相威脅，有咄咄逼人之勢。屈完之答，針鋒相
對，毫無退讓之意，終使齊侯結盟。再如：

鄭子產獻捷於晉。……晉人曰：「何故侵小？」對曰：「先王之
命，唯罪所在，各致其辟。且昔天子之地一圻，列國一同，自
是以衰。今大國多數圻矣，若無侵小，何以至焉？」晉人曰：
「何故戎服？」對曰：「我先君武、莊為平、桓卿士。城濮之
役，文公佈命，曰：『各復舊職。』命我文公戎服輔王，以授
楚捷——不敢廢王命故也。」（襄公二十五年）

一圻，指土地四邊各一千里，一同，指四邊各一百里。一圻是天子的
待遇，一同是諸侯的待遇，現在諸侯大國都「數圻」了，如果不侵略
小國，怎麼會那麼大？「若無侵小，大國何以數圻」和「不敢廢王
命」，是子產針對晉人兩次責難的反駁，話似委婉，實則針鋒相對，
柔中有剛。

（五）折之以理，服之以巧

孔子曰：「情欲信，辭欲巧。」（《禮記》〈表記〉）從修辭上說，
即是折之以理，服之以巧。前舉〈燭之武退秦師〉便是典型之例。燭
之武說秦伯，曉之以利害，理出兩端。先從亡鄭說起：亡鄭無益於
秦。原因有三：一是「越國以鄙遠」，難以實現；二是「亡鄭陪
（倍）鄰」，得利者乃為晉國；三是「鄰之厚，君之薄」，結果於秦更
不利。然後從不亡鄭剖析，不亡鄭，既無害於秦，秦反可坐享其利。
兩者比較，利害白見。這　番辭令，燭之武說理透徹，修辭上精心結

構，層層深入，絲絲入扣，堪稱典範。再如：

> 晉人征朝於鄭。鄭人使少正公孫僑（子產）對曰：「……楚人
> 猶競，而申禮於敝邑。敝邑欲從執事，而懼為大尤，曰：『晉
> 其謂我不共有禮。』是以不敢攜貳於楚。……」（襄公二十二
> 年）

晉人責難鄭國何以親附楚國，子產杜撰了一句「晉其謂我不共有
禮」，意為在晉悼公時，楚國強大，但楚對鄭有禮，鄭若棄楚，晉國
將指責鄭國不敬於有禮之國，所以要親附楚國。子產此著，極巧妙地
將責任反推到晉人身上，讓晉人有口難言。再如：

> 吳子使其弟蹶由犒師，楚人執之，將以釁鼓，王使問焉，曰：
> 「女卜來吉乎？」對曰：「吉。寡君聞君將治兵於敝邑，卜之
> 以守龜，曰：『余亟使人犒師，請行以觀王怒之疾徐，而為之
> 備，尚克知之！』龜兆告吉，曰：『克可知也。』君若歡焉，
> 好逆使臣，滋敝邑休怠，而忘其死，亡無日矣。今君奮焉，震
> 電憑怒，虐執使臣，將以釁鼓，則吳知所備矣。……」（昭公
> 五年）

楚王攻打吳國，吳王派他的弟弟蹶由到楚軍營犒勞楚軍。楚王把蹶由
抓起來，準備殺掉他，並用他的血來祭鼓，就是釁鼓。楚王派人問蹶
由說，你來之前有占卜過嗎？來這裡吉利嗎？蹶由回答說，吉利。占
卜的卦象就叫我來犒勞楚軍時看看大王的火氣如何。大王如果高高興
興地迎接使者，吳國還可能放鬆警惕，那麼我們離滅亡也就沒幾天
了。大王如果發脾氣，要殺使者，那麼我們吳國就知道警惕，知道怎
麼戒備和對付大王您了。蹶由這樣一說，楚王就不殺蹶由了。蹶由回

答之巧，在於利用殺與不殺做文章，「好逆使者」，吳人則懈怠；殺了蹶由，吳人必高度戒備。蹶由可謂善辯，免除了自己的釁鼓之災。

（六）棉裡藏針

棉裡藏針，柔中有剛，在鄭子產的辭令中極為常見，如襄公二十二年晉人征朝於鄭，責備鄭國。面對晉人的無理責難，子產先是據理反駁，以理服人，用事實證明鄭國「豈敢忘職」。臨到最後，子產說：

> 大國若安定之，其朝夕在庭，何辱命焉？若不恤其患，而以為口實，其無乃不堪任命，而剪為仇讎。敝邑是懼，其敢忘君命？委諸執事，執事實重圖之。（襄公二十二年）

子產由此表明鄭國的態度：晉國如讓鄭國安定，則鄭國將自動朝晉；若不體恤鄭國，鄭國只好以晉為敵了。何去何從，任晉國選擇。子產強硬的態度，使晉人收斂了他的淫威。再如成公二年，齊國使者賓媚人出使晉國，在極盡委曲求全中以「子又不許，請收合餘燼，背城借一。敝邑之幸，亦云從也」斥責晉人之無理取鬧，也是棉裏藏針之辭令。又如前舉成公三年楚人歸知罃，知罃表示謝意之後說：

> 若不獲命，而使嗣宗職，次及於事，而帥偏師，以修封疆，雖遇執事，其弗敢違，其竭力致死，無有二心，以盡臣禮，所以報也。（成公三年）

知罃是晉國大夫，宣公十二年邲之戰時被楚國抓去，成公三年，楚人願意放知罃回去。楚王問他說，你會怨恨我嗎？知罃說你不殺我，我哪敢怨恨呢？楚王又問說，那你感激我嗎？所以知罃表示謝意。但是說了上面的一段話，意思是我回去後，如果我的國君不殺我，還讓我

擔任政事，那麼遇到你楚國的大夫和軍隊，我將拚死和你們戰鬥到底。知罃的話裡，透露著不屈和拚死的決心。讀此辭令，不由人記起晉公子重耳流亡過楚時對楚成王的回答：

> 若以君之靈，得反晉國，晉、楚治兵，遇於中原，其辟君三舍。若不獲命，其左執鞭弭，右屬櫜鞬，以與君周旋。（僖公二十三年）

二者有異曲同工之妙。

（七）以屈求伸

以屈求伸，可以為後面的說辭張本，亦可以為後面的陳辭蓄勢。如僖公三十年燭之武退秦師，燭之武見秦伯的第一句話即為：

> 秦、晉圍鄭，鄭既知亡矣！若亡鄭而有益於君，敢以煩執事。

燭之武見秦伯，意在說服秦伯退兵，然而第一句話卻承認鄭國將亡。這樣說，一來表示謙恭，二來使秦伯放鬆了心理戒備，為後面的亡鄭與不亡鄭的利害關係蓄勢。修辭構思實為巧妙。

（八）抑己揚人

抑己揚人，目的是為了討好對方。此例可見昭公三年：

> 齊侯使晏嬰請繼室於晉，曰：「寡君使嬰曰：『寡人願事君，朝夕不倦，……君若不忘先君之好，惠顧齊國，辱收寡人，徼福於大公、丁公，照臨敝邑，鎮撫其社稷，則猶有先君之適及遺姑姊妹若而人。……』」

齊國將少姜許配晉平公，可惜少姜不久就死去。為了和晉國交好，齊
侯又自動提出再送齊女，而且把晉國答應再娶齊女，說成是「惠顧齊
國，辱收寡人」，是「照臨敝邑，鎮撫其社稷」。意思是你們肯要我們
的女子，這是照顧我們，安撫我們齊國了，光輝照耀我們了。因為此
時晉國仍強於齊國，齊國為了討好晉國，不惜極力貶低自己，抬高對
方。話雖委婉，實為了討好對方。

（九）正話反說，意在刺譏

僖公二十六年，齊人伐魯，展喜犒齊師，展喜先虛構了「小
人」、「君子」之意以表示不卑不亢之態度。齊侯再問：「室如縣
（懸）罄，野無青草，何恃而不恐？」意思是你魯國現在屋內空空，
連糧食也沒有，草都不長，拿什麼對付我們齊國呢？展喜對曰：

> 恃先王之命。昔周公、大公股肱周室，夾輔成王，成王勞之，
> 而賜之盟曰：「世世子孫無相害也！載在盟府，大師職
> 之。」……及君即位，諸侯之望曰：「其率桓之功！」我敝邑
> 用不敢保聚，曰：「豈其嗣世九年，而棄命廢職？其若先君
> 何？君必不然。」恃此以不恐。

展喜用王命來譏刺齊人。齊人伐魯，本已違背「先王之命」。「諸侯之
望」云云，是說諸侯都盼望你齊國能遵循齊桓公的德行。這裡已用反
語刺譏對方。「豈其嗣世九年，而棄命廢職？其若先君何？」二句，
是說你齊君繼位才九年，就背棄成王之命而廢太公之責。怎麼對得起
太公和桓公呢？這話一是刺齊侯背棄祖命之速，二是刺齊侯愧對先
君。「君必不然」，更是正話反說。齊侯已違祖命，何謂「不然」？刺
譏之意，顯見於言外。

（十）對比反駁

對比以見優劣，增加反駁之力量，亦辭令之妙用。如襄公三十一年，子產相鄭伯到晉國，晉人不納，子產使盡壞其館之垣而入。面對晉人之責讓，子產以晉文公之行事與晉平公對比（見前第二部分所引子產之辭），令晉平公之無禮暴露無遺。昭公三十年，鄭游吉弔晉頃公之喪，面對晉人之責難，也以晉、鄭兩國在執行「禮」方面的對比，揭示真正無禮者是晉而非鄭。再如成公二年，齊晉鞌之戰，齊國打敗了，齊大夫賓媚人給晉人送去財禮，晉國很蠻橫，說一定要齊頃公的母親蕭同叔子來做人質，因為戰爭爆發前晉國的主帥郤克出使齊國受到蕭同叔子的嘲笑，提這個要求，恐怕是郤克要報這個私仇。晉國還要齊國的田壟改為東西向，因為晉國在齊國西邊，改為東西向，以後軍隊進入齊國就好走了。為駁斥晉人之無理要求，賓媚人巧用了對比之法，說，蕭同叔子是寡君的母親，如果從同等地位來說，也就是你們晉國的國母啊，你們要把她作為人質，那麼又怎麼對待周天子的命令，這不是以不孝來號令諸侯嗎？接下來又說了下面這段話：

> 四王之王也，樹德而濟同欲焉；五伯之霸也，勤而撫之，以役王命。今吾子求合諸侯，以逞無疆之欲。（成公二年）

四王、五伯是「濟同欲」而撫諸侯，「濟同欲」就是滿足諸侯的欲望。今晉侯為逞私欲而要齊「盡東其畝」，兩相對照，晉國「何以為盟主」呢？

（十一）誇張虛構

誇大其辭，甚至不惜虛構事實，此乃完全為修辭之需要。此例可見成公十三年之「呂相絕秦」。其中：

> 鄭人怒君之疆場，我文公帥諸侯及秦圍鄭。……寡我襄公，迭我崤地；……成王隕命，穆公是以不克逞志於我。……康公，我之自出，又欲闕翦我公室，傾覆我社稷，帥我蟊賊，以來蕩搖我邊疆。

這幾條，並非史實所有，或與事實有很大出入，作者乃信口開河，誇大其辭，只求聳人聽聞，強辭奪理以取勝罷了。

（十二）巧用比喻

比喻之用，在行人辭令中極為常見。如：

> 楚子使與師言曰：「君處北海，寡人處南海，唯是風馬牛不相及也，不虞君之涉吾地也！」（僖公四年）

風，通「瘋」，指牛、馬發情時相追逐。可是牛和馬不同類，再發情也不會相吸引相追逐啊。所以以「風馬牛不相及」喻齊楚兩國相距遙遠，互不關涉。再如：

> 子產與范宣子書，曰：「……象有齒以焚其身，賄也。」（襄公二十四年）

象齒貴重，卻因此害了自身，以喻重幣，將自焚其身。最為生動精彩的巧用比喻，亦見於子產的辭令：

> （子產論尹何為邑）子產曰：「……今吾子愛人則以政，猶未能操刀而使割也，其傷人實多。子之愛人，傷之而已，其誰敢求愛於子？子於鄭國，棟也。棟折榱崩，僑將厭焉，敢不盡

言？子有美錦，不使人學制焉。大官大邑，身之所庇也，而使
學者制焉，其為美錦不亦多乎？……譬如田獵，射御貫，則能
獲禽。若未嘗登車射御，則敗績厭覆是懼，何暇思獲？」……
子產曰：「人心之不同如其面焉，吾豈敢謂子面如吾面乎？」
（襄公三十一年）

此中「操刀使割」、「棟折榱崩」、「田獵射御」、「人心如面」，皆是比
喻，可謂巧用比喻之妙品。比喻之用，使辭令形象生動，搖曳多姿。

（十三）排比對偶

排比對偶，在〈呂相絕秦〉篇使用最繁，且看：

文公即世，穆為不弔，蔑死我君，寡我襄公，迭我殽地，奸絕
我好，伐我保城，殄滅我費、滑，散離我兄弟，撓亂我同盟，
傾覆我國家。……又欲闕剪我公室，傾覆我社稷，帥我蟊賊，
以來蕩搖我邊疆……康猶不悛，入我河曲，伐我涑川，俘我王
官，剪我羈馬……入我河縣，焚我箕、郜，芟夷我農功，虔劉
我邊垂……（成公十三年）

這一連串的排比對偶，結構非常整飭，增加了辭令的氣勢，造成一種
無可辯駁的力量，產生了理直氣壯的效果。後來賈誼的〈過秦論〉，
開頭是「秦孝公據殽函之固，擁雍州之地，君臣固守，而窺周室，有
席捲天下，包舉宇內，囊括四海之意，併吞八荒之心」。也是用了排
比對偶，使得語氣非常有力。

（十四）敷張揚厲

敷，同鋪。敷陳渲染，排比誇張，以造成奪人之聲勢，這是敷張

揚厲。成公十三年的〈呂相絕秦〉篇，是一篇完整的外交檄文，有如我們現在說的外交照會，它呈現出與《左傳》其他行人辭令完全不同的修辭風格。成公十一年，秦、晉兩國在令狐會盟。會盟之後不久，秦國馬上策動狄、楚攻晉。晉人一怒之下，派呂相使秦，與秦國絕交。呂相歷數秦國對晉國的不義行徑，又直斥秦桓公的背信棄義，最後說明晉國與秦絕交是忍無可忍，勢在必然。這篇辭令一開始便致力渲染氣氛，甚至虛構事實，誇大罪狀，以製造對秦的怨恨，為了增強氣勢和無可辯駁的邏輯力量，又用了大量的排比句式，且遣詞用字頗有變化，參差錯落，波瀾起伏，有很強的感染力。

（十五）擬人為物

將人擬為物，或將物擬為人，可稱比擬。行人辭令中亦不乏其例。如：〈呂相絕秦〉：「帥我蟊賊，以來蕩搖我邊疆。」（成公十三年）「蟊賊」本為吃禾苗的害蟲，此指晉公子雍。此為擬人為物。又如：「申包胥如秦乞師，曰：『吳為封豕長蛇，以薦食上國，虐始於楚。』」（定公四年）將吳國比擬為封豕長蛇，亦為擬人為物。以上兩例都有比喻之意。

（十六）引經據典

行人辭令中引經據典之法最常見，或明引，或暗用，極其靈活。最常用的首先是引用《書》、《詩》。如成公二年賓媚人出使晉國，三引《詩》句以駁晉人，增強其反駁的力量。不過在行人引《詩》之時，賦詩斷章之法最為習見。常是借《詩》之章句，斷章取義，以為我所用。所謂「賦詩斷章，餘取所求」是也。還有的是暗引經典，如：

> 上介芋尹蓋對曰：「……且臣聞之，曰：『事死如事生，禮也。』」（哀公十五年）

「事死」句語出《禮記》〈祭義〉和《中庸》，芊尹蓋不言書名，是為暗用。再一種是引用王命或先王之制，如：

> 賓媚人對曰：「蕭同叔子非他，寡君之母也。若以匹敵，則亦晉君之母也。吾子布大命於諸侯，而曰必質其母以為信，其若王命何？且是以不孝令也。……」（成公二年）

這是暗引王命：以不孝令諸侯，違背「王命」。又如：

> 晉人曰：「何故侵小？」對曰：「先王之命，唯罪所在，各致其辟。……」（襄公二十五年）

這是子產引「王命」駁晉人「何以侵小」之責。又如：

> 鄭游吉弔，且送葬，對曰：「……先王之制：諸侯之喪，士弔，大夫送葬；唯嘉好、聘享、三軍之事，於是乎使卿。……」（昭公三十年）

這是鄭游吉以「先王之制」反駁晉國「弔喪無貳」的責難。引經典為訓，持之有故，信而可徵，嚴謹鄭重，又使辭令典雅華美，常產生意外的效果。

（十七）曲指代稱

這也是委婉的修辭藝術。行人應對，不敢指斥君王，因此曲指以代稱，表示尊敬。如：

> 公使展喜犒師，……曰：「寡君聞君親舉玉趾，將辱於敝邑，

使下臣犒執事。」（僖公二十二六年）

（魏絳論和諸戎）曰：「昔周辛甲之為大史也，命百官，官箴
王闕，於〈虞人之箴〉曰：『……獸臣司原，敢告僕
夫。』……」（襄公四年）

晉韓宣子聘於周，王使請事。對曰：「晉士起將歸時事於宰
旅，無他事矣。」（襄公二十六年）

鄭伯使游吉如楚。子大叔曰：「……寡君是故使吉奉其皮幣，
以歲之不易，聘於下執事。」（襄公二十八年）

例（1）中之「執事」，謂君王手下的辦事者，此代稱齊侯。例（2）
中「僕夫」，指代君王；例（3）中之「宰旅」，本指塚宰之下士，指
代周天子；例（4）中之「下執事」，指代楚君。此幾例，皆表謙敬的
曲指，例（4）在「執事」中又加「下」字，可謂謙之又謙。這一類
曲指，在委婉之中又顯出幾分儒雅。

（十八）巧用隱語

隱語即暗語，亦即謎語。《左傳》行人辭令中的兩則隱語均用得
非常巧妙。且看：

楚子伐蕭。……還無社與司馬卯言，號申叔展。叔展曰：「有
麥麴乎？」曰：「無。」「有山鞠窮乎？」曰：「無。」「河魚腹
疾奈何？」曰：「目於眢井而拯之。」「若為茅絰，哭井則
已。」（宣公十二年）

還無社是人名，蕭大夫還無社向楚大夫申叔展求救，還無社認識申叔展，所以向他求救。申叔展問以「麥麴」，麥麴是釀酒用的酵母。「山鞠窮」，即產於四川的中藥川芎，二者皆可用來禦濕防潮，申叔展暗示還無社逃於泥中以躲避。但還無社不解其意，所以回答說「無」。還說「河魚腹疾」，也用比喻，意為水濕容易得風濕病，申叔展又暗示還無社逃到低下處。還無社終於領悟，於是回答藏於枯井（眢井）之中，終於得救。這裡一問一答都用暗語。再如：

> 吳申叔儀乞糧於公孫有山氏，曰：「佩玉縈兮，余無所繫之。旨酒一盛兮，余與褐之父睨之。」對曰：「粱則無矣，粗則有之。若登首山以呼曰：『庚癸乎！』則諾。」（哀公十三年）

吳軍中缺糧，於是向魯人求救。不好明說，只得用暗語。「粱」指細糧，「粗」指粗糧，「庚癸」喻下等貨，暗指粗糧。申叔儀說，吳王服飾華麗，我卻沒什麼佩掛的，吳王有美酒，我卻只能乾瞪眼。他是以此為暗語向魯國討糧。公孫有山也以暗語回答說答應送糧給他。以上二例之隱語，譎譬以指事，雖辭淺會俗，亦憑添了不少情趣。

這裡把《左傳》的修辭手法概括為十八種。這些修辭手法和我們現代的修辭手法有一些不同，可能更寬泛一些。關於這一點，可以參考宋代人陳騤的《文則》，這是中國古代第一部講修辭的書。綜上所述，《左傳》行人辭令之修辭藝術，實經過精心錘鍊的結果。其中雖不免《左傳》作者之潤筆，然亦得之於行人辭令原有之本色。縱觀《左傳》行人辭令之神品妙品，其修辭藝術之搖曳生姿、豐富多彩，說明時人之修辭技巧，已臻相當純熟之境。

《左傳》行人辭令，開啟了戰國時代之縱橫之學，章學誠《文史通義》〈詩教上〉云：「縱橫之學，本於古者行人之官。觀春秋之辭命，列國大夫，聘問諸侯，出使專對，蓋欲文其言以達旨而已。至戰

國而抵掌揣摩，騰說以取富貴，其辭敷張而揚厲，變本而加恢奇焉，不可謂非行人辭令之極也。」章氏所言，極中肯綮。《左傳》行人辭令之變化機巧，閎麗鉅衍，如修辭藝術中之委婉蘊藉，折之以理，懼之以勢，服之以巧，針鋒相對，棉裡藏針，乃至排比對偶，虛構誇張，鋪張揚厲，至戰國皆為縱橫之士所襲用，且有更大的發展。如蘇秦、張儀之遊說之辭。蘇秦遊說六國合縱之辭，極盡誇張、渲染之能事，用了許多形象生動的比喻，誇說六國之強，並用一連串的排比句式，沉而快，雄而雋，氣勢充沛，形成江河直下之勢，完全是一種鋪張揚厲之風。張儀遊說六國，則極力誇說秦國之強，並從六國破亡之後的慘狀來威脅對方，侈陳利害，完全是危言聳聽，懼之以勢。蘇、張辭令的風格，在《左傳》行人辭令之〈呂相絕秦〉篇中已開其端。〈呂相絕秦〉，排比誇張，踵事增華，變本加厲，甚至虛構事實，以求一逞，正是戰國縱橫之士鋪張揚厲、縱橫辯難之風的先導。

第四節　《左傳》中的文學思想

春秋時，人們尚沒有自覺的完整的文學理論著述，然而有關文學的觀念與思想卻已見端倪。一些片斷的文學理論，散見於先秦時期的各類著作之中，如《易》、《書》、《詩》、《國語》及諸子著作之中。《左傳》作為一部反映春秋時期社會面貌的歷史著作，也保留了大量的春秋時期的文學觀念與文學思想。其中不少文學思想，對後代的文藝理論和文學創作，產生了深遠影響。

一　講實用與重功利的文學觀

先秦人的文學觀，最先是從「文」的概念中發展而來的。《說文解字》：「文，錯畫也；象交文。」《易》〈繫辭傳〉口：「物相雜，故

曰文。」「文」，本是「花紋」的意思。「花紋」的作用在於裝飾，故
又有「文飾」之稱。有「天文」，有「地文」，有「人文」。語言是表
達人的內心思想的工具，對內心思想的表達有修飾作用，即如《釋
名》所說：「文者會集眾彩，以成錦繡；會集眾字，以成辭義，如文
繡然也。」故又稱為「文辭」。《左傳》中說：「言，身之文也。」（僖
公二十四年）作為一種外在的修飾，人們當然會注意到它客觀存在的
審美作用，但在春秋時期人們的觀念中，更強調的是審美客體所具備
的內在道德與教化禮儀意義。「服美不稱，必以惡終」（襄公二十七
年），如果內在的道德與外在的美不統一，結果適得其反，甚至會
「甚美必有甚惡」（昭公二十八年）。所以，從春秋時期人們的審美取
向來看，文學的觀念從它萌芽的階段開始，便帶著強烈的為政教服務
的實用性與功利性。人的語言可稱為「文辭」，即有美化人自身的作
用，但是當它的實際功用被淹沒時，文辭也就失去了意義，所以介之
推說：「身將隱，焉用文之？」（僖公二十四年）在春秋時期，言辭這
個「身之文」，其社會作用是巨大的，晉公子重耳要出席秦穆公的宴
會，子犯說：「吾不如衰之文也，請使衰從。」因趙衰善「文」，使重
耳取得秦穆公支持而回國即了君位（僖公二十三年）。鄭國獻捷於
晉，因向以善辭令聞於諸侯的子產的一番宏論而免除了晉霸的責讓。
所以孔子說：「『言以足志，文以足言。』不言，誰知其志？言之無
文，行而不遠。晉為伯，鄭入陳，非文辭不為功。」（襄公二十五
年）文辭之功用如此，無怪乎春秋時人特別重視它的實用性與功利
性了。

　　春秋時期人們對文辭的重視，以至抬高到「不朽」的地位，即所
謂的「三不朽」說。「三不朽」說見於《左傳》襄公二十四年，魯國
的叔孫豹說：「豹聞之：『大上有立德，其次有立功，其次有立言。』
雖久不廢，此之謂不朽。」「立言」與「立德」、「立功」鼎足而三，
雖位居其三，但卻超出了世祿公卿之位。「三不朽」，說在文學觀念上

的重要意義，一是表明「立言」之不朽，應該在「立德」、「立功」的基礎之上，叔孫豹所舉的例子臧文仲，就是一個被認為既「立德」又「立功」的人，所以「即沒其言立」。「立言」與其時代價值和社會功利是緊密相連的。二是開創了中國古代高度重視文學及其功用這一民族傳統。「豹聞之」，說明此乃當時普遍觀念，即已形成一種共識，甚至是一種思潮。這種思潮影響到人們對著述立言的重視，推動了春秋戰國時期諸子馳說、著作蜂起的局面的形成。及至漢魏，曹丕的「蓋文章，經國之大業，不朽之盛事」的理論，亦托寓於「三不朽」之說。這些理論，極大地推動了古代文學的發展。

　　春秋時期人們對文學講實用重功利觀念的具體實踐，最主要體現在對《詩》、《書》的運用上。這在《左傳》有大量的記載。「詩」「書」的作用在於補察時政：「史為書，瞽為詩，工誦箴諫，大夫規誨，士傳言，庶人謗，商旅於市，百工獻藝，……諫失常也。」（襄公十四年）詩書禮樂，箴頌百藝，皆為教化的工具。「詩書，義之府也。禮樂，德之則也。德義，利之本也。」（僖公二十七年）詩書與禮樂德義並枝而生，互為表裡，詩書就是禮樂德義的載體。魯僖公二十七年，趙衰認為郤縠「說（悅）禮樂而敦詩書」，因而推薦郤縠為晉國中軍帥，並非認為郤縠在文學上有很高的修養，而是由此可以看出他的德行禮義。既然這樣，在春秋時期人們的眼裡，像《詩三百》這樣的作品，就不是情感的自然流露而只是政治教化的需要，於是，「賦詩言志」的功利性用詩，便常見於春秋時期的社會生活之中。

　　春秋時期人們的「賦詩言志」，主要遵循二條原則。一是「賦詩斷章，余取所求焉」（襄公二十八年）；一是「歌詩必類」（襄公十六年）。「賦詩斷章」，則完全不顧原詩的整體內涵，而只取迎合己意的隻言片語。「〈靜女〉之三章，取『彤管』焉。〈竿旄〉『何以告之』，取其忠也」（定公九年）。「歌詩必類」，一方面是必須與樂舞相配，另一方面是特別重在表達本人的思想。齊高厚之詩不類，引起晉荀偃之

怒，諸侯將「同討不庭」（襄公十六年）；鄭伯有在宴會上賦〈鶉之賁賁〉，趙孟譏為「床笫之言」，亦屬「不類」。在這樣的氣氛之中，所謂「賦詩言志」，只能是取其實用與求其功利了。

　　這裡要特別提到襄公二十九年的〈季札觀樂〉篇。這是歷來為文論家所重視的一篇文字。重視的原因，一方面就是我們講到孔子未曾刪詩的時候常舉這一段記載作為證據。因為這一年吳國公子季札到魯國觀周樂，魯國的樂隊為他演奏了《詩三百》，有〈周南〉、〈召南〉，〈邶〉、〈鄘〉、〈衛〉，〈王〉、〈鄭〉、〈齊〉、〈豳〉、〈秦〉、〈魏〉、〈唐〉、〈陳〉、〈檜〉，〈小雅〉、〈大雅〉、〈頌〉等，魯國樂隊演奏的編次已經和後來所見到的《詩經》的編次基本上相同了，而這一年，即魯襄公二十九年，孔子才八歲（孔子是魯襄公二十二年生的）。八歲的孔子在此之前就會刪定《詩三百》，是不可能的。所以這一篇〈季札觀樂〉常被作為否定孔子刪詩的最有力的證據。另一個，〈季札觀樂〉這一篇，更是一篇完整的功利主義詩論。季札所觀之「樂」，能從音樂中聽出其「德至矣哉」，也就是聽出其道德所達到的最高頂峰，因而歎為「觀止」。正如杜預在《春秋經傳集解》裡所說的，季札對「樂」的評價，是「依聲以參時政」，「論聲以參時政」，目的是依樂而「觀其興衰」。這正像《禮記》〈樂記〉中所說的「治世之音安以樂，其政和；亂世之音怨以怒，其政乖；亡國之音哀以思，其民困；聲音之道，與政通矣」是一樣的觀點。這一點，前人論之甚詳，此不重複。但它還能給予我們一點新的啟發，就是季札觀樂開創了以接受美學角度論詩的先例。那個時候當然沒有接受美學這樣的理論，但不等於沒有類似的方法。我們看現在許多西方的理論和方法，我們的先輩已經在不自覺的使用了。並不是說一定要等西方理論傳進來之後我們才能跟在西方人後面使用，像原型批評理論，顧頡剛、聞一多先生都用過，但是他們不是先學習原型批評理論之後才會用，而是自覺使用的批評方法，和原型批評理論有異曲同工之處。再如文化詩學

的批評理論，魯迅的〈魏晉文章和藥及酒之關係〉、陳寅恪先生的
《元白詩箋證稿》，所用的方法和文化詩學理論學者所宣導的是一樣
的。只是我們的先輩學者不善於去總結概括出一套理論出來而已，這
是中國學者的弱點。我們善於使用，不善於形成理論體系。

　　回過頭來談季札觀樂。從接受美學的角度來說，接受者（讀者）
常以主觀的積極參與去闡釋作品的內涵。季札對所觀周樂的各篇（或
詩，或樂），作品意義和審美價值的評價，融進了自己的主觀創造與
理性思辯。如他聽完〈周南〉、〈召南〉，評價說：「美啊，可以知道周
代奠定基礎了，但還沒有最後完成；老百姓雖然辛苦，但沒有怨恨
了。」意思是周代的政治是穩定而且和諧的了。聽了〈陳〉，就說：
「國家沒有主人了，難道還能夠長久嗎？」因為陳國自陳靈公之後，
內亂不斷，到了哀公十七年被楚所滅。所以季札從中聽出了亡國之
音。正如前人所說：「季札觀樂，使工歌之，初不知其所歌者何國之
詩也。聞聲而後別之，故皆為想像之辭。」（姜宸英《湛園札記》）季
札這種主觀創造的原則標準，就是有關政教風化，所謂「憂而不
困」，「思而不懼」、「其細已甚」、「樂而不淫」，「思而不貳，怨而不
言」，皆為各國政教美惡的評價。其文學觀已融化於主觀功利主義的
價值觀之中。這種突出接受者政教功利主觀意念的詩（樂）論，對後
代產生了重大的影響，突出一例，就是漢代〈毛詩序〉的詩論。

二　「和同」與「溫柔敦厚」
——多樣統一的藝術辯證思想

　　《左傳》昭公十二年記載了晏子論「和同」的一段話，早已為文
論家與美學家所重視，這裡引述如下：

　　　齊侯至自田，晏子侍於遄台，子猶馳而造焉。公曰：「唯據

（即子猶）與我和夫。」晏子對曰：「據亦同也，焉得為
和？」公曰：「和與同異乎？」對曰：「異。和如羹焉，水、
火、醯、醢、鹽、梅以烹魚肉，燀之以薪。宰夫和之，齊之以
味，濟其不及，以泄其過。君子食之，以平其心。君臣亦然。
君所謂可而有否焉，臣獻其否以成其可。君所謂否而有可焉，
臣獻其可以去其否。是以政平而不干，民無爭心。故《詩》
曰：『亦有和羹，既戒既平。鬷嘏無言，時靡有爭。』先王之
濟五味，和五聲也，以平其心，成其政也。聲亦如味，一氣，
二體，三類，四物，五聲，六律，七音，八風，九歌，以相成
也。清濁，小大，短長，疾徐，哀樂，剛柔，遲速，高下，出
入，周疏，以相濟也。君子聽之，以平其心。心平德和。故
《詩》曰：『德音不瑕。』今據不然。君所謂可，據亦曰可。
君所謂否，據亦曰否。若以水濟水，誰能食之？若琴瑟之專
壹，誰能聽之？同之不可也如是。」

　　全文比較長，但我還是把它都引出來，大家可以比較全面的了解
晏子的意思。晏子所論之「和」「同」，從哲學意義上來說，是具有樸
素辯證法思想的一對範疇。晏子認為，「和」與「同」異。「和」是指
眾多相異事物的相成相濟，即集合許多不同的對立因素而成的統一，
譬如調羹：「水、火、醯、醢、鹽、梅以烹魚肉，燀之以薪，宰夫和
之，齊之以味，濟其不及，以泄其過。君子食之，以平其心。」烹調
魚肉羹湯，要用不同的佐料：醋、醬、鹽、梅，再加上水，用水煮，
魚才好吃。「聲」與「味」也有同樣的道理：「先王之濟五味、和五聲
也，以平其心，成其政也。」「同」是指同一事物的簡單相加，簡單
的同一。「若以水濟水，誰能食之？若琴瑟之專壹，誰能聽之？」所
以「和」是對立統一，「同」則是單一。

　　從美學意義上來說，晏嬰所論之「和」，表現了春秋時期以

「和」為美的美學觀。「和」就是要適中，要和諧，要「濟其不及，以泄其過」。「物和則嘉成。故和聲入於耳而藏於心，心億則樂。」（昭公二十一年冷州鳩語）各種相異的對立的東西相成相濟，達到適中，才能和諧統一。量變產生質變，每一種事物都有一定量的限度，超過了這個界限，就會發生質的變化。所以中和為度，過則生災，物皆如此。「天有六氣，降生五味，發為五色，徵為五聲，淫生六疾，六氣曰陰、陽、風、雨、晦、明也，分為四時，序為五節，過則為災。」（昭公元年醫和語）對於詩樂來說，只有「中聲」、「和聲」才是美的。「先王之樂，所以節百事也，故有五節，遲速本末以相及，中聲以降。五降之後，不容彈矣。」（同上）違反中和之美的詩樂，使人忘卻平和，心智迷亂，甚至產生疾病：「於是有煩手淫聲，慆堙心耳，乃忘平和，君子弗聽也。」（同上）冷州鳩反對周景王鑄大鐘「無射」，因其聲音洪大，超過感官的承受能力，非和諧之音，王將不堪：「窕則不咸，摝則不容，心是以感，感實生疾。今鐘摝矣，王心弗堪，其能久乎！」（昭公二十一年）在春秋時期人們審美觀念中，「和」乃是美之極則。

　　晏子等人提出的「和」、「中聲」、「和聲」的美學觀念，開啟了儒家「中和之美」審美觀與「溫柔敦厚」的詩教理論的先聲。「溫柔敦厚」的詩教即是「和」，是和諧之美，中和適度之美，在本質上與晏子等人的理論內核是一致的。「溫柔敦厚」，不論是發抒感情，還是取其諷諫，都應求其適中，抒其情志，則「發乎情，止乎禮義」；依違諷諫，則「主文而譎諫」，二者皆不能超越一定的限度，季札觀樂，讚不絕口的不就是「樂而不淫」、「怨而不言」、「哀而不愁，樂而不荒」嗎？並認為達到了「節有度，守有序」的境界，因為它在「樂」、「怨」、「哀」等方面非常適度，符合中和的原則。「溫柔敦厚」的詩教評價作品的典範，就是孔子評〈關雎〉的「樂而不淫，哀而不傷」。二者不論是所持的美學標準，還是語言表述方式，都不啻

是一對同根並蒂之花。

晏子論「和同」的另一個重要方面，就是表現了對事物一與多，單純性與豐富性多樣性的統一認識。這樣的看法，《左傳》桓公二年魯大夫臧哀伯的一番話已有涉及：「火、龍、黼、黻，昭其文也；五色比象，昭其物也；錫、鸞、和、鈴，昭其聲也；三辰旂旗，昭其明也。」多樣的文采，組成衣飾之美；絢麗的色彩，繪出物色之美；紛雜的音響，奏出音樂之美，三辰旂旗，顯出日月之明。臧哀伯本來是論君王之威儀的，認為只有用多樣而豐富的文物色彩，才能顯示出君王的威嚴與美德。而晏子論「和同」，直接運用到詩樂之上：「聲亦如味，一氣，二體，三類，四物，五聲，六律，七音，八風，九歌，以相成也。清濁，小大，短長，疾徐，哀樂，剛柔，遲速，高下，出入，周疏，以相濟也。」這就正如赫拉克利特所說：「互相排斥的東西結合在一起，不同的音調造成最美的和諧。」（《古希臘羅馬哲學》，頁10）不同的聲律，不同的風格組合起來，才是最美的音樂。「琴瑟之專壹，誰能聽之？」僅有單一的聲音，又何能悅耳呢？（亦如《國語》〈鄭語〉中史伯所說：「聲一無聽，物一無文，味一無果，物一不講」。）要有豐富性和多樣性，才能反映五彩繽紛的客觀世界。我們看季札論〈頌〉樂，稱讚它「直而不倨，曲而不屈，邇而不偪，遠而不背，遷而不淫，複而不厭，哀而不愁，樂而不荒，用而不匱，廣而不宣，施而不費，取而不貪，處而不底，行而不流，五聲和，八風平，節有度，守有序」，所論詩樂的矛盾的雙方，都是對立的統一，由此眾多的對立統一體組成作品的豐富性與多樣性，就是最理想的作品，所謂「至矣哉」！以上所述可以看出，春秋時期人們對於藝術的辯證法，已經有了相當深刻的認識。

三　「實錄」與「懲惡勸善」

　　中國自古有優良的記史傳統，對於史學理論及歷史散文創作的理論探索的自覺，似乎更早於純文學理論。春秋戰國之時，「百國春秋」皆興，可見當時「著述」之事的繁榮。「著之話言」，「告之訓典」（文公六年），「言以考典，典以志經」（昭公十五年），這是王者聖哲非常重視的事情。由此也就促進了對史學理論與歷史散文創作的理論探索。

　　從《左傳》的記載中可以看到，春秋時期對於史官和史著的理論探索，首先是提高史家主體素質的要求。本來上古時期的史官，職位雖然不高但都是博學淵深的知識份子。春秋時期，人們已明確認識到，作為一個好的史官，不但要有一定的學識修養，更重要的是必須具備深厚的歷史知識。昭公十二年記載楚靈王稱讚左史倚相說：「是良史也，子善視之！是能讀《三墳》、《五典》、《八索》、《九丘》。」《三墳》、《五典》、《八索》、《九丘》皆上古之典籍，左史倚相精通此典，是能博古通今，殷鑒得失，唯其如此，才能成為良史。

　　其次是強調「實錄」。史官要秉筆直書，書法不隱。這表現了史官主體意識的增強。晉靈公被殺，太史董狐直書「趙盾弒其君」，孔子贊之曰「董狐，古之良史也，書法不隱。」（宣公二年）書法不隱即要堅持歷史的真實。古希臘思想家盧奇安（約125-192）說：「歷史只有一個任務或目的，那就是實用，而實用只有一個根源，那就是真實。」（盧奇安〈論撰史〉，見章安祺編：《繆靈珠美學譯文》〔北京市：中國人民大學出版社，1987年〕，卷1）對於這一點，早於盧奇安五、六百年的中國春秋時期的人們已有明確的認識。「實錄」的目的在於垂訓後世（亦即盧奇安所說的「實用」）。「君舉必書，書而不法，後嗣何觀？」（莊公二十三年）「不法」，既指不符合禮法，也指

不符合實錄的要求，因此不能垂戒後人。《左傳》作者記載了齊太史兄弟及南史氏等人「不避強禦」，秉筆直書以至以身相殉的事蹟，體現作者對「書法不隱」的良史的讚頌，也見出古之為良史之不易。「實用」的精神與境界，成為中國古代史學批評的崇高標準。班固稱司馬遷「文直而事核」，劉知幾標舉「直書」，劉勰說「勝褒裁貶，萬古魂動；辭宗丘明，直歸南董」（《文心雕龍》〈史傳〉）都是對「實錄」精神的弘揚與發展。

　　《左傳》作者對《春秋》的評價，代表著當時人對歷史散文創作的理論規範。成公十四年記載：「君子曰：『《春秋》之稱：微而顯，志而晦，婉而成章，盡而不汙，懲惡而勸善，非聖人，誰能修之？』」昭公三十一年又進一步申說：「故曰：《春秋》之稱微而顯，婉而辨。上之人能使昭明，善人勸焉，淫人懼焉，是以君子貴之。」杜預將「微而顯」五項細加申述，稱之為「五例」。（參見第七章第二節）錢鍾書先生認為：「五例之一、二、三、四、示載筆之體，而其五示載筆之用。」（《管錐編》，冊1，頁162）「微而顯」四項，屬修辭學方面的特點，「懲惡勸善」，指的是社會功用。就修辭要求的四項說，作者認為《春秋》的記述，言辭簡潔而意義顯明，善於記述而含蓄深遠，婉轉屈曲而能順理成章，窮盡其事而無所歪曲。這四項八個方面，是相輔相成的。亦如錢鍾書所說：「『微』之與『顯』，『志』之與『晦』，『婉』之與『成章』，均相反以相成，不同而能和。」（同上引）不過以《左傳》本身的特點看，左氏更重視的似乎是「顯」、「志」、「成章」和「盡」。將《左傳》與《春秋》相較，距離「五例」的要求左氏實更為切近。誠如錢鍾書所說：「竊謂五者乃古人作史時心向神往之楷模，殫精竭力，以求或合者也，雖以之品目《春秋》，而《春秋》實不足語於此」。「較之左氏之記載，《春秋》詢為『斷爛朝報』，徵之《公》、《穀》之闡解，《春秋》復似迂曲隱識。烏視所謂『顯』、『志』、『辨』、『成章』、『盡』、『情見乎辭』哉？」（同上引）

　　「懲惡勸善」的社會功用，與春秋時期講實用重功利的觀念是一致的。「上之人能使昭明，善人勸焉，淫人懼焉，是以君子貴之。」「勸懲」的作用是巨大的。以《春秋》、《左傳》為例，《春秋》「書齊豹曰『盜』，三叛人名，以懲不義，數惡無禮，其善志也。」魯莊公如齊觀社，《春秋》直書其事，左氏進而責之「非禮也」（莊公二十三年）。所謂「善志」，即在敢於彰善癉惡。因此司馬遷評論說：「夫《春秋》（兼指《春秋》經、傳），上明三王之道，下辨人事之紀，別嫌疑，明是非，定猶豫，善善惡惡，賢賢賤不肖，存亡國，繼絕世，補敝起廢，王道之大者也。」（《史記》〈太史公自序〉）懲惡勸善，史家之責不可謂重大矣，自此以後，懲惡勸善的目的，不但為歷代史學家所繼承，而且成為中國古代敘事文學的一個重要傳統與審美特質。

　　對於「古人作史時心向神往之楷模」的「五例」，我們不應把它割裂來看，而應視為一個整體。它體現了春秋時期人們對史傳文學的審美意識與審美要求。作為載筆之體，要求將細密與顯明、簡潔與含蓄、委婉與流暢、質樸與真實完美地統一起來，這些已涉及到對歷史著作結構、佈局、剪裁、取捨、敘述、文字、風格等諸多方面的美學要求，而這些要求又必須符合「實錄」與「勸懲」的原則。把「真實之美」與「文采之美」結合起來，達到「合目的性與合規律性的統一」，這就是歷史著作應具有的審美境界。

　　《左傳》中還有一些涉及文學思想的記載，如「味以行氣，氣以實志，志以定言，言以出令」（昭公九年），是關於氣、味、言、志關係的論述，認為外界事物之味，使人的氣血流通，氣血流通，才能意志充實，意志充實，則發口為言，言之運用，便可發佈命令。（說到「言」，又是重其實際功用。）「從其有皮，丹漆若何？」（宣公二年）「服美不稱，必以惡終」（襄公二十七年），則表明了人們對文質關係的看法，要求文與質的統一。子產說：「節宣其氣，勿使有所壅閉湫底以露其體，茲心不爽，而昏亂百度。」（昭公元年）運用於創作

上，即主張保持旺盛的創作精神，不可操之過急而使「神疲氣衰」，劉勰在《文心雕龍》〈養氣篇〉中說「吐納文藝，務在節宣，清和其心，調暢其氣；煩而即舍，勿使壅滯」，「節宣」之論，本之於子產而又加以闡揚。昭公八年師曠論石言時說：「作事不時，怨讟動於民，則有非言之物而言。今宮室崇侈，民力彫盡，怨讟並作，莫保其性，石言，不亦宜乎？」認為統治階段濫用民力，民不堪命，必然引起百姓的怨懟。這段話的理論內核，啟迪了後世所謂「不平則鳴」的理論的產生。這一些論述，都可以反映出春秋時期的文學思想。總之，《左傳》中反映的春秋時期的文學觀念與文學思想，儘管在認識和表達上還不是那麼清晰，但已經顯示出非常活躍的趨勢，對某些問題已進行了有目的總結與探索，這是非常可喜的。

第七章
縱橫之世與縱橫之書

第一節　七強紛爭與策士縱橫

如果說《左傳》這一巨著為我們真實地展現了春秋時期二百四十多年的歷史面貌，那麼《戰國策》這部奇書卻為我們描繪出戰國時代縱橫捭闔的時代風貌與瑰麗恣肆的人文精神。

戰國時期，上承激烈動盪的春秋時代，又是一個與春秋時期截然不同的新的時代。劉向在他的《戰國策》〈序錄〉中論述戰國時代的歷史背景時說：

> 仲尼既沒之後，田氏取齊，六卿分晉，道德大廢，上下失序。至秦孝公，捐禮讓而貴戰爭，棄仁義而用詐譎，苟以取強而已矣。夫篡盜之人，列為侯王；詐譎之國，興立為強。是以傳相放效，後生師之，遂相吞滅，併大兼小，暴師經歲，流血滿野；父子不相親，兄弟不相安，夫婦離散，莫保其命，湣然道德絕矣。晚世益甚，萬乘之國七，千乘之國五，敵侯爭權，蓋為戰國。

戰國時期，社會經濟和階級關係發生了更加激烈的變化。此時「上無天子，下無方伯」，周天子已經淪落為一個無關輕重的小邦之主，代之而起的是齊、楚、燕、韓、趙、魏、秦七國的稱雄虎爭。七雄之中，秦國最強，楚國最大，齊國東臨渤海之濱，最為富庶。這些強大的國家，都想「併天下，凌萬乘」，統一天下。秦國恃其強大，

以「遠交近攻」的策略，對山東六國進行兼併。六國懾於秦國的強大
壓力，紛紛爭取與國，力圖聯合抗秦。所謂「橫則秦帝，從則楚
王」。因此，七雄之間，時而合縱，時而連橫，時而偃兵修好，時而
背盟相攻，爾虞我詐，明爭暗鬥，戰國形勢，瞬息萬變。七雄的蜂
起，顯示出已經成為新興階級的地主階級，正以其嶄新的面貌與姿態
登上了歷史舞臺。如果說春秋時期，尚還是「五伯之起，尊事周
室」，「天子之命，猶有所行」（《戰國策》〈序錄〉）的話，迨至戰國，
則「溥天之下，莫非王土，率土之濱，莫非王臣」的王制遺痕已蕩然
無存。對於春秋戰國時期的歷史與時代風尚的變化，顧炎武有一段非
常精闢的論述：

> 春秋時猶尊禮重信，而七國則絕不言禮與信矣；春秋時猶宗周
> 王，而七國則絕不言王矣；春秋時猶嚴祭祀，重聘享，而七國
> 則無其事矣；春秋時猶論宗姓氏族，而七國則無一言及之矣；
> 春秋時猶宴會賦詩，而七國則不聞矣；春秋時猶有赴告策書，
> 而七國則無有矣。邦無定交，士無定主，此皆變於一百三十三
> 年之間（《日知錄》卷十三〈周末風俗〉）

禮制的崩潰，宗周的瓦解，祭祀的淡薄，宗法的式微，甚至諸侯大夫
的宴會上，也已消失了往日鐘鼓賦詩的雍容風雅。總之，舊的一切，
已完全推倒，完全摧毀，包括儒家那一套仁義道德觀念，也在戰國爭
雄的硝煙中宣告解體。

　　戰國七雄，為了爭雄稱霸和擴充自己的實力，先後在本國進行了
不同程度的改革，取得了很大的效果。與此同時，又千方百計地搜羅
人才。因此，崛起於春秋時代的士階層，在新的時代中獲得了大顯身
手的機會。可以說，整個戰國時代，就是「士」縱橫馳騁於政治舞臺
的時代。

　　「士」是一個知識階層。春秋時期,民間聚徒講學的風氣開始興
起。春秋末期,鄧析在鄭國聚徒講習法律,孔子在魯國講習六藝。孔
子聚徒講學,「弟子蓋三千焉,身通六藝者七十有二人」(《史記》〈孔
子世家〉),因此形成儒家學派。春秋戰國之際,墨翟聚徒講學,形成
墨家學派。到了戰國時代,聚徒講學更成為一種時尚,著名的學者如
孟子、莊子、荀子,無不聚徒講學,於是大大地壯大了士階層的隊
伍。[1]戰國時期,私家聚徒講學之風演變為諸子蜂起、百家爭鳴、處
士橫議的生動局面。士階層打破了奴隸主貴族對文化的壟斷而成為思
想領域的主宰者,同時,在政治舞臺上也越來越顯示出他們的重要作
用。《墨子》第一篇〈親士〉開篇第一句話就說:「入國而不存其士,
則亡國矣。見賢而不急,則緩其君矣。非賢無急,非士無與慮國。緩
賢忘士,而能以其國存者,未曾有也。」說明士之重要,已影響到國
之存亡。在一切權威和偶像被徹底打破,思想觀念和精神理想得到解
放的戰國時代,士階層所具有的知識、智慧、謀略,不但是極為寶貴
的精神財富,它還可以轉化為政治和經濟上的財富。正如有的專家所
指出的:「士的主要產品是精神、是理論。士以他們的精神產品與社
會上其他人發生勞動交換或產品交換。在這種交換中,也有統治者參
加。統治者要維護自己的統治地位,他們不能只靠物質力量,還必須
有精神力量,而且物質力量也需要由精神加以指導。由於這種情況,
統治者不僅需要與士對話,而且需要求救於士的幫助。於是就出現了
禮賢下士的場面,士也會一躍而成為統治行列中的成員。這時,士由
認識而走向實踐,由後臺走向前臺。」[2]一方面統治者需要士階層的
精神理論產品來為鞏固和壯大自己的統治效勞;另一方面,士要靠出
賣自己的智力換取爵祿富貴,以求飛黃騰達。在這場交易之中,二者

1　參見楊寬:〈戰國時代的百家爭鳴〉,《戰國史》(上海市:上海人民出版社,1983
　　年),第十章。

2　參看劉澤華:〈戰國時期的「士」〉,《歷史研究》第4期(1987年4月),頁42-55。

互相依存，互相利用，一拍即合。統治者尊士貴士養士，甚至拜士為師。《史記》〈呂不韋列傳〉記載：「當是時，魏有信陵君，楚有春申君；趙有平原君，齊有孟嘗君；皆下士喜賓客以相傾。呂不韋以秦之強，羞不如，亦招致士，厚遇之，至食客三千人，是時諸侯多辯士，如荀卿之徒，著書布天下。」可見當時養士風氣之盛。而一大批士階層中的傑出人物，遊說人主、入朝干進，或取卿相之位，或建不世之功，或立不朽之名，奔走於各國君主之間。正因為如此，隨著戰國七雄的暴興，士階層在政治舞臺上的狂飆突起，也就是必然的了。

戰國時期，士階層中最活躍的一族莫過於縱橫家了。《漢書》〈藝文志〉說：「從橫家者流，蓋出於行人之官。……及邪人為之，則上詐諼而棄其信。」「行人之官」即當時的外交官。在《左傳》中我們已經看到，春秋時期的「行人」之官已非常眾多，那些善於辭令的使者如燭之武、展喜、屈完、呂相之徒，皆為行人之官。到了戰國，行人之官已成為縱橫策士階層。戰國時期的諸侯國都希望自己能成為霸主，統一天下，因此力謀吞併天下之良策。縱橫策士正是抓住這一點，找到了施展自己才華，出售自己智慧的機會，縱橫各國，馳說干進。劉向曾指出：戰國之時，「上無天子，下無方伯；力功爭強，勝者為右；兵革不休，詐偽並起，當此之時，雖有道德，不得施謀；有設之強，負阻而恃固；連與交質，重約結誓，以守其國。故孟子、孫卿儒術之士，棄捐於世，而遊說權謀之徒，見貴於俗。是以蘇秦、張儀，公孫衍、陳軫、代、厲之屬，生從橫短長之說，左右傾側。蘇秦為從，張儀為橫；橫則秦帝，從則楚王；所在國重，所去國輕。」（《戰國策》〈序錄〉）當時最活躍的縱橫之士，莫過於蘇秦、張儀、陳軫、蘇代之流，儘管他們常被指責為奸邪之人，詐偽之士，但他們卻是一群有知識、有文化、善於機變之謀、精於「長短縱橫之術」的「智囊」人物。他們對各諸侯國的政治、經濟、地理山川、風俗人情皆瞭若指掌，對各諸侯國之間爾虞我詐、明爭暗鬥的錯綜複雜的關係

洞若觀火，他們一旦為人主所用，便成為一支不可輕視的力量。他們
所持的政治主張，最主要的即合縱與連橫。「縱者，合眾弱以攻一強
也；而衡者，事一強以攻眾弱也。」（《韓非子》〈五蠹〉）縱即合縱，
即山東六國南北合成一條直線，結成聯盟，齊心抗秦。衡即連橫，即
以秦國為中心，分別聯合山東各國，東西連成橫線，攻擊其他各國，
以此分化瓦解山東六國，最後併吞天下統一中國。清代章學誠說：
「戰國者，縱橫之世也。」（《文史通義》〈詩教上〉）「縱橫」二字，
精闢地概括了戰國時代的特徵。「縱橫」二字，既揭示了戰國七雄或
連橫或合縱，東西征伐，南北結盟的政治形勢，又形象地描繪出縱橫
策士們在中原大地上奔走遊說、縱橫捭闔的時代風貌。戰國，是一個
眾「士」如雲唱大風的時代。這個時代的主旋律，正是為那些縱橫之
士所高奏著。

第二節　《戰國策》其書

　　《戰國策》，又稱《國策》。中國歷史上的「春秋」之稱，是從當
時魯國編年史《春秋》一書而得名的。「戰國」一詞，雖然在戰國時
代已有，但只是用來指稱當時的七大強國[3]。不過漢人也有稱戰國
的，如劉向。又因為《戰國策》經過西漢劉向的整理命名之後，「戰
國」作為繼春秋之後一個時代的名稱，遂為後代學者的所共認。策，
本義為竹簡。《文心雕龍》〈史傳篇〉云：「及至縱橫之世，史職猶
存。秦並七王，而戰國有策。蓋錄而弗敘，故即簡而為名也。」則
「策」的意思，指把竹簡編起來，意同「冊」。後來近人葉德輝也
說：「余意當時以一國之事為一策，而其策有長有短，故又稱之短
長。」（《書林清話》）但是，劉向卻以為「策」乃「策謀」之意。劉

3　參見楊寬：《戰國史》（上海市：上海人民出版社，1983年），第1章。

向《戰國策》〈序錄〉說：

> 所校中《戰國策》書，中書餘卷，錯亂相揉莒，又有國別者八
> 篇，少不足。臣向因國別者，略以時次之；分別不以序者以相
> 補，除復重，得三十三篇。本字多誤脫為半字，以「趙」為
> 肖，以「齊」為「立」，如此字者多。中書本號或曰《國策》，
> 或曰《國事》，或曰《短長》，或曰《事語》，或曰《長書》，或
> 曰《修書》。臣向以為，戰國時游士輔所用之國，為之策謀，
> 宜為《戰國策》。其事繼春秋以後，訖楚、漢之起，二百四十
> 五年間之事，皆定以殺青，書可繕寫。

「為之策謀，宜為《戰國策》」，這主要是從書的內容而言。從劉向的
話中，可知《戰國策》在未經整理校定之前，有《國策》、《國事》、
《短長》、《事語》、《長書》、《修書》等名稱。說明《戰國策》的母
本，原就有各種不同的冊子。楊寬先生認為：「所謂《國策》、《國
事》，該是以國別分類編輯的；所謂《短長》、《長書》、《修書》，就是
記載縱橫家言的。《短長》就是『權變』的意思。」[4]此外，在整理校
定之前，《戰國策》卷帙頗為混亂，文字錯訛甚多。劉向就中秘所藏
之書，以國分別，以時相次，去其重複，校成定本，分東周、西周、
秦、楚、齊、趙。魏、韓、燕、宋、衛、中山十二國，合為三十三
篇，定名為《戰國策》。

關於《戰國策》的作者，《舊唐書》〈經籍志〉著錄為劉向撰，這
顯然是不妥的，也有人認為出自虞卿之手（見明代馮時可《雨航雜
錄》）；羅根澤先生以為秦漢間辯士蒯通所著[5]，然皆無信徵。清人張

4　參看楊寬：〈馬王堆帛書《戰國縱橫家書》的史料價值〉，載《戰國縱橫家書》（北
　　京市：文物出版社，1983年），頁156。
5　羅根澤：〈戰國策作於蒯通考〉，見《古史辯》（上海市：上海古籍出版社，1982
　　年），第4冊。

尚鎔《讀戰國策隨筆》云：「其書出六國之人而非秦人，故於齊趙燕之亡，嗟咨慷慨，扼腕流涕。」此乃從書中內容來判斷。總之《戰國策》作者，非一人一時所為，基本上為戰國時期的作品，這一點，還是為大家所公認的。

　　而最令人頭痛的還是《戰國策》一書的性質，它是史書，還是屬於子書？歷來有不少爭議。《漢書》〈藝文志〉將它列於《史記》之前，歸入《春秋》類而不入縱橫家類；後代的史志也都歸入「史」部，說明它被作為史書看待。但宋代晁公武《郡齋讀書志》卻把它改入子部縱橫家，此後馬端臨《文獻通考》亦承晁說歸入子部縱橫家。自此，《戰國策》屬史書耶？子書耶？各執一端，莫衷一是。揆其原因，當然首先在於它不符合儒家的道統精神。所以被宋儒曾鞏稱為「害正」之「邪說」，「宜放而絕之」（〈重校戰國策序〉）。曾鞏「訪之士大夫家」，搜求殘篇斷章，重新整理，目的在於「使後世之人，皆知其說不可為，然後以戒則明」（同上）。然而其為整理保存《戰國策》，卻是歪打正著地在他的本意之外立了一功。另一方面，即人們發現《戰國策》缺乏一部信史所具備的「素質」，既無年代，又無時序，且前後牴牾，更重要的是它沒有歷代史家所應有的「實錄」精神和一絲不苟無徵不信的嚴謹作風。晁公武就認為「予謂其紀事不皆實錄，難盡信，蓋出學縱橫者所著，當附於縱橫家云。」（《郡齋讀書志》卷第三上）誠然，司馬遷著《史記》時於《戰國策》「所採九十三事」（姚寬《戰國策》〈後序〉），但虛構的史事仍然不少。如「秦興師臨周」「蘇秦以連橫說秦」、「唐雎不辱使命」、「楚王死太子在齊質」等。因此，有人認為，與其說它是史書，不如歸入諸子之作更加符合實際。

　　我們就現存的《戰國策》的內容來說，與其說它是一部國別史，毋寧說它是一部記錄戰國時代縱橫家遊說各國的活動和說辭及其權謀智變鬥爭故事的彙編。它真實地反映了戰國縱橫之世的時代風貌和時

代精神。《戰國策》一改《左傳》那雍容徐迂的貴族風度，拋棄那種恪守禮義的一本正經，把歷史的視覺，從天子公卿諸侯君臣轉換到新興的知識階層——「士」身上來，把戰國策士赤裸裸的反叛傳統、追求功名富貴和競爭奮發、朝氣蓬勃卻又譎詐機變籌畫的精神面貌淋漓盡致地表現出來，它那鋪張揚厲，氣吞江河，挾霜裹電的說辭及文風，恰恰體現了戰國時代萬馬奔馳、縱橫捭闔的人文精神，它是先秦散文的另一座高峰，也是中國古代文學作品中最傑出的作品之一。

　　《戰國策》雖不是一部信史，卻仍不失為一部偉大的著作。

第三節　重士貴士與重利輕義

　　歷史視角的轉換，顯示出作者思想傾向的變化。在前面介紹《左傳》的思想傾向時，我們看到鮮明的民本思想、崇禮思想，這些都還是屬於儒家思想範疇。在《戰國策》裏，民本思想仍然存在卻並非全書的主流，代之而起的是縱橫策士的全新的「獨創的」、縱橫策士的思想，它表現出鮮明的時代氣息。

一　重士貴士的思想

　　劉向曾說：戰國之時，「孟子、孫卿儒術之士棄捐於世，而游說權謀之徒，見貴於俗」（《戰國策》〈序錄〉）。這個時期，儒、道之士雖然仍有一些人能躋身於列國國君之側，然其學說多未被採納。面對那風雲變幻、變化無窮的政治外交，他們的學說多顯得軟弱無力、即使如孟子、莊子、荀子這些大家，似也只能落落寡合地蜷縮一隅聚徒講學而已，活躍在各國政治舞臺上的，是身懷縱橫之術的謀臣策士。《孟子》〈滕文公下〉載：「景春曰：『公孫衍、張儀豈不成大丈夫哉！一怒而諸侯懼，安居而天下熄。』」「所在國重，所去國輕」（《戰

國策》〈序錄〉），謀臣策士的作用如此，以至於他們的喜怒哀樂，用藏行止，直接牽涉到天下的安寧。〈秦策一〉記蘇秦以合縱之策說趙，趙王用之，於是「不費鬥糧，未煩一兵，未戰一士，未絕一弦、未折一矢」而秦人不敢出關東向，由是作者論道：「夫賢人在而天下服，一人用而天下從」。〈齊策一〉載鄒忌向威王進納諫之策後，「燕、趙、韓、魏聞之，皆朝於齊」。謀臣策士的智慧和謀略，竟然能轉化為如此巨大的政治力量，甚至超過了軍事力量的作用。所謂「得地千里，不若得一聖人」（《呂氏春秋》〈智慧〉），既然如此，士人焉能不被重視？

　　最能表現出《戰國策》重士、貴士思想的，莫過於〈齊策四〉的〈齊宣王見顏斶章〉：

> 齊宣王見顏斶，曰：「斶前！」斶亦曰：「王前！」宣王不悅。
> 左右曰：「王，人君也。斶，人臣也。王曰『斶前』，亦曰『王
> 前』，可乎？」斶對曰：「夫斶前為慕勢，王前為趨士。與使
> 為？趨勢，不如使王為趨士。」王忿然作色曰：「王者貴乎？
> 士貴乎？」對曰：「士貴耳，王者不貴。」王曰：「有說乎？」
> 斶曰「有。昔者，秦攻齊，令曰：『有敢去柳下季壟五十步而
> 樵採者，死不赦！』令曰：『有能得齊王頭者，封萬戶侯，賜
> 金千鎰。』由是觀之，生王之頭，曾不若死士之壟也。」宣王
> 默然不悅。[6]

顏斶在這裡公開亮出了：「士貴耳，王者不貴」的口號，對於傳統的「王者貴而士人賤」的觀念給予極大的衝擊。顏斶亮出這個口號，不但是士人為了提高自身的身分與價值所進行的自我定位和自我標榜，

6　凡所引《戰國策》原文，均本上海古籍出版社一九八五年版，下同。

同時也指出，士貴於君乃是歷史的必然。因為下面顏斶即以歷史的變遷來論證這個命題：

> 斶聞古大禹之時，諸侯萬國。何則？德厚之道，得貴士之力也。故舜起農畝，出於野鄙，而為天子。及湯之時，諸侯三千。當今之世，南面稱寡者，乃二十四。由此觀之，非得失之策與？稍稍誅滅，滅亡無族之時，欲為監門、閭里，安可得而有乎哉？是故《易傳》不云乎：「居上位，未得其實，以喜其為名者，必以驕奢為行。據慢驕奢，則凶從之。是故無其實而喜其名者削，無德而望其福者約，無功而受其祿者辱，禍必握。」故曰：「矜功不立，虛願不至。」此皆幸樂其名，華而無其實德者也，是以堯有九佐，舜有七友，禹有五丞，湯有三輔，自古及今而能虛成名於天下者，無有。是以君王無羞亟問，不愧下學，是故成其道德而揚功名於後世者，堯、舜、禹、湯、周文王是也。故曰：「無形者，形之君也。無端者，事之本也。」夫上見其原，下通其流，至聖人明學，何不吉之有哉！老子曰：「雖貴，必以賤為本；雖高，必以下為基。是以侯王稱孤寡不穀，是其賤之本與？」非夫孤寡者，人之困賤下位也，而侯王以自謂，豈非下人而尊貴士與？夫堯傳舜、舜傳禹，周成王任周公旦，而世世稱曰明主，是以明乎士之貴也。（〈齊策四〉）

禹、湯之時，諸侯萬國，其原因即在於「得貴士之力」。「當今之世，南面稱寡者」，「乃二十四」，其原因實在於「失策」。「今失策，故誅滅而寡。得策。貴士也。」（鮑彪注）所以，「得士則興，失士則敗」。歷史上堯、舜、禹、湯、文王都有一批得力之士輔佐，「故成其道德而揚功名於後世」。而君王稱孤道寡，乃「以賤為本」，所以，

「士者貴」，歷來如此。這裡，最重要的是顏斶論證了歷史的變遷、朝代的更替、國家的興衰，在於政策、謀略的得失，而這些政策、謀略，又出自於輔佐君王的士，士的作用如此，當然士貴於君了。

再看同策〈先生王斗造門而欲見齊宣王章〉：

> 先生王斗造門而欲見齊宣王，宣王使謁者延入。王斗曰：「斗趨見王為好勢，王趨見斗為好士，於王何如？」使者復還報，王曰：「先生徐之，寡人請從。」宣王因趨而迎之於門，與入。……

王門的故事，與顏斶頗為相似。他要齊宣王親自來迎接，而不願隨謁者入內見王。齊宣王於是「趨而迎之於門」，並認為這樣就能顯示自己的「好士」了。不料王斗卻指出他好馬、好狗、好酒、好色、唯獨不好士。齊桓公能成霸業，超出於齊宣王者，獨在好士。由是可見「好士」與否的重要性。因此，齊宣王認識到自己「有罪於國家」，「於是舉士五人任官，齊國大治」。

貴士、重士的思想觀念，不但在於策士階層本身的存在與追求，也為一些思想敏銳的國君所接受。秦昭王見范睢的態度，足以說明這一點：

> 秦王屏左右，宮中虛無人，秦王跪而請曰：「先生何以幸教寡人？」范睢曰：「唯唯」。有間，秦王復請，范睢：「唯唯。」若是者三，秦王跽曰：「先生不幸教寡人乎？」（〈秦策三〉）

秦昭王見范睢，又是「屏左右」，又是「虛無人」，一而再，再而三地「跪而請」，禮節隆重，態度懇切，完全喪失了君王至高無上的尊嚴和威風。若無貴士重士的思想在支配著他，焉能如此？

　　《戰國策》中寫諸侯國君重士而大規模求士的，大概要數燕昭王。〈燕策一〉〈燕昭王收破燕後即位章〉：

> 　　燕昭王收破燕後即位，卑身厚幣，以招賢者，欲將以報仇。故往見郭隗先生曰：「齊因孤國之亂，而襲破燕。孤極知燕小力少，不足以報。然得賢士與共國，以雪先王之恥，孤之願也。敢問以國報仇者奈何？」
>
> 　　郭隗先生對曰：「帝者與師處，王者與友處，霸者與臣處，亡國與役處。詘指而事之，北面而受學，則百己者至。先趨而後息，先問而後嘿，則什己者至。人趨己趨，則若己者至。馮幾據杖，眄視指使，則廝役之人至。若恣睢奮擊，呴籍叱咄，則徒隸之人至矣。此古服道致士之法也。王誠博選國中之賢者，而朝其門下，天下問王朝其賢臣，天下之士必趨於燕矣。」
>
> ……
>
> 　　於是昭王為隗築宮而師之。樂毅自魏往，鄒衍自齊往，劇辛自趙往，士爭湊燕。燕王弔死問生，與百姓同其甘苦。二十八年，燕國殷富，士卒樂佚輕戰，於是遂以樂毅為上將軍，與秦、楚、三晉合謀以伐齊。齊兵敗，閔王出走於外。燕兵獨追北入至臨淄，盡取齊寶，燒其宮室宗廟。齊城之不下者，唯獨莒、即墨。

　　燕昭王求士，目的為了強大燕國，「以雪先王之恥」。郭隗則層層深入地分析了國君對待賢士的不同態度而產生的截然不同的效果，並用五百金買馬骨為喻，使燕昭王接受了他的意見和建議，「為隗築宮而師之」。燕昭王貴士、重士，求賢若渴的誠心，終於使各路賢士都來到燕昭王麾下。作者最後寫燕昭王經過二十八年奮鬥，終成殷富大國，所向披靡，大敗齊國，意在進一步說明貴士重士所產生的巨大力量。

　　《戰國策》中對士的作用，不免有許多誇大的描寫，然而作者正是有意識的通過這些稍帶誇張甚至虛構的描寫，刻意突出士的重要作用，宣揚貴士重士的思想。在作者的筆下，士的智慧常常高於國君，當諸侯國處於困境之時，常常是策士們力挽狂瀾，轉危為安。因此，他們被看作國家興衰的關鍵，稱雄爭霸的智囊。這種思潮，在戰國是有普遍意義的。《戰國策》作者以其卓越的眼光，在中國歷史上第一次喊出了「士貴王不貴」的口號，第一次強調了知識階層在政治鬥爭和社會大變革中的強大作用，這對於講究尊卑親疏的世襲貴族制度無疑是一個重大的衝擊，代表了新興階級的利益和願望，反映了民主思想的進一步發展，有其重要的社會意義。

二　重利輕義鄙視傳統的價值觀與行為準則

　　儒家的傳統觀念，歷來是恥於言利的，所謂「君子不言利」、「君子喻於義，小人喻於利」是也。而《戰國策》卻赤裸裸地宣揚對個人功利的追求，並以欣賞的筆調來描寫名利場上的競爭。無怪乎後人驚呼：「《戰國策》，畔經離道之書也。」（李夢陽《刻戰國策》〈序〉）

　　即以最負盛名的縱橫家蘇秦張儀來說，無論合縱也好，連衡也好，都不是他們信守如一的政治主張。縱橫之術，不過是他們獵取富貴功名的工具。蘇秦始將連橫說秦惠王，雖使出渾身解數而惠王不用。蘇秦在秦國碰了一鼻子灰，回到家裡又受到家裡人的冷落，此時他說的一句話，頗能揭示當時的心態：「安有說人主，不能出其金玉錦繡，取卿相之尊者乎？」（〈秦策一〉〈蘇秦始將連橫說秦〉）「求取卿相之尊」就是他的精神支柱，也是他頑強進取的力量。一年之後，蘇秦以合縱說趙王取得成功，被封為武安君，「受相印，革車百乘，錦繡千純，白璧百雙，黃金萬溢，以隨其後」，此時衣錦還鄉，家人的態度判若雲泥。蘇秦不禁歎曰：「嗟呼！貧窮則父母不子，富貴則

親戚畏懼。人生世上，勢位富貴，盍可忽乎哉？」這是毫無掩飾的內心自白，也是對世態炎涼的深刻揭露。蘇秦的最高理想，就是追求「勢位富貴」而已。這使人想起了孟子所寫的「齊人乞墦」的著名故事。齊人乞食於墦間，而後還要「驕其妻妾」；妻妾知道真相之後，「相泣於中庭」。孟子以此來諷刺那些鑽營富貴利達無恥之徒：「由君子觀之，則人之所以求富貴利達者，其妻妾不羞也，而不相泣者，幾希矣！」（《孟子》〈離婁下〉）蘇秦與齊人，何其相似乃爾。只要能求得富貴利達，可以不擇手段，這在戰國士人中恐怕很普遍。難怪孟子對當時「上下交征利而國危」的現象憂心忡忡（《孟子》〈梁惠王上〉）。而在一般人中，則如齊人譚拾子所說：「富貴則就之，貧賤則去之」，「理之固然者」（〈齊策四〉〈孟嘗君逐於齊而復反〉）。我們從蘇秦妻子父母的態度中也可以說明這一點。蘇秦窮困落魄，親人不以為親；富蓋王侯，父母誠惶誠恐。這不表明了一種趨求富貴的思潮嗎？這恐怕就是當時的「人之常情」。《戰國策》的作者對蘇秦之徒的這種追求，多表現出欣賞的態度。吳師道〈書曾序後一則〉謂《國策》作者「為談季子之金多位高，則沾沾動色」，說明了作者的傾向。

〈齊策三〉記載孟嘗君出行至楚國，楚派登徒去給孟嘗君獻象床，登徒不願幹這差事，以一口寶劍為酬報請公孫戍入諫孟嘗君。事成之後，公孫戍公開向孟嘗君宣佈受賄之事。孟嘗君不但不追究，並在門板上大書：「有能揚文之名，止文之過，私得寶於外者，疾入諫。」為能揚名，公開允許受賄，這種不擇手段的爭利求名，已得到上層統治階級的認可，說明這種風氣的氾濫。

戰國時期赤裸裸地追求功利的思潮中，滲透入非常濃厚的商人意識。新興的地主階級與大商賈和游士策士本來就是血肉相連的，所以，作為新興階級思想代表的策士游士，具有濃厚的商人意識並不足怪。它使得策士游士追求富貴利祿的行為顯得更加世俗化、市儈化。〈秦策五〉記呂不韋時寫道：

> 濮陽人呂不韋賈於邯鄲，見秦質子異人，歸而謂父曰：「耕田
> 之利幾倍？」曰：「十倍。」「珠玉之贏幾倍？」曰：「百
> 倍。」「立國家之主贏幾倍？」曰：「無數。」曰：「今力田疾
> 作，不得暖衣余食；今建國立君，澤可以遺世。願往事之。」

呂不韋本是個「往來販賤賣貴，家累千金」（《史記》〈呂不韋列傳〉）
的大商人，當其一介入政治投機活動之時，自然帶上了唯利是圖的意
識。呂不韋賈於邯鄲，見秦質子異人，便把他當成「奇貨可居」的商
品，是一樁能贏利無數的大買賣。他勸異人求歸秦，說陽泉君，說趙
遣異人及教異人楚服見華陽夫人，總讓人覺得帶上了生意場上商人投
機冒險的色彩。然而呂不韋卻成功了：「子楚立，以不韋為相，號曰
文信侯，食藍田十二縣。」王世貞曾評論呂不韋說：「自古及今取富
秉權勢者，無如不韋之穢且卑，然亦未有如不韋之巧者。」（轉引自
清人張尚瑗《讀《戰國策》隨筆》，世楷堂藏本）然而呂不韋並非空
前絕後的唯一一人，《史記》〈高祖本紀〉寫劉邦稱帝之後，曾志滿意
得地對其父說：「始大人常以臣無賴，不能治產業，不如仲力。今某
之業所就孰與仲多？」劉邦的這一行徑，常為後人所詬病，但與前舉
呂不韋相較，豈不異曲同工？皆以商人投機意識冒險於政治舞臺罷了。

　　縱橫策士以追求富貴作為自己的理想，以有利可圖作為自己行動
的準則，甚至公開打出「爭名者於朝，爭利者於市」的旗幟，並認為
「今三川、周室，天下之市朝也」〈秦策一〉〈司馬錯與張儀爭論於秦
惠王前〉，因此他們奔走於各國之間，看似為各國打算，實則更多的
是為自己謀利。范雎曾說：「秦於天下之士非有怨也，相聚而攻秦
者，己欲富貴耳。」並以一個非常生動的走狗爭骨的比喻來形容士人
交相爭利的醜態：

　　工見大工之狗：臥者臥，起者起，行者行，止者止，毋相與鬥

　　者。投之一骨，輕起相牙者，何則？有爭意也。

揭露得非常深刻。（所引見〈秦策三〉〈天下之士合從相聚於趙〉）范
睢所罵的，是合縱之徒，〈楚策四〉則記載有人罵連橫之士：「橫人嚇
口利機，上干主心，下牟百姓，公舉而私取利，是以國權輕於鴻毛，
而積禍重於丘山。」其實不論蘇秦之徒，還是張儀之輩，都是一路貨
色，在思想本質上體現著共同的特徵，打上了深深的時代與階級的
烙印。

　　與追逐功利思想緊密相聯的，是對禮義的否定和對傳統的價值觀
與行為準則的鄙視。我們在介紹《左傳》的思想內容時，曾談到《左
傳》作者鮮明的崇禮傾向，然而在《戰國策》中，作者鼓吹的是不擇
手段追逐功利的人生哲學，什麼禮義誠信，忠孝廉恥，都被摧毀得七
零八落，絲毫無法規範士人們的行為準則。明人薛瑄《讀書錄》
（四）曾說：「春秋時辭令，猶有言禮義者，乃先王之澤未泯也；至
戰國縱橫之徒，惟言利害，而不及禮義，先王之澤盡矣。」其實不僅
帶有反傳統精神的士人們是如此，在戰國時代，禮義受到冷落與鄙
棄，已是很普遍的情況。蘇秦說秦失敗與說趙成功之後家人對他截然
不同的態度，已足以說明在當時的一般家庭當中，維繫家庭成員之間
關係的，再已不是那虛偽的孝悌禮義，而是功名富貴。蘇秦之嫂「前
倨而後卑」，拜倒的是金錢和權勢，這是甚至連一點家庭中的骨肉親
情也看不到了。

　　而策士們卻敢於更大膽直言不諱地要拋棄仁義。〈燕策一〉〈人有
惡蘇秦於燕王者〉記道：

　　　　人有惡蘇秦於燕王者，曰：「武安君，天下不信人也。王以萬
　　　　乘下之，尊之於廷，示天下與小人群也。」
　　　　武安君從齊來，而燕王不館也，謂燕王曰：

「臣東周之鄙人也，見足下，身無咫尺之功，而足下迎臣於
郊，顯臣於廷，今臣為足下使，利得十城，功存危燕，足下不
聽臣者，人必有言臣不信，傷臣於王者。臣之不信，是足下之
福也。使臣信如尾生，廉如伯夷，孝如曾參，三者天下之高
行，而以事足下，不可乎？」燕王曰：「可。」曰：「有此，臣
亦不事足下矣。」

蘇秦曰：「且夫孝如曾參，義不離親一夕宿於外，足下安得使
之之齊？廉如伯夷，不取素飡，汙武王之義而不臣焉，辭孤竹
之君，餓而死於首陽之山。廉如此者，何肯步行數千里而事弱
燕之危主乎？信如尾生，期而不來，抱梁柱而死。信至如此，
何肯揚燕、秦之威於齊，而取大功乎哉？且夫信行者，所以自
為也，非所以為人也。皆自覆之術，非進取之道也。」

相類似的記載又見於〈燕策一〉〈蘇代謂燕昭王〉，記作蘇代之言，而
且更明確地說：「臣以為廉不與身俱達，義不與生俱立。仁、義者自
完之道也，非進取之術也。」這種對忠信、禮義的看法，與傳統觀念
完全背道而馳。孝如曾參、廉如伯夷、信如尾生，既不能為燕聯齊，
也無法事弱燕之危主，更不能為燕國揚威。孝、廉、信成為無用之
物。仁義孝廉只是獵取虛名的手段，而非進取之術。這不免使人想起
後來曹操的話：有行之士，未必能進取；進取之士，未必能有行。用
此來對照策士們的思想，的確是很恰當的。〈燕策一〉同章中蘇秦還
講了一個賤妾棄酒、忠信受笞的故事，以證明忠信之不可取。這些與
儒家傳統的價值觀念、價值取向完全不同的觀念，的確代表著縱橫家
的真實思想。

　　在《左傳》中，作者崇尚禮義，「禮」作為「國之幹」、「身之
幹」，常常出現在春秋時人的言語和行動之中。治國以禮，這是普遍
遵循的規則。像「禮，所以守其國，行其政令，無失其民者也」(《左

傳》〈昭公五年〉）這樣的話，在《左傳》中隨處可見。然而縱橫家的觀點卻截然不同，如〈齊策五〉〈蘇秦說齊閔王〉中蘇秦說齊閔王：

> 臣聞用兵而喜先天下者憂，約結而喜主怨者孤。夫後起者藉也，而遠怨者時也。是以聖人從事，必藉於權而務興於時。夫權藉者，萬物之率也；而時勢者，百事之長也。故無權藉、倍時勢而能事成者，寡矣。今雖干將、莫邪，非得人力，則不能割劌矣。堅箭利金，不得弦機之利，則不能遠殺矣。矢非不銛，而劍非不利也，何則？權藉不在焉。……

在蘇秦說齊閔王的這篇長篇大論裡，中心論點就體現在上舉這一段話中。在蘇秦的觀念中，只有講究審時度勢，憑藉權謀外力，後發制人，約結遠怨，才能成就王業。這裡強調的是「權藉」和「時勢」，蘇秦在後面反覆論證的，也總是論「權藉」與「時勢」的重要性，講如何運用權謀，克敵制勝。像《左傳》中一再強調的重民愛民，以德服人，仁義禮讓，在這裡統統不見了。

戰國策士否定禮義，鄙棄傳統的價值觀與行為準則，崇尚的是權謀，是對背信棄義的無所謂。劉向說是「捐禮讓而貴戰爭，棄仁義而用詐譎」（《戰國策》〈序錄〉）。張儀以六百里地騙楚懷王之事，這是大家最為熟悉的，同類的例子還不少，如〈魏策三〉〈秦趙約而伐魏〉，芒卯為解除魏國受秦、趙約而攻伐之憂，派張倚使趙，答應以獻鄴地作為趙秦絕交的報答。一俟趙國閉關絕秦之後，芒卯卻否認獻地的承諾。類似這樣出爾反爾不把信義當一回事的例子，在《戰國策》中俯拾即是。而工於詐謀的例子就更多了，我們將在下面一章再作較全面的分析，為了說明問題，此只舉一例。〈東周策〉〈秦興師臨周而求九鼎〉記載了這樣一件事情。秦國興師伐周欲求九鼎，策士顏率為解周顯王之憂，東借救於齊，許諾齊發救兵便獻九鼎於齊。秦兵

罷歸，齊國果真欲得九鼎。顏率裝模作樣地與齊王商量運寶之事，既表示信守諾言，又警告齊國不可不戒備魏國，提防楚國，最後提出必須九萬人抬挽，九九八十一萬人持械守衛的條件。隨後，顏率又假惺惺地說：「今大王縱有其人，何塗之從而出？臣竊為大王私憂之！」路途難擇，人員眾多，齊王只好啞巴吃黃蓮，自己打消了求九鼎的念頭。顏率不愧為一位善於「轉危為安，運亡為存」的智囊人物，然而他所運用的武器，實在只不過詐謀而已。《戰國策》寫這些詐謀，無不描述得繪聲繪色，極盡渲染誇張。讚賞之意流露於字裡行間，可以鮮明地看出作者的思想傾向。

　　《戰國策》的思想傾向，除了上述兩方面之外，還可以列舉一些。如歷來眾多的研究論著中提到的民本思想，其例子就是〈齊策四〉〈齊王使使者問趙威后〉，趙威后問齊使，先問歲而後問民，再而後問君。並表示了「苟無歲，何以有民？苟無民，何以有君」這樣鮮明的民本思想。在〈齊策四〉〈馮諼客孟嘗君〉中，馮諼為孟嘗君「焚券」、「市義」，說明民心的重要。其他如愛國主義思想，歌頌維護正義、敢於反抗強暴的高士義俠的思想，以及儒、道、法家的思想，也是時時摻雜其間。

　　但是，正如一些研究者所指出的，真正代表《戰國策》一書的主要傾向的，是以蘇秦、張儀等人為代表的縱橫家的思想。[7]主要人物是一定的階級和傾向的代表，因而也是他們時代的一定思想的代表。[8]縱橫家的思想，與傳統的思想觀念、傳統的價值觀念相去甚遠，表現出強烈的反傳統精神。這當然是特定歷史時期的產物。劉向就曾認為：「戰國之時，君德淺薄，為之謀策者，不得不因勢而為資，據時而為〔畫〕。故其謀，扶急持傾，為一切之權，雖不可以臨國教化，

7　郭預衡：〈戰國策研究與選譯序言〉，見熊憲光：《戰國策研究與選譯》（重慶市：重慶出版社，1988年）。

8　恩格斯：《恩格斯致斐‧拉薩爾》，《馬克思恩格斯選集》，第4卷，頁343。

兵革救急之勢也。皆高才秀士，度時君之所能行，出奇策異智，轉危
為安，運亡為存，亦可喜，皆可觀。」（《戰國策》〈序錄〉）這些高才
秀士的奇策異智，產生於戰國這個特定的歷史時期，雖不屑為傳統政
教之資，然而哪怕是到儒家思想已取得正統地位時代的劉向，也認為
是可喜可觀的。《戰國策》的思想傾向深刻地反映了戰國時期思想解
放運動的生動局面。作者大肆宣揚縱橫思想、歌頌一大批從「窮巷掘
門，桑戶棬樞」的底層衝殺出來的寒士的才智，宣導「士貴而君不
貴」，實際上是歌頌了新興的階級為登上歷史舞臺、主宰歷史發展的
潮流而進行的朝氣蓬勃的奮爭；它宣揚的士人對個人功利的追求，衝
破了傳統的思想的束縛，表現了對人的價值的肯定。因此，這些思
想，顯得那麼新鮮，那麼驚世駭俗，甚至那麼令人驚慌失措，然而它
卻顯示出前所未有的生氣。正如鄭振鐸所指出的：「《國策》的時代是
一個新的時代。舊的一切，已完全推倒，完全摧毀，所有的言論都是
獨創的，直接的，包含可愛的機警與雄辯的。所有的行動都是勇敢
的，不守舊習慣的，都是審辨直接的，利害極為明瞭的。」[9]這就是
戰國的時代精神，也是《戰國策》思想的時代特色。

　　戰國是個紛爭的時代，就像新生的嬰兒呱呱墜地之前的陣痛，它
孕育著一個統一的中國的誕生。它的思想，也就同將誕生的嬰兒一
樣，顯露出嶄新的面貌。

9　鄭振鐸：《插圖本中國文學史》（北京市：人民文學出版社，1957年），第五章。

第八章
《戰國策》的史料價值

第一節　史料的可靠性與真實性

在第六章的第二節裡，我們已經說到，《戰國策》無疑是一部戰國時期非常珍貴的歷史資料。但是，作為「史料」而言，它也的確存在著真贋雜糅、真偽參半而又年代不詳等問題，摻入不少「增飾非實」之辭，因此為後代考文者所詬病。所以作為史料價值來看，這又不能不引起我們的注意。

關於《戰國策》史料的可靠性與真實性，前人已經做過許多辨偽的工作。繆文遠先生《戰國策考辨》，萃集眾家之說，分析判斷，旁通曲證，求其本真，堪稱辨偽的集大成著作。[1]據繆著考辨，今本《戰國策》中屬於擬托之作，竟有九十八篇之多。其中蘇秦、張儀游說各國的長篇說辭，亦都屬於擬作。如著名的〈蘇秦始將連橫說秦〉章，《考辨》云：

> 蘇秦說秦事，《史記》〈秦本紀〉及〈六國表〉均不載，惟見於〈蘇秦傳〉。《大事記》（指呂祖謙《大事記》）繫此事於顯三十一年，黃氏《編略》（指黃氏三《周季編略》）、於〈表〉（指于鬯〈戰國策年表〉）從之。林氏《紀年》（指林春溥《戰國紀年》）繫顯三十五年，顧氏《編年》（指顧觀光《戰國編年》）繫顯三十六年。

1　繆文遠：《戰國策考辨》（北京市：中華書局，1984年）。

案：據帛書《戰國縱橫家書》，蘇秦活動時代在齊閔、燕昭時期，不得早至周顯王時。此《策》依托，諸家繫年俱非，《策》文云：「秦西有巴、蜀、漢中之利，北有胡貉、代馬之用，南有巫山、黔中之限，東有崤、函之固。」此全與當時形勢不合。梁氏《志疑》（指梁玉繩《史記志疑》）卷二十九曰：「《國策》『西有巴、蜀、漢中之利，南有巫山、黔中之限』，此殆非也，而是時諸郡未屬秦，不知蘇子何以稱焉？〈蘇秦傳〉云「秦方誅商鞅，疾辯士弗用」，則蘇秦說秦惠王當在其初立時。然據〈秦本紀〉，秦滅蜀在惠文王後元九年，取楚漢中在後元十三年，遠在此後。胡、代在趙之北，並非秦地。秦取巫、黔中在昭王三十六年，去惠王之死已三十四年。又張琦《戰國策釋地》云：「惠文六年，魏納陰晉。九年，圍焦。十三年，張儀取陝。後十一年，樗里疾攻魏焦，拔之。陰晉東至陝，正崤、函之道。自惠文六年至後十一年，始克有之。」黃震《黃氏日鈔》曰：「前輩謂蘇秦約從，秦兵十五年不敢窺山東，乃游士誇談，本無其事。」此章之末云：「蘇秦相於趙而關不通，⋯⋯一人用而天下從！」乃臆想之辭，絕非事實。

　　作者據宋人、清人的考證，結合新出土的戰國帛書中蘇秦活動年代的材料，論定本篇確係虛擬之作。又如〈齊策一〉〈張儀為秦連橫齊王〉章，作者引鮑注云：「〈儀傳〉，連橫在鄭袖出儀後，說楚、說韓、齊、趙，卒說燕，歸報而惠王死，則此當秦（惠王）十四年，此（齊閔）十三年。」然後駁之曰：「諸家均從《史記》〈張儀傳〉係此章於赧四年（即周赧王四年、秦惠文王十四年，西元前311年）。然其時齊宣王破燕未久，齊國勢方盛，何得張儀一說而即『獻魚鹽之地三百里於秦』？從時間上的錯訛與齊國的史實論定「此策亦為依託」。

　　再如〈魏策四〉〈秦王使人謂安陵君〉章，亦為歷來傳誦的名

篇，然《考辨》先引吳師道《戰國策校注補正》：「此策文甚明，而事多難言。以始皇之兵威，何憚於安陵，而易以五百里地？是特為之辭而使之納地耳。唐且之使愚矣。雖抗言不屈，豈終能沮之乎！荊軻之見也，匿匕首於圖。秦法，侍者不得操兵，此云『挺劍而起』，何也？其辭固多誇矣。」吳氏從秦國典制論證唐且帶劍上庭見秦王、「挺劍而起」之不符事實，並以荊約匿匕首於圖補證所述秦法之不誣。這已可以論定該篇之不符史實。此後，《考辨》作者又從五個方面加以論證：一、《策》文所載為安陵君說秦之唐且，據吳師道考證，至秦始皇二十二年，已百餘歲，故其人之存否已屬疑問。二、安陵即鄢陵，但鄢陵久為秦有，而《策》文中安陵至戰國末尚存，故何有安陵君遣唐且使秦之事？三、如前所引，《策》文與秦制不合，不得有唐且帶劍上殿之事。四、《策》文中唐且脅迫秦始皇之辭，如「專諸之刺王僚，彗星襲月」等，多天人感應之談，以始皇之雄略，安肯長跪而謝？五、即令安陵其時尚存，蕞爾小國，秦以偏師一支，安陵旦夕可下，何須卑辭以求易地？這樣，無論從史實、制度及情理而論，該篇都有許多不符合事實之處，是為虛構之作無疑。

　　〈齊策三〉〈齊王夫人死〉章，寫薛公「獻七珥，美其一，明日視美珥所在、勸王立為夫人」。而〈楚策四〉〈楚王后死〉章亦云：「楚王后死，未立后也。謂昭魚曰：『公何以不請立后也？』昭魚曰：『王不聽，是知困而交絕於後也。』『然則「何」不買五雙珥，令其一善而獻之王，明旦視善珥所在，固請立之。』」一事而屬兩國，《考辨》引黃少荃云：「事之相同，絕無若此者，諸說中必僅有一真；或皆假託。」故史實則為假託揣擬無疑。與此同類的還有如土偶桃梗之喻，前以為蘇秦說孟嘗之辭（〈齊策三〉〈孟嘗君將入秦〉），後又以為蘇秦說奉陽君李兌之語（〈趙策一〉〈蘇秦說李兌〉）；忠信受笞之喻，〈燕策一〉〈人有惡蘇秦於燕王者〉為蘇秦語，同策〈蘇代謂燕昭工〉則出於蘇代之口。凡此之類，均見牴牾雜杳，異說並呈。

　　〈齊策三〉〈楚王死太子在齊質〉章稱：「蘇秦之事可以請行；可以令楚王亟入下東國，可以益割於楚，可以忠太子而使楚益入地，可以為楚王走太子，可以忠太子使之亟去，可以惡蘇秦於薛公；可以為蘇秦請封於楚，可以使人說薛公以善蘇子，可以使蘇子自解於薛公。」對此，鮑彪注、鍾鳳年《國策勘研》等皆論其與史實不符，《考辨》並引齊思和語云：「此章勝意層出，奇變無窮，乃《國策》中之至文也，然案之於史實則皆虛，蓋純為習長短者揣摩之談耳。」

　　此外，《國策》中的一些篇章，又與諸子著作中的內容雷同。如〈秦策一〉〈張儀說秦王〉章，又見於《韓非子》〈初見秦篇〉；〈齊策一〉〈靖郭君善齊貌辨〉，亦見於《呂氏春秋》〈知士篇〉；《齊策四》〈孟嘗君為從章〉，又見於《呂氏春秋》〈不侵篇〉；《魏策二》〈魏惠王死〉章，亦見於《呂氏春秋》〈開春篇〉。此外，《戰國策》中有一些小章短記，多與《韓非子》相同。至於事件重複，年代乖偽，前後淆雜之處，亦所在多有。[2]凡此種種，都使《戰國策》史料的可靠性與真實性發生偏離。

　　使《戰國策》史料的可靠性與真實性產生偏移的原因，主要有兩個方面。一方面，前面我們已經說過，《戰國策》乃是一部記錄戰國時代縱橫家游說各國的活動說辭及其權謀鬥爭故事的彙編，戰國中期以後，在合縱連橫激烈的鬥爭中，縱橫家尤其講究游說，所以，就有人將前人游說君王的書信和游說辭搜集彙編起來，編成冊子以供學習。正如楊寬先生所說：「所有這些戰國權變和游說故事的彙編，原是游說之士的學習資料，或者是練習游說用的腳本，對於有關歷史事件的具體經過往往交代不清，有的只約略敘述到遊說經過和遊說的結果。其中有些編者著重於吸取歷史的經驗教訓的，就比較能夠注意歷史的真實性。如果編輯起來只是用作練習遊說的腳本的，就不免誇張

2　見齊思和：〈戰國策著作時代表〉，《中國史探研》(北京市：中華書局，1981年)。

失實，甚至假託虛構。正因為蘇秦和張儀是縱橫家學習模仿的榜樣，他們的游說辭是練習游說用的主要腳本，其中就有許多是後人假托他們名義編造出來的，不但誇張虛構，而且年代錯亂，矛盾百出。」[3] 所以，我們從繆文遠先生的《戰國策考辨》上發現，屬於蘇秦、張儀二人的游說之辭，尤多擬托。

第二個方面，又與《戰國策》的成書有關。《戰國策》，有古本今本之分。古本即指劉向所校輯的原書。劉向所編的《戰國策》，東漢高誘做過注解，但流傳到北宋，已有散佚殘缺。《崇文總目》中，《戰國策》三十三篇已缺十一篇，高誘注二十卷已缺十二卷。後來曾鞏訪求某些士大夫的家藏本加以補充，才重新編成三十二篇，是為今本《戰國策》。這其中就有些是後人將《史記》和先秦諸子中的一些有關戰國的記載補充進去，以至於造成史實的雜亂與撲朔迷離。[4]

儘管《戰國策》史料的真實性與可靠性存在一定的問題，仍然應該看到，《戰國策》中的大部分篇章，仍保存著戰國時期極其珍貴的史料，即使是那些被研究者論定為「擬托」的篇章，例如那些戰國末年學習縱橫之術的策士們擬作的蘇秦張儀之辭，仍然是我們研究戰國思想文化的有益資料。我們發現，在被論定為擬托的篇章中，有不少是被後人津津樂道而家喻戶曉的名篇。何以如此？其原因，不但在於它們的文筆酣暢可喜，更在於因為沒有了史實真實的限制，它們的思想更加活躍，辯說更加開放，氣勢更加雄偉，更能體現出戰國時期那種萬馬奔馳、奮競爭驅的時代精神。所以，廁身於史書之列，它似乎有些「卑劣」，然而作為史傳文學，它仍不失其偉大！

另外應說明的是，一九七三年在長沙馬王堆漢墓中，出土了大批帛書，其中有一種類似《戰國策》的帛書，共二十七章，一萬一千多

3　楊寬：《戰國史》（上海市：上海人民出版社，1983年），頁529-530。

4　參看齊思和《中國史探研》中〈戰國策著作時代考〉一文和《戰國縱橫家書》中楊寬〈馬王堆帛書《戰國縱橫家書》的史料價值〉一文。

字，這就是後來人們所稱的《戰國縱橫家書》。在這部《戰國縱橫家書》中，有十章見於《戰國策》，八章見於《史記》，有十六章不見於《戰國策》和《史記》。據考證，這大概是秦漢之際編輯的一種縱橫家言的選本，尤其保存了大量已經散佚的蘇秦游說資料，可以糾正有關蘇秦歷史的許多錯誤，也可以校正和補充戰國時代的一些史料。拿它與《戰國策》對照，使得《戰國策》的一些章節恢復了它的史料價值。[5] 當我們把《戰國策》作為戰國史料來讀的時候，《戰國縱橫家書》是非常重要的補充史料。

第二節　畔經離道之書

正如一些學者所說，《戰國策》自成書以後，便命運「不佳」。[6] 歷代史家文人對它似毀多於譽。大概有漢一代，研習「縱橫長短之術」者，尚不乏其人[7]，餘風薰染，所以劉向集錄成書之時，在〈序錄〉中曾加以稱讚：「皆高才秀士，度時君之所能行，出奇策異智，轉危為安，運亡為存，亦可喜，皆可觀。」劉向校定此書後，有東漢高誘為之作注，但是，《戰國策》一書似並未能得到時人的青睞，其原因，大概因《戰國策》乃縱橫陰謀之書，為朝廷所忌諱，亦為儒家所摒棄。據史料記載，西漢末東平王向漢朝廷求《太史公書》，大將軍王鳳以「《太史公書》有戰國縱橫權譎之謀」，拒而不與（《漢書》〈東平王傳〉）。三國時李權向秦宓借《戰國策》，秦宓即認為「戰國縱橫，用之何為」，並說：「書非史記周圖，仲尼不採；道非虛無自然，嚴平不演。海以受淤，歲一蕩清；君子博識，非禮不視。今戰國

5　參看《戰國縱橫家書》（北京市：文物出版社，1976年）。

6　參見熊憲光：《戰國策研究與選譯》（重慶市：重慶出版社，1988年）。

7　《史記》〈田儋列傳〉：「蒯通者，善為長短說，論戰國之權變，為八十一首。」〈主父偃列傳〉：「主父偃者，……學長短縱橫之術。」〈酷吏列傳〉：「邊通，學長短。」

反覆儀、秦之術，殺人自生，亡人自存，經之所疾。」[8]由此可知，有漢以後，《戰國策》一直為儒家正統觀念所鄙棄。正因為如此，《戰國策》一書遂逐漸殘闕。

宋代曾鞏重校《戰國策》，並非為了弘揚這部名著，而是為了作為批判的箭靶，他在《重校戰國策》〈序〉，首先對劉向的評斷表示不贊同，認為是「惑於流俗」之論，並以孔、孟之道為尺度，對《戰國策》進行批評：

> 戰國之游士則不然，不知道之可信，而樂於說之易合。其設心注意，偷為一切之計而已。故論詐之便而諱其敗，言戰之善而蔽其患。其相率而為之者，莫不有利焉而不勝其害也，有得焉而不勝其失也。卒至蘇秦、商鞅、孫臏、吳起、李斯之徒以亡其身，而諸侯及秦用之，亦滅其國。其為世之大禍明矣，而俗猶莫之悟也。惟先王之道，因時適變，法不同而考之無疵，用之無敝，故古之聖賢，未有以此而易彼也。
>
> 或曰，邪說之害正也，宜放而絕之。則此書之不泯，不泯其可乎？對曰，君子之禁邪說也，固將明其說於天下。使當世之人，皆知其說之不可從，然後以禁，則齊；使後世之人，皆知其說之不可為，然後以戒，則明。豈必滅其籍哉？放而絕之，莫善於是。故孟子之書，有為神農之言者，有為墨子之言者，皆著而非之。至於此書之作，則上繼春秋，下至秦、漢之起，二百四五十年之間，載其行事，固不得而廢也。

曾鞏以儒家「六經」之說立論，以孔、孟為例，推崇他們能在「舊法已亡，舊俗已息」的時代，能「獨明先王之道。」而戰國策士

8　參看齊思和：〈戰國策著作時代考〉，《中國史探研》（北京市：中華書局，1981年），頁229。

卻只知「論詐」、「言戰」，馳騁辯說，其所作所為完全有悖於先王之道與孔、孟之意，所以終至亡身滅國，「為世之禍」。在這裡，曾鞏點名批評的雖是蘇秦等人，實際上也否定了劉向「戰國之謀士，度時君之所能行，不得不然」的看法，認為只屬於「俗猶莫之寤也」。《戰國策》既然如此不合於聖賢之道，就應該「放而絕之」，而「放而絕之」的最好辦法，就是加以校定之後行之於天下，「明其說於天下」，「知其說之不可從」。

　　顯然，曾鞏之論，完全是從儒家之道出發，對《戰國策》帶著偏見。只是此論一出，後世學者多附議其說。如李格非《書戰國策後》云；「《戰國策》所載，大抵皆縱橫捭闔譎誑相輕、傾奪之說也。」吳師道也說：「戰國名義蕩然，攻鬥併吞，相詐相傾，機變之謀，唯恐其不深；捭闔之辭，唯恐其不工；風聲氣習，舉一世而皆然。」又說：「是書善惡無所是非，而作者又時出所見，不但記載之，為談季子之金多位高，則沾沾動色；語安陵孌人之固寵，則以江乙為善謀，此其最陋者。」到了明末，陸隴其發表的觀點，則頗有總結性。他的《戰國策》〈去毒跋〉寫道：

　　　　《戰國策》一書，大抵皆縱橫家言也。其文章之奇，足以悅人耳目，而其機變之巧，足以壞人心術。子弟識見未定而讀之，其不為之漸染者鮮矣。當時惟孟子一人卓然於波流之中，直以為是妾婦之道而大丈夫之所不為。蓋其視秦儀輩，不啻如厚味之中有大毒焉，惟恐學者陷溺其中而不能出也。今之讀《戰國策》者，多亦曾以孟子之道權衡之乎？余懼其毒之中於人也，故取今文士所共讀者，指示其得失，使學者知其所以異於孟子者，庶幾嚐其味而不中其毒也。

　　總之，這些批評《戰國策》的學者，多是帶著傳統的儒學偏見，

批評《戰國策》思想的「叛經離道」，「是非」不同於聖人。

　　然而也有敢於站出來為《戰國策》辯解的，如南宋學者鮑彪，其
《戰國策注》〈序〉說：

> 《國策》，史家流也。其文辯博，有煥而明，有婉而微，有約
> 而深，太史公之所考本也。自漢稱為《戰國策》，雜以短長之
> 號，而有蘇、張縱橫之說。學者諱之置不論，非也。夫史氏之
> 法，具記一時事辭，善惡必書，初無所決擇。楚曰《檮杌》，
> 書惡也。魯曰《春秋》，善惡兼也。司馬《史記》、班固《漢
> 書》，有〈佞幸〉等列傳，學者豈以是為不正，一舉而棄之
> 哉？矧此書，若張孟談、魯仲連發策之慷慨，諒毅、觸讋納說
> 之從容，養叔之息射，保功莫大焉；越人之投石，謀賢莫尚
> 焉；王斗之愛穀，憂國莫重焉。諸如此類不一，皆有合先王正
> 道，孔、孟之所不能違也。若之何置之？

鮑彪認為，是非兼舉，善惡並存，這是史家歷來的傳統，何況《戰國
策》中所記，合先王之正道者，所在多有，因此更不能置之棄之。

　　其實，不論是曾鞏，還是鮑彪，都是站在儒家正統的立場來評論
的。鮑彪的讚許，不過是硬把它納入儒家正統的軌道上來。我們姑且
不管《戰國策》是否符合先王之道，它真實地反映了戰國時期縱橫家
們的思想傾向，真實地反映了戰國時代的精神風貌，具有不可低估的
史學價值，這是不可否定的。曾鞏在否定《戰國策》的思想內容時，
也不得不承認它的史料價值：「至於此書之作，則上繼春秋，下至秦、
漢之起，二百四五十年之間，載其行事，固不得而廢也。」北宋王覺
也說：「然自春秋之後，以迄於秦，二百餘年興亡成敗之跡，粗見於
是矣！」（〈題戰國策〉）歷代學者考史論文，都不能不讀《戰國策》。
李夢陽稱它為「畔經離道之書」，又承認「然而天下傳焉，後世述

焉」,「錄往者跡其事,考世者證其變,工文者模其辭,好謀者襲其智」(《刻戰國策》〈序〉),無論帶著什麼樣的目的,都可以從《戰國策》中獲取所需的東西,這就足以證明《戰國策》作為史學價值的珍貴。

　　至於《戰國策》在文學和文章學上的成就,不論是指責者,還是推崇者,都無法加以否定。李格非說:「其事淺陋不足道,然而人讀之,則必鄉其說之工而忘其事之陋者,文辭之勝移之而已。」(《書戰國策後》)王覺則「愛其文辭之辯博」,並認為:「雖非義理之所存,而辯麗橫肆,亦文辭之最,學者所不宜廢也。」(同前引)就是要「去其毒」的陸隴其,也不得不承認「其文章之奇,足以悅人耳目」,其文章「有味」,只不過在「嚌其味」時「而不中其毒」罷了。《戰國策》中這些「有味」的奇文,又恰恰集中在被指斥的蘇秦、張儀這些縱橫策士的說辭之中。《文斷》引《緯文瑣語》云:「《戰國策》載辯士言語,甚有奇處,當為文章淵藪。」章學誠在《文史通義》〈詩教上〉說:

> 縱橫之學,本於古者行人之官。觀春秋之辭命,列國大夫,聘問諸侯,出使專對,蓋欲文其言以達旨而已。至戰國而抵掌揣摩,騰說以取富貴,其辭敷張而揚屬,變其本而加恢奇焉,不可謂非行人辭命之極也。……縱橫者流,推而衍之,是以能委折而入情,微婉而善諷也。

說明這些行人辭命,堪稱為文章之極則。

　　總之,不管是貶也好,褒也好,《戰國策》以其自身的生命力,被人誦習不衰。它的史學價值,特別是它的文學價值,使它成為一部光照後人的歷史散文傑作。

第九章
眾士如雲唱大風

第一節　風姿各異的戰國風雲人物

　　與《左傳》不同的是，《戰國策》全書，乃以記言為主，即詳細記載戰國策士的縱橫說辭。但是它同樣離不開活生生的人物形象。儘管《戰國策》非信史，而後人了解戰國時期的風雲人物，其材料大部分仍然來自《戰國策》。據前人統計《戰國策》全書涉及的人物約六百多名，其中事蹟較詳細、形象鮮明者不下百來人。作者生動地記敘了戰國時期各階段、各階層眾多的人物，組成了戰國風雲人物的絢麗多彩的圖畫。

　　縱橫策士，是戰國舞臺上最為活躍的一個階層。《戰國策》作為一部記錄縱橫家活動的故事彙編，首先展現的是這些高才秀士的風采。

　　在這一大批縱橫家中，最著名的莫過於煌赫一時聲震六國的蘇秦。蘇秦的出身，倒也並不高貴，「特窮巷掘門，桑戶棬樞之士耳」，他自己也曾自稱為「東周之鄙人」。蘇秦的理想，說到底不過是「功名富貴」四個字。然而在七雄紛爭的時代，「橫成則秦帝，縱合則楚王」，政治鬥爭的需要和機遇，造就了蘇秦的成功。蘇秦始以連橫之術說秦惠王，〈秦策一〉〈蘇秦始將連橫〉寫道：

> 蘇秦始將連橫說秦惠王曰：「大王之國，西有巴、蜀、漢中之利，北有胡貉、代馬之用，南有巫山，黔中之限，東有殽、函之固。田肥美，民殷富，戰車萬乘，奮擊百萬，沃野千里，蓄積饒多，地勢形便，此所謂天府，天下之雄國也。以大王之

賢，士民之眾，車騎之用，兵法之教，可以并諸侯、吞天下，稱帝而治。願大王少留意，臣請奏其效。」

秦王曰：「寡人聞之：毛羽不豐滿者，不可以高飛；文章不成者，不可以誅罰，道德不厚者，不可以使民；政教不順者，不可以煩大臣。今先生儼然不遠千里而庭教之，願以異日。」

蘇秦曰：「臣固疑大王之不能用也。昔日神農伐補遂，黃帝伐涿鹿而禽蚩尤，堯伐驩兜，舜伐共工，湯伐有夏，文王伐崇，武王伐紂，齊桓任戰而伯天下。由此觀之，惡有不戰者乎？古者使車轂擊馳，言語相結，天下為一；約從連橫，兵革不藏。文王並餝，諸侯亂惑；萬端俱起，不可勝理。科條既備，民多偽態；書策稠濁，百姓不足，上下相愁，民無所聊；明言章理，兵甲愈起。辯言偉服，戰攻不息；繁稱文辭，天下不治。舌弊耳聾，不見成功；行義約信，天下不親。於是乃廢文任武，厚養死士，綴甲厲兵，效勝於戰場。夫徒處而致利，安坐而廣地，雖古五帝、三王、五伯、明主賢君，常欲坐而致之，其勢不能，故以戰續之。寬則兩軍相攻，迫則杖戟相撞。然後可建大功。是故兵勝於外，義強於內，威立於上，民服於下。今欲並天下，凌萬乘，詘敵國，制海內，子元元，臣諸侯，非兵不可。今之嗣主，忽於至道，皆惛於教，亂於治，迷於言，惑於語，沉於辯，溺於辭。以此論之，王固不能行也。」

這一段說辭，以秦國地理形勢、兵力財富、民眾王賢等各方面分析秦國「併諸侯，吞天下，稱帝而治」的有利條件，並且引古論今，從正反兩個方面來煽動秦王以戰爭統一天下。演說雖滔滔不絕，然而卻沒有說動秦惠王，不過已顯露出蘇秦作為一個游說之士的才華。據《史記》〈蘇秦列傳〉記載，當時秦惠王「方誅商鞅，疾辯士，弗用」，說明並非蘇秦的說辭不好，只惜時機不對。策士是最講究時與勢的，然

初出茅廬的蘇秦還是不能準確的把握時勢，結果遭到失敗：

> 說秦王書十上而說不行，黑貂之裘弊，黃金百斤盡，資用乏
> 絕，去秦而歸。羸滕履蹻、負書擔橐，形容枯槁，面目犁黑，
> 狀有歸色。歸至家，妻不下絍，嫂不為炊，父母不與言。蘇秦
> 喟歎曰：「妻不以我為夫，嫂不以我為叔，父母不以我為子，
> 是皆秦之罪也！」（〈秦策一〉）

說秦失敗，連家人都不屑一顧，其狼狽之狀，甚於乞丐。這對於一心
追求功名富貴的蘇秦是一個沉重的打擊，也是一個強大的刺激。但
是，蘇秦不甘就此罷休，「乃夜發書，陳篋數十，得《太公陰符》之
謀，伏而誦之，簡練以為揣摩。讀書欲睡，引錐自刺其股，血流至
足，曰：『安有說人主，不能出其金玉錦繡，取卿相之尊者乎？』期
年，揣摩成，曰：『此真可以說當世之君矣！』」（〈秦策一〉）蘇秦以
頑強的精神發憤攻讀，而且改換了他的政治主張，由「連橫」改為
「合縱」，去游說趙王：

> 於是乃摩燕烏集闕，見說趙王於華屋之下，抵掌而談，趙王大
> 悅，封為武安君，授相印，革車百乘，錦繡千純，白璧百雙，
> 黃金萬鎰，以隨其後，約從散橫，以抑強秦。（〈秦策一〉）

蘇秦游說趙王的說辭，在〈趙策二〉〈蘇秦從燕之趙〉章裡有詳
細的記載，這是蘇秦合縱抗秦的綱領和全部計畫。在這篇長篇大論
中，蘇秦先針對六國動盪不安的局勢提出「安民」、「擇交」的方針，
為六國結成同盟製造理論根據。然後再從六國聯合抗秦、親附秦國、
親附齊國等不同的戰略措施中論證六國同盟的必然性。同時就趙、
燕、韓、魏各國自身的情況及相互之間「唇齒相依」的關係，說明合

縱的必要性。並希望趙王認清當前形勢，效法歷史上的賢君，把握稱霸的時機。蘇秦最後提出六國合縱計畫的整體構想：

> 故竊為大王計，莫如一韓、魏、齊、楚、燕、趙，六國從親，以儐畔秦。今天下之將相，相與會於洹水之上，通質、刑白馬以盟之。約曰：秦攻楚，齊、魏各出銳師以佐之，韓絕食道，趙涉河、漳，燕守常山之北。秦攻韓、魏，則楚絕其後，齊出銳師以佐之，趙涉河、漳，燕守雲中。秦攻齊，則楚絕其後，韓守成皋，魏塞午道，趙涉河、漳、博關，燕出銳師以佐之。秦攻燕，則趙守常山，楚軍武關，齊涉渤海，韓、魏出銳師以佐之。秦攻趙，則韓軍宜陽，楚軍武關，魏軍河外，齊涉渤海，燕出銳師以佐之。諸侯有先背約者，五國共伐之。六國從親以擯秦，秦必不敢出兵於函谷關以害山東矣！如是則伯業成矣！（〈趙策二〉）

從蘇秦說趙王的說辭可以看出，蘇秦並不是一個只知追逐利祿的庸俗之輩，而是一個通曉各國政治歷史，具有戰略眼光的政治家和軍事家。蘇秦成功之後，赴楚路過洛陽，見家人，〈秦策一〉〈蘇秦始將連橫〉章有一段非常精彩的描寫，可見蘇秦的內心心態與家人的冷暖世態：

> 將說楚王，路過洛陽，父母聞之，清宮除道，張樂設飲，郊迎三十里。妻側目而視，傾耳而聽。嫂蛇行匍伏，四拜自跪而謝。蘇秦曰：「嫂何前倨而後卑也？」嫂曰：「以季子之位尊而多金。」蘇秦曰：「嗟乎！貧窮則父母不子，富貴則親戚畏懼。人生世上，勢位富貴，盍可忽乎哉？」

這是一個由失敗走向成功的縱橫家的英雄。他的成功，除了不可泯滅的名利之心，時代和當時的世俗人情，也推波助瀾地玉成了蘇秦。〈秦策一〉寫蘇秦成功後說：

> 故蘇秦相於趙而關不通。當此之時，天下之大，萬民之眾，王侯之威，謀臣之權，皆欲決蘇秦之策。不費斗糧，未煩一兵，未戰一士，未絕一弦、未折一矢，諸侯相親，賢於兄弟。夫賢人在而天下服，一人用而天下從，故曰：式於政，不式於勇；式於廊廟之內，不式於四境之外。當秦之隆，黃金萬鎰為用，轉轂連騎，炫熿於道，山東之國，從風而服，使趙大重。且夫蘇秦，特窮巷掘門、桑戶棬樞之士耳，伏軾樽銜，橫歷天下，廷說諸侯之王，杜左右之口，天下莫之能伉。

這裡作者的評說未免有虛構和誇張之辭，但蘇秦的成功與作用確實不可低估。鮑彪評注說：「縱約者，天下之心，亦其勢也。夫秦有吞天下之心，不盡不止。諸侯皆病之，而欲償之，此其心也。同舟遇風，胡、越之相救，如手足於其頭目，此其勢也。以天下之心，行天下之勢，如水之就下，孰能禦之？」（《戰國策注》）說明蘇秦合縱主張的成功，確是順應一個時期內大國的要求的。司馬遷說：「蘇秦既約六國從親」，「乃投從約書於秦，秦兵不敢闚函谷關十五年」（《史記》〈蘇秦列傳〉），所給予的評價也是相當高的。蘇秦的理想、氣質、智慧、韜略，的確代表了這一時代風雲人物的特徵，是作者寫得最成功的人物之一。

　　說到戰國時期的縱橫家，必然蘇秦、張儀連稱。張儀當然也是縱橫家的一個代表。張儀本是魏人，與蘇秦同師鬼谷子。與蘇秦相同的一點是他也經歷過失敗的痛苦。據《史記》〈張儀列傳〉記載：

> 張儀已學而游說諸侯。嘗從楚相飲,已而楚相亡璧,門下意張
> 儀,曰:「儀貧無行,必此盜相君之璧。」共執張儀,掠笞數
> 百,不服,釋之。其妻曰:「子毋讀書游說,安得此辱乎?」
> 張儀謂其妻曰:「視吾舌尚在不?」其妻笑曰:「舌在也。」儀
> 曰:「足矣。」

這個記載,事實的可信程度如何不可確考,但可以說張儀也是一個有
著堅忍不拔的頑強進取精神的人,而且「舌在足矣」的故事,還說明
張儀更善於以口舌辭說取得成功。長於辭說,這本來就是縱橫家最應
具備的看家本領,也是人物的時代特徵。

　　張儀連橫的主張,主要見於〈秦策一〉〈張儀說秦王章〉。[1]在這
篇洋洋灑灑的長文中,張儀先論述六國合縱抗秦的形勢:「天下陰燕
陽魏,連荊固齊,收餘韓成從,將西南以與秦為難。」但六國內部空
虛、矛盾重重,必不能勝秦。張儀認為,秦國本具備成就霸業統一中
國的條件,然而可惜的是「謀臣皆不盡其忠」,使得秦三失伯王之
道。舉荊、滅魏貽誤了時機,穰侯魏冉又為私利用兵,越韓、魏而攻
齊,以至使秦國內外交困。這都是謀臣用事不當的結果。趙國是六國
合縱抗秦的中心,所謂「趙氏,中央之國也」,不單單僅指地理位
置。然而張儀認為趙國也有許多不能稱雄天下的內外矛盾:「其民輕
而難用,號令不治,賞罰不信,地形不便,上非能盡其民力。彼固亡
國之形也」。特別是長平一戰,秦破趙軍,殺士卒四十五萬人,趙幾
亡國。可惜的是秦沒有乘勝滅趙。趙氏能「慎道」而行,所以能反敗
為勝。因此秦對於趙,不能不特別用心。在分析了秦與六國各自的利
弊之後,張儀提出了散約連橫的方略:

---

[1] 此章與《韓非子》中的〈初見秦〉基本相同,陳奇猷以為「此篇當出於韓非」。郭
　沫若認為是呂不韋游說秦昭王的說辭(見〈《韓非子》〈初見秦篇〉發微〉)。今從
　《戰國策》。

> 臣昧死望見大王，言所以舉破天下之從，舉趙亡韓、臣荊、
> 魏，親齊、燕，以成伯王之名，朝四鄰諸侯之道。大王試聽其
> 說，一舉而天下之從不破，趙不舉，韓不亡，荊、魏不臣，
> 齊、燕不親，伯王之名不成，四鄰諸侯不朝，大王斬臣以徇於
> 國，以主為謀不忠者。(〈秦策一〉)

在這篇說辭中，張儀以歷史作為借鑒，剴切分析了秦國自身的特點，
檢討謀臣之失策與不忠，以舉趙、亡韓、臣荊魏、親齊燕作為連橫的
基本策略，顯示出了張儀作為一個縱橫家的政治才幹。

　　然而在《戰國策》裡，我們更多看到的是張儀是個善使詭計的
「詐偽反覆」之人。他要害樗里疾，故意讓樗里疾使楚，讓楚王為樗
里疾向秦請求相國之位，一面又在秦王面前造樗里疾的謠言，以激怒
秦王，終於使樗里疾逃秦而去。他在秦王面前攻擊陳軫「欲去秦而之
楚」，「常以國情輸楚」，詆毀陳軫。這些都暴露出張儀的一副奸邪小
人心腸。最能體現張儀這一人物特徵的恐怕要數張儀為秦入楚拆散齊
楚聯盟而進行的一番活動。且看〈秦策二〉〈齊助楚攻秦章〉：

> 齊助楚攻秦，取曲沃。其後，秦欲伐齊，齊、楚之交善，惠王
> 患之，謂張儀曰：「吾欲伐齊，齊、楚方歡，子為寡人慮之，
> 奈何？」張儀曰：「王其為臣約車並幣，臣請試之。」
> 張儀南見楚王，曰：「弊邑之王所說甚者，無大大王；唯儀之
> 所甚願為臣者，亦無大大王。弊邑之王所甚憎者，亦無先齊王；
> 唯儀之所甚憎者，亦無大齊王。今齊王之罪，其於弊邑之王甚
> 厚，弊邑欲伐之，而大國與之歡，是以弊邑之王不得事令，而
> 儀不得為臣也。大王苟能閉關絕齊，臣請使秦王獻商於之地方
> 六百里。若此，齊必弱，齊弱則必為王役矣。則是北弱齊，西
> 德於秦，而私商於之地以為利也，則此一計而二利俱至。」

楚王大說，宣言之於朝廷曰：「不穀得商於之田，方六百里。」群臣聞見者畢賀。陳軫後見，獨不賀。楚王曰：「不穀不煩一兵，不傷一人，而得商於之地六百里，寡人自以為智矣。諸士大夫皆賀，子獨不賀，何也？」陳軫對曰：「臣見商於之地不可得，而患必至也，故不敢妄賀。」王曰：「何也？」對曰：「夫秦所以重王者，以王有齊也。今地未可得，而齊先絕，是楚孤也。秦又何重孤國？且先出地絕齊，秦計必弗為也；先絕齊後責地，且必受欺於張儀。受欺於張儀，王必怨之。是西生秦患，北絕齊交，則兩國兵必至矣。」楚王不聽，曰：「吾事善矣，子其弭口無言，以待吾事。」楚王使人絕齊。使者未來，又重絕之。

張儀反，秦使人使齊。齊、秦之交陰合。楚因使一將軍受地於秦。張儀至，稱病不朝。楚王曰：「張子以寡人不絕齊乎？」乃使勇士往詈齊王。張儀知楚絕齊也，乃出見使者，曰：「從某至某廣從六里。」使者曰：「臣聞六百里，不聞六里。」儀曰：「儀固以小人，安得六百里？」使者反報楚王，楚王大怒，欲興師伐秦。陳軫曰：「臣可以言乎？」王曰：「可矣。」軫曰：「伐秦非計也。王不如因而賂之一名都，與之伐齊。是我亡於秦，而取償於齊也，楚國不尚全事。王今已絕齊，而責欺於秦，是吾合齊、秦之交也，固必大傷。」楚王不聽，遂舉兵伐秦。秦與齊合，韓氏從之，楚兵大敗於杜陵。故楚之土壤、士民非削弱，僅以救亡者，計失於陳軫，過聽於張儀。

張儀要拆散齊楚聯盟，針對楚懷王貪婪的弱點，投其所好，甜言蜜語，以獻商於之地六百里的謊言哄騙楚懷王與齊絕交。等到楚使者來秦受地，張儀又稱病不朝。直到得知楚、齊已公開決裂了，張儀於是耍賴：「儀固以小人，安得六百里哉？」完全是一副奸詐無賴的政客

嘴臉。張儀在楚懷王面前，歷來慣於耍弄兩面派的手法。楚懷王十六年，張儀至楚時就是如此。〈楚策三〉〈張儀之楚〉記載：

> 張儀之楚，貧。舍人怒而歸。……當是之時，南后、鄭袖貴於楚。張子見楚王，楚王不說。張子曰：「王無所用臣，臣請北見晉君。」楚王曰：「諾。」張子曰：「王無求於晉國乎？」王曰：「黃金、珠、璣、犀、象出於楚。寡人無求於晉國。」張子曰：「王徒不好色耳？」王曰：「何也？」張子曰：「彼鄭、周之女，粉白墨黑，立於衢閭，非知而見之者，以為神。」楚王曰：「楚，僻陋之國也，未嘗見中國之女如此其美也，寡人之獨何為不好色也？」乃資之以珠玉。
>
> 南后、鄭袖聞之大恐，令人謂張子曰：「妾聞將軍之晉國，偶有金千斤，進之左右，以供芻秣。」鄭袖亦以金五百斤。
>
> 張子辭楚王曰：「天下關閉不通，未知見日也，願王賜之觴。」王曰：「諾。」乃觴之。張子中飲，再拜而請曰：「非有他人於此也，願王召所便習而觴之。」王曰：「諾。」乃召南后、鄭袖而觴之。張子再拜而請曰：「儀有死罪於大王。」王曰；「何也？」曰：「儀行天下徧矣，未嘗見人如此其美也。而儀言得美人，是欺王也」王曰：「子釋之。吾固以為天下莫若是兩人也。」

張儀本已失歡於楚懷王，然臨走時又以中原之美女來吊楚懷王的胃口，沒想到得到了意外的收穫，不但楚王歡心，南后、鄭袖也用重金賄賂張儀。張儀只略施小計，便由貧轉富了。由此的確可見張儀的心計。正因為如此，當楚懷王受騙於張儀，又兵敗割城之後，向秦王要張儀，張儀敢於自動請行，因為他早已和楚國的靳尚、鄭袖等人勾結在　起，楚懷王也已奈何不得了。在《戰國策》作者的筆下，張儀把

一個天真昏庸的楚懷王玩弄於股掌之上，連一點信義也不用講，留下的只有出爾反爾，詭計多端。這也是縱橫策士多為後人詬罵的原因。司馬遷在〈張儀列傳〉的論贊裡說：「夫張儀之行事甚於蘇秦，然世惡蘇秦者，以其先死，而儀振暴其短以扶其說，成其衡道。要之，此兩人真傾危之士哉！」司馬遷對張儀的評價是公允的。蘇秦和張儀皆善於「權變之術」，然而蘇秦的頑強、自信，與張儀的詐偽、無賴，二者皆有所不同，前者尚能引起人們的讚歎，後者留下的更多是憎惡。司馬遷對蘇秦的評價是：「夫蘇秦起閭閻，連六國縱親，此其智有過人者。吾故列其行事，次其時序，毋令獨蒙惡聲焉（《史記》〈蘇秦列傳〉）。」由此可見這些策士們在漢代人心目中的印象。

　　陳軫和公孫衍是張儀的政敵，在《戰國策》裡，他們又顯現出與張儀各不相同的風貌。張儀多次在秦王面前攻擊陳軫。陳軫向秦王坦然承認自己「欲去秦之楚」，但又以孝己、子胥、良婦、僕妾自比，說明自己「忠而見棄」的委曲。他對秦惠王所講的「楚人有兩妻者」，的故事，形象地說有了一心事二主的人必不能被人所容，由此來說明自己的忠心，可以看出他的機智與善辯。（見〈秦策一〉〈張儀又惡陳軫於秦王〉及〈陳軫去楚之秦〉）在楚國，楚懷王惑於張儀商於之地六百里的引誘，答應與齊絕交，君臣皆賀，獨陳軫不賀。不但如此，陳軫幾乎是一眼就看穿了張儀所要弄的陰謀。楚懷王受欺之後，欲興師伐秦，又是陳軫一人反對伐秦，並提出了補救的辦法。（見前引〈秦策二〉〈齊助楚攻秦〉）這些，足見陳軫作為一個謀臣目光犀利、料事明切、慮事周密的特點。

　　至於公孫衍與張儀之間，鬥爭似乎更加白熱化。秦惠王一死，公孫衍便設計困窘張儀。〈秦策二〉記載：「秦惠王死，公孫衍欲窮張儀。李讎謂公孫衍曰：『不如召甘茂於魏，召公孫顯於韓，起樗里子於國。三人者，皆張儀之仇也。公用之，則諸侯必見張儀之無秦矣。』」這個計策，窮張儀而不露痕跡。然公孫衍並沒就此罷休，甚

至挑撥義渠君（戎人）進攻秦國以窮張儀。（〈秦策二〉〈義渠君之魏〉）為了邀寵爭權，公孫衍已不惜引誘外族入侵。可見在他眼裡，個人的利益與權位高於一切。公孫衍是要弄權術、陰謀暗算的行家裡手，連張儀也不是他的對手。公孫衍為梁擊齊而不勝，張儀以梁相國身分去齊國合連橫之親。公孫衍要破壞此事，故意在衛君面前為張儀祝千秋之壽，第二天又為之送行到齊國邊境，這一來，齊王再也不相信張儀了。（〈齊策二〉〈犀首以梁為齊戰於承匡而不勝〉）公孫衍的老謀深算奸詐詭譎，在許多章節裡被寫得淋漓盡致。

　　《戰國策》中所寫的游士策士之中，還有一類人物，就是那些仗劍行義的俠士。他們可以荊軻、聶政、豫讓為代表。這些人有一個共同的特點，就是見義勇為，不畏強暴，重然諾，輕死生，敢於為反抗強暴而赴湯蹈火、壯烈犧牲。荊軻是一位反抗暴秦的英雄。當六國將為秦滅亡殆盡之時，燕太子丹欲以行刺秦王政來挽回敗局，於是重托荊軻以行事。與荊軻刺秦王之事有關的一些人物，如田光、樊於期、秦武陽、高漸離等，也都是具有俠義肝腸的人（請注意，在聶政的身旁也有一個俠義肝腸的人物作陪襯，就是其姊娙聶娙。[2]這一點，很值得玩味。）在當時崇尚行俠的文化背景之中，荊軻是這些俠士的典型代表之一。當荊軻得到樊於期的頭顱、徐夫人的匕首之後，於易水之上壯別眾人，攜武陽與「燕之督亢之地圖」，慷慨高歌，長驅入秦。到了秦國，在戒備森嚴的秦庭之上，「年十二殺人」的秦武陽嚇得變了臉色，而荊軻卻泰然自若，向秦王獻圖：

　　　　軻既取圖奉之，發圖，圖窮而匕首見。因左手把秦王之袖，而
　　　　右手持匕首揕抗之。未至身，秦王驚，自引而起，絕袖。（〈燕
　　　　策三〉）

2　《戰國策》原只稱「政姊」，未稱「聶娙」，鮑彪本「姊」下有「娙」字。

可惜沒有刺中秦王，但是荊軻死也沒有屈服：

> 軻廢，乃引其匕首提秦王，不中，中柱。秦王復擊軻，被八
> 創。軻自知事不就，倚柱而笑，箕踞以罵曰：「事所以不成
> 者，乃欲以生劫之，必得約契以報太子也。」左右既前斬荊
> 軻，秦王目眩良久。（〈燕策三〉）

這是多麼英雄的氣概！荊軻刺秦王，事雖不成，但給予秦王的震懾，
恐怕並不亞於一次大戰的失敗。可以說，從荊軻身上體現出來的，不
單單是荊軻個人的為報答知己而具有的重義輕生、不惜犧牲的精神，
同時也體現出六國愛國志士悲憤於祖國之將亡、痛恨於強秦的淩暴寧
死不辭的愛國情操。這也正是荊軻的故事之所以能激勵歷代的文人、
愛國者如陶淵明、辛棄疾、黃遵憲等人的原因。

　　〈韓策二〉〈韓傀相韓〉章記載了另一勇士聶政的事蹟。聶政，
本是齊國軹地深井里的一名屠者，為嚴遂所知，於是感恩報德，為嚴
遂刺殺韓相國韓傀。這也是一個失敗的英雄。他之感人之處，似乎更
在於臨死之前的壯烈：「聶政直入，上階刺韓傀。韓傀走而抱哀侯，
聶政刺之，兼中哀侯，左右大亂。聶政大呼，所殺者數十人。因自皮
面抉眼，自屠出腸，遂以死。」歷來許多注本選本介紹聶政事蹟，都
說他不過是「士為知己死」的典型，似乎無甚可取。其實聶政之刺韓
傀，亦體現出反抗強暴、伸張正義的思想意義，郭沫若曾說：「據
《史記》，嚴仲子與俠累（即嚴遂與韓傀）的關係只說了『有如』兩
個字，這實在不夠味。到底誰曲誰直，我們都無從知道，只是有點私
仇而己，這實在不夠味。但《戰國策》要周到些，揭示了『嚴遂政議
直指，舉韓傀之過，韓傀以之叱之於朝。嚴遂拔劍趨之，以救解』的
這些事實。我們據此可以知道嚴遂是站在公正的一面，而且性格相當
直率，俠累則不免是怕過拒諫，跋扈飛揚。」（《沫若文集》三〈我怎

樣寫《棠棣之花》〉〉所以，聶政刺韓傀，其事件本身與戰國俠士仗義行俠的文化內蘊是相吻合的。

誠然，「士為知己者用」，「士為知己者死」的報恩思想，在戰國策士身上是相當濃厚地存在著的，這是一種非常普遍的文化思潮。在蘇秦、魯仲連、馮諼這些人身上存在，在俠士身上如荊軻、聶政、豫讓，更是明顯地存在。其中最為突出的恐怕要數豫讓。〈趙策一〉〈晉畢陽之孫豫讓〉記載豫讓刺趙襄子事：

> 晉畢陽之孫豫讓，始事范、中行氏而不說，去而就知伯，知伯寵之。及三晉分知氏，趙襄子最怨知伯，而將其頭以為飲器。豫讓遁逃山中，曰：「嗟乎！士為知己者死，女為悅己者容。吾其報知氏之仇矣！」乃變姓名，為刑人，入宮塗廁，欲以刺襄子。襄子如廁，心動，執問塗者，則豫讓也。刃其扞，曰：「欲為知伯報仇。」左右欲殺之。趙襄之曰：「彼義士也，吾謹避之耳！且知伯已死，無後，而其臣至為報仇，此天下之賢人也。」卒釋之。
>
> 豫讓又漆身為厲，滅鬚去眉，自刑以變其容，為乞人而往乞，其妻不識，曰：「狀貌不似吾夫，其音何類吾夫之甚也？」又吞炭為啞，變其音。其友謂之曰：「子之道甚難而無功，謂子有志則然矣，謂子智則否。以子之才，而善事襄子，襄子必近幸子；子之得近而行所欲，此甚易而功必成。」豫讓乃笑而應之曰：「是為先知報後知，為故君賊新君，大亂君臣之義者無此矣。凡吾所謂為此者，以明君臣之義，非從易也。且夫委質而事人，而求弒之，是懷二心以事君也。吾所為難，亦將以愧天下後世人臣懷二心者。」
>
> 居頃之，襄子當出，豫讓伏所當過橋下。襄子至橋而馬驚。襄子曰：「此必豫讓也。」使人問之，果豫讓。於是趙襄子面數

豫讓曰：「子不嘗事范、中行氏乎？知伯滅范、中行氏，而子不為報仇，反委質事知伯。知伯已死，子獨何為報仇之深也？」豫讓曰：「臣事范、中行氏，范、中行氏以眾人遇臣，臣故眾人報之；知伯以國士遇臣，臣故國士報之。」襄子乃喟然歎泣曰：「嗟乎，豫子！豫子之為知伯，名既成矣，寡人舍子，亦以足矣。子自為計，寡人不舍子。」使兵環之。豫讓曰：「臣聞明主不掩人之義，忠臣不愛死以成名。君前已寬舍臣，天下莫不稱君之賢。今日之事，臣故伏誅，然願請君之衣而擊之，雖死不恨。非所望也，敢布腹心！」於是襄子義之，乃使使者持衣與豫讓。豫讓拔劍三躍，呼天擊之曰：「而可以報知伯矣！」遂伏劍而死。死之日，趙國之士聞之，皆為涕泣。

豫讓要為知伯報仇，不惜多次摧殘自己的肉體，兩次行刺趙襄子不能成功，最後拔劍三躍，擊趙襄子之衣，而後自刎而死。指導他行動的思想是要「明君臣之義」，「士為知己者死」。在趙襄子再三寬容他之後，他認為自己的忠義思想已可以報答知伯、昭示世人，於是自殺。從《戰國策》所描寫的情況看，荊軻、聶政、豫讓這些人的行刺都是不成功的，說明以行刺的手段來對付政敵的策略的不可取。然而戰國又是一個過分地誇大士的作用的時代，「得賢士則存、舍賢士則亡」，「一人用而天下從」的思想普遍地為人們所接受，於是總有些統治者認為憑著某一士人的個人能力或壯烈行動可以改變政局，甚至改變歷史的進程，因此厚遇重用士人。由此也產生了士人與某些統治者之間的依附關係，於是就出現了許多可歌可泣的以死相報的感人故事。丟開這些人的指導思想不談，我們從這些俠士身上看到的是赴湯蹈火獻身精神的偉大與崇高。豫讓「漆身為厲，滅鬚去眉，自刑以變其容」，又「吞炭為啞，變其音」，這是何等堅韌而又悲壯的行為。豫讓之死，與荊軻、聶政一樣，同樣顯得慷慨悲壯，表現出過人的堅

定、勇敢和自我犧牲精神。我們從這些俠士身上看到的不是醜惡、猥瑣、卑劣，而是偉大，悲壯和崇高。所以，俠士這一系列的人物，為《戰國策》中的策士形象增添了奇光異彩。

　　《戰國策》裡寫得最出色的人物，當然是那些縱橫策士。不過作為策士對應人物的各國的國君，在作者的筆下，也顯示出各自的特色，如楚懷王、秦昭王、齊宣王、齊閔王、宋康王、趙武靈王、燕昭王等。這裡略舉幾位，以見這個時代不同類別的君王的個性與形象。

　　楚國到了懷王時期，已是強弩之末，無法與秦國抗衡。而楚懷王又是一個人品非常惡劣的君王，所以國事更是每況愈下。聽了蘇秦的鼓動，楚懷王便欣然參加合縱聯盟，為縱約長以攻秦。出於貪婪的個性，他輕易聽信了張儀的謊言，以為可得六百里地，便匆匆派人與齊斷交，還「寡人自以為智矣」，得意之情溢於言表。楚懷王的貪婪，以到了利令智昏的地步！絕齊之後，還要「重絕之」，又「使勇士往詈齊王」以示態度之堅決，愚鈍到何等地步！知道受騙之後又不聽陳軫之勸，「大怒」，遂舉兵伐秦，結果大敗於杜陵。（見前引〈秦策二〉〈齊助楚攻秦〉）楚懷王的好色，也表現得淋漓盡致。張儀以介紹鄭、周美女給懷王，為自己尋找逃脫的機會，懷王便垂涎三尺，說：「楚，僻陋之國也，未嘗見中國之女如此其美也，寡人之獨何不好色也？」當張儀得南后、鄭袖之賄賂，為懷王言二人之美時，懷王又說：「吾固以為天下莫若是兩人也。」（見〈楚策三〉〈張儀之楚〉）好色之如此，無以復加。懷王寵愛魏美人，然而聽了鄭袖的讒言，又大怒割去美人的鼻子。足見其輕信、暴躁和喜怒無常。這就是集昏庸、愚魯、貪婪、殘暴、好色而又剛愎自用於一身的楚懷王。

　　與楚懷王相比，宋康王更多的是狂妄與殘暴。宋康王輕信太史之占，便「滅滕，伐薛」，略有小勝，野心便隨著急速膨脹起來，「欲霸之亟成」。（這一點很像其乃祖，《左傳》中的宋襄公。）於是「射天笞地」，自以為可以「威服天下鬼神」。在國內，宋康王咒罵年老敢諫

的大臣，劈開駝子的背，砍斷早晨過河人的腿。（見〈宋衛策〉〈宋康王之時〉）像宋康王這樣拒諫飾非，濫施刑罰的，還有一個齊閔王。齊閔王殺了敢於直言的狐爰和宗室陳舉，不久又殺了執政司馬穰苴。（見〈齊策六〉〈齊負郭之民有狐狟咺者〉）宋康王的暴行，終於引起了「國人大駭」，民心離散，於是齊國大舉進攻。齊國則「百姓不附」，「宗室離心」，「大臣不親」，燕人乘機而入。這樣的昏君，最終只落得個身死國滅的下場。

　　戰國時期的策士能夠縱橫馳騁，大顯身手，還在於君王能夠重士、納士，在這方面，可以秦昭王、燕昭王為代表。如前一章所述，秦昭王對待范睢，先是「使人持車召之」（〈秦策三〉〈范子因王稽入秦〉）。初次見面，便給予「庭迎」的禮遇。見面時，「屏左右」、「虛無人」，再三地「跪而請」，不但禮節隆重熱情，而且態度誠摯懇切，一再地表示：「事無大小，上及太后，下至大臣，願先生悉以教寡人，無疑寡人也。」能這樣肝膽相照，所以范睢不但獻「遠交近攻」之策，而且坦陳秦國「四貴專權」的危害。對於范睢的獻策，秦昭王言聽計從，而且還尊之為「父」（見〈秦策三〉〈范睢至秦王庭迎〉）。這的確是一位能虛心重士、納士的君王。與此相同的是，燕昭王也能真誠求士，接納賢者，「卑身厚幣，以招賢者」。他為郭隗「築宮而師之」，表明他求士的誠心。終於招來了樂毅、鄒衍、劇辛等一批賢士，振興了燕國。（見〈燕策一〉〈燕昭王收破燕後即位〉）鮑彪稱讚燕昭王求賢說：「燕昭、郭隗皆三代人也，欲為國雪恥，君臣問對無他言，專欲得賢士而事之，此『無競惟人』之誼也，欲無興，得乎哉？」（《戰國策》鮑彪注）

　　趙武靈王則是一位勇於改革，具有遠見卓識的君王。趙武靈王「胡服騎射」，表面上看是一次軍事改革，本質上也是一場重大的政治改革。趙武靈王改革的目的非常清楚，他說：「今吾國東有河、薄洛之水，與齊、中山同之，而無舟楫之用。自常山以至代、上黨，東

有燕、東胡之境，西有樓煩、秦、韓之邊，而無騎射之備，故寡人且聚舟楫之用，求水居之民，以守河、薄洛之水，變服騎射，以備其參胡、樓煩、秦、韓之邊。」一句話，就是為了富國強兵、抵禦外國外族的入侵。這樣一場移風易俗的大變革，必然遭到保守勢力的反對。趙國公族公子成、趙文、趙造等人均不贊成。公子成認為「襲遠方之服」，乃是「變古之教，易古之道，逆人之心，畔學者，離中國」；趙文認為「衣服有常，禮之制也」，不可輕易改變；趙造則認為「聖人不易民而教，知者不變俗而動，」「胡服騎射」，「非所以教民而成禮也」。對這些反對派的言行，趙武靈王並沒有採用專制壓服的措施，而是表現出罕見的豁達大度，做耐心的說服工作。他親自去見公子成，講清「胡服騎射」的好處；對趙文、趙造，也讓他們充分坦陳己見：「慮無惡擾，忠無過罪，子其言乎！」然後才從理論上和現實意義上來闡述自己的改革的主張：

> 夫服者，所以便用也；禮者，所以便事也。是以聖人觀其鄉而順宜，因其事而制禮，所以利其民而厚其國也。被髮文身，錯臂左衽，甌越之民也。黑齒雕題，鯷冠秫縫，大吳之國也。禮、服不同，其便一也。是以鄉異而用變，事異而禮易。是故聖人苟可以利其民，不一其用；果可以便其事，不同其禮。儒者一師而禮異，中國同俗而教離，又況山谷之便乎？
> ……
> 故勢與俗化，而禮與變俱，聖人之道也；承教而動，循法無私，民之職也。知學之人，能與聞遷；達於禮之變，能與時化。故為己者不待人，制今者不法古。
> ……
> 古今不同俗，何古之法？帝王不相襲，何禮之循？宓戲、神農教而不誅；黃帝、堯、舜誅而不怒。及至二工，觀時而制法，

因事而制禮；法度制令，各順其宜，衣服器械，各便其用。故禮世不必一其道，便國不必法古；聖人之興也，不相襲而王；夏、殷之衰也，不易禮而滅。然則反古未可非，而循禮未足多也。(〈趙策二〉)

這是充滿著改革與變法精神的思想和言論。他用「時移則勢易」的進化觀點，批判了那些因循守舊的保守派，向傳統習慣和保守思想宣戰。趙武靈王攻取原陽之後，把它改為「騎邑」，用來訓練騎兵，遭到牛贊的反對。越武靈王同樣堅定的予以駁斥：

古今異利，遠近易用；陰陽不同道，四時不一宜。故賢人觀時，而不觀於時；制兵，而不制於兵。子知官府之籍，不知器械之利；知兵甲之用，不知陰陽之宜。故兵不當於用，何兵之不可易？教不便於事，何俗之不可變。(〈趙策二〉)

這種隨「時」而變的思想，同樣貫穿在他的軍事思想之中。趙國「胡服騎射」之後，「闢地千里」，說明趙武靈王改革的成功。趙武靈王不愧是一位充沛著戰國時代的朝氣與進取精神的君王。

《戰國策》中描繪的幾位「太后」，也給讀者留下深刻的印象，其中的趙威后、齊君王后和秦宣太后，尤為鮮明。

趙威后，乃趙惠文王妻，趙孝成王之母。《國策》寫趙威后，主要是兩件事。一見於〈齊策四〉〈齊王使使者問趙威后〉，寫趙威后問齊使，先問歲與民，后問王。齊使者不悅，趙威后打出了「苟無歲，何以有民？苟無民，何以有君」的體現著鮮明民本主義思想的旗幟說服齊使者。我們知道，《左傳》裡面已經表現出鮮明的民本主義思想。口號是「夫民，神之主也，是以聖王先成民而後致力於神。」(《左傳》〈桓公六年〉)這種民本思想，重在於把人（即民）從天道

神道的桎梏中解放出來，使「敬天保民」的民本主義思想萌芽得到進一步的發展。趙威后曰：「故有問舍本而問末者耶？」本者，民也；末者，君也。這種鮮明的「民本君末」的思想，實際上是孟子「民貴君輕」的翻版。說明此時，民不但超越了神，也超越了君，民本思想發展到了高峰。趙威后所問的三個人：鍾離子、葉陽子，嬰兒子，他們之所以被重視，也在於能「助王養其民」，「助王息其民」，「率民而出於孝情」，說明趙威后不但洞悉齊國的情況，而且考慮問題的出發點，都在於「養民」、「息民」這一以民為本的基本點上。這些都體現出趙威后的政治遠見。

　　然而就是這樣一個有政治遠見的趙威后，在送長安君質齊以解秦國的進攻時，又顯得糊塗而自私。這就是〈趙策四〉〈趙太后新用事章〉所記趙太后的第二件事情。趙太后堅決不允許少子長安君為質於齊，並揚言：「有復言令長安君為質者，老婦必唾其面！」作為一個「新用事」的太后，在國家危急之時，憐子之情超過了國家利益，未免過於自私和狹隘。只是在左師觸龍動之以情、曉之以理之後，趙威后又能醒悟過來，明白了「位尊而無功，奉厚而無勞」並非真正為長安君打算的道理，毅然改變初衷，「為長安君約車百乘，質於齊」，表明趙威后仍然不失為一位深明大義的貴族婦女。

　　〈齊策六〉所記的齊國的君王后也是一位出色的婦女。與趙威后相比，這位來自於民間的太后，具有更多的人情味，閃耀著智慧的光芒。周赧王三十一年（西元前284年），齊閔王被殺，太子法章（襄王）逃到莒地太史敫家中為之灌園。就在太子落魄逃難之時，太史敫之女愛上了他，「奇法章之狀貌，以為非常人，憐而常竊衣食之，與私焉」。其父責怪她：「女無謀（媒）而嫁者，非吾種王也，汙吾世矣。」因此「終身不睹」。但是君王后卻「不以不睹之故失人子之禮」，說明君王后並非完全蔑視傳統禮法，她不但慧眼獨具，其實也恪守孝道。

　　齊襄王死後，君王后輔佐兒子齊王建治理齊國，「事秦謹，與諸侯信」，在外交上採取了謹慎的措施，利用秦國遠交之計的空隙，使齊國免受強秦的入侵，「以故建立四十有餘年不受兵」，這不能不說是君王后的功勞。但是，君王后事秦，也不是一味的謹慎小心與唯唯諾諾，〈齊策六〉〈齊閔王之遇殺章〉記載：

　　　　秦始皇嘗使使者遺君王后玉連環，曰：「齊多知，而解此環不？」君王后以示群臣，群臣不知解。君王后引椎椎破之，謝秦使曰：「謹以解矣。」

　　這個故事真可令人擊節讚歎！對於秦始皇的挑釁，君王后以其機智和果斷給予堅決的回擊。由此可見，君王后在世時，齊國的安定還建立在齊國本身的自信不屈與不卑不亢的事秦態度上。君王后以椎解玉連環即形象地說明了這一點。君王后病將死時，曾告誡齊王建群臣中誰可重用，齊王建取來筆和木簡準備記錄下來，君王后卻說：「老婦已亡（忘）矣！」這一細節，足見君王后城府之深，用心之細。她臨終之前，仍心繫國事，所以諄諄告誡齊王建；不願書之於簡牘，既「怒建之不心受」（鮑彪注），亦由於不願授人以柄。作為一個貴族婦女，的確顯現出與眾不同的政治才幹。君王后死後，相國後勝接受秦的賄賂，勸齊王建朝秦，又不作抵抗的準備，沒多久，秦國攻入齊國，俘虜齊王建，齊國也就滅亡。相形之下，更顯出君王后在世治齊的功績。

　　與前面兩位貴族婦女相比，秦宣太后更多的是荒淫無恥和極端的自私。秦宣太后是秦惠王之妃，秦昭王之母。就是這個宣太后，先是與義渠戎王私通，誘義渠戎王出入秦宮，並與之生子[3]。嗣後又與魏

3　《史記》〈匈奴列傳〉：「秦昭王時，義渠戎王與宣太后亂，有二子。宣太后詐而殺義渠戎王於甘泉，遂起兵伐殘義渠。」

丑夫私通，「愛魏丑夫」，將死時，竟下令以魏丑夫殉葬。魏丑夫作為
秦宣太后的面首，成為她滿足私欲的工具，因此死了也要帶入棺材之
中。後雖然經庸芮的勸諫而止，已足以證明宣太后的荒淫與自私。
（見〈秦策二〉〈秦宣太后愛魏丑夫〉）楚圍雍氏五月，韓國派尚靳使
秦求救，宣太后竟對尚靳說：

> 妾事先王也，先王以其髀加妾之身，妾固不支也；盡置其身妾
> 之上，而妾弗重也，何也？以其少有利焉。今佐韓，兵不眾，
> 糧不多，則不足以救韓。夫救韓之危，日費千金，獨不可使妾
> 少有利焉？（〈韓策二〉）

這樣粗俗的比喻，既顯示秦宣太后的寡廉鮮恥，也足證其以私利（即
「使妾少有利」）為處理列國外交事務的準則，這種唯利是圖的思想
與她的淫鄙一樣的赤裸裸而毫無遮掩。

秦宣太后用事於秦時，她的驕橫跋扈、獨斷專行聞名於列國。范
睢見秦昭王時，曾直言不諱的告誡秦王：「臣居山東，……聞秦之有
太后、穰侯、涇陽、華陽，不聞其有王」，「今太后擅行不顧，穰侯出
使不報，涇陽、華陽擊斷無諱，四貴備而國不危者，未之有也。」
「今秦太后，穰侯用事，卒無秦王」。（見〈秦策三〉〈范睢至秦〉）秦
宣太后與穰侯魏冉等人勾結，「四貴專權」，已到了危傾秦國的地步，
所以，哪怕是生母，秦昭王也不得不廢黜了她。這說明就是對於秦
國，宣太后已經不是一個政治上聖明的統治者，而是荒淫無恥且又腐
朽醜惡的勢力的代表。

《戰國策》中所寫的人物是眾多的，以上所舉的例子，大體上代
表了各階層的人物，雖不盡全面，然已可以讓人們窺見戰國時期各個
層次不同類別人物的風姿神態來。

第二節　高才秀士的「長短縱橫之術」

　　戰國策士，常被稱為「智士」、「謀士」。多智善謀，是戰國策士們最大的特色。策士們奔走游說、談證論兵、駿雄弘辯，靠的是本身所具備的智慧；他們或獻合縱之策，或主連橫之略，或論遠交近攻之計，都得講究謀略。所以，《戰國策》中策士們的智慧和謀略，不但隨處可見，而且常被誇大得功用無比，神乎其神。

　　智慧的運用，在於深刻地把握種種矛盾的複雜關係，充分利用諸矛盾之間的交叉點與空隙，把握矛盾衝突中所產生的有利機制，利用矛盾，制裁他人。策士游說諸侯，要洞悉天下大勢，熟知各國的歷史和現狀，把握列國之間錯綜複雜的關係與恩恩怨怨，還要準確掌握此時此地人主的心態，投其所好，才能成功。這一點，不論是蘇秦還是張儀，或是其他策士，都顯示出自己特出的智慧與才幹。蘇秦以合縱游說六國，其說辭都有一個共同的特點，即先詳細列舉山東六國各自在政治、經濟、財富、軍事以至文化各個方面的優越條件，說明各國完全可以憑藉自身的條件抗秦，而絕無屈服於秦的道理。這樣，先確立六國君王的自信心，打消其媚顏事秦的卑怯心理。接著，蘇秦或是從橫向比較中，論述山東六國間的相互關係，以示合縱抗秦的可能性；或是作縱向的回顧，以歷史的教訓和經驗，鼓勵六國不畏強暴，聯合抗秦；或是將合縱與連橫之利弊，放在一起權衡比較，從連橫所帶來的為害說明合縱之勢在必行。總之，都圍繞著合縱抗秦的中心而盡情發揮，以體現合縱之策的正確。蘇秦說齊、說楚、說趙、說魏、說韓、說燕之說辭，在一個相同的總原則和模式中，又富有變化。說齊，突出齊與韓、魏、秦的關係；說楚，則誘之以「縱合則楚王」之利；說趙，提出合縱的具體綱領，並願以趙為縱約長；說魏，則誡之以歷史教訓，希望魏王當機立斷；說韓，激之以「韓西面交臂而臣事

秦，無異於牛後」；說燕，則以強趙相威脅，逼其「與趙縱親」。所以，蘇秦游說六國，宗旨不變，而說辭又各有特點。把蘇秦游說六國的說辭組合起來看，可以清楚地看到，縱橫家是如何憑藉著他的智慧和才幹，取得了政治上的成功。

策士們游說人主，表現出來的是軍國大事政治上的智慧與才幹。不唯蘇秦、張儀，其他像范雎、馮諼，都是如此，范雎與秦昭王第一次見面，便針對秦國的內政、外交的現狀，提出了「遠交近攻」的戰略方針，范雎從歷史到現狀，向秦昭王分析了「近交遠攻」策略的錯誤。范雎批評穰侯越過韓魏以攻取齊的剛壽的做法，認為「悉韓、魏之兵」以攻齊，最終只能使韓、魏得利，而落下「主辱軍破，為天下笑」的結果。過去齊湣王伐楚，已有了深刻的教訓。而實行「遠交近攻」的策略，先取魏、韓，再威楚、趙，這樣才能鞏固所取得的土地，即「得寸則王之寸，得尺亦王之尺」，穩步推進。（見〈秦策三〉〈范雎至秦〉）秦對六國應「寸土必爭」，不但如此，秦國還應重視消滅六國的有生力量，即要強調要「毋獨攻其地，而攻其人」。范雎認為：「有攻人者，有攻地者。穰侯十攻魏而不得傷者，非秦弱而魏強也，其所攻者，地也。地者，人主所甚愛也；人主者，人臣之所樂為死也。攻人主之所愛，與樂死者鬥，故十攻而弗能勝也。今王將攻韓圍陘，臣願王之毋獨攻其地而攻其人也。」（〈秦策三〉〈秦攻韓圍陘〉）「攻地」而又「攻人」，這就是范雎智高一籌的地方。范雎的「遠交近攻」的策略，成為指導秦昭王及其後幾代國君吞併六國的基本國策與指導方針，不能不說是范雎智謀的成功。至於大家較熟悉的馮諼，客孟嘗君後，為孟嘗君市義於薛，為孟嘗君經營三窟而高枕無憂，其深謀遠慮，巧用心計，無不表現出一位智者的形象。所以說，秦昭王、孟嘗君，對范雎、馮諼的禮遇，不過是對智慧的膜拜。智慧的運用與發揮，有時也須講究時勢與技巧，才能收到事半功倍的效果。鄒忌諷齊威王納諫就是如此，且看〈齊策一〉：

鄒忌修八尺有餘，而形貌昳麗。朝服衣冠，窺鏡，謂其妻曰：「我孰與城北徐公美？」其妻曰：「君美甚，徐公何能及君也！」城北徐公，齊國之美麗者也。忌不自信，而復問其妾曰：「吾孰與徐公美？」妾曰：「徐公何能及君也！」旦日，客從外來，與坐談，問之客曰：「吾與徐公孰美？」客曰：「徐公不若君之美也！」

明日，徐公來，孰視之，自以為不如；窺鏡而自視，又弗如遠甚。暮寢而思之，曰：「吾妻之美我者，私我也；妾之美我者，畏我也；客之美我者，欲有求於我也。」於是入朝見威王曰：「臣誠知不如徐公美。臣之妻私臣，臣之妾畏臣，臣之客欲有求於臣，皆以美於徐公。今齊地方千里，百二十城。宮婦左右，莫不私王；朝廷之臣，莫不畏王；四境之內，莫不有求於王。由此觀之，王之蔽甚矣！」王曰：「善。」

乃下令：「群臣吏民，能面刺寡人之過者，受上賞；上書諫寡人者，受中賞；能謗議於市朝，聞寡人之耳者，受下賞。」令初下，君臣進諫，門庭若市。數月之後，時時而間進。期年之後，雖欲言，無可進者。

　　鄒忌諷齊威王的目的，是要齊威王廣開言路，認真傾聽各方面的意見，避免閉視塞聽，受人蒙蔽。這樣的用心無疑良苦，然而正面勸諫，恐怕未必能為齊威王所接受。因為齊威王即位九年，將政事一律委於卿大夫，自己沉湎於酒色，不問國家大事。據《史記》〈田敬仲完世家〉記載，鄒忌曾以彈琴喻政，使齊威王深受啟發，立意改革，所以，對於齊威王，進諫的方式是諷諫能否成功的關鍵。鄒忌從與城北徐公比美發端，得出私我者、畏我者、有求於我者，皆有可能「蔽於己」的道理，於是現身說法，隱喻聯想，指出「王之蔽甚矣」的嚴重性。這種方式，實在巧妙。鄒忌的進諫，「善於尋找機會，察顏觀

色，忖度君王心理，委婉曲折地把自己的意見表達出來。其火候是，既要完整明確地表達自己的意見，又不至於觸犯龍顏」[4]，這正體現了鄒忌的智慧。

　　在進諫方面表現出極高技巧的另一個人便是觸龍，上一節已提到，趙威后不肯讓長安君赴齊做人質，並宣佈曰：「有復言令長安君為質者，老婦必唾其面！」這就等於將進諫的大門關死。此時強諫，必勞而無功，且只會觸怒龍顏。觸龍卻繞開本意，先言老病飲食，從老人的日常生活話題聊起，解除趙威后的戒備；接著又從愛子切入，剖析趙威后愛燕後的心態，最後言以利害，終於說服了趙威后。韓非謂游說之難，即難於揣摩人主心理。觸龍卻極善於揣摩趙威后的心理，委婉曲折地將趙威后「步步引入彀中」。在運用智慧使統治者接受自己的進諫上，鄒忌和觸龍都堪稱高手。

　　運用寓言故事來獻計獻策，在《國策》中極為常見，這無疑的也閃耀著策士們智慧的靈光。因下文還將專論《戰國策》的寓言，茲只舉兩例為證。〈齊策一〉〈靖郭君將城薛〉：

> 靖郭君將城薛，客多以諫。靖郭君謂謁者：「無為客通！」齊人有請者曰：「臣請三言而已矣。益一言，臣請烹！」靖郭君因見之。客趨而進曰：「海大魚。」因反走。君曰：「客有於此！」客曰：「鄙臣不敢以死為戲！」君曰：「亡，更言之！」對曰：「君不聞大魚乎？網不能止，鉤不能牽；蕩而失水，則螻蟻得意焉。今夫齊，亦君之水也；君長有齊陰，奚以薛為？夫齊，雖隆薛之城到於天，猶之無益也。」君曰：「善。」乃輟城薛。

4　劉澤華：《中國傳統政治思想反思》（北京市：三聯書店，1987年），頁165。

〈秦策二〉〈楚絕齊，齊舉兵伐楚〉：

> 楚絕齊，齊舉兵伐楚。陳軫謂楚王曰：「王不如以地東解於齊，西講於秦。」
>
> 楚王使陳軫之秦。秦王謂軫曰：「子秦人也，寡人與子故也。寡人不佞，不能親國事也，故子棄寡人事楚王。今齊、楚相伐，或謂救之便，或謂救之不便，子獨不可以忠為子主計，以其餘為寡人乎？」陳軫曰：「王獨不聞吳人之游楚者乎？楚王甚愛之，病，故使人問之曰：『誠病乎？意亦思乎？』左右曰：『臣不知其思與不思，誠思則將吳吟。』今軫將為王『吳吟』。王不聞夫管與之說乎？有兩虎諍人而鬥者，管莊子將刺之，管與止之曰：『虎者，戾蟲，人者，甘餌也。今兩虎諍人而鬥，小者必死，大者必傷，子待傷虎而刺之，則是一舉而兼而虎也。無刺一虎之勞，而有刺兩虎之名。』齊、楚今戰，戰必敗。敗，王起兵救之，有救齊之利，而無伐楚之害。」

　　在第一個故事裡，靖郭君一意孤行要「城薛」，並要杜絕一切忠告。在矛盾陷入僵局的時候，齊人的策略是製造懸念以引誘對方。他僅說出「海大魚」三字便「因反走」，必然引起靖郭君的好奇，使他非探個究竟不可。於是齊人得以留下，取得第一步的成功。接著靖郭君主動要求「更言之」，便進一步為齊人進諫的成功創造了條件。在這個故事中，齊人以「魚水難分」和「蕩而失水」的寓言來比喻薛與齊的關係固然形象而且新鮮，而「海大魚」三字懸念的設置，更可以看出齊人匠心獨運的巧妙。如何準確把握接受進諫者的心理，打開接受者的心靈大門，齊人與鄒忌、觸龍，有異曲同工之妙。第二個故事，包括〈思吳則將吳吟〉和〈一舉而兼兩虎〉兩個寓言。陳軫棄秦事楚，今又為楚王而來。秦王多少有些不高興。陳軫如何表明自己的

心跡呢？言不在多，關鍵是要能形象地表達自己的心曲。「思吳則將吳吟」便形象地表達了陳軫身事楚王而心繫秦國的態度，委婉地冰釋了秦王的怨責。「一舉兼兩虎」，則是陳軫為秦王在楚齊相爭之中應取什麼樣的心態而獻的計策。陳軫本是為楚王求助於秦的，照理該說服秦王如何助楚，然而他卻以「一舉兼兩虎」即「坐山觀虎鬥」、「坐收漁人之利」的暗喻勸秦王坐收其利。這樣的計策，如果明說，未免有點明火執仗，不夠地道，而一則寓言，則將三者的關係和秦應取的策略婉曲而又明白無誤地表達出來，同時又照應了自己「將吳吟」的真誠。戰國策士喜用寓言故事來表情達意，獻計獻策，頗能體現出他們在思維方面的智慧特徵。

智慧的實際運用，轉化為具體的謀略與計策。《戰國策》中，可說是遍載策士們的「奇策異智」，它包括外交鬥爭、戰爭用兵、君臣關係、臣臣關係各個領域。〈韓策一〉〈秦韓戰於濁澤〉記載，秦韓戰於濁澤，韓國危急，韓相國公仲明出了個「以一易二之計」：

> 與國不可恃。今秦之心欲伐楚，王不如因張儀為和於秦，賂之以一名都，與之伐楚。此以一易二之計也。

所謂「以一易二」，即以一名都賄賂秦，然後韓、秦聯合伐楚。這是一個把禍水引向楚國的計策。楚王聽到這個消息，趕忙召陳軫商議，陳軫則來個以其人之道，還治其人之身。陳軫向楚王獻計說：

> 秦之欲伐我久矣，今又得韓之名都一，而具甲，秦、韓並兵南鄉，此秦所以廟祠而求也。今已得之矣，楚國必伐矣。王聽臣，為之徼四境之內選師，言救韓，今戰車滿道路，發信臣，多其車，重其幣，使信王之救己也。（縱）韓為不能聽我，韓必德王也，必不為雁行以來，是秦、韓不和，兵雖至，楚國不

大病矣。為能聽我，絕和於秦，秦必大怒，以厚怨於韓。韓得
楚救，必輕秦；輕秦，其應秦必不敬。是我困秦、韓之兵，而
免楚國之患也。（〈韓策一〉）

　　陳軫的計策，是挑選境內之兵，公開聲言將要救韓，並且不斷派出使
者，帶上豐厚的禮物去韓國，讓韓國相信楚國的承諾，以此來挑撥和
分裂秦韓的聯盟。陳軫的這個計策，其實只不過是個詐術。不料韓王
卻聽信了楚使的謊言，拒絕了公仲明的計策。韓王派使者「絕和於
秦」。這一下，終於激怒於秦國，興師與韓國戰於岸門，而楚救不
至，韓國大敗。一場外交與軍事的鬥爭，取決於計策與智謀的較量。
昏庸的韓王為陳軫的詭詐之計所蒙蔽，因此慘敗。《國策》作者評
曰：「韓氏之兵非削弱，民非蒙愚也，兵為秦禽，智為楚笑，過聽於
陳軫，失計於韓明也。」說明韓國的失敗，就敗在計策上的失誤。

　　在列國爭雄的戰國時期，選擇正確的計謀與策略，影響到國家的
興衰存亡。蘇秦主合縱之計，對六國聯合抗秦起了很大作用。張儀的
連橫之計，范雎的遠交近攻之計，成為秦國削弱六國，統一天下的最
重要的策略。當初蘇秦以連橫說秦不能成功，恐怕還不在於如司馬遷
所說的是「方誅商鞅，疾辯士，弗用」（《史記》〈蘇秦列傳〉），根本
的原因，在於秦惠王所說的「毛羽不豐滿，不可以高飛」，即秦國以
連橫之策滅亡六國的時機尚不成熟。因此，計策的制定，與時機和時
勢有密切關係。在〈秦策一〉〈司馬錯與張儀爭論於秦惠王前〉一章
中，司馬錯與張儀就伐韓與伐蜀展開了激烈的爭論。張儀主張伐韓，
「親魏善楚，下兵三川，塞轘轅、緱氏之口，當屯留之道，魏絕南
陽，楚臨南鄭，秦攻新城、宜陽，以臨二周之郊」，總之，伐韓臨
周，以成就功業。司馬錯則認為條件尚不具備，時機尚不成熟，
「周，天下之宗室也；齊，韓、周之與國也。周自知失九鼎，韓自知
亡三川，則必將二國並力合謀，以因於齊、趙，而求解乎楚魏。以鼎

與楚，以地與魏，王不能禁。」伐韓臨周，只能對秦國構成嚴重威脅：「今攻韓劫天子，劫天子，惡名也，而未必利也，又有不義之名，而攻天下之所不欲，危！」而伐蜀，則「一舉而名實兩附，而又有禁暴正亂之名」，名利雙收。所以秦惠王採納了司馬錯的策略。「蜀既屬，秦益強富厚，輕諸侯」，證明司馬錯謀略的正確。

戰國時期，七強稱雄，小國只能夾縫中求生，如以武力爭雄，必然力不能勝。因此，善於利用大國間的矛盾，轉移矛盾的方向，以智取勝，以計奪人，成為小國斡旋於大國之間苟延殘喘的一個重要鬥爭方式，〈中山策〉〈魏文侯欲殘中山〉篇寫道：

> 魏文侯欲殘中山。常莊談謂趙襄子曰：「魏併中山，必無趙矣。公何不請公子傾以為正妻，因封之中山，是中山復立也。」

魏文侯滅中山，下一個目標是趙國。常莊談的計策，是要趙襄子娶魏君之女公子傾為妻，並封到中山去，這樣，中山保住，趙國也就無被侵之虞。常莊談之計，把矛盾轉移到挑起事端的魏國自己身上，不失為高妙。又據〈中山策〉〈犀首立五王〉篇載，犀首（公孫衍）欲擁立齊、趙、魏、燕、中山五國同時為王。中山是個小國，齊王恥與中山並為王，欲與其他大國共伐中山，廢中山之王。中山君大恐，只好請謀臣張登想辦法。張登先游說齊國的田嬰，告訴田嬰說，齊要廢中山王並聯合趙、魏伐中山，大錯特錯。中山弱小，經不起攻打，必自動放棄王號依附趙、魏。這樣做，齊國是「為趙魏驅羊也」。張登建議齊國召見中山君，讓其稱王，則中山必與趙、魏絕交。趙、魏攻中山；中山必自動放棄王號以求齊保護。這樣，既廢了王號，趙、魏也不能佔便宜。田嬰於是依張登之計而行，讓中山君稱王。張登又趕往趙、魏游說，挑撥兩國說，齊將進攻趙、魏。齊讓中山稱王，就是要

以中山之兵，討伐趙、魏。如此，趙、魏不如先讓中山稱王，以絕齊國與中山之交。趙、魏亦頗以為有理，遂「與中山王而親之。」你看，一個小小的中山，不過依了張登之計，不但稱了王，還免去了兵燹之災。此真所謂「甲兵不出而敵國勝」（〈齊策五〉〈蘇秦說齊閔王〉），計謀的作用遠勝於軍隊的武功。

　　用反間計來對付敵國，在《國策》中也是常見的。如〈東周策〉〈昌他亡西周〉：

> 昌他亡西周，之東周，盡輸西周之情於東周。東周大喜，西周大怒。馮且曰：「臣能殺之。」君予金三十斤。馮且使人操金與書，間遺昌他書曰：「告昌他，事可成，勉成之；不可成，亟亡來亡來。事久且泄，自令身死。」因使人告東周之候曰：「今夕有奸人當入者矣。」候得而獻東周，東周立殺昌他。

馮且之計，則為反間計，他給東周造成假象，以為昌他乃西周之間諜，因此立殺昌他。再如〈趙策四〉〈秦使王翦攻趙〉：

> 秦使王翦攻趙，趙使李牧、司馬尚禦之。李牧數破走秦軍，殺秦將桓齮。王翦惡之，乃多與趙王寵臣郭開等金，使為反間，曰：「李牧、司馬尚欲與秦反趙，以多取封於秦。」趙王疑之，使趙蔥及顏聚代將，斬李牧，廢司馬尚。後三月，王翦因急擊，大破趙，殺趙軍，虜趙王遷及其將顏聚，遂滅趙。

王翦打不過李牧，只好利用反間計除掉李牧，收買趙王寵臣郭開讒害李牧。李牧一死，趙軍也就被擊破。趙君王冠落地，趙國隨之而亡。《孫子兵法》說：「反間者，因其敵間而用之。」又說：「五間之事，主必知之，知之必在於反間，故反間不可不厚也。」看來，戰國策士

也是深諳此法的。

　　策士運用計謀，常以實現某種功利為目的，因此在政治鬥爭、權力爭奪、宮廷內鬥中，陰謀暗算、詐偽翻覆之計，不勝枚舉。〈楚策四〉〈楚考烈王無子〉就是一例。楚國考烈王沒有兒子，當時執政的春申君很是著急，選了許多有生子能力的女子進宮，可惜都未能生育。於是：

> 趙人李園持其女弟欲進之楚王，聞其不宜子，恐又無寵。李園求事春申君為舍人。已而謁歸，故失期。還謁，春申君問狀，對曰：「齊王遣使求臣女弟，與其使者飲，故失期。」春申君曰：「聘入乎？」對曰：「未也。」春申君曰：「可得見乎？」曰：「可。」於是園乃進其女弟，即幸於春申君。知其有身，園乃與其女弟謀。
>
> 園女弟承間說春申君曰：「楚王之貴幸君，雖兄弟不如。今君相楚王二十餘年，而王無子，即百歲後，將更立兄弟。即楚王更立，彼亦各貴其故所親，君又安得長有寵乎，非徒然也？君用事久，多失禮於王兄弟，兄弟誠立，禍且及身，奈何以保相印、江東之封乎？今妾自知有身矣，而人莫知。妾之幸君未久，誠以君之重而進妾於楚王，王必幸妾，妾賴天而有男，則是君之子為王也，楚國封盡可得，孰與其臨不測之罪乎？」春申君大然之。乃出園女弟謹舍，而言之楚王。楚王召入，幸之，遂生子男，立為太子，以李園女弟立為王后。楚王貴李園，李園用事。（〈楚策四〉）

　　李園將自己的妹妹獻給春申君，是要借春申君之手得寵於楚考烈王。在古代，王位的繼嗣是統治者最看重的大事之一。君王無子，常常引發一場繼承權的爭奪戰。考烈王無子，便給李園施展陰謀以可乘

之機。他捏造一個齊王求親的故事以抬高妹妹的身價，輕易取信於春
申君。又蠱惑春申君而貴寵於楚考烈王，把持了楚國的政柄。後來李
園殺春申君，立楚幽王，在楚國著實為亂了一陣，都是得逞於他的詭
詐陰謀。李園的詭計，與眾所熟知的呂不韋立秦異人如出一轍。借助
身外的勢力，以達到自身難以企及的功利目的，是他們耍弄陰謀的共
同特點。

再如〈楚策二〉〈楚王將出張子〉篇：

> 楚王將出張子（張儀），恐其敗己也。靳尚謂楚王曰：「臣請隨
> 之，儀事王不善，臣請殺之。」
> 楚小臣，靳尚之仇也，謂張旄曰：「以張儀之知，而有秦、楚
> 之用，君必窮矣。君如使人微要靳尚而刺之，楚王必大怒儀
> 也。彼儀窮，則子重矣。楚、秦相難，則魏無患矣。」張旄果
> 令人要靳尚刺之。楚王大怒秦，構兵而戰。秦、楚爭事魏，張
> 旄果大重。

楚王怒張儀，靳尚要為楚王殺張儀。魏人張旄依照「楚小臣」之
計，派人暗殺了靳尚，以嫁禍於張儀。楚小臣這種嫁禍於人之計，可
謂一石三鳥：楚小臣除了仇人靳尚；秦楚構怨，魏得以無患；張旄大
受重用。這個不知名的「楚小臣」，也是一位善施奇計的策士。

策士利用自己的善謀奇計，使自己在政治上得到重用，或是鞏固
自己的政治地位，在《國策》的記載中，何止張旄一個。〈中山策〉
中的司馬熹也是同類。〈中山策〉〈司馬熹三相中山〉篇記載：

> 司馬熹三相中山，陰簡難之。
> 田簡謂司馬熹曰：「趙使者來屬耳，獨不可語陰簡之美乎？趙
> 必請之。君與之，即公無內難矣；君弗與趙，公因勸君立之以

為正妻。陰簡之德公，無所窮矣。」果令趙請，君弗與。司馬
熹曰：「君弗與趙，趙王必大怒，大怒則君必危矣。然則立以
為妻，固無請人之妻不得而怨人者也。」

此事同策〈陰姬與江姬爭為后〉篇記得更為詳細。司馬熹得罪了
陰簡（即中山君的妃子陰姬），當然威脅到自己的地位。司馬熹依田
簡之計，在趙國使者面前大肆渲染陰姬的美貌，慫恿趙國來求陰姬。
回頭又為陰姬向中山君說情，勸立陰姬為正妻，以絕趙王之奢望。這
樣一來，陰姬對司馬熹竟不但消除了仇怨，反而還感恩戴德呢。君王
身邊的姬妾，既可能成為臣子進身的工具，亦可能成為被黜的禍端，
所以臣下策士們往往不惜在她們的身上做文章。〈齊策三〉〈齊王夫人
死〉所記之事也是這樣：「齊王夫人死，有七孺子（美女）皆近。薛
公欲知王所欲立，乃獻七珥，美其一，明日，視美珥所在，勸王立為
夫人。」薛公要揣測齊王之所愛，故獻七珥而美其一。一旦摸清齊王
內心之所愛，便勸立為夫人，這樣，立為夫人的孺子必然感激薛公，
薛公便可加重自己在齊王面前的籌碼。薛公此計，可謂別出心裁。
　　計策用之於宮闈鬥爭，最生動之例莫過於「鄭袖劓美人鼻」的故
事。且看〈楚策四〉〈魏王遺楚王美人〉篇：

魏王遺楚王美人，楚王說之。夫人鄭袖知王之說新人也，甚愛
新人：衣服玩好，擇其所喜而為之，宮室臥具，擇其所善而為
之。愛之甚於王。王曰：「婦人所以事夫者，色也；而妬者，
其情也。今鄭袖知寡人之說新人也，其愛之甚於寡人，此孝子
之所以事親，忠臣之所以事君也！」
鄭袖知王以己為不妬也，因謂新人曰：「王愛子美矣。雖然，
惡子之鼻。子為見王，則必掩子鼻。」新人見王，因掩其鼻。
王謂鄭袖曰：「夫新人見寡人，則掩其鼻，何也？」鄭袖曰：

「妾知也。」王曰：「雖惡必言之。」鄭袖曰：「其似惡聞君王
之臭也。」王曰：「悍哉！」令劓之，無使逆命。

鄭袖雖不是策士，但是在那個策士縱橫、棄仁義而用詐譎的時代
氛圍中，宮闈鬥爭也必然有著計謀的較量。鄭袖心懷妒火，表面上卻
不動聲色，似乎比楚王更愛新人，以蒙蔽楚王和新人。一俟時機成
熟，便施之以毒計，讒害新人，使楚王下令割掉新人的鼻子，輕易地
除掉了對手。鄭袖的計謀是成功的。但是，一個口蜜腹劍、狠毒狡詐
的妒婦形象也更深刻地留於後人心中。

《戰國策》的作者是十分強調智慧和計謀的重要作用的，這些高
才秀士的奇策異智，可以轉危為安，救亡為存，變害為利，振弱為
強，可以抵上列國的千軍萬馬。作者不但推崇這些奇謀異智，而且有
意識地予以誇大。如前一章已提到的，作者記蘇秦力主合縱之策成功
之後評論說：「當此之時，天下之大，萬民之眾，王侯之威，謀臣之
權，皆欲決蘇秦之策。不費鬥糧，未煩一兵，未戰一士，未絕一弦，
未折一矢，諸侯相親，賢於兄弟。夫賢人在而天下服，一人用而天下
從。故曰：式於政，不式於勇；式於廊廟之內，不式於四境之外。」
這顯然是誇張之詞。在《國策》作者看來，如孫子所說的，「不戰而
屈人之兵」乃是戰爭的最高境界。所以〈齊策五〉〈蘇秦說齊閔王〉
中說：「故明君之攻戰也，甲兵不出於軍而敵國勝，衝櫓不施而邊城
降，士民不知而王業至矣。」「攻戰之道，非師者，雖有百萬之軍，
比之堂上；雖有闔閭、吳起之將，禽之戶內；千丈之城，拔之尊俎之
間；百尺之衝，折之在衽席之上。」要「不戰而屈人之兵」，就要
「伐謀」，要「未戰而廟算勝」（《孫子兵法》），即以智謀和計策取
勝。范雎相秦，「計不下衽席，謀不出廊廟，坐制諸侯，利施三川」，
「使天下皆畏秦」（〈秦策三〉〈蔡澤見逐於趙〉）；齊威王能「戰勝於
朝廷」，靠的是鄒忌的妙計（〈齊策一〉〈鄒忌修八尺有餘〉）。唐雎為

安陵君劫秦王成功，全憑唐雎的智勇（〈魏策四〉〈秦王使謂安陵君〉）。相反，如果計失聽過，謀略失當，輕則損兵折將，重則王冠落地、身死國滅。楚懷王誤信張儀「獻商於之地六百里」的謊言，事後又不用陳軫賂秦伐齊之計，「計失於陳軫，過聽於張儀」，終於「大敗於杜陵」（〈秦策二〉〈齊助楚攻秦〉）；岸門之戰，韓王不納公仲朋「以一易二」之計，結果大敗，「兵為秦禽，智為楚笑」，貽笑後人（見前〈韓策一〉〈秦韓戰於濁澤〉）。諸如此類的例子，在《國策》之中同樣舉不勝舉。因此，作者曾語重心長地說：「計聽知覆逆者，唯王可也。計者，事之本也；聽者，存亡之機。計失而聽過，能有國者寡也。故曰：『計有一二者難悖也，聽無失本末者難惑。』」意即善於採納計謀，預知未來事變的，要稱王天下，也不難做到；反之，「計失而聽過」，欲享有國祚，難哪！可見，把智謀和計策推崇到何等地步！

　　智謀策略是策士的資本，反映了知識階層的智慧與價值，作者大力崇尚智謀策略，與其重士貴士的思想傾向是相一致的，同樣也是一種歷史的進步。當然，把智謀策略誇大甚至吹噓到神乎其神的程度，這是不必要的，也是不妥當的。不過，作者描繪了眾多的奇智異策的詭譎多變與成功，無疑的為策士這一人物群像增添了異彩。

第十章

《戰國策》的文學成就

第一節　寫人藝術的新發展

　　和《左傳》相比，《國策》的寫人藝術有了更新的發展。《左傳》在言事相兼的敘史中塑造了生動的人物形象，但畢竟受體例所限，分年記事，篇章分散。《國策》基本上獨立成章，每篇一事，因此人物描寫和人物塑造更加集中，情節更加完整；又因為它常不拘於歷史的真實，有更多的虛構、誇張和渲染，敘事更加生動。《戰國策》中的不少篇章，如〈蘇秦以連橫說秦王〉、〈甘羅十二出使〉、〈齊助楚攻秦〉、〈濮陽人呂不韋賈於邯鄲〉、〈馮諼客孟嘗君〉、〈豫讓刺趙襄子〉、〈魯仲連義不帝秦〉、〈聶政刺韓傀〉、〈荊軻刺秦王〉等等，已經初具獨立成篇的人物傳記的特徵，這，無疑的顯示出先秦史傳散文在人物描寫方面又向前跨出了一大步。

　　我們且以〈齊策四〉〈馮諼客孟嘗君〉為例，分析一下《戰國策》人物描寫的藝術成就。此篇雖為名篇，為大家所熟悉，仍不妨引錄如下：

　　　　齊人有馮諼者，貧乏不能自存，使人屬孟嘗君，願寄食門下。孟嘗君曰：「客何好？」曰：「客無好也。」曰：「客何能？曰：「客無能也。」孟嘗君笑而受之，曰：「諾。」左右以君賤之也，食以草具。居有頃，倚柱彈其劍，歌曰：「長鋏歸來乎！食無魚。」左右以告。孟嘗君曰：「食之，比門下之客。」居有頃，復彈其鋏，歌口：「長鋏歸來乎！出無車。」

左右皆笑之，以告。孟嘗君曰：「為之駕，比門下之車客。」
於是乘其車，揭其劍，過其友，曰：「孟嘗君客我！」後有
頃，復彈其劍鋏，歌曰：「長鋏歸來乎！無以為家。」左右皆
惡之，以為貪而不知足。孟嘗君問：「馮公有親乎？」對曰：
「有老母。」孟嘗君使人給其食用，無使乏。於是馮諼不復
歌。後孟嘗君出記，問門下諸客：「誰習計會，能為文收責於
薛者乎？」馮諼署曰：「能。」孟嘗君怪之，曰：「此誰也？」
左右曰：「乃歌夫『長鋏歸來』者也！」孟嘗君笑曰：「客果有
能也！吾負之，未嘗見也。」請而見之，謝曰：「文倦於事，
憒於憂，而性？愚，沉於國家之事，開罪於先生。先生不羞，
乃有意欲為收責於薛乎？」馮諼曰：「願之。」於是約車治
裝，載券契而行，辭曰：「責畢收，以何市而反？」孟嘗君曰：
「視吾家所寡有者。」驅而之薛，使吏召諸民當償者，悉來合
券。券徧合，起矯命，以責賜諸民，因燒其券，民稱萬歲。
　　長驅到齊，晨而求見。孟嘗君怪其疾也，衣冠而見之，曰：
「責畢收乎？來何疾也！」曰：「收畢矣。」「以何市而反。」
馮諼曰：「君云『視吾家所寡有者』，臣竊計，君宮中積珍寶，
狗馬實外廄，美人充下陳，君家所寡有者，以義耳。竊以為君
市義。」孟嘗君曰：「市義奈何？」曰：「今君有區區之薛，不
拊愛子其民，因而賈利之。臣竊矯君命，以責賜諸民，因燒其
券，民稱萬歲。乃臣所以為君市義也。」孟嘗君不說，曰：
「諾，先生休矣！」後期年，齊王謂孟嘗君曰：「寡人不敢以
先王之臣為臣！」孟嘗君就國於薛。未至百里，民扶老攜幼，
迎君道中。孟嘗君顧謂諼：「先生所為文市義者，乃今日見
之！」
　　馮諼曰：「狡兔有三窟，僅得免其死耳。今君有一窟，未得高
枕而臥也。請為君復鑿二窟。」孟嘗君予車五十乘，金五百

斤，西游於梁，謂惠王曰：「齊放其大臣孟嘗君於諸侯，諸侯
先迎之者，富而兵強。」於是梁王虛上位，以故相為上將軍，
遣使者，黃金千斤，車百乘，往聘孟嘗君。馮諼先驅，誡孟嘗
君曰：「千金，重幣也；百乘，顯使也。齊其聞之矣！」梁使
三反，孟嘗君固辭不往也。

齊王聞之，君臣恐懼，遣太傅齎黃金千斤，文車二駟，服劍
一，封書謝孟嘗君曰：「寡人不祥，被於宗廟之祟，沉於諂諛
之臣，開罪於君，寡人不足為也。願君顧先王之宗廟，姑反國
統萬人乎！」馮諼誡孟嘗君曰：「願請先王之祭器，立宗廟於
薛！」廟成，還報孟嘗君曰：「三窟已就，君姑高枕為樂
矣！」

孟嘗君為相數十年，無纖介之禍者，馮諼之計也。

這宛如一篇策士馮諼的傳記。首先，作者非常注重選材，選取了「馮
諼彈鋏而歌」、「焚券市義」、「西游於梁」、「立宗廟於薛」這幾個重要
事件來塑造馮諼這一人物。馮諼的出場，常被人認為怪誕甚至有些滑
稽，其實，作者是匠心獨運地採用先抑後揚的手法，突出戰國策士們
放任不羈和驕逸不群的性格。馮諼再三彈鋏而歌，追求待遇，這種有
悖於儒家傳統的行為，既表現了戰國策士不恥言利的思想本質，又體
現了他的深邃的城府與策略，即摸清孟嘗君是否真正有「好士」的
誠意。

其後，作者便緊扣住善出「奇策異智」的特徵來寫馮諼。馮諼為
孟嘗君營造「三窟」，第一窟就是「市義於薛」，收買薛地人心。在追
求利祿的濃重世風之中，馮諼卻一反常規，「以責（債）賜諸民」。在
世俗之人眼裡（包括孟嘗君），未免近乎荒唐。市義者，收買人心
也。追求利祿，是策士們的人生哲學與行為準則，但是，一旦他們認
識到放棄某些短暫的好處，可以獲取更大的利益時，便不惜投下最大

的賭注，這與呂不韋所說的「立國家之主贏利無數」，在本質上是一樣的。所以當孟嘗君被廢黜相位，就國於薛時，不能不猛然醒悟道：「先生所為文市義者，乃今日見之！」由此可看出馮諼的深謀遠慮。不唯如此，策士的智慧之所以高出於常人者，即他們不滿足於現狀和短暫的成功，而能夠以犀利的眼光預見並籌畫於未來。收債於薛之後，馮諼馬上又西游於梁，用在國外提高孟嘗君聲望的計策，為恢復孟嘗君的相位而努力。這樣一來，齊王大為驚恐，只好趕快恢復了孟嘗君的相位，二窟告成。「立宗廟於薛」，是馮諼為孟嘗君所造的第三窟。馮諼為孟嘗君所計，是長久的萬全之策，而不是偏安一時。宗廟是國家權力的象徵，孟嘗君是齊國宗室，宗廟立於薛，齊國就有義務全力保護薛地，至此，孟嘗君才能夠真正「高枕無憂」了。作者寫馮諼，成功地寫出這個特立獨行的高才秀士的卓越的才智，深邃的政治眼光和慎密的計策，這就是洋溢著時代精神的策士形象。

　　作者已善於在一篇之中比較集中地描繪人物，並運用多種藝術手法去塑造人物形象。這一點，不但在〈馮諼客孟嘗君〉一篇中可見，在其他許多篇章中也是非常鮮明的。

　　首先，作者已經有意識的以某個人物為核心，剪裁結構，描繪傳神的人物形象。〈馮諼客孟嘗君〉以馮諼為核心人物，寫馮諼的異智奇策。孟嘗君及其「左右」之人，實際上只是個陪襯而已。〈齊助楚攻秦〉，寫張儀的詭譎狡詐，如何一步一步地引誘楚懷王上鉤。〈蘇秦始將連橫〉寫蘇秦的堅毅不屈，〈甘羅十二出使〉寫甘羅的少年聰慧，〈豫讓刺趙襄子〉寫豫讓的俠肝義膽，〈聶政刺韓傀〉寫聶政的隱忍壯烈，〈唐雎不辱使命〉寫唐雎的不畏強暴，〈荊軻刺秦王〉寫荊軻的捨生赴義，等等，都是以一個人物為核心來剪裁結構，謀篇佈局的。而且，從人物出場到最後的結局，情節完整。不但如此，許多篇章的篇末，常常有作者的論斷，有的置於篇中，恰似後來《史記》中的「太史公曰」。如〈馮諼客孟嘗君〉篇末曰：「孟嘗君為相數十年，

無纖介之禍者，馮諼之計也。」〈齊助楚攻秦〉篇末曰：「故楚之土壤士民非削弱，僅以救亡者，計失於陳軫，過聽於張儀。」〈鄒忌諷齊威王〉篇末曰：「此所謂戰勝於朝廷。」這樣，無論從謀篇佈局，還是文體結構，都可看出鮮明的以寫人為中心的紀傳體式作品的雛型。

　　作者常以傳神的形態描繪，把人物寫得栩栩如生。如寫馮諼三次彈鋏而歌，高興時「乘其車，揭其劍，過其友」，違俗不群和洋洋得意之神態，躍然紙上。寫蘇秦說秦失敗之後：「乃夜發書，……伏而誦之，簡練以為揣摩。讀書欲睡，引錐自刺其股，血流至足。曰：『安有說人主，不能出其金玉錦繡，取卿相之尊者乎？』」刻畫蘇秦頑強的性格和不可毀滅的名利之心。豫讓「漆身為厲，滅鬚去眉，自刑以變其容，為乞人而往乞，其妻不識，曰『狀貌不似吾夫，其音何類吾夫之甚也？』又吞炭為啞，變其音。」從形態、容貌、聲音寫豫讓自殘其身，立志報仇。司馬憙向趙王吹噓中山陰姬之美時描述說：「不知者，特以為神，力言不能及也。其容貌顏色，固已過絕人矣。若乃其眉目准頻權衡，犀角偃月，彼乃帝王之后，非諸侯之姬也。」（〈中山策〉〈陰姬與江姬爭為后〉）不由使人想起宋玉的「東家之子，增之一分則太長，減之一分則太短，著粉則太白，施朱則太赤……」（〈登徒子好色賦〉）的描寫。上述這些神來之筆，入木三分地刻畫出作者所描繪的人物形象。

　　第二，由於以刻畫某一人物為中心，所以作者常在主要人物與次要人物的對比中顯現人物性格。在〈馮諼客孟嘗君〉中，作者寫「左右以君賤之也，食以草具」、「左右以告」、「左右皆笑之」、「左右皆惡之，以為貪而不知足」，從「左右之人」的勢利眼光之中突出馮諼的矯逸不群；從孟嘗君的「笑而受之」、「怪之」、「不說（悅）」來突出馮諼的卓越才智，表現「士」貴於人主的思想。再如，張儀南見楚懷王，以甜言蜜語誘騙懷王，終於使懷王中計。楚懷王的昏庸、愚蠢，與張儀的狡詐、陳軫的明辨，形成鮮明的對比（〈齊助楚攻秦〉）。

　　在一些短章之中，人物形象的對比也是非常鮮明的。如〈楚策四〉〈魏王遺楚王美人〉篇，鄭袖之刻毒工讒，在與楚懷王的信讒昏庸、魏美人的憨厚無辜相比較中，尤為深刻。再如〈魏策一〉〈魏公叔痤病〉：

> 魏公叔痤病，惠王往問之，曰：「公叔病，即不可諱，將奈社稷何？」公叔痤對曰：「痤有御庶子公孫鞅，願王以國事聽之也。為弗能聽，勿使出竟。」王弗應，出而謂左右曰：「豈不悲哉！以公叔之賢，而謂寡人必以國事聽鞅，不亦悖乎！」公叔痤死，公孫鞅聞之，已葬，西之秦，孝公受而用之。秦果日以強，魏日以削。此非公叔之悖也，惠王之悖也。悖者之患，固以不悖者為悖。

　　公叔痤臨死前向魏惠王推薦公孫鞅（即商鞅），謂鞅可大用。即使不用，也不可使人才外流。魏惠王不但不用公孫鞅，反而責怪公叔痤糊塗。公孫鞅不見用，去魏入秦，在秦國受到了重用。在此篇中，公叔痤的知人善薦，深思遠慮與魏惠王的自作聰明，昏昧拒諫，形成鮮明對比。在《戰國策》中，以對比描寫的例子還可以舉出很多，如顏斶與齊宣王、唐雎與秦始皇、虞卿與樓緩、魯仲連與辛垣衍、荊軻與秦武陽等，均可見出作者的藝術匠心。

　　第三，細節運用得更加自覺。在《戰國策》中，細節的運用主要不是作為歷史事件的細部加以記載，而是與展現人物個性自覺地聯繫在一起。馮諼三次彈鋏而歌的細節，分明不是歷史事件的部件，而是戲劇性地表現戰國策士灑脫不羈的精神風貌。孟嘗君接待馮諼時的幾次「笑」，細膩地揭示了孟嘗君不同時地的微妙的心理內涵。秦昭王迎范雎，「屏左右」、「虛無人」、「跪而請」、「跽曰」，一系列的細節描寫，寫出秦昭王的求士心切與誠摯態度；范雎的「唯唯」者三，說明

他的城府之深（〈秦策三〉〈范雎至秦〉）。魯仲連為趙解除邯鄲之圍，平原君「欲封魯仲連」，而「魯仲連辭讓者三」則昇華了「為人排患，釋難，解紛亂而無所取」的「高士」品質（〈趙策三〉〈秦圍趙之邯鄲〉）。再如，齊宣王見顏斶，「斶前」、「王前」兩個細節，寫齊宣王的輕士與顏斶的傲岸（〈齊策四〉〈齊宣王見顏斶〉）；唐雎劫秦王，「挺劍而起」，以見唐雎之義憤與勇敢；秦王「色撓，長跪而謝之」，暴露了他的色厲內荏（〈魏策四〉〈秦王使人謂安陵君〉）；聶政刺韓傀之後，「因自皮面抉眼，自屠出腸，遂以死」，表現他心細而又隱忍壯烈（〈韓策二〉〈韓傀相韓〉）。這些，都是極其成功的細節描寫，對於展示人物的精神風貌，刻畫人物性格，起了重大的作用。

第四，烘托渲染的手法。通過環境氣氛的烘托與渲染來表現人物，已接近於現在所說的在典型環境中表現典型性格。前面已經提到，〈馮諼客孟嘗君〉中，孟嘗君及其左右之人，對於馮諼，起到了「烘雲托月」的藝術效果。不過，在這一方面，最出色的要數〈荊軻刺秦王〉。燕太子丹要報仇強秦的吞併，求助於太傅鞠武，鞠武無能為力，推薦田光，由田光引出了荊軻；接著，情節遞進，寫田光自刎而死，以激荊軻，又寫樊將軍自願獻頭，以助荊軻行刺成功，這樣一環扣一環，一個個壯烈的舉動，從側面烘托了荊軻這位氣概過人的英雄。作者又從形勢上一再渲染局勢的危急：「今秦有貪饕之心，而欲不可足也。非盡天下之地，臣海內之王者，其意不厭。今秦已虜韓王，盡納其地，又舉兵南伐楚，北臨趙。……燕小弱，數困於兵，今計舉國不足以當秦。諸侯服秦，莫敢合從。」局勢的危急，加重了事件的悲壯氣氛。於是，「易水送行」一節，便更加悲壯淋漓：

太子及賓客知其事者，皆白衣冠以送之。至易水上，既祖取道，高漸離擊筑，荊軻和而歌，為變徵之聲，士皆垂淚涕泣。又前而為歌曰：「風蕭蕭兮易水寒，壯士一去兮不復還！」復

> 為慷慨羽聲。士皆瞋目，髮盡上指冠。於是荊軻遂就車而去，
> 終已不顧。(〈燕策三〉)

蕭颯的風聲，悲壯的擊筑聲，應和著慷慨的歌聲；一片慘白的服飾，映照著清冷的易水。當此之時，聲皆淒厲，人皆嗚咽，群情憤激，融匯成一片蕭颯悲壯的環境氣氛，烘托著一位視死如歸、義無反顧的英雄。這裡的氣氛渲染，達到了爐火純青的境界。

在《戰國策》中，渲染的手法還用於氣勢的渲染，以襯托人物的性格。且舉一例說明之。唐雎在安陵國面臨覆亡之時，入秦見秦王。秦王「以五百里地易安陵」欺詐安陵君之後，又以「天子之怒」威嚇唐雎，意為將以戰爭相威脅。面對秦王的淫威，作者寫道：

> 唐雎曰：「大王嘗聞布衣之怒乎？」秦王曰：「布衣之怒，亦免
> 冠徒跣，以頭搶地爾。」唐雎曰：「此庸夫之怒也，非士之怒
> 也。夫專諸之刺王僚也，彗星襲月；聶政之刺韓傀也，白虹貫
> 日，要離之刺慶忌也，蒼鷹擊於殿上。此三子者，皆布衣之士
> 也，懷怒未發，休祲降於天，與臣而將四矣。若士必怒，伏屍
> 二人，流血五步，天下縞素，今日是也。」(〈魏策四〉)

唐雎為了回擊秦王對「布衣之怒」的蔑視，有意把專諸刺王僚、聶政刺韓傀、要離刺慶忌三件事情大肆渲染一番，並誇張這三人的俠行義舉是如何的驚天地而泣鬼神，這種氣勢上的渲染，增加了「士之怒」的威懾力量。與其說秦王被唐雎明晃晃的利刃所嚇倒，毋寧說被唐雎大義凜然的氣勢所懾服。氣勢的渲染，把唐雎的正氣表現得淋漓盡致。

除了上述幾點之外，還有一些手法，在《戰國策》的寫人藝術上也是非常成功的，如人物語言的描寫，富於人物的性格特徵；又如作者善於在矛盾和鬥爭的激烈環境中來展示人物的性格特徵。這些手

法，與《左傳》的人物描寫有異曲同工之妙。總之，《國策》中人物描寫的進步，不但更具紀傳體的意味，也更具有小說的意味，顯示出敘事文學的成就。

第二節　敷張揚厲　馳說雲湧

《戰國策》一書，大量的是縱橫家的說辭，戰國時期的縱橫策士，許多人並無尺寸之功和堅實的政治實力，只憑其三寸不爛之舌，游說各國以取得成功。因此，儘管張儀在楚國受「掠笞數百」，但只要「吾舌尚在」，便有東山再起的希望。策士的成功，主要靠「說」。他們蠱惑王侯，左右局勢，以致一言可以興邦，一語足以喪國。這樣，說辭的內容、游說的技巧，都是必須十分講究的。

縱橫家的說辭，首先具有鋪張揚厲、氣勢奔放的特點，所謂「其辭敷張而揚厲，變其本而加恢奇焉」（前引章學誠語），因此有極大的感染力和煽動力，我們看〈蘇秦為趙合從說齊宣王〉中蘇秦的說辭：

> 蘇秦為趙合從，說齊宣王曰：「齊南有太山，東有琅邪，西有清河，北有渤海，此所謂四塞之國也。齊地方二千里，帶甲數十萬，粟如丘山。齊車之良，五家之兵，疾如錐矢，戰如雷電，解如風雨。即有軍役，未嘗倍太山，絕清河，涉渤海也。臨淄之中七萬戶，臣竊度之，下戶三男子，三七二十一萬，不待發於遠縣，而臨淄之卒，固以二十一萬矣。臨淄甚富而實，其民無不吹竽、鼓瑟、擊筑、彈琴、鬥雞、走犬、六博、蹋踘者；臨淄之途，車轂擊，人肩摩，連衽成帷，舉袂成幕，揮汗成雨；家敦而富，志高而揚。夫以大王之賢與齊之強，天下不能當。今乃西面事秦，竊為大王羞之。
>
> 且夫韓·魏之所以畏秦者，以與秦接界也。兵出而相當，不至

十日，而戰勝存亡之機決矣。韓、魏戰而勝秦，則兵半折，四
境不守；戰而不勝，以亡隨其後。是故韓、魏之所以重與秦戰
而輕為之臣也。

今秦攻齊則不然，倍韓、魏之地，至闈陽晉之道，逕亢父之
險，車不得方軌，馬不得並行，百人守險，千人不能過也。秦
雖欲深入，則狼顧，恐韓、魏之議其後也。是故恫疑虛猲，高
躍而不敢進，則秦不能害齊，亦已明矣。夫不深料秦之不奈我
何也，而欲西面事秦，是群臣之計過也。今無臣事秦之名，而
有強國之實，臣固願大王之少留計。」（〈齊策一〉）

蘇秦的目的，是要說動齊宣王同意合縱之策，聯合六國對付強
秦，他首先極力描述齊國疆土的廣大，地勢的險要，人口眾多兵源充
足，經濟繁榮國家殷富，還有文化發達、志氣高昂、君主賢明，總
之，綜論齊國政治、經濟、軍事各方面的強大與優勢，使齊宣王提高
抗拒強秦的信心。接著又將齊與韓、魏作對比，說明韓魏對於秦國，
無論勝敗都處境艱難；而齊國則有條件與秦抗衡。這樣，歸結到一
點，齊國只有走合縱抗秦一條路。在這一段說辭中，作者極盡誇張、
渲染之能事，使說辭具有很強的感染力。作者用了許多形象的比喻和
生動的描寫，誇說齊國之強，其中帶有許多誇張的成分，目的在於從
實力上增強齊王的信心。在句式上，作者用了一系列的排比句，以造
成強大的氣勢，使對方在心理上心悅誠服。這就是典型的鋪張揚厲的
特徵。

蘇秦游說六國之辭，大都有這樣的特徵，如〈蘇秦為趙合從說楚
威王〉：

蘇秦為趙合從說楚威王曰：「楚，天下之強國也。大王，天下
之賢王也。楚地西有黔中、巫郡，東有夏州、海陽，南有洞

庭、蒼梧，北有汾陘之塞、郇陽。地方五千里，帶甲百萬，車千乘，騎萬匹，粟支十年，此霸王之資也。夫以楚之強，與大王之賢，天下莫能當也。今乃欲西面而事秦，則諸侯莫不南面而朝於章臺之下矣。秦之所害於天下莫如楚，楚強則秦弱，楚弱則秦強，此其勢不兩立。故為王至計，莫如從親以孤秦。大王不從親，秦必起兩軍：一軍出武關，一軍下黔中。若此，則鄢郢動矣。臣聞治之其未亂，為之其未有也；患至而後憂之，則無及已。故願大王之早計之。（〈楚策一〉）

再如〈蘇秦為楚合從說韓王〉：

蘇秦為楚合從說韓王曰：「韓北有鞏、洛、成皋之固，西有宜陽、常阪之塞，東有宛、穰、洧水，南有陘山，地方千里，帶甲數十萬。天下之強弓勁弩，皆自韓出。谿子、少府、時力、距來，皆射六百步之外。韓卒超足而射，百發不暇止，遠者達胸，近者掩心。韓卒之劍戟，皆出於冥山、棠谿、墨陽、合伯膊、鄧師、宛馮、龍淵、大阿，皆陸斷馬牛，水擊鵠雁，當敵即斬堅。甲、盾、鞮鍪、鐵幕、革抉、𠂤芮，無不畢具。以韓卒之勇，被堅甲，蹠勁弩，帶利劍，一人當百，不足言也。夫以韓之勁，與大王之賢，乃欲西面事秦，稱東藩，築帝宮，受冠帶，祠春秋，交臂而服焉。夫羞社稷而為天下笑，無過此者矣。是故願大王之熟計之也。」（〈韓策一〉）

像這樣的說辭，其辭「沉而快，雄而儁」，鋪張揚厲氣勢充沛，如江河直下；文筆流麗酣暢，美妙動人，具有很強的文學色彩。

與蘇秦的說辭不同，張儀在誇張鋪陳其辭之時，更多的是危言聳聽，以勢嚇人。如〈張儀為秦連橫說齊王〉：

張儀為秦連橫說齊王曰：天下強國無過齊者，大臣父兄殷眾富樂，無過齊者。然而為大王計者，皆為一時說而不顧萬世之利。從人說大王者，必謂齊西有強趙，南有韓、魏，負海之國也，地廣人眾，兵強士勇，雖有百秦，將無奈我何！大王覽其說，而不察其至實。

夫從人朋黨比周，莫不以從為可。臣聞之，齊與魯三戰而魯三勝，國以危，亡隨其後，雖有勝名而有亡之實，是何故也？齊大而魯小。今趙之與秦也，猶齊之於魯也。秦、趙戰於河漳之上，再戰而再勝秦。戰於番吾之下，再戰而再勝秦。四戰之後，趙亡卒數十萬，邯鄲僅存。雖有勝秦之名，而國破矣！是何故也？秦強而趙弱也。今秦、楚嫁子取婦，為昆弟之國；韓獻宜陽，魏效河外，趙入朝澠池，割河間以事秦。大王不事秦，秦驅韓、魏攻齊之南地，悉趙涉河關，指摶關，臨淄、即墨非王之有也。國一日被攻，雖欲事秦，不可得也。是故願大王熟計之。（〈齊策一〉）

　　在這篇說辭中，張儀並沒有侈陳齊國如何如何的強大，而是極力誇說秦國之威勢及對六國造成的威脅，並力斥合縱之徒為害之甚。張儀的說辭，主要從六國破亡之後的慘狀來威嚇對方，實在是危言聳聽。再如〈張儀為秦連橫說魏王〉：

張儀為秦連橫，說魏王曰：魏地方不至千里，卒不過三十萬人。地四平，諸侯四通，條達輻湊，無有名山大川之阻。從鄭至梁，不過百里；從陳至梁，二百餘里。馬馳人趨，不待倦而至梁。南與楚境，西與韓境，北與趙境，東與齊境，卒戍四方，守亭障者參列。粟糧漕庾，不下十萬。魏之地勢，故戰場也。魏南與楚而不與齊，則齊攻其東；東與齊而不與趙，則趙

攻其北；不合於韓，則韓攻其西；不親於楚，則楚攻其南。此
所謂四分五裂之道也。

……

大王不事秦，秦下兵攻河外，拔卷、衍、燕、酸棗，劫衛取陽
晉，則趙不南；趙不南，則魏不北；魏不北，則從道絕；從道
絕，則大王之國欲求無危不可得也。秦挾韓而攻魏，韓劫於
秦，不敢不聽。秦、韓為一國，魏之亡可立而須也，此臣之所
以為大王患也。為大王計，莫如事秦，事秦則楚、韓必不敢
動；無楚、韓之患，則大王高枕而臥，國必無憂矣。……
（〈魏策一〉）

這裡是力陳魏國之短，之劣勢，及不事秦所帶來的可怕的後果，後面
竟然如最後通牒：「大王不聽臣，秦甲出而東，雖欲事秦而不可得
也！」危言聳聽，實在是無以復加。

　　今本《戰國策》的編者，有意識的將蘇秦、張儀游說列國的說辭
編排在一起，使讀者更容易將二人的說辭進行比較。蘇秦與張儀的說
辭，有如兩兵交戰，一守一攻，然都能依其本意，盡情發揮，誠如清
人劉熙載所說：「戰國說士之言，其用意類能先立地步，故得如善攻
者使人不能守，善守者使人不得攻也。不然，專於措辭求奇，雖復可
驚可喜，不免脆而易敗。」（《藝概》〈文概〉）「先立地步」，高屋建
瓴，抵掌揣摩，侈陳利害，因此能氣勢恢宏，筆酣意盡。

　　在策士聳人聽聞的說辭之中，也有一些披肝瀝膽、感情真摯的篇
章，如〈秦策三〉，秦昭王庭迎范雎，范雎「唯唯」再三之後答秦王：

今臣，羈旅之臣也，交疏於王，而所願陳者，皆匡君之之事，
處人骨肉之間，願以陳臣之陋忠，而未知王心也，所以王三問
而不對者是也。臣非有所畏而不敢言也，知今日言之於前，而

明日伏誅於後，然臣弗敢畏也。大王信行臣之言，死不足以為臣患，亡不足以為臣憂，漆身而為厲，被髮而為狂，不足以為臣恥。五帝之聖而死，三王之仁而死，五伯之賢而死，烏獲之力而死，奔、育之勇焉而死。死者，人之所必不免也。處必然之勢，可以少有補於秦，此臣之所大願也，臣何患乎……，臣之所恐者，獨恐臣死之後，天下見臣盡忠而身蹶也，是以杜口裏足，莫肯即秦耳。足下上畏太后之嚴，下惑奸臣之態；居深宮之中，不離保傅之手；終身闇惑，無與照奸；大者宗廟滅覆，小者身以孤危。此臣之所恐耳；若夫窮辱之事，死亡之患，臣弗敢畏也。臣死而秦治，賢於生也。

秦昭王誠摯懇切，范雎肝膽相照，真誠披露自己的心跡：三問不答的原因，是顧慮「今日言之於前，明日伏誅於後」。然一旦將生死置之度外，則願赴湯蹈火報效秦王。自己的死生榮辱不足慮，而秦國上有太后之嚴，下有奸臣之惑，昭王的處境、秦國的社稷，才是最令人擔憂的啊！話說至此，可謂是情真意切、慷慨激昂了。

　　還有一篇感人肺腑的至文，就是〈樂毅報燕惠王書〉。燕昭王重用樂毅，聯合五國之兵攻下齊國七十餘城。昭王死後，惠王即位，中了齊人反間計，使騎劫代樂毅為將，樂毅奔趙，被封為望諸君。而燕即為齊大敗。惠王追悔莫及，派人向樂毅謝罪，內求樂毅重返燕國，故樂毅報燕王書：

臣不佞，不能奉承先王之教，以順左右之心，恐抵斧質之罪，以傷先王之明，而又害於足下之義，故遁逃奔趙。自負以不肖之罪，故不敢為辭說。今王使使者數之罪，臣恐侍御者之不察先王之所以畜幸臣之理，而又不白於臣之所以事先王之心，故敢以書對。

臣聞賢聖之君，不以祿私其親，功多者授之；不以官隨其愛，能當之者處之。故察能而授官者，成功之君也；論行而結交者，立名之士也。臣以所學者觀之，先王之舉錯，有高世之心，故假節於魏王，而以身得察於燕。先王過舉，擢之乎賓客之中，而立之乎群臣之上，不謀於父兄，而使臣為亞卿。臣自以為奉令承教，可以幸無罪矣，故受命而不辭。

先王命之曰：「我有積怨深怒於齊，不量輕弱，而欲以齊為事。」臣對曰：「夫齊，霸國之余教也，而驟勝之遺事也，閑於兵甲，習於戰攻。王若欲攻之，則必舉天下而圖之。舉天下而圖之，莫逕於結趙矣。且又淮北、宋地，楚、魏之所同願也。趙若許約，楚、魏、宋盡力，四國攻之，齊可大破也。」

先王曰：「善。」臣乃口受令，具符節，南使臣於趙。顧反命，起兵隨而攻齊。以天之道，先王之靈，河北之地，隨先王舉而有之於濟上。濟上之軍，奉令擊齊，大勝之。輕卒銳兵，長驅至國。齊王逃遁走莒，僅以身免。珠玉財寶，車甲珍器，盡收入燕。大呂陳於元英，故鼎反於歷室，齊器設於寧臺。薊丘之植，植於汶皇。自五伯以來，功未有及先王者也。先王以為愜其志，以臣為不頓命，故裂地而封之，使之得比乎小國諸侯。臣不佞，自以為奉令承教，可以幸無罪矣，故受命而弗辭。

臣聞賢明之君，功立而不廢，故著於《春秋》，蚤知之士，名成而不毀，故稱於後世。若先王之報怨雪恥，夷萬乘之強國，收八百歲之蓄積，及至棄群臣之日，余令詔後嗣之遺義，執政任事之臣，所以能循法令、順庶孽者，施及萌隸，皆可以教於後世。

臣聞善作者，不必善成；善始者，不必善終。昔者五子胥說聽乎闔閭，故吳王遠跡至於郢；夫差弗是也，賜之鴟夷而浮之江。故吳工大差不悟先論之可以立功，故沉子胥而不悔。子胥

不蚤見主之不同量，故入江而不改。夫免身全功，以明先王之
跡者，臣之上計也。離毀辱之非，墮先王之名者，臣之所大恐
也。臨不測之罪，以幸為利者，義之所不敢出也。
臣聞古之君子，交絕不出惡聲；忠臣之去也，不潔其名。臣雖
不佞，數奉教於君子矣。恐侍御者之親左右之說，而不察疏遠
之行也。故敢以書報，唯君之留意焉。(〈燕策二〉)

這是一篇至誠至真的奇文，作者剖明心跡，激揚磊落，曲折盡情，感
人肺腑，確實「長歌可以當泣」。林雲銘《古文析義》云：「茲篇委婉
纏綿，用意忠厚，敘前此伐齊之功，語之歸之先王，毫不矜伐。及敘
騎劫代將，懼誅奔趙，只閑閑將吳王子胥成敗往事，作弔古感慨之
詞，隨即披瀝自己衷曲，明其無他，絕不侵犯惠燕一語。而去燕入趙
之故，其處於勢迫，無可如何。⋯⋯尤妙在自己處，不但不肯居功，
亦不敢辭罪，篇首云『數之以罪』，篇中云『可幸無罪』，篇末云『臨
不測之罪』。其不敢侵犯燕王也，正是『交絕不出惡聲』處；其不敢
辭己罪也，正是『去國不潔其名』處。此等文字，總是一腔心血揮灑
而成。」《史記》〈樂毅列傳〉云：「始齊之蒯通及主父偃讀樂毅之
〈報燕王書〉，未嘗不廢書而泣也」徐曉亭謂此篇「詞本血成，武侯
〈前出師表〉，似從此脫出」(《古文分編集評》)。可見它對後人的影
響。《國策》中他如黃歇上秦昭王書、范雎獻秦昭王書、魯仲連遺燕
將書，皆為書信體式說辭的名篇。

還有一類說辭，雖不像蘇、張那樣詞鋒逼人，但也同樣代表了戰
國說辭敷張揚厲的作風，即如〈楚策四〉〈莊辛謂楚襄王〉：

莊辛謂楚襄王曰：「君王左州侯，右夏侯，輦從鄢陵君與壽陵
君，專淫逸侈靡，不顧國政，郢都必危矣。」襄王曰：「先生
老悖乎？將以為楚國祅祥乎？」莊辛曰：「臣誠見其必然者

也，非敢以為國袄祥也。君王卒幸四子者不衰，楚國必亡矣。臣請辟於趙，淹留以觀之。」莊辛去之趙，留五月，秦果舉鄢、郢、巫、上蔡、陳之地，襄王流揜於城陽。於是使人發騶，征莊辛於趙。莊辛曰：「諾。」莊辛至，襄王曰：「寡人不能用先生之言，今事至於此，為之奈何？」

莊辛對曰：「臣聞鄙語曰：『見兔而顧犬，未為晚也；亡羊而補牢，未為遲也。』臣聞昔湯、武以百里昌，桀、紂以天下亡。今楚國雖小，絕長續短，猶以數千里，豈特百里哉？

王獨不見夫蜻蛉乎？六足四翼，飛翔乎天地之間，俛啄蚊虻而食之，仰承甘露而飲之，自以為無患，與人無爭也。不知夫五尺童子，方將調鉛膠絲，加己乎四仞之上，而下為螻蟻食也。蜻蛉其小者也，黃雀因是以。俯噣白粒，仰棲茂樹，鼓翅奮翼，自以為無患，與人無爭也。不知夫公子王孫，左挾彈，右攝丸，將加己乎十仞之上，以其類為招。晝遊乎茂樹，夕調乎酸醎。倏忽之間，墜於公子之手。

夫黃雀其小者也，黃鵠因是以。游於江海，淹乎大沼，俯噣鱔鯉，仰嚙菱衡，奮其六翮，而凌清風，飄搖乎高翔，自以為無患，與人無爭也。不知夫射者，方將脩其碆盧，治其矰繳，將加己乎百仞之上。彼礛磻，引微繳，折清風而抎矣。故晝遊乎江河，夕調乎鼎鼐。

夫黃鵠其小者也，蔡聖侯之事因是以。南游乎高陂，北陵乎巫山，飲茹溪之流，食湘波之魚，左抱幼妾，右擁嬖女，與之馳騁乎高蔡之中，而不以國家為事。不知夫子方受命乎宣王，繫己以朱絲而見之也。

蔡聖侯之事其小者也，君王之事因是以。左州侯，右夏侯，輦從鄢陵君與壽陵君，飯封祿之粟，而戴方府之金，與之馳騁乎雲夢之中，而不以天下國家為事。不知夫穰侯方受命乎秦王，

填黽塞之內，而投己乎黽塞之外。」

襄王聞之，顏色變作，身體戰慄。於是乃以執珪而授之為陽陵
君，與淮北之地也。

　　莊辛的說辭，由小事說起，層層設喻，以蜻蛉、黃雀、黃鵠等寓
言說明逸樂喪生的道理，然後再由物及人，以蔡靈侯淫佚失國的歷史
教訓，使楚襄王驚醒和戒惕。亦如林雲銘所說：「是篇只追論楚襄王
既往之失在『不以天下國家為事』一句。又嫌其涉於突，故緩緩從他
物他人引起，見得世界中不論是物是人，無小無大，俱在危機中過
日，好不驚悚。演繹四個『因是』，及五個『不知』字面，分明是生
於憂患，死於安樂注腳。其意直欲楚襄王自怨自艾，從今日始，以前
車為鑒，庶幾失之東隅，收之桑榆。所謂知有病，即為藥也。」（《古
文析義》卷五）《古文觀止》的編者也評論道：「只起結點綴正意，中
間純用引喻，自小至大，從物至人，寬寬說來，漸漸逼人，及一點破
題面，令人毛骨俱悚。《國策》多以比喻勸君，而此篇辭旨更危，格
韻尤雋。」像這樣的說辭，辭采豐富，形象鮮明，語言恣肆，氣勢充
沛，已如後來的賦體，所以清人姚鼐《古文辭類纂》將此篇編入「辭
賦類」中，不無道理。

　　善於引譬設喻，以增強說辭的形象性，也是策士說辭的一大特
色。如莊辛說楚襄王所引用的「見兔而顧犬」、「亡羊而補牢」，即形
象地告訴楚襄王，雖遭受失敗，國事危急，但只要及時醒悟，尚可補
救。而蜻蛉、黃雀、黃鵠的比喻，層層翻進，雖委婉曲折，卻發人深
省（見前引《莊辛謂楚襄王》）。張儀說魏王時，以「積羽沉舟，群輕
折軸，眾口鑠金」的一連串比喻，說明縱人奮辭雄辯，「人主覽其
辭，牽其說」，難免被其蠱惑（〈魏策一〉），寓意深刻。

　　作者善於用日常生活中的瑣事或身邊的小事來設喻，如〈東周
策〉〈杜赫欲重景翠於周〉：

> 杜赫欲重景翠於周，謂周君曰：「君之國小，盡君子重寶珠玉
> 以事諸侯，不可不察也。譬之如張羅者，張於無鳥之所，則終
> 日無所得矣；張於多鳥處，則又駭鳥矣；必張於有鳥無鳥之
> 際，然後能多得鳥矣。今君將施於大人，大人輕君；施於小
> 人，小人無可以求，又費財焉。君必施於今之窮士，不必且為
> 大人者，故能得欲矣。」

張羅捕鳥，這是身邊常見的生活小事，杜赫即以此為喻勸周君重用像
景翠那樣雖窮愁潦倒但卻是有才幹的人。這樣的比喻，淺白易懂，令
人信服。再如〈齊策三〉〈淳于髡一曰而見七人於宣王〉篇，淳于髡
一日之中向齊宣王推薦了七位士人，齊宣王懷疑淳于髡所推薦的，未
必都是人才，淳于髡回答齊宣王說：

> 不然，夫鳥同翼者而聚居，獸同足者而俱行。今求柴葫、桔梗
> 於沮澤，則累世不得一焉。及皋黍、梁父之陰，則郄車而載
> 耳。夫物各有疇，今髡賢者之疇也。王求士於髡，譬若挹水於
> 河，而取火於燧也。髡將復見之，豈特七士也？

「鳥同翼者而聚居，獸同足者而俱行」即用以比喻「物以類聚，人以
群分」的道理，亦即「物各有疇」。髡乃賢者之疇，所以從髡那裡徵
求士人，好比從河裡舀水、用燧石取火，挹之不盡、用之不竭。這又
好比從皋黍、梁父之陰求柴葫、桔梗，多得可以用車載，而要在沼澤
地，想摘取柴葫桔梗，當然難乎其難。淳于髡是個「滑稽多辯」的人
物，這一連串生動的比喻，風趣生動，又非常切合事理。
　　作者多用日常生活中習見的事物作比喻，因此具有通俗淺白、生
動顯豁的特點，這類例子在《戰國策》中可以說俯拾皆是，如「寧為
雞口，無為牛後」、「危於累卵」、「輕於鴻毛」、「重於丘山」、「譬猶抱

薪而救火」、「無異於驅群羊而攻猛虎」、「日中則移、日滿則虧」、「如使豺狼逐群羊也」、「行百里者半九十」、「毫毛不拔，將成斧柯」、「毛羽不豐滿者不可以高飛」、「疾如錐矢，戰如雷電，解如風雨」等等，在生動具體的形象中包含著深刻的寓意。至於前面所引的秦宣太后以「妾事先王也，先王以其髀加妾之身，妾困不支也；盡置其身妾之上，而妾弗重也」為喻秦國出兵救韓有利與否，則簡直是粗俗不堪的了。像這樣的比喻，絕不可能出現在《左傳》那樣典雅的文辭之中。《國策》則赤裸裸地引用，由此也可以看出二書的差異。

第三節　利口者以寓言為主

《戰國策》文學成就的又一個重要體現，就是它創作了大量的別開生面膾炙人口的寓言故事，因此顯示出更加巨大的文學魅力。

據統計，《戰國策》中的寓言故事有七十四則，除去重複者四則，還有七十則。分佈情況如下：〈東周策〉一則，〈西周策〉二則，〈秦策〉十三則，〈齊策〉九則，〈楚策〉十一則，〈趙策〉九則，〈魏策〉十一則，〈韓策〉四則，〈燕策〉九則，〈宋衛策〉三則，〈中山策〉二則。[1]和先秦諸子著作相比，《戰國策》中的寓言故事不算很多，但卻以其獨樹一幟的特色，豐富了先秦時期的寓言文學。

《戰國策》中的寓言故事，多是縱橫策士們作為政治鬥爭的工具，作為縱橫捭闔的一種思想武器來運用的，所以它們與戰國時代的風雲際會緊緊相聯繫，這是首要的特徵。劉知幾說：「戰國虎爭，馳說雲湧，人持弄丸之辯，家挾飛鉗之術。劇談者以譎誑為宗，利口者以寓言為主。」（《史通》〈言語〉）可見寓言是策士們常用的工具。作為工具，策士常借助它來出計獻策，陳述政治主張。如第七章第二節

1　此據熊憲光先生統計，見《戰國策研究與選譯》（重慶市：重慶出版社，1988年）。

我們舉出的陳軫講的「一舉而兼兩虎」的故事，便是藉以用來奉勸秦王在齊楚相爭之中坐收漁利的著名寓言。同樣寓意的寓言還有兩則，即〈韓子盧逐東郭逡〉與〈鷸蚌相爭〉。〈齊策三〉〈齊欲伐魏〉：

> 齊欲伐魏。淳于髡謂齊王曰：「韓子盧者、天下之疾犬也。東郭逡者，海內之狡兔也。韓子盧逐東郭逡，環山者三，騰山者五，兔極於前，犬廢於後，犬兔俱罷，各死其處。田父見之，無勞勌之苦，而擅其功。今齊、魏久相持，以頓其兵，弊其眾，臣恐強秦大楚承其後，有田父之功。」齊王懼，謝將休士也。

〈燕策二〉〈趙且伐燕〉：

> 趙且伐燕，蘇代為燕謂惠王曰：「今者臣來，過易水，蚌方出曝，而鷸啄其肉，蚌合而拑其喙。鷸曰：『今日不雨，明日不雨，即有死蚌。』蚌亦謂鷸曰：『今日不出，明日不出，即有死鷸。』兩者不肯相舍，漁者得而並禽之。今趙且伐燕，燕、趙久相支，以弊大眾，臣恐強秦之為漁父也。故願王之熟計之也。」惠王曰：「善。」乃止。

淳于髡勸齊王不要伐魏，恐強秦大楚承其弊以害齊，因此講了「韓子盧逐東郭逡」的故事來比喻這其間的利害關係。蘇代則用「鷸蚌相爭、漁翁得利」的故事勸阻趙王伐燕。這兩則寓言，寓意相同，但用在不同的事件上，都是用淺白的故事，把利害關係陳述得一清二楚。

陳軫是個「智士」，最為「善謀」，用寓言來出謀獻策，他堪稱行家裡手。且看〈楚策三〉〈秦伐宜陽〉：

> 秦伐宜陽。楚工謂陳軫口：「寡人聞韓侈巧士也，習諸侯事，

殆能自免也；為其必免，吾欲先據之以加德焉。」陳軫對曰：
「舍之，王勿據也。以韓侈之知，於此困矣。今山澤之獸，無
點於麋。麋知獵者張網前而驅己也，因還走而冒人至數。獵者
知其詐，偽舉網而進之，麋因得矣。今諸侯明知此多詐，偽舉
網而進者必眾矣。舍之，王勿據也。韓侈之知於此困矣。」楚
王聽之，宜陽果拔，陳軫先知之也。

秦攻打韓國的宜陽，楚懷王欲叛秦而合韓，陳軫勸懷王「舍韓勿
據」，並用獵人「偽舉網而進之」之計得麋說明諸侯的行動，預言韓
相國韓侈再狡黠，也必「於此困矣」。楚懷王聽從了陳軫的計策，後
「宜陽果拔」。可見陳軫的先見之明。

　　大家熟悉的〈畫蛇添足〉的寓言，也出自陳軫之口。楚國大司馬
昭陽率兵伐魏，殺將覆城，又移兵攻齊。齊派陳軫游說昭陽，陳軫曰：

令尹貴矣！王非置兩令尹也，臣竊為公譬可也。楚有祠者，賜
其舍人卮酒。舍人相謂曰：「數人飲之不足，一人飲之有餘。
請畫地為蛇，先成者飲酒。」一人蛇先成，引酒且飲之，乃左
手持卮，右手畫蛇，曰：「吾能為之足。」未成，一人之蛇成，
奪其卮曰：「蛇固無足，子安能為之足？」遂飲其酒。為蛇足
者，終亡其酒。今君相楚而攻魏，破軍殺將得八城，不弱兵欲
攻齊，齊畏公甚，公以是為名足矣，官之上非可重也。戰無不
勝而不知止者，身且死，爵且後歸，猶為蛇足也（〈齊策二〉）

陳軫以畫蛇比喻為伐魏，以添足比喻攻齊，以卮酒喻楚君的賞賜。昭
陽伐魏之功，已可得到「官為上柱國，爵為上執珪」的賞賜，再高則
為令尹，而楚不可能置兩令尹。因此攻齊無異於畫蛇添足。一則寓
言，將利害關係剖明，說服了昭陽退兵，消弭了一場戰爭。

　　戰國時代的思潮是貴士重士，用寓言作為說辭來宣揚貴士的思想，奉勸統治者重視人才，也是策士常用的手法。〈燕策一〉郭隗對燕昭王講了一個〈五百金買馬首〉的寓言：

> 古之君人，有以千金求千里馬者，三年不能得。涓人言於君曰：「請求之。」君遣之。三月得千里馬，馬已死，買其首五百金，反以報君。君大怒曰：「所求者生馬，安事死馬而捐五百金？」涓人對曰：「死馬且買之五百金，況生馬乎？天下必以王為能市馬，馬今至矣。」於是不能期年，千里之馬至者三。

燕昭王求士，正如人君求千里馬，郭隗以為昭王若有真心，就應從自己身上做起，就好像以五百金買死馬之首一樣，說：「今王誠欲至士，先從隗始；隗且見事，況賢於隗者乎？豈遠千里哉？」燕王聽從他的建議，厚待郭隗，一時燕國聚集了大批的人才。

　　用千里馬來比喻人才，在《戰國策》裡多見。如〈燕策二〉〈蘇代為燕說齊〉：

> 蘇代為燕說齊，未見齊王，先說淳于髡曰：「人有賣駿馬者，比三旦立市，人莫之知。往見伯樂曰：『臣有駿馬，欲賣之，比三旦立於市，人莫與言。願子還而視之，去而顧之，臣請獻一朝之賈。』伯樂乃還而視之，去而顧之，一旦而馬價十倍。今臣欲以駿馬見於王，莫為臣先後者。足下有意為臣伯樂乎？臣請獻白璧一雙，黃金千鎰，以為馬食。」淳于髡曰：「謹聞命矣。」入言之王而見之，齊王大說蘇子。

賣駿馬者希望借助伯樂來抬高馬的身價，蘇代希望淳于髡像伯樂一樣為他向齊王引薦，所以用「賣駿馬者」的寓言來表達內心的願望。汗

明求見春申君，也是希望春申君能當一個真正的「伯樂」，請看〈楚策四〉〈汗明見春申君〉：

> 汗明曰：「君亦聞驥乎？夫驥之齒至矣，服鹽車而上太行。蹄申膝折，尾湛胕潰，漉汁灑地，白汗交流，中阪遷延，負轅不能上。伯樂遭之，下車，攀而哭之，解紵衣以冪之。驥於是俛而噴，仰而鳴，聲達於天，若出金石聲者，何也？彼見伯樂之知己也。今僕之不肖，阨於州部，堀穴窮巷，沉洿鄙俗之日久矣，君獨無意渱拔僕也，使得為君高鳴屈於梁乎？」

汗明見春申君，未得重用，因此以千里馬拉鹽車上太行山暗喻自己被埋沒。伯樂見千里馬關懷備至，千里馬頓時意氣風發、奮蹄長嘯，正表現了汗明的理想。鮑彪說：「世之懷才抱德之士，陸沒於時，若此驥者不少。而伯樂之不世有，長鳴之無其時，可不為之大哀耶？故招延不可不博，試用不可不詳也。」戰國時代，君王尋找千里馬，士人呼喚伯樂，已成為一個時代潮流。

利用寓言故事諷諫和勸誡，往往可以收到直接說理所達不到的效果。如大家所熟悉的〈鄒忌窺鏡〉、〈海大魚〉等寓言，就是利用寓言勸諫的精品。這裡不妨再舉兩例以見之。〈趙策三〉〈衛靈公近雍疽彌子瑕〉：

> 衛靈公近雍疽、彌子瑕。二人者，專君之勢，以蔽左右。復途偵謂君曰：「昔日臣夢見君。」君曰：「子何夢？」曰：「夢見灶君。」君忿然作色曰：「吾聞夢見人君者，夢見日。今子曰『夢見灶君』，而言君也。有說則可，無說則死。」對曰：「日並燭天下者也，一物不能蔽也。若灶則不然，前人之煬，則後之人無從見也。今臣疑人之有煬於君者也，是以夢見灶君。」

君曰：「善。」於是因廢雍疸、彌子瑕，而立司空狗。

〈齊策四〉〈齊人見田駢〉：

> 齊人見田駢曰：「聞先生高議，設為不宦，而願為役。」田駢
> 曰：「子何聞之？」對曰：「臣聞之鄰人之女。」田駢曰：「何
> 謂也？」對曰：「臣鄰人之女，設為不嫁，行年三十，而有七
> 子。不嫁則不嫁，然嫁過畢矣。今先生設為不宦，訾養千鍾，
> 徒百人。不宦則然矣，而富過畢也。」田子辭。

　　前一則，復途偵意在勸說衛靈公貶斥小人雍疸與彌子瑕，以免受
其蒙蔽。日能燭照天下，無物能蔽，而灶則不同，一人灶前取暖，而
「後人無從見也」，形象地揭示出衛靈公受小人蒙蔽的情狀。後一
則，則是一篇辛辣而又幽默的小品。以鄰人之女不嫁而有七子來諷刺
田駢貌似清高，實則追逐富貴的虛偽，揭露得相當深刻。林雲銘說：
「不嫁而多生子，分明是淫行；不宦而多得祿，分明是貪行。先以高
義二字為笑，後以過畢二字為罵，令虛偽人無處生活。奇妙無比。」
（《古文析義》五）像這一類的寓言，還有如〈周人賣璞〉（〈秦策
三〉）、〈狐假虎威〉（〈楚策一〉）、〈驚弓之鳥〉（〈楚策四〉）、〈神叢〉
（〈秦策三〉）等等。可以看出，戰國策士在運用這些寓言時，已是十
分得心應手了。

　　寓言不但用於諷諫。也用於剖明心跡，陳軫和甘茂就是如此。張
儀攻擊陳軫，說他「常以國情輸楚」（〈秦策一〉〈陳軫去楚之秦〉），
陳軫講了一個〈楚人有兩妻者〉的寓言為自己辯護：

> 楚人有兩妻者，人誂其長者，罵之，誂其少者，少者許之。居
> 無幾何，有兩妻者死。客謂誂者曰：「汝取長者乎，少者乎？」

「取長者。」客曰：「長者詈汝，少者和汝，汝何為取長
者？」曰：「居彼人之所，則欲其許我也；今為我妻，則欲其
為我詈人也。」

陳軫表白自己如果「常以國情輸楚」，就像楚人妻之少者，必不為楚
所喜歡。而楚王楚相對自己友好，正可證明自己對秦國的忠誠。借助
於寓言故事，陳軫於是擊潰了張儀的讒謗。甘茂離開秦國奔齊，出關
遇蘇秦（一作蘇代），於是以〈江上之處女〉的寓言為喻，請求蘇秦
予以關照（〈秦策二〉〈甘茂亡秦且之齊〉）：

夫江上之處女，有家貧而無燭者，處女相與語，欲去之。家貧
無燭者將去矣，謂處女曰：「妾以無燭，故常先至，掃室布
席，何愛餘明之照四壁者？幸以賜妾，何妨於處女？妾自以有
益於處女，何為去我？」處女相語以為然而留之。

甘茂以無燭之女自況，希望為蘇秦「掃室布席」。話說得委婉，寓意
含蓄，打動了蘇秦，蘇秦終於答應為之游說，讓齊國重用他。

戰國策士們嫻熟地運用寓言來為自己的游說服務，使這些寓言故
事帶上了鮮明的縱橫家的色彩，成為游說之士的工具，這一點，與諸
子散文中的寓言主要用於闡釋哲理，是大不相同的。因此，在先秦寓
言文學中，《戰國策》寓言可謂別開生面、獨樹一幟。

《戰國策》寓言故事能長久流傳不衰，為後人所喜愛，在於它永
恆的動人的藝術魅力。首先，這些寓言故事大多取材於現實生活，充
滿著生活氣息。像〈楚人有兩妻者〉、〈江上之處女〉、〈群狗爭骨〉、
〈鄒忌窺鏡〉、〈畫蛇添足〉、〈麋與獵者〉、〈驚弓之鳥〉、〈虎怒決
磭〉、〈樹揚與拔揚〉、〈南轅北轍〉、〈叱犬〉、〈繩牽長〉、〈同舟共
濟〉、〈鷸蚌相爭〉、〈衛人迎新婦〉等等，不論是人物故事，還是動植

物故事，都是運用身邊的事例，就地取材，現身說法。我們看〈宋衛策〉中的〈衛人迎新婦〉一則：

> 衛人迎新婦，婦上車，問：「驂馬，誰馬也？」御曰：「借之。」新婦謂僕曰：「拊驂，無笞服。」車至門，扶，教送母：「滅灶，將失火。」入室見臼，曰：「徙之牖下，妨往來者。」主人笑之。

這個新嫁娘多麼活潑可愛，心直口快，口無遮攔，說的話也不錯，然而她卻「不識時務」，不注意地點場合。因此作者評論說：「此三言者，皆要言也；然而不免為笑者，蚤晚之時失也。」像這樣的寓言故事，完全是生活中的常見事，風趣幽默又充滿了生活氣息。

　　有一些寓言，不但在《戰國策》中重複出現，也見於其他諸子著作中。如〈土偶與桃梗〉、〈獻珥測後〉、〈忠信受笞〉等，在《戰國策》中皆兩見；〈海大魚〉、〈鄭袖劓美人鼻〉、〈夢灶〉、〈樂羊食子〉，既見於《國策》，又見於《韓非子》〈鄒忌窺鏡〉，在《呂氏春秋》和劉向《新序》中也有類似故事，從史料上說，這似有牴牾，但也說明這一類寓言是當時大家所熟知的故事，來自於生活之中，因此廣泛被引用。再如以馬為喻，寓指士人，也應是當時的常用喻體，所以《戰國策》中有幾個以馬為喻的寓言。汗明見春申君時，曾問春申君：「君亦聞驥乎？」可見以驥為喻，是廣為人知的。所以《戰國策》中這些來自生活的寓言故事，雖出自於策士之口，但仍使人感到親切可信，增強了說服力和感染力。

　　第二，《戰國策》中的寓言，一般都能做到形象與寓意的和諧統一。戰國策士靠口舌游說取得成功，寓言又是他們游說言辭的工具，因此，如何使寓言故事的形象與寓意更加貼切，更加和諧，這是不能不認真「簡練揣摩」的，如前面所舉的〈楚人有兩妻者〉、〈江上之處

女〉、〈驥服鹽車〉、〈畫蛇添足〉等，喻體（即形象）與寓意總是非常協調地互相呼應，喻體和被比喻體在內容或性質上常有非常貼切的相似，所以用它來說明某個事理，便顯得非常貼切。我們再舉一則說明之，〈楚策一〉〈荊宣王問君臣〉：

> 荊宣王問群臣曰：「吾聞北方之畏昭奚恤也，果誠何如？」群臣莫對。
>
> 江乙對曰：「虎求百獸而食之，得狐。狐曰：『子無敢食我也。天帝使我長百獸，今子食我，是逆天帝命也。子以我為不信，吾為子先行，子隨我後，觀百獸之見我而敢不走乎？』虎以為然，故遂與之行。獸見之皆走。虎不知獸畏己而走也，以為畏狐也。今王之地方五千里，帶甲百萬，而專屬之昭奚恤；故北方之畏昭奚恤也，其實畏王之甲兵也，猶百獸之畏虎也。」

這就是眾所周知的〈狐假虎威〉的寓言，江乙把「虎」比作荊宣王，「狐」比作昭奚恤。北方之國畏昭奚恤，只是假象，實質上是昭奚恤仗著荊宣王的勢力，耀武揚威，就像狐狸假借老虎的威勢一樣，而荊宣王之受蒙蔽，也就跟老虎受蒙蔽是一樣的。這裡，虎和狐的形象，與荊宣王、昭奚恤這兩個人物，「狐假虎威」與昭奚恤依仗楚王威勢的現象，是如此的相似，作者的諷諫意義與動物的形象關係非常吻合，使寓言形象與所要表達的寓意達到了高度的和諧統一。

正因為形象與寓言高度的和諧統一，所以《戰國策》中的寓言故事，其故事形象留給讀者的印象更為深刻，產生的效應更為強烈，使得讀者常常疏離寓言的原始寓意，而賦予更深刻的哲理含義。如〈一舉而兼兩虎〉，可以轉意為告誡人們，要善於利用對方的矛盾，抓住有利時機打擊敵人，一舉兩得，事半功倍；〈畫蛇添足〉，告誡人們不要別出心裁、節外生枝，弄巧成拙；〈土偶與桃梗〉，本來是蘇秦用來

勸阻孟嘗君入秦的，卻可以用來啟示人們不要離棄生養自己的故國土地；〈海大魚〉，教導人們局部利益應服從整體利益，個人利益應服從國家利益，等等。這些寓言，能夠從更高層次上在抽象的哲理上使人們受到啟發，因此更加為人們所珍愛。

第三，《戰國策》中的寓言，形象鮮明、情節生動、描寫細膩，多彩多姿。像〈鄒忌窺鏡〉、〈海大魚〉、〈畫蛇添足〉、〈狐假虎威〉、〈鄭袖劓美人〉、〈衛人迎新婦〉等，都有較為完整的故事情節，其中鄒忌的敏銳，添足之舍人的得意，狐狸的狡猾，鄭袖的陰毒，新婦的心直口快，都刻畫得非常生動，整個寓言宛如一篇短短的小說。〈秦策三〉〈應侯謂昭王〉寫了一個〈博勝神叢〉的故事：

> 應侯謂昭王曰：「亦聞恒思有神叢與？恒思有悍少年，請與叢博，曰：『吾勝叢，叢籍我神三日；不勝叢，叢困我。』乃左手為叢投，右手自為投，勝叢。叢籍其神三日。叢往求之，遂弗歸。五日而叢枯，七日而叢亡。今國者，王之叢，勢者，王之神，籍人以此，得無危乎？」

「神叢」本是神力無窮，神通廣大的，但是「悍少年」憑著自己的智慧打敗了神叢。應侯用此寓言告誡秦王權、勢切不可借給別人，不能讓太后、穰侯、華陽君等人竊持國柄。然而少年博投、神叢無神而枯的情節，悍少年的形象，均寫得相當生動與鮮明。

有的寓言故事描寫細膩精美，已表現出相當高的技巧。如范睢描述士人爭利而講的〈群狗爭骨〉的寓言，描繪群狗的形態是「臥者臥，起者起，行者行，止者止，毋相與鬥者；投之一骨，輕起相牙」，把群狗爭骨的醜態，刻畫得淋漓盡致。再如〈驥服鹽車〉一則，寫驥拉鹽車上太行時的情景：「蹄申膝折，尾湛胕潰，漉汁灑地，白汗交流，中阪遷延，負轅不能上。」痛苦之狀，寫得非常細

膩；伯樂見驥之後，「攀而哭之，解紵衣以冪之」，那種哀傷惋惜又關懷備至的樣子，也十分逼真。最後寫驥奮啼長嘯，「俛而噴，仰而鳴，聲達於天，若出金石聲者」，意氣風發、騰空而起的雄姿，令人振奮。諸如此類的描寫，給人以無窮的美好的享受。

　　寓言故事一般篇幅短小，情節比較單純，但是《戰國策》中的寓言，能在短小的篇幅中，安排了具有矛盾衝突的情節內容，如〈狐假虎威〉、〈鷸蚌相爭〉等。有的還有簡潔而傳神的對話，如〈南轅北轍〉、〈土偶與桃梗〉。在形式上，有夾敘夾議式、問答式、擬人式等，在風格上，有的典雅嚴肅，有的委婉含蓄，有的尖刻潑辣，有的風趣幽默，呈現出瑰麗多姿的風貌。

第十一章
先秦史傳散文的文化內涵及其影響

第一節　史學傳統的形成

　　先秦時期，是中國史學的發軔期，也是中國史學和史傳散文發展的第一個高峰。在第一章裡我們已經指出，中國自古就有優良的記史傳統，《左傳》中所說的「著之話言」、「告之訓典」（文公六年），「言以考典，典以志經」（昭公十五年），這都是王者聖哲非常重視的事情。春秋戰國之時，「百國春秋」皆興，可見當時「著述」之事的繁榮。《尚書》、《春秋》、《國語》、《左傳》、《戰國策》，只是先秦歷史著作的重要代表。就這些發軔期的著作而論，已開始形成並確立了中國史學的優良傳統，豐富了先秦歷史散文的文化內涵。

　　從《左傳》的記載中可以看到，春秋時期的人們已開始對史學理論和史書寫作進行自覺的探索，並形成了傳統。這一方面，首先是明確了對史家主體素質的要求，即要求史官必須具備淵博的知識。本來上古時期的史官，既是國家大事的記錄者——史官，也掌星占、卜筮之事，職位雖然不高但都是博學淵深的知識份子。《左傳》裡面記載了不少史官，除了著名的董狐、南史之外，還有左史倚相、史佚、史墨、史嚚等。春秋時期，人們已明確認識到作為一個好的史官，不但要有一定的學識修養，更重要的是必須具備深厚的歷史知識。像史佚，《左傳》引史佚之言共五次，又引《史佚之志》的話，則史佚當時已有著述。《尚書》〈洛誥〉有「王命作冊逸祝冊」的話，「逸」即

史佚，說明史佚又掌祝祀。《晉語》有「文王訪於莘、尹」的記載，
注謂尹即尹佚；《淮南子》〈道應訓〉云：「成王問政於尹佚」。尹佚亦
即史佚。[1]文王、成王既訪於史佚，問政於史佚，說明其人知識的淵
博。再如史墨，亦稱蔡墨，大概姓蔡，官太史。[2]他曾解答魏獻子之
疑問，又為趙簡子占夢，《左傳》裡面記載，他有很長的兩段話，昭
公二十九年記：

> 秋，龍見於絳郊。魏獻子問於蔡墨曰：「吾聞之，蟲莫知於
> 龍，以其不生得也，謂之知，信乎？」對曰：「人實不知，非
> 龍實知。古者畜龍，故國有豢龍氏，有御龍氏。」獻子曰：
> 「是二氏者，吾亦聞之，而不知其故，是何謂也？」對曰：
> 「昔有飂叔安，有裔子曰董父，實甚好龍，能求其耆欲以飲食
> 之，龍多歸之，乃擾畜龍，以服事帝舜，帝賜之姓曰董，氏曰
> 豢龍，封諸鬷川，鬷夷氏其後也。故帝舜氏世有畜龍。及有夏
> 孔甲，擾於有帝，帝賜之乘龍，河漢各二，各有雌雄。孔甲不
> 能食，而未獲豢龍氏。有陶唐氏既衰，其後有劉累，學擾龍於
> 豢龍氏，以事孔甲，能飲食之。夏后嘉之，賜氏曰御龍。以更
> 豕韋之後。龍一雌死，潛醢以食夏后。夏后饗之，既而使求
> 之。懼而遷於魯縣，范氏其後也。」獻子曰：「今何故無
> 之？」對曰：「夫物，物有其官，官修其方，朝夕思之。一日
> 失職，則死及之。失官不食。官宿其業，其物乃至。若泯棄
> 之，物及牴伏，鬱湮不育。故有五行之官，是謂五官，實列受
> 氏姓，封為上公，祀為貴神。社稷五祀，是尊是奉。木正曰句
> 芒，火正曰祝融，金正曰蓐收，水正曰玄冥，土正曰后土。

1　參見楊伯峻：《春秋左傳注》（北京市：中華書局，1981年），頁359。
2　參見楊伯峻：《春秋左傳注》（北京市：中華書局，1981年），頁1500。

龍，水物也，水官棄矣。故龍不生得。不然，《周易》有之：在〈乾〉之〈姤〉，曰『潛龍勿用』，其〈同人〉曰，『見龍在田』，其〈大有〉曰，『飛龍在天』，其〈夬〉曰，『亢龍有悔』，其〈坤〉曰，『見群龍無首，吉』，〈坤〉之〈剝〉曰，『龍戰於野』，若不朝夕見，誰能物之？」獻子曰：「社稷五祀，誰氏之五官也？」對曰：「少皥氏有四叔，曰重、曰該、曰修、曰熙，實能金、木及水。使重為句芒，該為蓐收，修及熙為玄冥，世不失職，遂濟窮桑，此三祀也。顓頊氏有子曰犁，為祝融；共工氏有子曰句龍，為后土，此其二祀也。后土為社，稷，田正也。有烈山氏之子曰柱為稷，自夏以上祀之。周棄亦為稷，自商以來祀之。」

又昭公三十二年記：

趙簡子問於史墨曰：「委氏出其君，而民服焉，諸侯與之；君死於外而莫之或罪，何也？」對曰：「物生有兩、有三、有五、有陪貳。故天有三辰，地有五行，體有左右，各有妃耦，王有公，諸侯有卿，皆有貳也。天生季氏，以貳魯侯，為日久矣。民之服焉，不亦宜乎！魯君世從其失，季氏世修其勤，民忘君矣。雖死於外，其誰矜之？社稷無常奉，君臣無常位，自古以然。故《詩》曰：『高岸為谷，深谷為陵。』三后之姓於今為庶，主所知也。在〈易〉卦，雷乘〈乾〉曰〈大壯〉，天之道也。昔成季友，桓之季也，文姜之愛子也。始震而卜，卜人竭之，曰：『生有嘉聞，其名曰友，為公室輔。』及生，如卜人之言，有文在其手曰『友』，遂以名之。既而有大功於魯，受費以為上卿。至於文子、武子，世增其業，不廢舊績。魯文公薨，而東門遂殺適立庶，魯君於是乎失國，政在季氏，

於此君也四公矣。民不知君，何以得國？是以為君，慎器與
名，不可以假人。」

從這兩段記載中，可以看出史墨對於上古傳說、歷史知識和掌故
制度有多麼熟悉，對於魯國公室與季氏之間的矛盾鬥爭瞭若指掌，更
可貴的是提出了「社稷無常奉，君臣無常位」的歷史發展變化的觀點。
這些，都顯示出史墨作為一位太史所具有的優良的素質。正如前面所
提到的楚靈王稱讚左史倚相能讀《三墳》、《五典》、《八索》、《九丘》
才是良史一樣，史官必須博古通今，殷鑒得失，才能被稱為良史。

《左傳》中這種對史官素質的要求，形成了一個優良的傳統，
《隋書》〈經籍志〉史部後論說：「夫史官者，以求博聞強識，疏通知
遠之士。……是故前言往行，無不識也；天文地理，無不察也；人事
之紀，無不達也。」劉知幾說的「史才」、「史學」、「史識」，章學誠
說的「博學強識」，都是對這個傳統的繼承和發揮。

其次是強調秉筆直書，書法不隱。這體現了史官主體意識的增
強。《左傳》記載了兩件秉筆直書的事情。一在宣公二年：

乙丑，趙穿攻靈公於桃園。宣子（即趙盾）未出山而復。大史
書曰：「趙盾弒其君。」以示於朝。宣子曰：「不然。」對曰：
「子為正卿，亡不越竟，反不討賊，非子而誰？」宣子曰：
「嗚呼！《詩》曰：『我之懷矣，自詒伊慼』。其我之謂矣。」
孔子曰：「董狐，古之良史也，書法不隱。趙宣子，古之良大
夫也，為法受惡。惜也，越竟乃免。」

另一件事在襄公二十五年：

大史書曰：「崔杼弒其君。」崔子殺之。其弟嗣書，而死者二

人。其弟又書，乃舍之。南史氏聞大史盡死，執簡以往。聞既
書矣，乃還。

前一事，弒君者本是趙穿，但董狐（即大史）認為趙盾是執政大臣，
既然事情發生時趙盾出奔他國，卻沒有出境，回來又不討伐叛賊，責
任同弒君一樣，因此直書「趙盾弒其君」。孔子雖稱趙盾為「古之良
大夫」，但仍然讚賞董狐「書法不隱」的精神。第二件事，是齊國的
崔杼殺了齊國國君齊莊公，又逼迫國人盟於太宮，齊太史直書「崔杼
殺其君」。崔杼怕留下弒君的惡名，接連殺了太史兄弟三人，然而太
史之弟與南史氏仍不怕死，直書其事，崔杼也只好不敢再殺。齊太
史、南史氏都表現出為遵循「書法不隱」的法則而願以身相殉的正直
剛烈的品德。

　　書法不隱即要堅持歷史的真實。古希臘思想家盧奇安（約125-
192）說：「歷史只有一個任務或目的，那就是實用，而實用只有一個
根源，那就是真實。」[3]對於這一點，早於盧奇安五、六百年的中國
春秋時代的人們已有明確的認識。《左傳》莊公二十三年說：「君舉必
書，書而不法，後嗣何觀？」「不法」，既指不符合禮法，也指不符合
「書法」，即不符合歷史真實的要求，因此不能垂戒後人。《左傳》作
者刻畫了董狐、齊太史兄弟及南史氏等人「不避強御」、秉筆直書以
至以身相殉的事蹟，體現作者對「書法不隱」的良史的讚頌，當然也
說明古之為良史之不易。董狐、齊太史、南史氏成了後代史家的楷
模，「書法不隱」的精神與境界，成為中國古代史學批評的崇高標準。

　　書法不隱、秉筆直書的精神，也就是「實錄」的精神，班固稱司
馬遷曰：「……自劉向、揚雄，博極群書，皆稱遷有良史之材，服其

3　盧奇安：《論撰史》，見章安祺編：《繆靈珠美學譯文》（北京市：中國人民大學出版
　　社，1987年），卷1。

善序事理，辨而不華，質而不俚，其文直，其事核，不虛美，不隱惡，故謂之實錄。」（《漢書》〈司馬遷傳贊〉）「實錄」則要「文直而事核」，這與要求真實、「書法不隱」是相通的。後來，劉勰又概括為「實錄無隱之旨」，並稱讚說：「騰褒裁貶，萬古魂動；辭宗丘明，直歸南、董。」（《文心雕龍》〈史傳〉）劉知幾標舉「直書」（《史通》〈直書〉），吳縝要求「事實」（《新唐書糾謬》〈序〉），都是對同一精神的弘揚。

　　第三是「懲惡勸善」的傳統。在第一章我們已指出，「勸懲」的目的，歷來為史家所重視。早在孔子修《春秋》以前，周王室及列國史官記事就講究褒貶以為勸懲。「諸侯建邦，各有國史，彰善癉惡，樹之風聲」（《文心雕龍》〈史傳〉）。「百國春秋」散亡，孔子所編訂的《春秋》獨存。因此，就「懲惡勸善」的傳統來說，應首推《春秋》。所謂「孔子成《春秋》而亂臣賊子懼」（《孟子》〈滕文公下〉）；「舉得失以表黜陟，徵存亡以標勸戒，褒見一字，貴逾軒冕；貶在片言，誅深斧鉞」（《文心雕龍》〈史傳〉），說的都是《春秋》的「勸懲」作用。

　　《左傳》裡面的兩段話，把《春秋》的「勸懲」精神和《春秋》的特徵揭示得更加清楚。成公十四年載；

　　　　君子曰：「《春秋》之稱：微而顯，志而晦，婉而成章，盡而不汙，懲惡而勸善，非聖人，誰能修之？」

昭公三十一年又進一步申說：

　　　　故曰：《春秋》之稱微而顯，婉而辨。上之人能使昭明，善人勸焉，淫人懼焉，是以君子貴之。

「微而顯」，意指言辭不多但意義顯露；「志而晦」，指記載史實而意義幽深；「婉而成章」，即婉曲而又順理成章；「盡而不汙」，指「直言其事，盡其事實，無所汙曲」（杜預注），實則包含了「實錄」的原則。而「懲惡勸善」的作用，在於使「善人勸焉，淫人懼焉」。《左傳》作者認為，「勸懲」的作用是巨大的。《左傳》昭公三十一年說：「是以《春秋》書齊豹曰『盜』，三叛人名，以懲不義，數惡無禮，其善志也。」齊豹是衛國司寇，世襲卿大夫，齊豹殺了衛侯之兄縶，欲求其名，《春秋》卻仍稱之為「盜」（《春秋》昭公二十年）；邾庶其、營牟夷、邾黑肱三人為貪利而奔魯獻地，《春秋》特地把他們的名字記下來。這些都說明《春秋》「善志」。所謂「善志」，即善於彰善癉惡。

晉代杜預作《春秋序》，曾將「微而顯」等五項細加申述，稱之為「五例」。錢鍾書先生認為：「五例之一、二、三、四示載筆之體，而其五示載筆之用。」[4]「微而顯」四項，屬修辭學方面的特點，「懲善勸惡」，指的是社會功用。當然，這五例是相輔相成的。「五例」來自於《左傳》，是《左傳》作者對《春秋》的評價，不過以《左傳》自身的特點看，《左傳》距離「五例」的要求，實更為切近。誠如錢鍾書先生所說：「竊謂五者乃古人作史時心向神往之楷模，殫精竭慮，以求或合者也，雖以之品目《春秋》，而《春秋》實不足語於此。」又說：「較之左氏之記載，《春秋》洵為『斷爛朝報』，征之《公》、《穀》之闡解，《春秋》復似迂曲隱譎，烏覩所謂『顯』、『志』、『辨』、『成章』、『盡』、『情見乎辭』哉？」[5]誠然，單就「勸懲」的特點來說，《左傳》也是非常鮮明的。作者在全書的敘事中表現出鮮明的勸懲褒貶傾向。作者刻畫了許多值得歌頌的正面人物和應

4　錢鍾書：《管錐編》（北京市：中華書局，1979年），冊1，頁162。

5　均見錢鍾書：《管錐編》（北京市：中華書局，1979年），冊1，頁161。

予鞭撻批判的昏憒人物，還常借「君子曰」、「君子謂」、「孔子曰」的
方式表示自己的褒貶態度，或借歷史人物之口寄寓自己的愛憎感情，
或者進行直接的評價，作出明確的善惡判斷，以示勸懲。正如前面所
說的，作者總是通過對歷史人物與歷史事件的客觀描述，以歷史上的
成敗，得失和作者所信奉的道德準則，在敘事之中「自然而然」地顯
露出自己的褒貶傾向，並在總結興衰、成敗的歷史經驗中給人以訓
誡。這樣，在鮮明的勸懲目的中，又具備「美惡具見」的實錄精神。

　　「懲惡勸善」的作用，是史家歷來追求的目標。司馬遷所說「夫
《春秋》（兼指《春秋》經、傳），上明三王之道，下辨人事之紀，別
嫌疑，明是非，定猶豫，善善惡惡，賢賢賤不肖，存亡國，繼絕世，
補敝起廢，王道之大也。」（〈太史公自序〉），表明他對懲惡勸善的重
視。《唐會要》卷七十六記殷侑奏稱：「歷代史書，皆記當時善惡，係
以褒貶，垂裕勸戒。其司馬遷《史記》，班固、范曄兩《漢書》，音義
鮮明，懲惡勸善，亞於《六經》，堪為世教。」宋人吳縝更是從理論
上提出明確的要求：「夫為史之要有三：一曰事實，二曰褒貶，三曰
文采。有是事而如是書，斯謂事實。因事實而寓懲勸，斯謂褒貶。事
實，褒貶既得矣，必資文采以行，夫然後成史。」（《新唐書糾謬》
〈序〉）其中一、二兩點的要求，都來自於《春秋》、《左傳》形成的
傳統。「勸懲」的精神，其實也影響到中國古代小說創作。晉干寶
《搜神記》卷十五記羊祜事，卷二十記隋侯珠之事，東興人殺小猿而
滿門遭疫而亡事，以及南朝宋劉敬叔《異苑》卷三所記鸚鵡滅火之故
事，皆意在勸懲，與《左傳》的「勸懲」原則是一致的。[6]至於《東
周列國志》、《三國演義》、《金瓶梅》等，其「勸懲」的目的就更明
確了。

　　實際上，中國史學的許多優良傳統，在先秦歷史著作中都已濫觴

_____

6　參見劉葉秋：《古典小說筆記論叢》（天津市：南開大學出版社，1985年），頁171。

和形成，如深刻的歷史意識、強烈的時代性、寓褒貶於敘事之中等。我們在前面幾章都已涉及，這裡就不再重複了。

第二節　《左傳》、《戰國策》與《史記》

先秦歷史著作的繁榮、歷史散文的逐漸成熟，為後代的歷史著作和史傳文學的發展，提供了非常豐富的史學的和文學的營養，繼承先秦的史學傳統，並對先秦歷史文化加以總結與弘揚的偉大著作，無疑地當推司馬遷的《史記》。今天，我們將《左傳》、《戰國策》與《史記》加以比較，可以明顯地看出前者對後者的巨大的啟發與影響。

司馬遷開創了以寫人為中心的「紀傳體」，這是一個偉大的創舉。這種「紀傳體」的誕生，應該說是建立在先秦豐厚的史學基礎之上的。梁啟超在《中國歷史研究法》一書中，曾論述《史記》的體例說：「其本紀以事繫年，取則於《春秋》；其八書詳記政制，蛻形於《尚書》；其十表稽牒作譜，印範於《世本》；其世家、列傳，既綜雅記，亦採瑣語，則《左傳》、《國語》之遺規也。諸體雖非遷所自創，而遷實集其大成。」范文瀾也認為：「《史記》體例，俱有所本」，並列舉了十二本紀、表、書等體例的來源。[7]這些話，如果說過了頭而抹殺了司馬遷對「紀傳體」的開創之功，是不妥當的，但是他們指出了司馬遷對前代文化傳統的繼承，則無可非議。《史記》在內容和形式上不同程度地從先秦歷史著作中汲取過大量有益的滋養是毫無疑義的。

以《左傳》為例。《左傳》的敘事寫人，從形式總體特徵來說，主要採用了兩種方式。一是將人物的一生經歷或一生中的幾個重大事件，集中於一年、兩年之中加以總敘；一是隨著時間的推移，根據事

7　白壽彝：《中國史學史》（上海市：上海人民出版社，1986年），冊1，頁231。

件發生的年月分年散見。

　　集中多年事蹟加以總敘，常以一個人物為中心，比較完整地具現出人物形象。如隱公元年的〈鄭伯克段于鄢〉，僖公二十三、二十四年的〈晉公子重耳之亡〉，宣公二年的〈晉靈公不君〉等等。鄭莊公的性格，在「克段于鄢」這一事件中基本得到揭示，其後的事蹟，大體上是這個人物性格在不同時期的不同表現，從人物傳記的形式來說，〈鄭伯克段于鄢〉已較成功地展示了中心人物鄭莊公的形象。晉公子重耳之亡，本在僖公五年，但作者把重耳十九年的流亡經歷，集中於僖公二十三、二十四年來寫，並用倒敘的手法加以綜述，完全可以看作是晉公子重耳的傳記。白壽彝先生認為：「像這樣，《左傳》把近二十年的事情寫在一年的下面，總不好說是編年體。它寫的是重耳流亡的過程，可以說是紀事本末體。它寫的又是重耳的事蹟，也可以說是傳紀體。」[8]說它是紀事本末體，恐怕主要在於重耳流亡各國有的細節還比較空泛，因此給人單純記事的感覺。說它是專寫重耳的事蹟，當然可謂之傳記體了。〈晉靈公不君〉也是以晉靈公為中心，總敘他的無道與被殺，突出他的「不君」與被殺的歷史教訓。像這樣的篇章，如果獨立出來，就是一篇簡短的人物傳記。《左傳》作者以時間為序記敘人物一生或一個階段的事蹟，塑造出性格統一的整體的人物形象，與《史記》的人物傳記在結構、體式上基本一致。所以，說司馬遷開創的紀傳體直接受這種形式的啟發，恐不為過。

　　逐年分寫的手法，同樣可以為紀傳體所借鑒。在《左傳》中，有的人物時間跨度大，人物活動主要體現在一些重大事件上，又與其他事件有密切的關係，因此，隨著時間的推移分年記事，人物行狀分年散見。《左傳》中秦穆公、楚莊王、衛獻公、晏子、子產等人物事蹟即是如此。如子產，從襄公八年到昭公二十年子產去世，前後四十三

8　白壽彝：《中國史學史》（上海市：上海人民出版社，1986年），冊1，頁231。

年寫了子產的主要事蹟，在這一段歷史時期內，子產是一個中心人物，作者寫子產時，雖然也連及到其他人物，但中心人物的形象仍然是完整的，所以，如果以某一人物為中心，如子產，將有關的事蹟集中起來聯綴成篇，便成了這一人物的傳記。早在宋代，就有學者王當將《左傳》拆改重綴，從編年體改為紀傳體的《春秋列國諸臣傳》，清人中也有這樣的改編者。近人韓席籌編注的《左傳分國集注》，雖以國別重編《左傳》，但在同一國中，基本上是以人物為中心重新組合，可以看成以時間為序的連貫的人物傳記。朱東潤先生編《左傳選》，大部分篇目以人物標題，亦說明它們本來就具有人物傳記體的內在因素，才能如此成篇。[9] 此外，還可以舉一例來說明。我們把《史記》的〈藺相如列傳〉與《左傳》中寫楚國費無極的事蹟加以比較，相同點甚明。司馬遷是把「完璧歸趙」、「澠池會」、「將相和」這三個發生在不同時間、不同地點的事件，組合為一篇〈藺相如傳〉，在這三個事件中塑造了藺相如這一人物；如果把《左傳》昭公十五年費無極讒害朝吳，昭公十九年、二十年陷害太子建與伍奢，昭公二十一年害蔡太子朱，昭公二十七年陷害郤宛幾件事集為一篇，便是「讒人」費無極「列傳」。可見分年散見的形式中也蘊含著形成紀傳體體例的內在機制。

　　劉知幾分古史為六家二體，六家即《尚書》家、《春秋》家、《左傳》家、《國語》家、《史記》家、《漢書》家，二體即編年體與紀傳體。其中四家一體創立於先秦時期，說明先秦時期既為各種史著體例的嘗試期，也為後代的史家積累了豐富的經驗，為後代史家借鑒、吸取和創新創造了堅實的基礎，司馬遷正是在前人的基礎上最終確立紀傳體的體例，並成為史學之大宗。

　　司馬遷創立以寫人為中心的紀傳體體例，不但在形式上從《左

9　朱東潤：《左傳選》（上海市：上海古典文學出版社，1956年）。

傳》、《戰國策》上得到啟發，在著史的思想上即審視歷史的視角，確立以人為中心的歷史觀，也必然受到先秦時期「民本思想」、人的解放和人的價值地位提高的思潮的影響。《春秋》開始把歷史的觀念從神身上轉移到人身上來，從人事的角度來記載歷史；《左傳》中「民本思想」的興起，《戰國策》中「貴士」思想的崇揚，使史家的視野進一步從貴族身上擴大到各階層的人包括形形色色的士這一階層的人們。因此，春秋戰國時期轟轟烈烈的思想解放思潮，必然影響司馬遷對歷史觀的確立。《史記》中不但有帝王的傳記，更多的是中下層社會人物的傳記，這個變化，從《春秋》、《左傳》、《戰國策》一直到《史記》，是可以用同一根發展線索貫穿起來的。至於司馬遷對《春秋》、《左傳》懲惡勸善的傳統的認同，對於總結歷史經驗、探索衰興亂治之道的思想的繼承，〈太史公自序〉中答上大夫壺遂的話已說得非常清楚，〈報任安書〉中說的「欲以究天人之際，通古今之變」，「稽其成敗興壞之紀」，也體現了同樣的思想。這種思想，貫穿於《史記》全書的各篇之中。

　　《左傳》是記載春秋時代歷史最詳細、最完備的一部史書，司馬遷寫春秋時代的歷史，材料來源主要來自《左傳》（也兼採《國語》中的內容）。范文瀾說：「太史公作《史記》，春秋時期事取《左傳》者泰半，謂《史記》之一部，蛻化於《左傳》，或無不可。」（《正史考略》）司馬遷大量地運用了《左傳》的史料，且舉一例來看。《史記》〈晉世家〉寫晉公子重耳的流亡，基本上運用了《左傳》僖公二十三、二十四年的材料，這裡引述幾段，可與前面《左傳》原文對照：

　　　　狄伐咎如，得二女，以長女妻重耳，生伯鯈、叔劉；以少女妻趙衰，生盾。居狄五歲而晉獻公卒，裏克已殺奚齊、悼子，乃使人迎，欲立重耳。重耳畏殺，因固謝，不敢入。已而晉更迎其弟夷吾立之，是為惠公。惠公七年，畏重耳，乃使宦者履鞮

與壯士欲殺重耳。重耳聞之，乃謀趙衰等曰：「始吾奔狄，非以為可用與，以近易通，故且休足。休足久矣，固願徙之大國。夫齊桓公好善，志在霸王，收恤諸侯。今聞管仲、隰朋死，此亦欲得賢佐，盍往乎？」於是遂行。重耳謂其妻曰：「待我二十五年不來，乃嫁。」其妻笑曰：「犁二十五年，吾塚上柏大矣。雖然，妾待子。」重耳居狄凡十二年而去。

過衛，衛文公不禮。去，過五鹿，饑而從野人乞食，野人盛土器中進之。重耳怒，趙衰曰；「土者，有土也，君其拜受之。」

至齊，齊桓公厚禮，而以宗女妻之，有馬二十乘，重耳安之。重耳至齊二歲而桓公卒，會豎刀等為內亂，齊孝公之立，諸侯兵數至。留齊凡五歲。重耳愛齊女，毋去心。趙衰、咎犯乃於桑下謀行。齊女侍者在桑上聞之，以告其主。其主乃殺侍者，勸重耳趣行。重耳曰：「人生安樂，孰知其他！必死於此，不能去。」齊女曰：「子一國公子，窮而來此，數士者以子為命。子不疾反國，報勞臣，而懷女德，竊為子羞之。且不求，何時得功？」乃與趙衰等謀，醉重耳，載以行。行遠而覺，重耳大怒，引戈欲殺咎犯。咎犯曰：「殺臣成子，偃之願也。」重耳曰：「事不成，我食舅氏之肉。」咎犯曰：「事不成，犯肉腥臊，何足食！」乃止，遂行。

從所引的這幾段文字來看，司馬遷記載重耳流亡的史料，基本上來源於《左傳》，大同小異而已。所異之處，是司馬遷雜採傳聞和其他史書如《國語》使之豐富，或對《左傳》原文稍加改造而成的。作為一個偉大的史學家，司馬遷並沒有完全照搬舊史料，而是以自己的如椽之筆，進行新的創造，使敘事更加詳細生動。如「其妻笑曰：『犁二十五年，吾塚上柏大矣。』」「咎犯曰：『事不成，犯肉腥臊，

何足食！』」這些生動的語言，使文章更顯風趣幽默。

　　《戰國策》同樣給司馬遷創作《史記》提供了大量的史料。司馬遷所見的《戰國策》，應是《戰國策》的母本即《國策》、《國事》、《短長》之類。《史記》中記述戰國史事的傳記共有三十篇，除〈屈原列傳〉、〈孟子荀卿列傳〉之外，其餘二十八篇都和《戰國策》有關。[10]據今人鄭良樹統計，《史記》採自《戰國策》者，實有一百四十九處[11]，而不止於宋代姚寬所說的「採九十三事」，可見《史記》引用《戰國策》史料之多。司馬遷引用《戰國策》，有不少文字被基本不加改動地移入《史記》。如今本《戰國策》中，〈豫讓刺趙襄子〉、〈聶政刺韓傀〉、〈荊軻刺秦王〉三篇，幾乎原封不動移入《史記》〈刺客列傳〉。過去方苞曾認為荊軻刺秦王事，本司馬遷所作，後人採以入《戰國策》。對此，清人張士元作了辨證：「方望溪謂《國策》敘荊軻刺秦王事，是太史公筆，後人取以附入《策》中，因舉讚語證之。余始頗以為然，及究觀《戰國策》終始，乃知此篇自是戰國文字，《史記》取之，增之前後二段。贊中言『公孫季功、董生為余道之如是』者，蓋謂荊軻未嘗傷秦王，及所增益之事也。《策》文春申君進李園女弟，機格亦全似《史記》，末用呂不韋事相影作尾，真子長慣用法，〈豫讓為知伯報仇篇〉亦然。蓋子長《史記》實學《國策》，其格法時相出入，未可以其近似，遂疑《國策》文為《史》筆也。」（《書戰國策後》）《史記》〈刺客列傳〉中荊軻的傳記，司馬遷在開頭增加了荊軻的出身、才能、愛好，以及與蓋聶論劍、與魯句踐博、與高漸離、田光的交往等內容，結尾充實了高漸離以筑擊秦始皇的情節，這就是前後增入的二段。增補的內容，乃得之於公孫季功、董生諸人，包括荊軻未嘗刺中秦王的事實。除了前後二段，司馬遷採用了《戰國策》中「荊軻刺秦王」的幾乎所有原文。在《史記》〈春申君列傳〉

10　參見韓兆琦：《史記通論》（桂林市：廣西師範大學出版社，1996年）。

11　見鄭良樹：《竹帛書簡論文集》（北京市：中華書局，1982年）。

中，春申君進李園女弟一事，司馬遷也同樣採用《戰國策》〈楚策四〉〈楚考烈王無子〉篇全文，包括最後一句的呂不韋、嫪毐為亂之事。這就是張士元所說的「子長《史記》實學《國策》，其格法時相出入」。此外，《史記》中蘇秦、張儀的列傳，基本上是將《戰國策》中蘇、張二人游說各國的有關章節加以重新排列，稍加取捨而成。〈蘇秦列傳〉中，蘇秦說燕、說趙、說韓、說魏、說齊、說楚之說辭，都採《國策》原文。包括後人所考辨認為策士擬托之作。以上這些，都可以說明《戰國策》一書對《史記》的寫作有多麼重大的影響。

最後還有一點，即《左傳》、《戰國策》所形成的中國古代歷史著作文史結合的優良傳統，全都為司馬遷所繼承，並加以發揚光大。文史結合的方法，開創於《左傳》。朱自清先生說：「《左傳》不但是史學的權威，也是文學的權威。」（《經典常談》）正揭示出《左傳》文史結合的特徵。文史結合，以文學手法來記載歷史、敘事寫人，使歷史著作更加生動，具有更強的可讀性，這是從《左傳》作者開始以來歷代史家所追求的目標。我們在前面已詳細論述了《左傳》、《戰國策》運用多種藝術手法來敘事寫人，到了司馬遷手裡，這些藝術手法被運用得更加完美和嫻熟。所以和《左傳》、《戰國策》相比，《史記》的文學性更強，堪稱為文學與史學結合得最為完美、最為成功的偉大著作，成為我國歷史散文繼先秦以後一個更加輝煌的高峰。

其實《左傳》、《戰國策》不但影響到《史記》，而且影響到整個古代中國歷史典籍的形成，包括史觀、傳統、體例、風格各個方面。它還影響到中國敘事文學的發展，在後世的史傳文學、小說、戲劇裡，從題材、風格、特點到表現手法，都可以看到先秦歷史散文的遺痕。以《左傳》、《戰國策》為代表的先秦歷史散文所體現出來的文化內涵，已成為一種民族特徵甚至民族精神為後人所矚目。所以，《左傳》、《戰國策》這兩部著作，無論在史學上，或是在文學上，以至在整個中國文化發展史上，都應佔據極高的地位。

第三節　　多種文體的萌芽與雛形

　　先秦時期是中國古代文學的發軔期，也是各式文體的孕育和萌芽期。這裡說的文體，主要是指文學體裁。但是上古時期，文學並沒有成為一個獨立的門類，所以文體又常指文章的體裁。古人認為，文章之體，起於「五經」。《文心雕龍》〈宗經〉篇論各體文章之始，皆舉「五經」為其根源，其書云：「故論、說、辭、序，則《易》統其首；詔、策、章、奏，則《書》發其源；賦、頌、歌、贊，則《詩》立其本；銘、誄、箴、祝，則《禮》總其端；紀、傳、盟、檄，則《春秋》為根。」顏之推《顏氏家訓》〈文章篇〉亦曰：「夫文章者，原出《五經》：詔、命、策、檄，生於《書》者也；序、述、論、議，生於《易》者也；歌、詠、賦、頌，生於《詩》者也；祭祀、哀誄，生於《禮》者也；書、奏、箴、銘，生於《春秋》者也。」二者所論略同。及至章學誠，其論頗有總結性：「蓋至戰國而文章之變盡，至戰國而著述之事專，至戰國而後世之體備。」又說，「後世之文，其體皆備於戰國」，「戰國之文，其源皆出於六藝」。[12]《易》、《書》、《詩》、《禮》、《樂》、《春秋》是最早的文獻資料，因此，從古代文獻的產生這一角度來說，「五經」之中已蘊含各種文體的萌芽與雛形，這樣的論斷是不錯的。若以先秦史傳著作來看，《尚書》、《春秋》、《左傳》、《國語》、《戰國策》等敘事性著作中，已包含有眾多文體樣式的萌芽。《左傳》中尚有若干有關文體的論述，可以看出春秋時期人們對於文體概念的認識。

　　據筆者統計，劉勰《文心雕龍》文體論二十篇，「原始以表末」，追溯各體文章之始，舉《尚書》、《左傳》、《國語》、《戰國策》之例者

---

12 章學誠：〈詩教上〉，《文史通義》（北京市：中華書局，1985年），頁60。

多達四十餘處，涉及樂府、詮賦、頌贊、祝盟、銘箴、誄碑、哀悼、
諧讔、史傳、諸子、論說、檄移、章表、議對、書記各體。其中以舉
《左傳》一書為最多。有的文體，與劉勰所論之體未完全吻合者，劉
勰稱之為「變體」，其實乃因其只具雛形而已。

宋人陳騤在其所著《文則》一書中，將《左傳》之文歸為八體，
其書云：

> 春秋之時，王道雖微，文風未殄，森羅辭翰，備括規摹。考諸
> 左氏，摘其英華，別為八體，各繫本文：一曰「命」，婉而
> 當，如周襄王命重耳（僖二十八年），周靈王命齊侯環（襄十
> 四年）是也。二曰：「誓」，謹而嚴，如晉趙簡子誓伐鄭（哀二
> 年）是也。三曰「盟」，約而信，如亳城北之盟（襄十一年）
> 是也。四曰：「禱」，切而愨，如晉荀偃禱河（襄十八年），衛
> 蒯瞶戰禱於鐵（哀二年）是也。五曰「諫」，和而直，如臧哀
> 伯諫魯桓公納郜鼎（桓二年）是也。六曰「讓」，辯而正，如
> 周詹桓伯責晉率陰戎伐潁（昭九年）是也。七曰「書」，達而
> 法，如子產與范宣子書（襄二十四年），晉叔向詒鄭子產書
> （昭六年）是也。八曰「對」，美而敏，如鄭子產對晉人問陳
> 罪（襄二十五年）是也。作者觀之，庶知古人之大全也。（《文
> 則》〈辛〉）

這其中的「婉而當」、「謹而嚴」、「約而信」等等，是對八體特點
的精當概括。再如南宋真德秀分文章為辭命、議論、敘事、詩歌四大
門，首選《國語》、《左傳》、《史記》為其正宗。[13]可以看出，上述各
家所論各種文體，在先秦史傳著作中均已見萌芽或雛形。

---

13 見真德秀：《文章正宗》，文淵閣《四庫全書》本。

　　《文心雕龍》所論文體最細最全；《左傳》著述宏富，眾體賅備。我們且以《文心雕龍》為本，並以《左傳》為例加以論析。

　　《文心雕龍》〈詮賦〉中說：「至如鄭莊之賦『大隧』，士蔿之賦『狐裘』，結言揣韻，詞自己作，雖合賦體，明而未融」。「鄭莊之賦大隧」，是指《左傳》隱公元年〈鄭伯克段于鄢〉中鄭莊公與其母姜氏大隧之中相見所賦之詩，鄭莊賦：「大隧之中，其樂也融融！」姜氏賦：「大隧之外，其樂也洩洩！」「士蔿之賦狐裘」，是指《左傳》僖公五年士蔿諷刺晉政之亂而作：「狐裘尨茸，一國三公，吾誰適從？」前一例是不歌而誦，後一例是用比喻，劉勰正是從這兩方面說明它們是賦體的發端，但只是「明而未融」，即還未成熟而已。

　　再如「頌」體，「頌者，容也，所以美盛德而述形容也」，有頌贊之意。但也可以諷喻，「夫民各有心，勿壅惟口」。〈頌贊〉篇舉了「晉輿之稱原田，魯民之刺裘鞞」的例子。「晉輿之稱」指《左傳》僖公二十八年輿人誦「原田每每，舍其舊而新是謀」，以激勵晉文公放棄舊好，打敗楚軍。劉勰以為這是「直言不詠，短辭以諷」，「斯則野誦之變體」，也就是說，這種「頌」，不同於《詩經》中風、雅、頌的「頌」，是直率地說出來，不是歌詠，只用簡短的話來諷喻，這是民間的誦，是頌的變體。

　　在〈銘箴〉篇中，於「銘」一體，劉勰舉《國語》〈魯語〉中的「周勒肅慎之楛矢」，〈晉語〉中的〈魏顆紀勳於景鐘〉；此兩篇銘文雖不存，但劉勰認為其頌揚美德與稱伐勞績的作用與武王的〈戶銘〉、周公的〈金人銘〉是一樣的。「箴」的功能在於「攻疾防患」，如針石。箴這一文體源遠流長，「斯文之興，盛於三代」，但夏商二箴，只存餘句。周太史辛甲命作〈百官箴〉，只剩〈虞人之箴〉一篇，倖存於《左傳》襄公四年之中，箴文云：

　　　芒芒禹跡，畫為九州，經啟九道。民有寢廟，獸有茂草，各有

攸處，德用不擾。在帝夷羿，冒於原獸，忘其國恤，而思其麀牡。武不可重，用不恢於夏家。獸臣司原，敢告僕夫。

這是一篇以四言為主的箴文，有韻，內容是說夏朝后羿迷於田獵而誤國，魏絳引此來勸戒晉悼公。還有《左傳》宣公十二年的楚子之箴，也只存兩句。劉勰把它們都舉出來，證明二者在文體發展中的作用。

「誄碑」一體，《左傳》哀公十六年記載了魯哀公的〈孔子誄〉，誄文曰：

昊天不弔，不憖遺一老，俾屏余一人以在位，煢煢余在疚。嗚呼哀哉！尼父，無自律。

這是古代文獻中留存下來的最早的誄文，表達了魯哀公對孔子去世的悲傷。[14]劉勰在《誄碑》中說：「自魯莊戰乘丘，始及於士。逮尼父之卒，哀公作誄，觀其憖遺之辭，嗚呼之歎，雖非睿作，古式存焉。」魯莊戰乘丘而誄及於士，見於《禮記》〈檀弓上〉，可惜誄文未存。哀公《孔子誄》，文不用韻，內容簡短，只表達哀痛的感情，劉勰認為雖非高明之作，但誄文的格式已保存下來，並為後人所效法。

〈諧讔〉篇中，劉勰舉了《左傳》宣公二年宋城者諷刺華元的〈宋城者謳〉：「睅其目，皤其腹，棄甲而復，於思於思，棄甲復來！」以及襄公四年魯人諷刺臧紇的〈侏儒之歌〉：「臧之狐裘，敗我於狐駘；我君小子，侏儒是使。侏儒侏儒，使我敗於邾。」兩則，作為詼諧體的例子。這兩例，從文體上說，實際是歌謳，亦即詩歌，但其內容具有諧謔性質，即如劉勰所說的「辭淺會俗，皆悅笑也」的特點，因此可以看成是詼諧嘲笑體的文章。隱語，實際上是一種修辭手

---

14 《禮記》〈檀弓上〉亦記魯哀公誄文：「天不遺耆老，莫相予位焉。嗚呼哀哉，尼父。」辭稍異。

法，這種修辭手法若與敘事相結合，便有了「遁辭以隱意，譎譬以指事」的效果。隱語也叫廋辭，《國語》〈晉語五〉有「有秦客廋辭於朝，大夫莫之能對也」的話。劉勰舉了《左傳》中的兩個例子。一是宣公十二年楚國攻蕭，蕭大夫還無社求拯（救）於楚師申叔展：叔展曰：「有麥麴乎？」曰：「無。」「有山鞠窮乎？」曰：「無。」「河魚腹疾奈何？」曰：「目於眢井而拯之。」對話中「麥麴」和「山鞠窮」暗示還無社逃於泥澤中躲避；「眢井」指無水枯井。再則是哀公十三年叔儀乞糧於魯人，曰：「佩玉繠兮，余無所繫之。旨酒一盛兮，余與褐之父睨之。」對曰：「粱則無矣，粗則有之。若登山以呼『庚癸乎！』則諾。」歌「佩玉而呼庚癸」，是暗示同意送糧。這可以說是最早見到的隱語。後來《戰國策》〈齊策一〉的客對靖郭君說的「海大魚」，《史記》〈楚世家〉中的「一鳴驚人」，以至於荀卿〈賦篇〉中的「禮、知、雲、蠶、箴」，亦可謂先秦隱語之拓展。。

　　在〈檄移〉篇中，劉勰說：「及春秋征伐，自諸侯出，懼敵弗服，故兵出須名，振此威風，暴彼昏亂，劉獻公之所謂『告之以文辭，董之以武師』者也。齊桓征楚，詰苞茅之缺；晉厲伐秦，責箕郜之焚；管仲呂相，奉辭先路，詳其意義，即今之檄文。」這裡舉《左傳》昭公十三年劉獻公對叔向問、僖公四年齊侵楚時管仲之責楚使，以及成公十三年的〈呂相絕秦〉篇。檄文是要明白告訴敵人的，要有「聲如衝風所擊，氣如欃槍所掃」的效果，即具有極大的聲勢和威力。從文章來看，管仲詰楚使「爾貢苞茅不入」的一段話和〈呂相絕秦〉篇，以詭譎之辯，誇張比喻，氣盛辭斷，聲勢具厲，的確有檄文的風格。劉勰稱它們為檄文之始，是有道理的。

　　在〈書記〉篇中，劉勰認為書信始於春秋時期，因為「春秋聘繁，書介彌盛」。其中以《左傳》文公十三年秦繞朝贈士會之策、文公十七年鄭子家與趙宣子書、成公七年楚巫臣遺子反書、襄公二十四年子產諫范宣子最為有名。並認為「詳觀四書，辭若對面」。然四書

之中，繞朝之書不存，巫臣遺子反書實際只一句話，而鄭子家之書和子產諫范宣子之書，則如與國間的通牒，義正詞嚴，已是相當成熟的書信。這種書信的氣勢風采，戰國、秦漢以至六朝以後，都得以繼承。

　　《左傳》中的例子，除劉勰、陳騤所列舉概括的各體之外，還可以補充一些，如晏子之論「和同」（昭公二十年），叔孫豹之論「三不朽」（襄公二十四年），屬於論辯體；王子朝告諸侯（昭公二十六年），屬於詔令體。

　　《戰國策》中還有政論文性質的「論」、「說」、「策」、「序」一類文體，如蘇秦的游說六國合縱之辭，張儀的游說連橫的說辭，范睢論遠交近攻，蔡澤說范睢功成身退，顏斶論貴士，趙武靈王論胡服騎射，樂毅〈報燕王書〉等，均立論宏深，詞鋒犀利，指陳利害，鞭辟入裡。再如賦體，《戰國策》中的說辭敷張揚厲，誇飾恢奇，可謂漢賦之嚆矢，除了我們在第九章第二節提到的〈莊辛謂楚襄王〉外，還有〈江乙說於安陵君〉、〈梁王魏嬰觴諸侯於范臺〉等。章學誠說：「文之敷張而揚厲者，皆賦之變體。」又說：「是則賦家者流，縱橫之派別，而兼諸子之餘風。」（《文史通義》〈詩教下〉）揭示了《國策》之文與賦體的淵源關係。[15]

　　至於敘事體一門，史傳著作本身乃是敘事性作品，其敘事的生動複雜，為後世敘事文學確立了範本。從史書敘事的角度來說，有的已具備紀傳體的雛形，如《左傳》、《戰國策》中的許多章節。若以小說一體來說，在先秦史傳文學作品中，可作小說看的篇章也不少，不少章節敘事曲折生動，情節精彩動人，人物形象鮮明。先秦史傳文學是古代小說的重要源頭（參看下一節）。[16]

---

15 《戰國策》中的文體因素，可參見熊憲光：《戰國策研究與選譯》中〈源遠流長的文體因革〉一節。

16 關於史傳文學與古代小說的關係，可參看筆者論文〈史傳文學與中國古代小說〉，《明清小說研究》第4期（1997年4月），頁80-87。

　　在談到文體時，還應提到《左傳》、《國語》等書中多次出現的
「君子曰」、「君子謂」的評論形式。它們開創了後代史書論贊體的先
河。劉知幾說：「《春秋左氏傳》每有發論，假『君子』以稱之。」
（《史通》〈論贊〉）據統計，《左傳》「君子曰」、「君子謂」共有七十
八則。[17]在這些「君子曰」之中，作者或直接表達自己的立場、觀點
和思想感情，表現對人事的褒貶，或者引述古人賢聖的話加以評斷。
茲舉幾例看看。

　　隱公元年記潁考叔為鄭莊公獻計，使之母子和好，「遂為母子如
初」：

　　　君子曰：「潁考叔，純孝也，愛其母，施及莊公。」《詩》曰：
　　　「孝子不匱，永錫爾類。」其是之謂乎！

隱公十一年則多次用「君子謂」的方式表達作者的看法：

　　　君子謂鄭莊公失政刑矣！政以治民，刑以正邪。既無德政，又
　　　無威刑，是以及邪！邪而詛之，將何益矣？

文公六年記秦穆公卒，以子車氏三子為殉，君子曰：

　　　秦穆之不為盟主也宜哉！死而棄民。先王違世，猶詒之法，而
　　　況奪之善人乎？《詩》曰：「人之云亡，邦國殄瘁。」無善人
　　　之謂。若之何奪之？古之王者知命之不長，是以並建聖哲，樹
　　　之風聲，分之采物，著之語言，為之律度，陳之藝極，引之表
　　　儀，予之法制，告之訓典，教之防利，委之常秩，道之禮則，

---

17 參見鄭良樹：《竹簡帛書論文集》（北京市：中華書局，1982年）。

> 使毋失其土宜，眾隸賴之，而後即命。聖王同之。今縱無法以
> 遺後嗣，而又收其良以死，難以在上矣，君子是以知秦之不復
> 東征也。

宣公十二年記邲之戰時，鄭石制引楚師入鄭，因此被殺，君子曰：

> 史佚所謂「毋怙亂」者，謂是類也，《詩》曰：「亂離瘼矣，爰
> 其適歸。」歸於怙亂者也夫！

第一則，是褒揚潁考叔，引發作者的感慨。第二則是批評鄭莊公政令
與刑罰失常，明知邪惡之所在（指何人射殺潁考叔），卻不加以處
罰。第三則，是對秦穆公以人為殉的批判，並從古代聖王的聖德遺則
中預言秦將衰弱。第四則引史佚之言譴責鄭石制等人引狼入室，作亂
亡身。像這樣的「君子曰」，「君子謂」確實與後來的「論贊」無異。
要注意的是在隱公十一年中，出現了四次「君子曰」或「君子是以
知」這樣的贊語，可以看出作者用了夾敘夾議的手法，「論贊」的設
置還有一定的隨意性。《國語》中的「君子曰」較少，大都簡短，且
都以三言兩語評論人物。《戰國策》中的「論贊」則比較靈活，不一
定冠以「君子曰」，常是夾雜在敘事之中；其位置雖多在篇末，但已
和事件融合在一起，夾雜在敘事之中。如〈秦策一〉〈蘇秦始將連
橫〉篇，在記敘蘇秦說趙成功，約從散橫以抑強秦之後，作者以「故
蘇秦相於趙而關不通。……天下莫之能抗」一段話作為評論。〈齊策
一〉〈鄒忌修八尺有餘〉則在篇末一句話：「此所謂戰勝於朝廷。」也
有用「君子」或他人「聞之」的形式，如〈楚策一〉〈江乙說於安陵
君〉：「君子聞之曰：『江乙可謂善謀，安陵君可謂知時矣。』」〈齊策
三〉〈孟嘗君舍人有與君之夫人相愛者〉：「齊人聞之曰：『孟嘗君可語
善為事矣，轉禍為功。』」這些「論贊」，長者一、二百字，短者七、

八個字，多是據事而論，內容則主要是稱讚策士縱橫捭闔的謀略及其所產生的巨大功用。

可以說，《左傳》、《國語》、《戰國策》中已奠定了論贊體體式的基礎，司馬遷正是在這個基礎上，確立了「太史公曰」這種論贊形式。其後班固稱為「贊」，荀悅叫做「論」，其他人或曰「序」，或曰「詮」，或曰「評」，或曰「議」，等等，「其名萬殊，其義一揆，必取便於時，則總歸論焉」（劉知幾《史通》〈論贊〉），日臻完善與成熟了論贊這一文體。

上面所述的文體，多屬於六朝人所謂「筆」（無韻文）的一類。作為「文」（有韻文）的一類，主要在詩體方面。逯欽立先生《先秦漢魏晉南北朝詩》所錄先秦史傳著作中的詩，包括〈歌〉，〈謠〉、〈雜辭〉、〈詩〉、〈逸詩〉、〈古諺語〉幾類，數量達九十首左右（含逸詩）。[18]如果就具體的詩來看，「詩」有《左傳》的祭公謀父「祈招詩」（昭公十二年）、《戰國策》的「書後賦詩」（〈楚策四〉）等；「歌」則有《尚書》的「賡歌」（〈益稷篇〉）、《左傳》的「夢歌」（成公十七年）、「南蒯歌」（昭公十二年）、「野人歌」（定公十四年）、《國語》的「暇豫歌」（〈晉語二〉）、《戰國策》的「荊軻歌」（〈燕策三〉）等[19]；「謳」則有《左傳》的「宋城者謳」（宣公二年）、「澤門之晳謳」（襄公十七年）；「賦」則如前所舉《左傳》鄭莊公姜氏之賦（隱公元年）、士蒍之賦（即「狐裘歌」，僖公五年）；「謠」則有《左傳》的「鸜鵒謠」（昭公二十五年）、《國語》的「周宣王時童謠」（鄭語）《戰國策》的「攻狄謠」（〈齊策六〉）、《穆天子傳》的「黃澤謠」、「白雲謠」等；「誦」則有《左傳》的「輿人誦」（僖公二十八年）、「侏儒誦」（襄公四年）等；「諺」即諺語，《左傳》、《國語》、《戰國

18　《左傳》莊公二十二年有一首「懿氏謠」，逯書中尚未收。
19　《左傳》哀公十一年公孫夏命其徒所唱的〈虞殯〉之歌，則是最早的輓歌，只惜內容未傳下來。

策》等書引用諺語更是常見。所謂「雜辭」，則有《左傳》昭公十二年的「投壺辭」、哀公十七年的「渾良夫噪」。可見詩體一區，亦豐富多彩。如果從句式上看，在這些各體詩中，有三言，有四言、五言、六言；有一首一句的，兩句的，三句的，四句的，五句的，六句的，還有八句十二句不等。從體式上看，尚呈現出不定型的狀態（當然也不排除在當時引用時只引某幾句或有逸失的情況）。《左傳》所錄的許多古謠民諺，既是謠諺體，又具有駢麗體的特點。有的體式，乃屬首見或首創。如《左傳》記魯國羽父引周諺：「山有木，工則度之；賓有禮，主則擇之。」（隱公十一年）《戰國策》中蘇秦說韓王時引俗諺：「寧為雞口，無為牛後。」（〈韓策〉）這些排比、對偶，句式整飭的諺語，已有駢體的意味。

對於以上有韻文體一類的考察，可以發現詩在春秋時期人們的頭腦中，已是莊嚴的政治教化工具。師曠說：「自王以下各有父兄子弟以補察其政。史為書，瞽為詩，工誦箴諫，大夫規誨，士傳言，庶人謗，商旅於市，百工獻藝。」（《左傳》襄公十四年）《國語》〈周語上〉邵公也有相類似的話：「故天子聽政，使公卿至於列士獻詩，瞽獻曲，史獻書，師箴，瞍賦，矇誦，百工諫，庶人傳語，近臣盡規，親戚補察，瞽史教誨，耆艾修之，而後王斟酌焉。」師曠、邵公這裡所說的「詩」，指的是與曲、賦、謠、諺諸體有別的狹義的「詩」。師曠、邵公的話，本意在說明「詩」與其他諸體「補察時政」的作用，以及公卿大夫瞽史百工諫議國君的職責，從中可以看出春秋時期人們對詩體概念的認識和區分。

其次，我們在《左傳》中可以發現，身分不同的人，所用的文體一般不同。如祭公謀父作「祈招詩」，鄭莊公姜氏母子二人的「大隧之賦」，士蒍之賦（即「狐裘歌」）。文體之稱是「詩」、「賦」、「歌」。而下層人民之作，多稱「謳」、「謠」、「誦」、「諺」，如宋城者之謳，「鸜鵒謠」，輿人之誦等。從內容及風格看，貴族之作、多從容典

雅，溫柔敦厚，鄭莊公之賦曰：「大隧之中，其樂也融融！」雖矯情偽飾，卻貌似溫文爾雅。庶人百工童子之作，雖辭淺會俗，卻詼諧尖刻，如〈宋城者謳〉：「睅其目，皤其腹，棄甲而復。於思於思，棄甲復來。」（宣公二年）〈野人歌〉：「既定爾婁豬，盍歸吾艾豭。」（定公十四年）前者刺宋華元，「睅其目，皤其腹」，諷刺華元瞪著眼睛，腆著肚子，丟盔棄甲的狼狽像；後者刺南子與宋朝私通，比之為野豬，皆入木三分。當然這些詩體的區分還尚朦朧，但無疑的影響了後代各體詩的發展。

中國古代文體是經過長時間在實踐中形成的。研究中國古代文體的發生發展過程，先秦時期是一個不可忽視的階段。由上所述，先秦史傳文學作品雖是歷史著作，是敘事性的作品，但是它們之中已經孕育了多種文章體裁和文學體裁，對後代的史傳文學和整個中國古代文學創作，都起著重要的影響，這是不能否認的。

第四節　《左傳》、《戰國策》與中國古代小說

中國古代小說，與史傳文學有著非常深刻的淵源關係。史傳文學與古代小說有共同的文化土壤與文化特質，其共同的文化背景是史官文化。二者是在共同的文化土壤中長出的兩棵參天大樹。從漢代的雜史雜傳，到六朝的志人志怪小說，當小說還處於萌芽狀態時，它們便都是被附著於正史之末，作為補正史之不足的一種手段。如干寶著《搜神記》，便申明乃為補其所著之正史《晉記》之不足。所以劉知幾說：「是知偏記、小說，自成一家；而能與正史參行，其所從來尚矣。」（《史通》〈雜述〉）正因為如此，古代小說也講究「實錄」和「勸懲」，並極力向「史」靠近，甚至有不少以「史」、「傳」命名。正如美籍華人學者夏志清所說：「較佳的歷史小說的作者都較願信奉史官，同他們一樣對歷史持儒家的看法，認為是一種治亂相間週期性

的更迭，是一部偉人們從事與變亂、人欲等不時猖獗的惡勢力作殊死
鬥爭的實錄。……在長篇小說的形成階段，演義體的史實重述顯然唯
我獨尊，而其他類型的小說至少也托名為歷史。因此歷史家們，僅次
於說話人，為中國小說的創造提供了最重要的文學背景。」[20]

　　先秦時期沒有後代的「小說」觀念，更沒有對小說這一形式的理
論揭示和概括。但是，以《左傳》、《戰國策》為代表的先秦史傳文學
的創作實績，卻為後世的小說發展提供了成功的借鑒。《左傳》、《戰
國策》敘事中的大量的情節和細節描寫，都顯示出蘊藏其中的小說因
子。而描寫人物時，又不乏使用純小說筆法。如成公十六年「楚子登
巢車以望晉軍」一節，錢鍾書先生稱之為「純乎小說筆法」；成公十
一年「聲伯之母」一節（寫施氏婦一節），林紓也稱其為「一支支節
節敘之，便近小說」（《左孟莊騷精華錄》），而昭公元年徐吾犯之妹擇
婿一則，簡直就是絕妙的三角戀愛小說。再如《戰國策》中的「馮諼
客孟嘗君」、「鄭袖劓美人鼻」、「豫讓刺趙襄子」、「荊軻刺秦王」，等
等。這些，都是在非小說的形式中包含的小說因素。因此，《左傳》
《戰國策》不但對史傳文學產生巨大影響，也為中國古代小說的發展
提供了「史」的營養和依據。

　　歷來論述中國古代小說與史傳文學的關係，多將視野停留在《史
記》身上。其實《史記》亦承繼《左傳》、《戰國策》等先秦史傳文學
而來（這一點本章第二節已論述），因此，由《史記》往上追溯，《左
傳》、《戰國策》完全不容忽視。孫綠怡《《左傳》與中國古典小說》
一書中，對於中國古代小說在形式結構、題材選擇、敘事手法等方面
與《左傳》的關係，有詳細的論述。[21]孫著指出，首先，中國古典小
說大多採用史傳的敘事形式和結構，作者在結構作品、組織材料時，
基本上按照歷史著作的格式來進行。作為編年體的《左傳》，以年繫

---

20 夏志清：《中國古典小說導論》（合肥市：安徽文藝出版社，1988年），頁10-11。
21 孫綠怡：《左傳與中國古典小說》（北京市：北京大學出版社，1992年）。

月、以月繫日、以日繫事是其形式上的基本特徵。而中國古典小說，如《金瓶梅》、《水滸傳》、《三國演義》、《儒林外史》等，無不注重作品的紀年，尤以明確的年代標記以顯示作品內容與事件的可信度。其次，中國古代小說中一個非常普遍的現象，即以歷史事件或歷史人物作為創作的題材。作者常習慣於將各朝各代的歷史作為小說創作的素材，或把某一歷史事件作為作品的環境或主要時代社會背影。有時一些虛構的情節，也常常要包裝上歷史人物的外衣，或者將虛構的主人翁置於歷史事件的背景之中。因此，中國古典小說以「史」「傳」或「演義」命名的特別多。第三個方面，即中國古典小說在敘事時，基本上採取了從《春秋》、《左傳》開創的「春秋筆法」、「寓褒貶於敘事之中」的傳統方式。這個傳統方式形成了中國小說的最重大的特色之一。這一點，我們從《左傳》的敘事傾向可以鮮明地感覺到。《左傳》作者在敘事中不是簡單地肯定某一人物或否定某一人物，也不是以臉譜化的外觀來區分人物形象，而是通過對歷史人物與歷史事件的客觀描述，以歷史上的成敗得失，在敘事中「自然而然」地顯示自己的褒貶傾向。這一敘事傳統，首先為司馬遷所繼承。後代的小說，受史傳文學的影響也接受了這樣的敘事方式。中國古典小說絕少主觀評說式的大段議論與心理描寫，而主要通過情節的展開與細節的描寫（當然也包括對話）來表現出作者對作品中人物的評價。這種淵源，來源於《左傳》。

　　在前面我們已經提到，《左傳》、《戰國策》都是善於寫人的。《左傳》人物描寫的一個重要目的，在於「懲罰勸善」。「寓褒貶，別善惡」，書美以彰善，記惡以懲戒，這是自《春秋》以來史家一脈相承的傳統。與《春秋》「褒見一字」，「貶在片言」的「微言大義」式的手法不同的是，《左傳》作者主要通過塑造人物形象來實現其勸懲的目的。因此人物形象被賦予特定的思想意義與審美意義，這些人物的思想意義和審美意義，對古代敘事文學尤其是古典小說，產生了巨大

的影響。

作為第一部敘事詳細完備的歷史著作，《左傳》非常注重寫出人物的善與惡。從實現作者勸懲目的來說，這是實現其目的的最有效的途徑。作者忠實「實錄」的精神，在塑造人物形象時，雖然也儘量體現了人物性格的複雜性與豐富性，但從全書人物形象的總體分野上看，仍然是比較單一的「善」與「惡」的兩大營壘，人物形象的性格特點具有明顯的倫理化傾向。那些在春秋歷史舞臺上叱吒風雲建立了一定功業的人物，是作者褒揚的「善」的典範，為統治者提供成功的經驗。昏君奸臣，則以「惡」的樣板殷鑒後人。懲惡勸善，「表徵盛衰，殷監興廢」（《文心雕龍》〈史傳〉），這就是作者賦予人物形象的思想意義和塑造人物形象的良苦用心。這種善與惡的兩極對立，作者不但在敘事寫人中傾向分明，而且常借「君子曰」、「孔子謂」的方式進行直接的評價。有時則在同一事件中描繪出各色人等的不同表現。讓正義和邪惡，善良和殘暴，忠直與奸佞形成鮮明的對比。這種兩極對立的鮮明人物形象劃分，雖然為勸懲提供了標本，卻容易導致一種歷史人物黑白分明、善惡兩別的二元對立模式，將歷史演化成好人與惡人、忠臣與奸佞的鬥爭史，以至把複雜的歷史簡單化。在對人物進行評判時，作者又往往只有道德倫理的尺度而缺乏歷史的眼光，尤其注重人物品德上的個人私欲存在與否，以此作為褒貶的標準，於是作者的評價常具強烈的道德與倫理特徵。

《左傳》作者所確立的人物善惡標準及倫理尺度，多為後代敘事文學包括小說所承認和引用，並以《左傳》既定的形象基調，載入後世作品之中。如齊桓公、晉文公，是封建社會人們稱讚不絕的霸主形象。管仲、子產、趙盾、晏嬰，蓋為人臣之極則。而晉靈公、齊莊公、崔杼、費無極等人，永遠也改變不了其昏君奸臣的面目而為人們所不齒。隨著時間的推移與封建教化的深入，這些人物形象往往消失了他們具體生動的獨特性，成為宣揚封建倫理道德的說教偶像。這一

點，拿《東周列國志》中的人物一比較，變化的痕跡甚為分明。再如
劉向所著的《說苑》、《新序》和《列女傳》，雖不是小說，同樣也可
以看出這種變化。《說苑》、《新序》雖記春秋之人與事，卻只通過歷
史人物來宣揚儒家的倫理道德。《列女傳》中的許多春秋時期的女
性，也只是被作為「興國顯家可法則」的「賢妃貞婦」形象，或是
「孽嬖亂亡者」而加以載列，「以戒天子」。這樣人物形象消失了他們
鮮明生動的個性，成為披上教化意義外衣的木乃伊，喪失了原有的生
氣。後世有的作者甚至不惜歪曲《左傳》人物形象的本來思想意義以
迎合教化觀念的需要。於是人物形象不僅具有文學意義，更成為封建
社會中傳統文化心理標準（主要是儒家標準）的形象載體。所以，
《左傳》人物形象又具有更複雜的深一層的文化意義。

　　《左傳》人物的審美意義，對後代的影響也是巨大的。綿延幾千
年的以善為美的民族審美心理與審美觀念，肇始於先秦，《左傳》是
第一部以美善統一的標準對歷史人物進行審美觀照的敘事文學作品。
善的衡量標準，就在於功業上的建樹，符合倫理道德規範以及合乎禮
義的言行與人格。在作者筆下，立功、立德、立言取得成就足以為後
世法的人物，是善的化身，也是美的形象。它的對立面，便是那些為
後世戒懼的昏君暗主、亂臣賊子，以及道德淪喪者。《左傳》對歷史
人物的審美標準與勸懲目的是一致的。作者甚至認為美與善的統一是
必然的。脫離了倫理道德上的善，自然之美反將成為禍害。如夏姬，
作者通過叔向之母的口認為：「甚美必有甚惡」，「天鍾美於是，將必
以是大有敗也。」這種將政治倫理道德及人格上的善等同於美的觀
點，在先秦美學思想中頗有代表性。

　　這種審美標準，對後代的小說，尤其是歷史小說有極大的影響。
《左傳》以豐富生動的故事記載歷史，使後代的歷史演義小說受到了
啟發。後代的歷史演義小說多從正史中討生活，據此添枝加葉，恢宏
擴大，演繹成小說。這些小說，如《東周列國志》、《三國演義》、《水

滸傳》等，人物形象常常不是紅臉便是白臉，非善即惡。剝去它的歷史的、傳統的外殼，人物忠奸善惡判然分明，人物行為動機內外一致。讀者也習慣於以善惡及其效果來判斷人物的「好」與「壞」。這種審美心理上的思維定勢，與《左傳》開始以來的人物審美標準有極密切的關係。試舉一例來說。《左傳》中對楚令尹子文出生的神異描寫，對魯國叔孫豎牛出生前夢境的醜化，反映了早在先秦時期人們便已存在著正面人物具有與生俱來的天賦之美，反面人物胎生伊始便浸透毒汁、本性乃惡的審美判斷。聯繫到後代不少小說中好人都是天上星曲下凡，壞人皆為魑魅魍魎轉世的寫法，的確是淵源有自的。

　　《左傳》、《戰國策》為中國古典小說的發展提供了「史」的營養和依據，我們還可以從古典小說發展的幾個階段的情況來說明。

　　漢末魏晉的志人志怪小說，題材多取一人之行事，以一人為中心，依時序記載，通過人物的性格與命運描寫，從一個側面展示社會生活。從它的結構形式來說，顯然是紀傳體式的短篇小說。這種形式與體制，與《左傳》、《戰國策》中的不少章節頗為相近。志人小說，象《世說新語》中的人物，又都是紀傳史書上的歷史人物。如果把《世說》描寫人物風韻心態及種種生活的細節，作為紀傳體史書中人物形象的微觀補充，必然使歷史人物顯現出「頰上三毫」的逼真。因此可以說這類志人小說又是小說體的史傳。它們呈現出史傳向小說過渡的形態。從塑造人物形象的藝術手法來看，《世說》等志人小說對《左傳》也有明顯的繼承。例如《左傳》中寫施氏婦的一節，與《世說》中的「管寧割席」（〈德行篇〉）、「謝安泛海」（〈雅量篇〉），都是通過同一環境事件中幾個人物的不同表現以形成鮮明的對比。《世說》中寫顧雍聞子輜耗，雖神氣不變，卻「以爪掐掌」，「血流沾褥」（〈雅量篇〉），王戎有好李，賣之，恐人得其種，「恒鑽其核」（〈儉嗇篇〉），與《左傳》寫南宮萬被陳人灌醉後以犀革裹之送宋國，「比及宋，手足皆見」（莊公十二年）；平陰之役，寫「州綽門於東閭，還於

門中，以枚數闔」（襄公十八年），都是用一個細節寫出人物的神態與
個性，用筆之神無異。如果把《左傳》、《戰國策》刻畫人物形象的一
些細節描寫片段，如「虞公貪求玉劍」（桓公十年）；楚莊王伐蕭，拊
勉三軍，「三軍之士皆如挾纊」（宣公十二年）；陳轅頗出奔鄭，君王
后以椎解玉連環等章節獨立出來放置於《世說新語》之中，不但風
格、體制與《世說》無異，甚至人物的一顰一笑、舉手投足，皆似
《世說》中人。

　　《左傳》中的夢境、妖異、神怪描寫，可說是志怪小說之嚆矢。
如前所舉的齊襄公見大豕，楚令尹子文的神異降生，老人結草以報魏
顆（宣公十五年），以及內蛇與外蛇鬥鄭南門中而鄭厲公入國（莊公
十四年），晉侯夢大厲等等，皆可作志怪小說觀。正如清人馮鎮巒所
說：「千古文字之妙，無過《左傳》，最喜敘怪異事。予嘗以之作小說
看。」（《讀聊齋雜說》）兩漢魏晉志怪小說，還未脫去以記人為中心
的模式，所記神怪，也多是為表現人物形象服務。如著作《搜神記》
的干寶，本身就是史家，時稱良史，著有《晉記》二十卷，就是史
籍。他著作《搜神記》也是作為史籍來寫的。《搜神記》中所記的一
些人物，都見於史書，如韓友、嚴卿，《晉書》中皆有傳。歷來史家
為文，不免志怪；小說家志怪，可補史籍之缺。作者記其怪異之事，
皆可用以充實人物形象。干寶被時人稱為「鬼董狐」。董狐為《左
傳》作者最推崇的史官之一。從干寶獲得「鬼董狐」這一戲稱，就形
象地揭示了史著與志怪的關係。這一點，唐傳奇也是一個很好的例
子。唐傳奇不但有大量的志怪內容，其作者，也有許多既是史官，又
是傳奇作家的現象。這是非常有趣的相似。這種創作主體身分的兩重
性，也不正說明小說與史的天然關係嗎？

　　明清的長篇小說，也是直接間接地從《左傳》、《戰國策》吸收養
料。直接的如《東周列國志》。宋元講史話本就有《七國春秋評話》
等，到了明中葉，余邵魚編成《列國志傳》，所敘故事起自武王伐

紂、下迄秦並六國。後來馮夢龍把余邵魚的《列國志傳》改編成《新列國志》，篇幅擴展了，事件則集中到春秋、戰國時代，成為東周列國的歷史演義。清代乾隆年間，秣陵蔡元放把《新列國志》略作刪改潤色，加以評點，易名為《東周列國志》。[22]從《列國志傳》變為《東周列國志》，是不斷向史傳靠近的過程。蔡元放說《列國志傳》「大率是靠《左傳》作底本，而以《國語》、《戰國策》、《吳越春秋》等書足之，又將司馬氏《史記》雜採補入」（蔡元放〈東周列國志讀法〉，見《中國歷代小說論著選》）。其中春秋時期的內容，基本上以春秋五霸為線索，描寫諸侯國霸業興衰及統治階級內部的矛盾鬥爭。作者所持的「總觀千古興亡局，盡在朝中用佞賢」的思想，與《左傳》對於人物的褒貶勸懲思想一脈相承。蔡元放評點《東周列國志》時曾宣稱：「全要把作正史看，莫作小說一例看了。」並要以「善足以為勸，惡足以為戒」的勸懲目的來演述歷史。所以，它一方面比較忠實於歷史，一方面又收集了大量的稗官野史材料、民間傳說，並增加了更多的虛構情節，演義成小說。從某種意義上來說，《左傳》即是它們的毛坯。

　　《左傳》的戰爭描寫，對於《三國演義》、《水滸傳》等戰爭小說的影響也是巨大的。《三國演義》、《水滸傳》都擅長於寫戰爭。與《左傳》一樣，它們也注重以戰爭刻畫人物形象，總是致力於揭示戰爭的勝負因素，精心地描寫人物的政治遠見、精神狀態和鬥爭智慧，從戰爭描寫中塑造人物形象。有的章節，如《水滸傳》中的「三打祝家莊」。《三國演義》中的「赤壁之戰」，從敘述的結構、戰前形勢的分析、戰略戰術的運用，到重大場面的描述、人物的刻畫，都可以看到《左傳》描寫戰爭的遺痕。[23]《左傳》戰爭描寫的一些具體手法，也為《三國演義》等書所借鑒和採用。如用傳奇性的情節與細節來塑

---

22 參看齊裕昆主編：《中國古代小說演變史》（蘭州市：敦煌文藝出版社，1990年）。

23 孫綠怡：《左傳與中國古典小說》（北京市：北京大學出版社，1992年）

造人物，用對比、烘托的手法塑造人物，等等。甚至《左傳》中的一些細節，也為《三國演義》所擷取。如第四章所提到的，《左傳》莊公二十八年楚國伐鄭，鄭以「空城計」禦敵，便化作了諸葛亮的妙計；僖公二十八年晉欒枝「使輿曳柴而偽遁」之計，也頗助了張飛長阪坡退敵之力。其實《左傳》中眾多的戰略戰術、奇謀妙計，皆被《三國演義》等小說採用。

　　《左傳》、《戰國策》開創的敘事與塑造人物的一系列藝術手法，也為其他小說作品所借鑒和效法。我們在《聊齋志異》、《儒林外史》等作品中，時常可以感覺到它們眾多的藝術手法的再現。可見其影響深刻廣泛又源遠流長。

參考文獻

一　古代典籍

〔漢〕孔安國傳　〔唐〕孔穎達疏　《尚書正義》　北京市　中華書
　　　　局　1978 年

〔晉〕杜預注　〔唐〕孔穎達疏　《春秋左傳正義》　北京市　中華
　　　　書局　1978 年

〔吳〕韋昭注　《國語》　上海市　上海古籍出版社　1978 年

〔漢〕劉向集錄　《戰國策》　上海市　上海古籍出版社　1985 年

〔漢〕漢司馬遷撰　〔宋〕裴駰集解　〔唐〕司馬貞索隱、張守節正
　　　　義　《史記》　北京市　中華書局　1959 年

〔漢〕班固撰　〔唐〕顏師古注　《漢書》　北京市　中華書局
　　　　1962 年

〔晉〕干寶撰　汪紹楹校注　《搜神記》　北京市　中華書局　1979 年

〔宋〕劉義慶撰　〔梁〕劉孝標注　《世說新語》　上海市　上海古
　　　　籍出版社　1982 年

〔梁〕劉勰著　范文瀾注　《文心雕龍注》　北京市　人民文學出版
　　　　社　1958 年

〔唐〕劉知幾著　〔清〕浦起龍通釋　《史通》　上海市　上海古籍
　　　　出版社　1978 年

〔宋〕陳騤撰　《文則》　文淵閣《四庫全書》本

〔宋〕真德秀　《文章正宗》　文淵閣《四庫全書》本

〔清〕章學誠著　葉瑛校注　《文史通義校注》　北京市　中華書局
　　　　1985 年

〔清〕馮李驊輯注　《左繡》　清康熙五十九年刊本

二　今人注論著作

楊伯峻注　《春秋左傳注》　北京市　中華書局　1981 年
韓席籌集注　《左傳分國集注》　南京市　江蘇人民出版社　1963 年
朱東潤選譯　《左傳選》　上海市　上海古典文學出版社　1956 年
徐中舒選著　《左傳選》　北京市　中華書局　1963 年
徐仁甫　《左傳疏證》　成都市　四川人民出版社　1981 年
郭　丹　《春秋左傳直解》　南昌市　江西人民出版社　1993 年，
　　　　　1996 年第二次印刷
張高評　《左傳之文學價值》　臺北市　文史哲出版社　1982 年
何建章注釋　《戰國策注釋》　北京市　中華書局　1990 年
繆文遠　《戰國策考辨》　北京市　中華書局　1984 年
繆文遠　《戰國策新校注》　成都市　巴蜀書社　1998 年
熊憲光著譯　《戰國策研究與選譯》　重慶市　重慶出版社　1988 年
陳奇猷集釋　《韓非子集釋》　上海市　上海人民出版社　1974 年
逯欽立輯校　《先秦漢魏晉南北朝詩》　北京市　中華書局　1983 年

三　其他有關著作

范文瀾　《中國史學史》　上海市　上海人民出版社　1986 年　冊 1
梁啟超　《中國歷史研究法》　臺北市　臺灣商務印書館　1922 年
楊　寬　《戰國史》　上海市　上海人民出版社　1983 年
范文瀾　《范文瀾歷史論文選集》　北京市　中國社會科學出版社
　　　　　1979 年
馬王堆漢墓帛書整理小組編　《戰國縱橫家書》　北京市　文物出版

　　　　　　社　　1976 年

齊思和　《中國史探研》　北京市　中華書局　1981 年

鄭良樹　《竹簡帛書論文集》　北京市　中華書局　1982 年

羅根澤編　《古史辯》　上海市　上海古籍出版社　1982 年　冊 4

劉澤華　《士人與社會》（先秦卷）　天津市　天津人民出版社
　　　　　　1988 年

朱寶慶　《左氏兵法》　西安市　陝西人民出版社　1991 年

沈玉成、劉寧　《春秋左傳學史稿》　南京市　江蘇古籍出版社
　　　　　　1992 年

錢鍾書　《管錐編》　北京市　中華書局　1979 年　冊 1

朱自清　《朱自清古典文學論文集》　上海市　上海古籍出版社
　　　　　　1981 年　下冊

胡念貽　《中國古代文學論稿》　上海市　上海古籍出版社　1987 年

韓兆琦　《史記通論》　桂林市　廣西師範大學出版社　1996 年

鄭振鐸　《插圖本中國文學史》　北京市　人民文學出版社　1957 年

夏志清　《中國古典小說導論》　合肥市　安徽文藝出版社　1988 年

孫綠怡　《左傳與中國古典小說》　北京市　北京大學出版社　1992 年

齊裕昆主編　《中國古代小說演變史》　蘭州市　敦煌文藝出版社
　　　　　　1990 年

劉葉秋　《古典小說筆記論叢》　天津市　南開大學出版社　1985 年

黃霖、韓同文選著　《中國歷代小說論著選》　南昌市　江西人民出
　　　　　　版社　1990 年

章安祺編　《繆靈珠美學譯文》　北京市　中國人民大學出版社
　　　　　　1987 年　卷 1

郭丹著　《史傳文學：文與史交融的時代畫卷》　桂林市　廣西師範
　　　　　　大學出版社　1999 年

郭丹、黃培坤　《寓言智慧》　上海市　上海古籍出版社　1998 年

《中國哲學》　北京市　三聯書店　1983 年　第 10 輯

劉澤華　《中國傳統政治思想反思》　北京市　三聯書店　1987 年

後記

　　二十年前，我負笈豫章，從劉師世南先生學習《左氏春秋》。授課前，世南先生告訴我們，他年輕時《左傳》全部能背誦！我輩學子不勝驚訝。後來在聽課時，發覺世南師對《左傳》的熟悉，達到信手拈來的程度，始信服。正因為世南師深入淺出生動的講授，我對《左傳》文章亦產生了深深的喜愛之情。後來，世南師受江西人民出版社之託，籌畫《十三經直解》叢書的編寫工作，要我負責《春秋左傳直解》一書。於是，連續幾年，夙夜匪勉，寢饋於左氏之中，終於完成業師交付的任務（該書一九九三年出版，一九九六年第二次印刷）。「直解」之體例，乃效朱熹《詩集傳》之法，先訓解文字，然後疏講文意。這樣，《春秋左傳》經傳全文二十餘萬字，每一字都不敢輕易放過，力求字字落實，句句清楚。此項工作從我做研究生的二年級時開始，在世南師的指導下進行。回想起來，完成此項工作，對於打好紮實的基礎，受益無窮。研究生畢業後，我仍然以《左傳》為基點進行研究，並擴展到先秦兩漢史傳文學領域。一九九六年曾將《左傳》、《戰國策》研究的一些成果，集結出版。只是該書收入一大叢書中，未有多少人瞭解。今承人民文學出版社管士光、周絢隆諸君之美意，對舊稿重加修訂，並增入幾個章節，重新出版。對此，深表謝意！

　　劉師世南先生已八十高齡，仍然孜孜不倦、筆耕不輟，而且還擔負著「豫章叢書」首席學術顧問之責。不久前，先生將其平生治學體會、糾謬文章以及和錢鍾書等學者論學的書信，集結為《在學術殿堂外》一書出版。讀其書，可知先生學問的博大精深。不過，我最深以為懷的是先生的那些刊謬的文章。先生讀書精博，典籍熟稔，時常發

現一些古籍整理著作或古代文學研究文章中的錯誤而予以刊糾。由此我深深感到：人生而有涯而知無涯，學然後知不足；學問之事，豈可不戒惕。就以《左傳》、《國策》這兩部巨著來說，雖有不少學者已取得豐富的成果，然可研究的領域仍然不少。自己的這點體會，實在未免膚淺。只恐錐指蠡測，掛一漏萬，貽笑方家。然劉師世南先生還為拙著賜序，推挽鞭策之深意，一如當日耳提面命之時。拳拳之心，我永記銘感。並祝先生健康長壽。

　　研究生林小雲、林振湘、林湧、李春雲、李紹萍、張琪和助教饒曉勇為整理書稿付出了許多勞動，在此一併致謝。

郭　丹

二〇〇三年七月酷暑中

記於福州適齋

臺灣再版後記

　　拙著十年前在人民文學出版社出版（原書十章），其後，曾作為敝校本科生和研究生的專業課程參考書，使用於教學之中。拙著名曰《左傳戰國策研究》，其實主要是文學研究，以文學眼光觀照這兩部名著。至於史學角度的研究，前人研究成果甚豐，故拙著中涉及不多。所述史官文化與史學傳統，只是作為背景觀照稍加論述而已。《左傳》之經學研究，拙著中〈左傳與兩漢經學〉一節，曾作為單篇論文參加臺灣「中研院」的經學會議，收入《經學研究論叢》第五輯。謹此加以說明。據我所知，也有大陸其他一些高校的中國古代文學專業先秦兩漢文學方向的研究生選用拙著。這次由臺灣萬卷樓圖書股份有限公司再版，各章都略有補充，包括第二章的大部分（全書擴展為十一章）。十年來，本人雖不時的涉及《左傳》、《戰國策》的有關課題，但總體來看，並沒有多少新的研究成果，不免感到慚愧。感謝福建師範大學文學院組織系列叢書在臺灣出版發行，拙著得以廁身其中。願臺灣的朋友給予更多的批評指教。

　　謹此後記。

郭　丹

二〇一四年六月於福州寓所

作者簡介

郭　丹

　　福建師範大學文學院教授，中國古代文學專業博士生導師；曾任福建師大文學院副院長，福建師大閩南科技學院院長，教育部全國高校中文學科教學指導委員會委員等；已出版專著、教材和古籍整理著作二十餘種，承擔國家級、省部級科研、教學研究項目二十餘項，獲得省級社科優秀成果獎多項；獲國家級教學優秀成果二等獎以及省級教學優秀成果獎多項。國家級精品課程和國家級精品資源共享課負責人。福建省教學名師。

本書簡介

　　本書是作者從文學角度來研究先秦兩部重要典籍《左傳》和《戰國策》的專著，共分十一章，約三十萬字。對於《左傳》，作者主要分析了它的時代特徵和思想傾向，分析了書中的人物形象，總結《左傳》作者塑造人物的藝術特徵；同時，作者還對《左傳》全書的戰爭進行細緻的統計，論析了戰爭的思想和謀略計策。對於《戰國策》，作者主要分析了戰國時期的文化特徵，考察了《戰國策》史料的真偽、歷代學者對《戰國策》的評價；分析了《戰國策》的人物形象，揭示戰國縱橫策士的智慧謀略，並對《戰國策》的文學成就進行了總結。在全書的最後，作者還對先秦史傳散文的文化內涵及其對後世的影響進行了詳盡的分析。

福建師範大學文學院百年學術論叢・第二輯 1702B04

左傳戰國策研究

作　　者　郭　丹

總 策 畫　鄭家建　李建華

發 行 人　林慶彰

總 經 理　梁錦興

總 編 輯　張晏瑞

編 輯 所　萬卷樓圖書股份有限公司

　　　　　臺北市羅斯福路二段 41 號 6 樓之 3

　　　　　電話 (02)23216565

　　　　　傳真 (02)23218698

發　　行　萬卷樓圖書股份有限公司

　　　　　臺北市羅斯福路二段 41 號 6 樓之 3

　　　　　電話 (02)23216565

　　　　　傳真 (02)23218698

　　　　　電郵 SERVICE@WANJUAN.COM.TW

香港經銷　香港聯合書刊物流有限公司

　　　　　電話 (852)21502100

　　　　　傳真 (852)23560735

如何購買本書：

1. 劃撥購書，請透過以下郵政劃撥帳號：

　　帳號：15624015

　　戶名：萬卷樓圖書股份有限公司

2. 轉帳購書，請透過以下帳戶

　　合作金庫銀行 古亭分行

　　戶名：萬卷樓圖書股份有限公司

　　帳號：0877717092596

3. 網路購書，請透過萬卷樓網站

　　網址 WWW.WANJUAN.COM.TW

大量購書，請直接聯繫我們，將有專人為

您服務。客服：(02)23216565 分機 610

如有缺頁、破損或裝訂錯誤，請寄回更換

ISBN 978-986-478-188-1

2018 年 9 月再版

2015 年 12 月初版

定價：新臺幣 460 元

國家圖書館出版品預行編目資料

左傳戰國策研究 / 郭丹著.

-- 再版. -- 臺北市：萬卷樓, 2018.09

面；公分. --（福建師範大學文學院百年學術

論叢・第二輯・第 4 冊）

ISBN 978-986-478-188-1（平裝）

1.左傳 2.戰國策 3.研究考訂

820.8　　　　　　　　　　　　107014276